山西省教育厅高等学校哲学社会科学研究项目资助出版(2013226)
山西师范大学学术著作出版基金资助出版
山西师范大学文学院学术出版基金资助出版

中国佛事文学研究
以汉至宋为中心

ZHONG GUO FO SHI WEN XUE YAN JIU
YI HAN ZHI SONG WEI ZHONG XIN

鲁立智 ◎ 著

中国社会科学出版社

图书在版编目(CIP)数据

中国佛事文学研究：以汉至宋为中心／鲁立智著．—北京：中国社会科学出版社，2015.2
ISBN 978-7-5161-5662-9

Ⅰ.①中⋯　Ⅱ.①鲁⋯　Ⅲ.①佛教文学—文学研究—中国—汉代~宋代　Ⅳ.①I207.99

中国版本图书馆 CIP 数据核字(2015)第 037660 号

出 版 人	赵剑英
责任编辑	韩国茹
责任校对	闫　萃
责任印制	张雪娇
出　　版	中国社会科学出版社
社　　址	北京鼓楼西大街甲 158 号
邮　　编	100720
网　　址	http://www.csspw.cn
发 行 部	010－84083685
门 市 部	010－84029450
经　　销	新华书店及其他书店
印　　刷	北京君升印刷有限公司
装　　订	廊坊市广阳区广增装订厂
版　　次	2015 年 2 月第 1 版
印　　次	2015 年 2 月第 1 次印刷
开　　本	710×1000　1/16
印　　张	17.75
插　　页	2
字　　数	289 千字
定　　价	58.00 元

凡购买中国社会科学出版社图书，如有质量问题请与本社联系调换
电话：010－84083683
版权所有　侵权必究

目　录

绪论 ……………………………………………………………（1）
　一　佛事 ……………………………………………………（1）
　　（一）教化之事 …………………………………………（1）
　　（二）庄严之具 …………………………………………（2）
　二　佛事文学 ………………………………………………（3）
　　（一）佛事文学的文学性 ………………………………（3）
　　（二）世人之偏见 ………………………………………（7）

上编　佛事表白文学

第一章　两晋南北朝的佛事文章 ……………………（11）
　第一节　道安与唱导 ……………………………………（11）
　第二节　唱导辨章 ………………………………………（14）
　　一　唱导之模式 ………………………………………（14）
　　二　唱导之程序 ………………………………………（17）
　　三　唱导之场合 ………………………………………（20）
　　四　唱导之文体 ………………………………………（27）
　　五　唱导之准则与四声理论 …………………………（29）
　　六　唱导者之素养 ……………………………………（36）
　　七　唱导之末流 ………………………………………（38）
　第三节　唱导文的创作 …………………………………（42）
　　一　忏愿文 ……………………………………………（43）
　　二　礼赞文 ……………………………………………（53）

第四节　唱导盛行之缘由 …………………………………………（58）
第二章　唐五代的佛事文章 ………………………………………（60）
第一节　世俗与道流的佛事文章 …………………………………（60）
　一　唐太宗 ………………………………………………………（60）
　二　宋之问与"叹佛" ……………………………………………（62）
　三　王维与"庄严" ………………………………………………（63）
　四　司空图 ………………………………………………………（65）
　五　郭行真《舍道归佛文》 ………………………………………（67）
　六　杜光庭 ………………………………………………………（69）
第二节　崔致远的佛事文章 ………………………………………（70）
第三节　敦煌僧俗的佛事文章——以《斋琬文》为脉络 ………（74）
　一　佛事文章的结构 ……………………………………………（75）
　二　佛事文章的内容 ……………………………………………（79）
　三　佛事文章的特点 ……………………………………………（107）
　四　佛事文章的命名 ……………………………………………（114）
第三章　宋代的佛事文章 …………………………………………（117）
第一节　文人士夫的疏文 …………………………………………（117）
　一　丁谓《斋僧疏》与苏轼《南华寺六祖塔功德疏》 …………（117）
　二　任元受《献陵疏文》二篇 ……………………………………（119）
　三　苏轼《追荐秦少游疏》与李薦《追荐东坡先生疏》 ………（121）
第二节　僧家的创作——以《因师语录》为中心 ………………（123）
　一　《因师语录》之概述 …………………………………………（123）
　二　"以诗入文"与"四七句式"——以时景文为例 …………（125）
第三节　禅宗的小佛事文创作 ……………………………………（127）
　一　小佛事与小佛事文 …………………………………………（127）
　二　小佛事文的创作 ……………………………………………（129）
第四节　下火文 ……………………………………………………（136）
　一　下火文的名称与缘起 ………………………………………（136）
　二　下火文的创作特点 …………………………………………（137）
　三　世俗创作的下火文 …………………………………………（145）

下编　佛事音乐文学研究

第一章　佛事音乐文学的滥觞 …………………………………（151）
　　第一节　天竺佛乐概观 ………………………………………（151）
　　第二节　汉晋的佛事音乐文学 ………………………………（154）
　　　　一　曹植的传说及其正读 …………………………………（155）
　　　　二　支谦及其连句梵呗 ……………………………………（159）
　　　　三　康僧会等人的创制 ……………………………………（164）

第二章　晋隋的佛事音乐文学 …………………………………（167）
　　第一节　转读、梵呗与四声 …………………………………（167）
　　　　一　对转读、梵呗的整理 …………………………………（167）
　　　　二　四声理论与转读无涉 …………………………………（173）
　　第二节　南北朝的颂赞 ………………………………………（177）
　　第三节　"随变立赞"与变文的起源 …………………………（185）
　　　　一　变文与佛经文不同 ……………………………………（185）
　　　　二　变文由变赞发展而来 …………………………………（186）
　　　　三　北方变赞逐渐变成变文 ………………………………（191）
　　　　四　非歌唱变文另有起源 …………………………………（193）
　　第四节　南朝的佛教乐舞 ……………………………………（194）

第三章　隋唐的佛事音乐文学 …………………………………（201）
　　第一节　呗赞俗化之一——以净土科仪为中心 ……………（202）
　　第二节　呗赞俗化之二——唐代的法曲子 …………………（210）
　　　　一　法曲子释名 ……………………………………………（210）
　　　　二　《三归依》、《行香子》与《化生子》 ………………（212）
　　第三节　呗赞俗化之三——以四种敦煌佛事为例 …………（217）
　　第四节　唐代落花、科仪与俗讲的起源 ……………………（226）
　　　　一　俗讲与落花 ……………………………………………（226）
　　　　二　俗讲与科仪 ……………………………………………（229）
　　　　三　押座文、解座文的属性 ………………………………（232）
　　第五节　隋唐的伎乐供养 ……………………………………（234）

第四章　宋代的佛事音乐文学 …………………………………（240）

第一节　法曲子之一——以《因师语录》为中心 …………（240）
第二节　法曲子之二——宋代其他的法曲子 ……………（244）
第三节　科仪中的音乐文学——以云南阿咤力教科仪
　　　　为中心 ……………………………………………（249）
　一　《楞严解冤释结道场仪》与敦煌佛曲《五更转》 …（250）
　二　《报恩道场仪》与敦煌佛曲《十恩德》、《孝顺乐》 ……（253）
　三　《地藏道场仪》与《金刚科仪》的表演性 …………（256）

结语 ……………………………………………………………（262）
参考文献 ………………………………………………………（265）

绪　　论

佛教东流，已历经两千年。两千年的佛教发展史，一言以蔽之，是个人修证与大众信仰的历史，是宗教传播、发展与文化排斥、融合的历史。就大众信仰而言，名目繁多的佛事是其重要的表现。佛事的举行，其原因不一而足。无论何种佛事，均包含着某种交流，可以是人与人之间的交流，可以是人与五道众生（天、阿修罗、畜生、饿鬼、地狱）之间的交流，也可以是人与佛菩萨之间的交流。这些交流，发之语言，形诸文字，发展成了极具特色的佛事文学。

虽然事实上存在着数量繁多的佛事文学作品，但佛事文学却是一个崭新的概念，在研究的初始阶段，有必要作一些说明。

一　佛事

佛事一语，其义有广狭之别。以广义言之，略有二义。

（一）教化之事

《维摩诘所说经》云："此饭如是，灭除一切诸烦恼毒，然后乃消。阿难白佛言：未曾有也，世尊！如此香饭能作佛事。"[1] 此谓佛事之目的在于灭除众生烦恼。但其方式又不仅于此，紧接其后，经中又列举了多种佛事。

> 或有佛土，以佛光明而作佛事，有以诸菩萨而作佛事，有以佛所化人而作佛事，有以菩提树而作佛事，有以佛衣服、卧具而作佛事，有以饭食而作佛事，有以园林台观而作佛事，有以三十二相、八十随

---

[1] 《维摩诘所说经》，《大正新修大藏经》第14册，第553页。

形好而作佛事，有以佛身而作佛事，有以虚空而作佛事；众生应以此缘得入律行。有以梦、幻、影、响、镜中像、水中月、热时炎，如是等喻而作佛事。有以音声、语言、文字而作佛事。或有清净佛土、寂寞无言、无说、无示、无识、无作、无为，而作佛事。如是，阿难！诸佛威仪进止，诸所施为，无非佛事。①

只要有助于灭除世人之烦恼，诸佛的一切行为，皆可称为佛事。《佛学大辞典》云："凡诸佛之教化，谓之佛事。"② 意谓佛事的目的在教化众生，而施为者乃诸佛菩萨也。

但如此定义尚不精确，《妙法莲华经》云："王出家已，于八万四千岁，常勤精进修行《妙法华经》。过是已后，得一切净功德庄严三昧，即升虚空，高七多罗树，而白佛言：世尊！此我二子，已作佛事，以神通变化转我邪心，令得安住于佛法中，得见世尊。"③ 此处作佛事者乃王之二子，并非佛菩萨，此类言辞，经藏中俯仰皆是，无须罗列。

可见，一切众生，举凡有佛教教化之实，其行为皆可称为佛事。有鉴于此，《佛光大辞典》定其义云："凡发扬佛德之事，称为佛事。"④

教化众生，发扬佛德，此乃贯穿于一切佛教行事中的品格，包括：佛教的种种说法，如开眼、安座、拈香、上堂、入室、普说、垂示等；因人生的种种需要而举行的各种法会；佛教徒为庆祝佛教节日而举行的法会；僧侣为求利养而开展的各类宣传活动，不胜枚举。可以说，在佛教徒的语汇里，佛事一语几乎包含了一切与佛教有关的个人或集体行为。

（二）庄严之具

佛事，除表示佛教徒的行为之外，还表示佛教徒为信仰而造立的种种物事。

以《洛阳伽蓝记》为例，"佛事"一语，书中共出现六次，五次均作此解。"殚土木之功，穷造形之巧，佛事精妙，不可思议"，"佛事庄饰，等于永宁"，此指浮图；"作六牙白象负释迦在虚空中。庄严佛事，悉用

---

① 《维摩诘所说经》，《大正新修大藏经》第14册，第553页。
② 丁福保：《佛学大辞典》，文物出版社1984年版，第585页。
③ 《妙法莲华经》，《大正新修大藏经》第9册，第60页。
④ 慈怡等：《佛光大辞典》，书目文献出版社1990年版，第2630页。

金玉"，"寺内佛事皆是石像，装严极丽"，此指佛像；"城北有陀罗寺，佛事最多，浮图高大，僧房逼侧周匝，金像六千躯"①，此通指浮图、僧房、金像。按，《汉语大词典》谓佛事即"佛士，指佛像、菩萨像，事，通'士'"②。此说欠妥。"事"、"士"通假，虽有其例，但古往今来，佛教徒从无"佛士"之用法。

也可以说，在佛教徒的语汇里，佛事一语几乎包含了一切与佛教有关的庄严之具。

广义的佛事概括了一切与佛教相关的行为和物事，这种概念显然过于宽泛。人们——特别是俗世之人——所使用的佛事一词更多的是取其狭义。《佛学大辞典》云："佛忌、祈祷、追福等之法会谓之佛事，以是为托事而开示佛法之所作故也。"③ 托事而开示佛法，可见所为之事，形式与目虽异，却均有教化众生的影响，是限制在广义佛事的第一层意义之中的；而法会一词，则告诉我们狭义的佛事是由多人参与的、有着一定的程序的仪式活动。

本书所使用的正是这种狭义的佛事概念。

二 佛事文学

佛事是一种佛教的仪式，内容丰富多彩，程序繁杂多样，包含跪拜、念诵、旋绕、表白、唱赞甚至歌舞等内容，其中文辞，有唱有说。那些被诵念或演唱的，笔者称之为佛事文学。

(一) 佛事文学的文学性

普遍认为，仪式上使用的文辞，应该是应用文。应用文是作为工具存在的，人们对它的应用，建立在凭证、方便、规范等基础之上；它虽然也有不同的体式，但这些体式仅仅是一种模型，与文学的体式无关。但佛事的仪式文辞，其意义绝非工具所能局限，因此，欲研讨佛事文学，首先要解决的是，它能否称为文学，或者说它是否具有较强的文学性这一问题。这个问题不仅局限于佛教，也涉及对整个中国宗教仪式文辞的定位。

---

① 范祥雍：《洛阳伽蓝记校注》，上海古籍出版社1958年版，第2、94、43、326、299页。
② 《汉语大词典》第1卷，上海辞书出版社1986年版，第1285页。
③ 丁福保：《佛学大辞典》，文物出版社1984年版，第585页。

中国宗教仪式文辞的文学属性，因其浓烈的应用性而受到怀疑，使人忽略了它的审美功能。

这种应用性首先表现在功利性的创作态度上。现当代的文学理论认为，文学是审美的，也就是说，它通常是无功利的。但是，这种观念并不完全适合于中国古代文学，从传统的文学理论来看，文学的无功利性背后，总是存在着不可否认的功利考虑。《诗经》中，讽刺作品占有很大的比重；屈原依诗人之义而作《离骚》，上以讽谏，下以自慰；又作《九歌》之曲，上陈事神之敬，下见己之冤结，依然要托之以讽谏。陆机《文赋》称文章要"济文武于将坠，宣风声于不泯"。白居易《与元九书》强调"文章合为时而著，歌诗合为事而作"。此类言论，均可见出中国文学所具有的功利性。

这种应用性还体现在文学的工具化方面。文学是审美的，其创作的缘起却千差万别，工具化与审美之间并非无法融合。《诗经》中的作品，很多直接针对事件本身，或专为婚礼创作，或专为酒宴创作，或专为祭祀创作，这些对应具体事件而创作的诗歌，既是事件顺利发展的必要工具，也蕴含着浓郁的审美意味。又如，《登大雷岸与妹书》是鲍照的一封家书，它本是日常生活中的应用文，但全篇八百余字，只有二十余字嘱妹，其余全部为描摹景色之语。这种文辞，既是文学的工具化，也是应用文的文学化。

文学的应用性不等于应用文，同样，宗教的仪式文辞所具有的应用性也不能作为它是应用文的根据。通行理论认为，作为一种审美的意识形态，文学的最基本功能就是审美作用。文学的其他功用都是以审美作用为前提的，只能寓于文学的审美功能之中。这种审美功能主要表现为文学作品的艺术感染力。

日常生活中的公文、契约、条据等文体，是作为单纯的记载工具而存在的，不具备艺术的感染力。宗教的仪式文辞则不同。仪式上的歌赞，有典型的文学形式，有浓郁的思想情感，创作者也多为文学素养较深的宗教徒，此类作品是理所当然的文学。即使是宗教仪式上祝文一类的作品，也与上述之应用文不同。

童庆炳先生指出，判断文学与非文学的标准"主要在于：第一，文学的语言富有独特表现力……第二，文学总是要呈现审美形象的世界，这种审美形象具有想象、虚构和情感等特征……第三，文学传达完整的意义，本身构成一个整体；第四，文学蕴含着似乎特殊而无限的意味"①。根据这些标准，我们可以简要地分析一下祝文类作品的文学性。

《左传·哀公二年》载，卫太子为赵简子车右，与郑军战，战前卫太子向祖先祷告，其辞曰：

> 曾孙蒯聩敢昭告皇祖文王，烈祖康叔，文祖襄公：郑胜乱从，晋午在难，不能治乱，使鞅讨之。蒯聩不敢自佚，备持矛焉。敢告：无绝筋，无折骨，无面伤，以集大事，无作三祖羞。大命不敢请，佩玉不敢爱。②

这是一篇中国古代宗教③仪式上的祝文，是卫太子对祖先的祷告词。首先交代事件的起因，指出自己的正确性。继而祈求祖先保其毫发无损，一战成功。最后强调，祈祷之事的应验，一方面不会使祖先蒙羞，另一方面会以祭祀用品答谢。此文虽传达了完整的意义，但属于战前祈祷，情感迫切焦虑，文辞缺乏修饰，没有语言的表现力，没有审美的形象，更没有令人咀嚼的意味，可说是毫无文学性可言。

其实古人的宗教仪式艺文并非全是如此，宋人仲弥性的醮词便与前文完全不同！醮词是道教徒斋醮时祭告天帝的辞章，《玉照新志》载，仲弥性倾心于娼妓杨韵，杨韵诞日尝作醮供，弥性为其代作醮词云：

> 身若浮萍，尚乞怜于尘世；命如叶薄，敢祈祐于元穹。适届生初，用输诚曲。妾缘业如许，流落至今，桃李半残，何滋于苑囿；燕莺已懒，空锁于樊笼。只影自怜，甘心谁亮？香炉经卷，早修清净之缘；歌扇舞衫，尚挂平康之籍。伏愿：来吉祥于天上，脱禁锢于人间，既往修来，收因结果。辟垆织履，早谐夫夫妇妇之仪；堕珥遗簪，免脱暮暮朝朝之苦！人之所愿，天不可诬。④

---

① 童庆炳：《文学理论教程》，高等教育出版社1992年版，第55—56页。
② 《春秋左传正义》，《十三经注疏》，中华书局1980年版，第2157页。
③ 所谓的古代宗教指的是释道二教在汉地出现以前的宗教信仰。
④ （宋）王明清：《玉照新志》，《丛书集成初编》，商务印书馆1936年版，第69—70页。

该文甚至没有做南山松柏之类的愿语，而是跳出窠臼，用形象的比喻表现自己虚耗青春、身不由己的境遇，文章铺叙悲情，于中有伤感，有期待，更有不平。文辞优美，典故自然，凄楚动人，杳杳在耳，实在是一篇情深意切的文学作品。

再如明代钟惺的《代荐辽东阵亡将士疏》，其文曰：

> 士志死绥，本不暇于致悔；人钦裹革，何烦代彼兴哀。要使庙谟无失，律臧而协师贞；兼之边计得全，严翼以供武服。乃驱熊罴虎豹之徒，以赴矢石鼓钲之役，胜则为功，固有尊周攘夷狄之效；败亦无愧，要非全躯保妻子之流。敌王所忾，为国之殇，如此而亡，又复何怨！乃者建房鸱张，全辽鱼烂，养成在数十载之前，而欲折于今兹之一旦；决裂岂二三臣之故，而专望于最后之数人。所用非所养，所养非所用，兵食信之难言；知者不必行，行者不必知，战守和之无据。甚且致之必败之场，遏其可成之会，时当致命，何异一毛？将不成功，徒枯万骨。虽免偷生，同烂额焦头之众；亦多强死，非甘心瞑目之人。以兹忠勇之魂，反作幽冤之气，或上动乎人天，恐逆招夫水旱，则死生之在诸将士者，固为匪轻；而灾祥之关我国家者，尤为不细。某等敢闻国恤，舍杼轴而他求；仰仗佛恩，冀津梁之普度。谨疏。①

这是一篇佛事荐亡疏文，却没有度亡者升天的言辞，也不限于哀悼其不幸，具体而言，该文有三个层次：赞颂将士的爱国，哀悼他们的捐躯，这仅仅是第一层；探究战败的原因，批评朝廷的昏聩，这是第二层；强调将士的幽冤难平，舍杼轴而他求，表现出对朝廷的绝望与远离，这是第三层。明代陆云龙对此篇的评价是："痛心咽气"，"较诗更酸楚"，又赞该文"气横白山之云，泪满绿江之水"，② 白山者，长白山，绿江者，鸭绿江，可以说，文章内容、感情的丰富，远远超越了一般的文学作品！

---

① （明）陆云龙：《翠娱阁评选钟伯敬先生合集》卷十一，《续修四库全书》第1371册，第529—530页。

② 同上书，第530页。

同样是宗教仪式上的祝文，一篇是典型的应用文，另外两篇却是情文并茂的文学作品，这样的情形在文学领域里并不少见。比如，诗歌是重要的文学体裁，但理过其辞，淡乎寡味，平典似《道德论》的玄言诗，我们便很难肯定它的文学性。这也给了我们一种启示，宗教的仪式文辞可以是毫无文采的应用文，也可以是情深意切、文采斐然的文学作品，它的审美性质由作者的文学素养决定，通过作品本身来体现，与是否应用于宗教仪式上，与承载它的体裁并无必然联系。

（二）世人之偏见

世人大多不关注佛事文学，对其内容与辞采亦不熟悉，再加以古来对宗教的偏见，对宗教文学特别是佛事文学持鄙薄、打压态度，致使大量的佛事文学难以留存。这一点，从《四库全书总目提要》对佛事文学的态度及处理方式上可窥一斑。

《华阳集提要》云："至其中有青词、密词、道场文、斋文、乐语之类，虽属当时沿用之体，而究非文章正轨，不可为训。今以原集所有姑附存之，而刊本则概加删削焉"；《学易集提要》云："今恭承圣训，于刊刻时削去青词，以归雅正。其《同天节道场疏》、《管城县修狱道场疏》、《供给看经疏》、《北山塑像疏》、《灵泉修告疏》、《仁钦升坐疏》、《请崇宁长老疏》以及为其父母舅氏修斋诸疏，皆迹涉异端，与青词相类，亦概为削除，重加编次，厘为八卷。用昭鉴古斥邪之训，乖万世立言之准焉"；《忠肃集提要》云："以及青词、疏文、祝文，尤宣政间道教盛行，随俗所作，皆不足为典要"；《丹阳集提要》云："惟青词、功德疏、教坊致语之类，沿宋人陋例，一概滥载于集中，殊乖文体。流传既久，姑仍其旧，付诸无讥之列可矣"；《水云村稿提要》云："然此五卷所载皆青词祝文，无关体要之作，其存佚无足为重轻，则虽缺犹不缺矣"；《梦观集提要》云："杂文亦多青词疏引，不出释氏之本色，皆无可取。"[1] 此类言辞甚多。

考察以上所论，鄙视、排斥佛事文学，意出三端。其一，佛法为异端；其二，佛事文学非文章正轨；其三，佛事文学乃随俗所作，不足为

---

[1] （清）永瑢：《四库全书总目》第4册，商务印书馆1986年版，第111、163、178、184、365、419页。

典。辟佛之士不但自己排斥佛教，还批判别人向佛教靠拢，进而鄙薄佛教文字，《总目提要》的言辞正是这种态度的集中体现。以上三端之偏见、错误，本无待说明，却又为多数文人学士视作理所当然，究其原因，实是惯性导向使然。因此，不得不稍辨析。

其一，文学作品的价值与宗教信仰并无直接关联。每种思想都是人类对自身内外的认识，只有善恶之分，无所谓正统与异端。其二，文学的内容没有限制，文学的形式也没有限制，所谓文章正轨，只是文学常见内容与常见形式的代名词。佛事文学表现的事件以及形式是丰富多彩的，有些使用了民间的手法，带着浓郁的生活气息，更胜那些凝固的正统文学。其三，所谓随俗无非是指其应用于生活，强调个人卑微的愿望，难以引起其他读者的共鸣，然而，佛事文学要打动的，本是佛事的参与者，对于参与者而言，当下感觉到的是殊胜与感动，以及深奥的思想或超俗的态度，此等感受绝非鄙俗。

汉地的佛事文学，作为宗教仪式文学的重要一支，它是如何随着佛教的传入而发生、发展，它的文学性如何，这正是本书力图揭示和探讨的。

上编　佛事表白文学

　　作为法门常务,佛事文章的创作与佛事活动密不可分。有此类佛事,才可能产生此类佛事文章;因此,佛事文章的发展,是随着汉地佛事活动的发展而发展的。

　　佛事种类是繁多的,但关于汉魏时期的佛事资料极其有限,《高僧传》云:"于时魏境,虽有佛法,而道风讹替。亦有众僧,未禀归戒,正以剪落殊俗耳。设复斋忏,事法祠祀。"[①]《牟子理惑论》云:当时之沙门,"威仪进止,与古之典礼无异"[②]。事法祠祀,是将早期斋忏与后期斋忏比较的说法,在当时,佛教斋忏本就是传统祠祀,古之典礼。所以,斋忏文等一切佛事文辞都是汉地传统的祠祀文。

　　从晋代起,随着佛教的快速传播,佛事活动逐渐规范起来。随着佛事活动的规范,即佛事仪轨的创制和丰富,佛事文章开始真正地显示了自身的特点。

---

① (梁)慧皎:《高僧传》,《大正新修大藏经》第50册,第324页。
② (梁)僧祐:《弘明集》,《大正新修大藏经》第52册,第2页。

第一章 两晋南北朝的佛事文章

第一节 道安与唱导

"魏晋之世，僧皆布草而食，起坐威仪、唱导开化，略无规矩。"① 可以说，无论是僧侣个人的行住坐卧，还是佛徒共举的斋会法集，都毫无章法可言。这一方面是由于戒律不全，另一方面是寺职不完善的缘故。随着佛教渐渐独立，佛事逐渐增多，对于戒律的需求，对于仪式的需求，越发显得迫切。

至两晋之际的释道安法师，始寻究经律，制僧尼轨范，佛法宪章，条为三例："一曰行香定座上经上讲之法；二曰常日六时行道、饮食唱时法；三曰布萨差使悔过等法。"此三例，天下寺舍则而从之。过于此者，则别立遮防，如"每讲会法聚，辄罗列尊像，布置幢幡。珠珮迭晖，烟华乱发，使夫升阶履阅者，莫不肃焉尽敬矣"，为佛事增加了很多庄严的内容，令僧俗长存恭敬；又如，安法师曾遇异僧，僧授其"浴圣僧"②之法，后世浴僧之仪轨亦肇始于此。无论是前述三例，还是后述二则，均是法集之仪轨，并非僧侣之身戒，许多成了定制，世代遵循。

道安三例，诸书未明，据《出三藏记集》记载，三例与经、呗、导师关系密切。《出三藏记集》卷十二有《法苑原始集目录》，其中第六为《经呗导师集》，所记目录中，前十九项为经、呗师，依《高僧传》例，可统称为经师，记转读与梵呗之人。末二项为："《导师缘记》第二十；

---

① （宋）赞宁：《大宋僧史略》，《大正新修大藏经》第 54 册，第 238 页。
② （梁）慧皎：《高僧传》，《大正新修大藏经》第 50 册，第 353、352、353 页。

《安法师法集旧制三科》第二十一。"① 顾名思义,《导师缘记》载唱导师之源始,《安法师法集旧制三科》载僧俗法集时的经呗导众事。何谓导师?《大宋僧史略》言:

> 导师之名而含二义:若《法华经》中,商人白导师,言此即引路指述也;若唱导之师,此即表白也,故宋衡阳王镇江陵,因斋会无有导师,请昙光为导,及明帝设会,见光唱导称善,勒赐三衣瓶钵焉。②

依第一义,导师是引路人,引申为佛及一切使人觉悟者;依第二义,导师与经、呗师一样,为斋会法集时的某类僧职。显然,《出三藏记集》所记,指的是第二义。何谓唱导?《大宋僧史略》"行香唱导"条云:

> 唱导者,始则西域上座凡赴请,咒愿曰:"二足常安,四足亦安,一切时中皆吉祥"等,以悦可檀越之心也;舍利弗多辩才,曾作上座,赞导颇佳,白衣大欢喜。此为表白之椎轮也……齐竟陵王有导文,梁僧祐著《斋主赞叹缘记》及诸色咒愿文,陈隋世高僧真观深善斯道,有《导文集》焉。从唐至今,此法盛行于代也。③

赞宁追本溯源,以二事说明唱导缘起。其一,《佛本行集经·二商奉食品下》载,两位商主奉献饮食于佛陀,佛陀受用之后,二商主请求佛陀,令其无有障碍,速疾而至所居之国,佛陀遂作吉祥愿,此为佛教创始以来,第一次赴请咒愿,从此成为圣制;其二,《杂宝藏经·长者请舍利弗摩诃罗缘》载:舍卫城中有大长者设斋,当日,长者家诸种喜事一时临门,斋后舍利弗亦为之咒愿,长者大欢喜,嚫施丰厚。

俗家设斋供养佛僧,斋后僧侣赞叹斋主、为其咒愿,代表僧团发言的必须是辞吐典雅、恰当适时之人,佛教徒称之为唱导。《阿育王经》中已

---

① (梁)僧祐:《出三藏记集》,《大正新修大藏经》第55册,第92页。
② (宋)赞宁:《大宋僧史略》,《大正新修大藏经》第54册,第244页。
③ 同上书,第242页。

经提到此职:"时阿育王语比丘名一切友:'我当施僧十万金及一千金银琉璃罂,于大众中,当说我名,供养五部僧。'时阿育王儿名鸠那罗(鸟名,不解翻)住王右边,是时王子畏其父故不敢发言,便举二指示唱导比丘,表其修福倍多其父。"① 汉地佛教中的唱导之事,即源于天竺。

赞宁又谓唱导为表白之椎轮,《禅林象器笺》云:"宣读咒愿,凡表显事,以白告众,此谓表白。"② 法会及修法之际,一切宣说白众之事,都属于表白。《宋高僧传·释道氤传》云:"(僧)一行迁神,(唐玄宗)敕令东宫已下京官九品已上并送至铜人原蓝田设斋,推氤表白。法事方毕,宰相张燕公说执氤手曰:'释门俊彦,宇内罕匹,幸附口录向所导文一本,置于箧笥',由是其文流行天下也。"③ 斋会上表白之言辞,称为导文。行此事之人亦称表白,此在《法界圣凡水陆胜会修斋仪轨》中随处可见。宋睦庵《祖庭事苑》"维那"条云"今禅门令掌僧籍及表白等事,必选当材"④,表白之人由维那充任,其人必须有此方面之才能。

透过赞宁的反复强调,有四点可以知晓,一,宋僧于唱导之源流,认识颇深;二,唱导之事在宋代依然盛行;三,宋代习惯称唱导为表白;四,表白由维那担当。

佛教初传汉地,各种佛事均无章法,寺职分工亦不明确。所以,道安法师才会在三科中,包含教徒集会之时的行事仪轨,其中涉及汉地僧侣在集会时由何人以及如何转读、梵呗、唱导的制度。道安法师创制三例,其最早之唱导者,正是安法师本人,《续高僧传·释真观传》中论及道安法师,谓:"自正法东流,谈导之功,卫安为其称首。"⑤ 其导文有《六时礼佛文》一卷、《四时礼文》一卷。

晋太元之初,襄阳失守,道安法师入关,其弟子慧远乃迁于寻阳,葺宇庐岳,卜居庐阜,三十余载,影不出山,迹不入俗。《高僧传·唱导篇》云:

---

① 《阿育王经》,《大正新修大藏经》第50册,第140页。
② [日]无着道忠:《禅林象器笺》,中文出版社1990年版,第183页。
③ (宋)赞宁:《宋高僧传》,《大正新修大藏经》第50册,第734页。
④ (宋)睦庵:《祖庭事苑》,《大正新修大藏经》第64册,第431页。
⑤ (唐)道宣:《续高僧传》,《大正新修大藏经》第50册,第703页。

昔佛法初传，于时齐（通斋）集，止宣唱佛名，依文致礼。至中宵疲极，事资启悟（通寤），乃别请宿德，升座说法，或杂序因缘，或傍引譬喻。其后庐山释慧远，道业贞华，风才秀发，每至斋集，辄自升高座，躬为导首，先明三世因果，却辩一斋大意。后代传受，遂成永则。①

如果说道安法师创立了唱导的制度，设置了唱导师这一僧职，并开始实践唱导，慧远法师则进一步确立了唱导的内容和模式。

第二节　唱导辨章

学者对佛教唱导的关注，源于对敦煌遗书中俗讲文献的研究，向达先生在《唐代俗讲考》一文中，比较俗讲与《续高僧传·杂科声德篇》所载唐初释宝岩所为，提出"故俗讲之与唱导，论其本旨，实殊途而同归，异名而共实者尔"②，从此，唱导与俗讲便被紧密地联系在一起。然则，《杂科声德篇》统摄诸科，并非只有唱导，而释宝岩所为乃是"落花"佛事，并不能称作唱导（详见下编第三章第四节《唐代落花、科仪与俗讲的起源》），将唱导与俗讲如此联系是不准确的。

佛教文献中关于唱导的资料并不丰富，仅三部僧传对唱导做了相对详细的记载，梁《高僧传》将其列为专题，唐、宋《高僧传》将其收入《杂科声德篇》。学界研究俗讲的视角多种多样，对唱导文献的理解也千奇百怪，出现了不少似是而非之论。因此，有必要对这些文献重新审视。

一　唱导之模式

俗讲研究者大多将《高僧传·唱导篇》之"杂序因缘，傍引譬喻"等同于讲说佛典故事，谓其偏重情节，实则不然。东晋帛尸梨蜜多罗译《佛说灌顶经》中有一段与慧皎所言极其相似的文字：

---

① （梁）慧皎：《高僧传》，《大正新修大藏经》第50册，第417页。
② 向达：《唐代俗讲考》，《唐代长安与西域文明》，河北教育出版社2001年版，第293页。

佛告普广菩萨摩诃萨：若四辈男女临终之日，愿生十方佛刹土者，当洗除身体，着鲜洁之衣，烧众名香，悬缯幡盖，歌咏三宝，读诵尊经，广为病者说诸因缘、譬喻言辞，微妙经义：苦空非身，四大假合，形如芭蕉，中无有实，又如电光，不得久停，故云色不久鲜，当归败坏，精诚行道，可得度苦，随心所愿，无不获果。①

此乃西方专为临终者举办之佛事，佛法东传，这些形式也零散传入汉地。为一目了然，兹以表格形式做些比较。

《高僧传·唱导篇》	《灌顶经》
宣唱佛名	歌咏三宝
依文致礼	读诵尊经
杂序因缘	说诸因缘
旁引譬喻	譬喻言辞

显然，《唱导篇》所描绘的与《灌顶经》之临终佛事一般无二。比较《灌顶经》的说法，《唱导篇》所说的因缘、譬喻，应该指论说因缘和合以及以比喻说明苦空无我等佛理。翻译《灌顶经》之时，也是佛教唱导刚刚产生之际，从这个角度理解杂序因缘、旁引譬喻，更符合实际情形，慧皎的言辞本无偏重情节之意。所谓杂序、旁引，均可见出此时所说乃随意所至，并非专说一事。

然而，问题却由此而生。如此说法是毫无章法可言的，若僧团中没有能言善说之辈，此事便难以进行。欲改善汉地的佛事状况，就必须将斋会制度化、仪式化，慧皎用一个"止"（止于）字，表明后世流传的并非佛法初传期之行为，而是由道安法师发其端，慧远法师进一步完善的唱导，亦即前引《唱导篇》所云："先明三世因果，却辩一斋大意。"

唱导对斋会而言非常重要，荒见泰史言："表白是很难的，佛教仪式格式化以后，法会仪式开头的表白宣唱的巧拙，几乎决定了一个法会仪式

---

① 《佛说灌顶经》，《大正新修大藏经》第 21 册，第 529 页。

整体的成功与否。"① 每次斋集，慧远法师都亲自担当唱导，以指导众僧行事。先宣说三世因果的教义，然后说明设立本次斋会的缘由、目的，从此以后，这种形式成了唱导者的法则。

既然因缘、譬喻与故事情节并无太多关联，那么，某些学者所认为的，"先明三世因果"即讲说三世因果的故事，借此来为俗讲探源，便难以成立了。慧皎谓："唱导者，盖以宣唱法理，开导众心也。"② 法理一词，与情节性的言辞是不太相干的。既然与情节无关，便与理论有关，然而三世流转、因果循环是佛教基本教理，妇孺皆知，而庐山乃道德所居，明贤众多，慧远法师为何每次升座，均阐明三世因果？更何况宣讲这些内容，僧俗岂不更要鼾声四起，如何以资启寤？

如何令众清醒（启寤），留待下文讨论。佛教初传，三世因果本是众人争论之焦点，慧远法师曾因桓玄之疑作《明报应论》，又因俗人疑善恶无现验作《三报论》，由此可见时人对此的迷惑以及慧远对此的重视，其宣说三世因果，是时代使然，自无可疑。

那么，究竟如何宣唱，如何开导呢？《高僧传》中记载了一次慧远与僧众夜间齐集的法事，这有助于我们了解他的唱导模式。《释僧济传》载，僧济（慧远弟子）心向安养，临死之前，慧远夜间齐集僧人为他转《无量寿经》。③ 这是佛教的预修佛事，所谓预修，即是欲于死后往生净土、趣入菩提之道，故在生前预修善根功德。或在临终之际，预先行佛事，以免堕在三途八难中受诸苦恼。敦煌文献 S·4624 号有《预修》斋文，云：

既有过去而有此生，既因现在而感当果。三世论清，四生讵逃？若不预备资粮，何以乐乎冥道？‖所以策勤□佛，深凭正因，身修自祈，自得竭精诚之志，割贪惜之财，营逆修十供清斋。

这篇斋文的结构（以"‖"标识，以下同）与慧皎所记"先明三世

---

① [日] 荒见泰史：《敦煌的唱导资料及其分类方法》，《百年敦煌文献整理研究国际学术讨论会论文集》（上册），浙江大学古籍研究所2010年版，第38页。
② （梁）慧皎：《高僧传》，《大正新修大藏经》第50册，第417页。
③ 同上书，第362页。

因果，却辩一斋大意"若合符契。慧远在僧济临死前，显然宣读过类似的预修斋文。

《唱导篇》所载之唱导实例，体现了后世僧徒对此法则的遵循和拓展。《释道照传》云：

> 宋武帝尝于内殿斋，照初夜略叙："百年迅速，迁灭俄顷，苦乐参差，必由因召，如来慈应六道，陛下抚矜一切……"帝言善，久之斋竟，别嚫三万。

所载非唱导全文，只是明三世因果部分，其意谓苦乐由因，如来慈应六道，终成天中之天，皇帝抚矜一切，亦享九五之位。以后应渐渐转入辩一斋之意。又《释昙宗传》云：

> 后殿淑仪薨，三七设会悉请宗。宗始叹世道浮伪，恩爱必离，‖嗟殷氏淑德，荣幸未畅而灭实当年，收芳今日。发言凄至，帝法怆良久，赏异弥深。①

斋会的设立是为了度亡，因此在唱导中，首先阐述的是佛教的无常观（不再是关于三世因果的佛法了），然后回到斋主与死者本身，即一斋大意。两则唱导，均符合慧远法师所立的唱导模式。

二 唱导之程序

梁武帝《断酒肉文》提及："问……导师唱导令忏悔者，于时诸法师忏悔以不？答：那得不忏悔。"② 可见唱导者的佛事司仪身份。无论何种佛事，均需有司仪之参与，年三月六，设斋延僧，也不例外。特别是佛教的八关斋，司仪参与也极为普遍。程序简单，一般在清晨开始，至次日清晨结束，夜间佛事尤显重要，其间唱导很受重视。《高僧传·唱导篇》云：

---

① （梁）慧皎：《高僧传》，《大正新修大藏经》第 50 册，第 415、416 页。
② （唐）道宣：《广弘明集》，《大正新修大藏经》第 52 册，第 300 页。

至如八关初夕，旋绕行周，烟盖停氛，灯惟靖耀，四众专心，叉指缄默。尔时导师则擎炉慷慨，含吐抑扬，辩出不穷，言应无尽……爰及中宵后夜，钟漏将罢，则言星河易转，胜集难留，又使人迫怀抱，载盈恋慕。当尔之时，导师之为用也。①

当时八关斋初夜的程序是，僧俗先烧香礼拜，绕佛绕堂，是为"行香"，待香燃尽后，四众默住，导师登场，慷慨而谈，感人心脾。结束斋集之际，导师再次登场，说些"时间过得真快，此次胜会就要结束了"之类的散斋感言，使参加之人都欷歔不已。

研究者对《唱导篇》之所以众说纷纭，在于找不到当日的导文，只有阅读当日之导文，才能够令人对此有正确的了解。笔者在日本的汉籍中，找到了当日的导文，作者为北周赵王宇文招。这些导文的结构，无一例外的，均为先论佛法，后说斋意。

首先，我们来看看斋集之初，导师之言：

> 夫玄原廖夐，妙理虚凝。超四句而独高，离百非而自远。但通神感圣，必寄心云。除或（惑）见理，要资智业。然拱树藉于豪（毫）叶，巨壑起于滥觞。莫不从微至著，自近之远。（引者按：上为明佛理，下为辩斋意。）今段施主，逮此胜斋，方寄明晨，广陈法事。今宵既道场初设，座席新开。四众围绕，三尊罗列。梵音初唱，含渔岫之声；法鼓初鸣，浮泗浜之响。大众敛容整服，端心摄意，礼云云。（宿集序）②

此文较短，从文中可以看出，唱导之前，大众曾共唱梵呗；唱导之后，导师将指导大众进行礼拜。

这样的唱导，不仅指导了佛事的发展，更创造了宗教仪式的庄严氛围，在一场佛事中不知要进行多少次。其他程序不论，单礼拜之际，导师

---

① （梁）慧皎：《高僧传》，《大正新修大藏经》第50册，第417页。
② （北周）宇文招：《周赵王集》，《圣武天皇宸翰杂集》，日本国立国会图书馆藏写本。下举之《宿集序》、《法身凝湛之文》、《因果冥符之文》、《无常一理之文》、《中夜序》等例均出于此。

之言辞便已经是无穷无尽：

> 夫法身凝湛，似太虚而无际；妙理渊深，同沧海而难测。但沤合拘舍，普应十方……今日施主，弟子某甲，乃是三多，久树八恒。慕须达之前踪，［追］郁伽之后辙。所以于兹广厦，仍逮道场。用此高因，便开法席。宝幡飘飐，杂［天］花而共色；……大众证明，为礼寂灭种智，雄猛灵觉，能仁调御，慈氏法王。愿施主乘斯福善，广沾九族，该彼六亲。泽遍升［降］，庆兼存没……（《法身凝湛之文》）

这是大众礼拜之际的导辞，从辞中可以看出，是用于礼拜释迦与弥勒的。其中有对佛、法的颂扬，有对施主的祝愿，有对斋会的刻画。拜完现在佛与未来佛，还要拜菩萨：

> 盖闻因果冥符……今日施主，树此洪基，乃欲舍我为他，先人后己……凭此功德标心，奉为大众，相与证明，为礼观音极地，正法明尊，妙德本身，龙种上佛。愿施主先亡……（《因果冥符之文》）

这是用于礼拜观世音菩萨与文殊师利菩萨之时的言辞，文中提及了二菩萨过去已成之佛名，观世音是过去正法明如来，而文殊是过去龙种上尊佛。然后，还要拜十方众圣：

> 无常一理，伤害似刀……今为施主，现在眷属，居门长幼，合宅尊卑，并皆发诚致教（敬），为礼十方众圣，三宝诸尊，应现法身，相从佛宝。愿施主自身，并诸眷属……诸佛之道，誓愿为先；大士之怀，慈悲是务。……今日该罗并皆道（引者按：应作今日该罗六道），为教（敬）礼尊像尊经……□□□中时再拜。（《无常一理之文》）

此时，不但要为施主祝愿，还要替施主发愿，其愿广大，弥纶六道。以上的顺序，与当代的礼拜顺序相仿，最后有中时再拜之语，似是标注，可见，以上三种礼拜至少是上午（或初夜）先进行一次，然后行其他佛事，至午时（或中夜）再礼拜一次。

夜深昏沉，如何能够使人清醒？从中夜的唱导文中我们可以得到答案。

> 夫灰琯不息，筹鼓相煎，初夜未机，中宵已届。风烟既歇，星汉未移。烛溜频凝，灯花骤落。恐大众端肃之容乍怠，虔恭之用或亏。必须重策情猴，再调心马。耳聆清梵，眼瞩尊仪，洗濯尘垢，泽弃爱着，必令始终无异，表里相应。（《中夜序》）

这段文字是夜中之际唱导的开始部分，语言凝练典雅，通过对时不我待的强调，诱发大众内心强烈的宗教感情，以便更有精神地完成佛事。

让与会者清醒，除了靠宗教的情感，也要靠唱导者的声响。慧皎称，唱导所贵，第一便是声音，"非声则无以警众"，"四众惊心，声之为用也"，正是此意。又，引文称，为了重打精神，现在请经师转读，这与慧皎所称"当尔之时，导师之为用也，其间经师转读，事见前章"[①] 正好相符。《高僧传·释智宗传》云："若乃八关长夕，中宵之后，四众低昂，睡蛇交至，宗则升座一转，梵响干云，莫不开神畅体，豁然醒悟。"《释僧饶传》云："（释道）综善《三本起》及《（须）大挐》，每清梵一举，辄道俗倾心。"[②] 唱导与转读相继而用，与会者怎会昏沉？

导师与经师也可由一人兼任，如隋唱导僧释法韵，"每有宿斋，经导两务，并委于韵"[③]，一些庙窄人微的僧团中，似乎更是如此，所以，慧皎在论述夜间唱导的作用时，实是隐含了经、呗、导三方面的作用而言的。以为靠讲唱故事的方法为人提神，纯粹是想当然尔。

指导佛事发展的文辞，可以统称为礼赞文。唱导之"导"，其含义之一便有赞导之义。

三 唱导之场合

1. 佛事中的唱导

唱导者受世人重视，不仅在于其指导佛事的发展，还在于其奖导群生

---

① （梁）慧皎：《高僧传》，《大正新修大藏经》第50册，第417页。
② 同上书，第414、413页。
③ （唐）道宣：《续高僧传》，《大正新修大藏经》第50册，第703页。

的作用，宣唱法理，开导众心，就是从这个意义上说的。在《唱导篇》，慧皎热情地赞美优秀唱导者的这种能力。释道照的唱导，"音吐寥亮，洗悟尘心"；释昙颖的唱导，"辞吐流便，足腾远理"；宋衡阳文王义季谓释昙光的唱导"奖导群生，唯德之本"；释道儒"凡所之造，皆劝人改恶修善，远近宗奉，遂成导师"①。

佛徒奖导群生的做法是多种多样的，对于唱导者而言，既然众生造罪而入非道，修福才得清升，就要向信众宣传罪福之义，并为其忏悔罪孽、发愿修行，最直接、最普遍的方式是在斋会上宣唱忏、愿文。

现存对忏文的最早记载是西晋卫士度创《八关忏文》及道安法师创《四时礼文》事。《冥祥记》载："（卫士）度善有文辞，作《八关忏文》，晋末斋者尚用之。"②可惜此文久佚，我们无法了解其内容形式究竟如何。《四时礼文》也早已佚失，详见下文。

可以探讨的忏文资料始于南朝宋。《高僧传·唱导篇》载：宋释昙宗曾为宋孝武唱导，行菩萨五法。按，所谓五法，即忏悔、请佛、随喜、回向、发愿五事。慧皎以前，已有《菩萨五法行文》（或称《菩萨五法忏悔文》）一卷，乃汉地唱导僧行菩萨五法时之宣白文本，历代经录称其为抄经，误。卷中每事基本由五言宣白，间杂以四言，每事宣白在一二百字之间，之后均有"□□已竟，五体作礼"（第五事之后唱发愿已竟，洗心作礼）的口号。文中有"见人得利如箭射心，闻人得乐如钉入眼"③之语，源于刘宋时沮渠京声译《治禅病祕要法》，表示此文在此经翻译之后。虽然无法肯定昙宗所白是否是此文，但通过此文我们却能够了解当日唱导僧人在行菩萨五法时所用忏、愿文的模式和言辞。

到了齐、梁、陈时代，忏文的创制更加繁荣。据《广弘明集》载，有沈约之《忏悔文》，梁武帝萧衍之《金刚般若忏文》、《摩诃般若忏文》，王僧孺之《忏悔礼佛文》，梁简文帝萧纲之《六根忏文》、《悔高慢文》，陈江总之《群臣请陈武帝忏文》，陈文帝陈蒨之《妙法莲华经忏文》、《金光明忏文》、《大通方广忏文》、《虚空藏菩萨忏文》、《方等陀罗

---

① （梁）慧皎：《高僧传》，《大正新修大藏经》第50册，第415—416页。
② （唐）道世：《法苑珠林》卷四十二引，《大正新修大藏经》第53册，第616页。
③ 失译：《菩萨五法忏悔文》，《大正新修大藏经》第24册，第1121页。

尼斋忏文》、《药师斋忏文》、《娑罗斋忏文》、《无碍舍身会忏文》，陈宣帝陈顼之《胜天王般若忏文》等。

礼赞文的对象是面前之信众，忏文则是对神佛宣白。此处用王僧孺之《忏悔礼佛文》，以资说明：

> 夫有非自有，有取所以有；无非自无，无着所以无。故有取之惑兴，倏成万累；无着之念起，一超九劫。是知道之所贵，空有兼忘；行之所重，真假双照。禀气含灵，莫闻斯本；宵形赋影，靡测由来。故发兹识窟，犹绵蒙其莫辨；导此愚根，尚窈冥而未悟。茫茫有同暗海，幽幽实在危城。……南平大王殿下……故今式招灵指，仰屈神仪，建此斋肃，譬兹关键。盛来缁素，济济洋洋，名香遍室，宝花覆地，高梵宛转，宁止震木遏云；清桴遥奕，非直腾鱼仰马。仰愿四部，至诚五体归命东方云云。愿大王……①

此忏文篇幅较长，共分五节，此处略引第一节，为南平王发愿的部分。首先说明众生不解佛法真谛，难以解脱轮回，受尽苦楚。其次说明南平王因此而设斋延僧，赞美斋会的场景，并指导与会者礼拜，为南平王及他人发愿。其后每段均是如此。

忏文对应的是众生所造的罪恶，包括了前世与今生；愿文对应的则是众生兴修的福业，包括了今生与来世。《高僧传·竺佛图澄传》载，每至四月八日，石勒亲去寺中灌佛，为儿发愿，愿文不传；《释道安传》载，道安与弟子法遇等于弥勒前立誓，愿生兜率，文亦不传。②

宋、齐、梁、陈四代，愿文的创造快速发展。据《出三藏记集》载，有周颙《宋明皇帝初造龙华誓愿文》、《宋明帝受菩萨戒自誓文》；据《广弘明集》载，有沈约《南齐皇太子礼佛愿疏》、《舍身愿疏》、《南齐南郡王舍身疏》、《千僧会愿文》，梁简文帝《四月八日度人出家愿文》、《为诸寺作檀越愿疏》、《千僧愿文》，王僧孺《礼佛发愿文》，魏收《北齐三部一切经愿文》，王褒《周藏经愿文》，卢思道《北齐辽阳山寺愿文》，隋

---

① （唐）道宣：《广弘明集》，《大正新修大藏经》第52册，第206页。
② （梁）慧皎：《高僧传》，《大正新修大藏经》第50册，第384、353页。

炀帝《宝台经藏愿文》等。此处引王僧孺《礼佛发愿文》，以见一斑。

夫至觉玄湛，本绝声言，妙虑虚通，固略筌象。虽事绝百非，而有来斯应；理亡四句，故无感不烛。皇上道照机前，思超系表，凝神汾水，则心谢寰中；屈道轩丘，则形劳宇内。斯乃法忍降迹，示现阎浮之境；大权住地，俯应娑婆之域。故欲洗拔万有，度脱群生，濯净水于宝池，荫高枝于道树。折伏摄受之仁，遇缘而咸极；苦言软语之德，有感而斯唱。日用不知，利益莫限。众等相与增到，奉逮至尊五体归命云云。仰愿皇帝陛下……①

此文又称《唱导佛文》或《礼佛唱导发愿文》，共七段，《大正藏》本标注"十余首"，误，此处为其第一段。先明佛理，后赞皇帝，礼佛发愿，与前文提及释道照之唱导实出一辙。

无论是礼赞文，还是忏愿文，都不是单纯的一种内容，有时候，在它们之间强分区别是没有意义的。如下面这篇导文：

弟子萧纲，又重至心归依三宝：窃闻礼称弗傲，表洙泗之遗文；经云不慢，验逾阇之妙典。故一遇恒神，陵伽尚生余习；上宾天帝，淮南犹有误辞。亦有才日隐沦，调惟高俗，犹足坐痹晋君，立前齐主，况复道隆三学，法兼五众，如过前殿，似出北门，而不密室致恭，遗弓接足。敢藉胜缘，愿起弘誓：从今日始，乃至菩提，于诸出家，悉表虔敬，方欲削除七慢，折制六根。宾头下步，庶无厌谷；耆达弃车，方思景慕。幽显大众，咸为证明。②

此篇为梁萧纲《悔高慢文》，是法集之时向三宝忏悔高慢的文字。忏文虽短，却是经过一番斟酌的。以下略作注释：《礼记·投壶》称扬"毋敖"，《胜鬘经》云"不起慢心"，毕陵伽婆蹉因习气故，开口即称恒神作首陀罗（《摩诃僧祇律》），淮南王刘安见上帝而自称寡人，遂见谪守天厨

---

① （唐）道宣：《广弘明集》，《大正新修大藏经》第52册，第205页。
② 同上书，第331页。

三年（《抱朴子·袪惑》）。以下强调对于僧人怎能不恭敬相待？借此盛会，我欲立下大誓：从今日起，直至成就佛果，对出家人，均表虔敬，消除傲慢。用典贴切，流畅自然。虽名为忏悔文，却没有忏悔，而是发愿居多。

唱导的场合还有很多，并不限于慧皎《唱导篇》所论，可以说但凡佛事，均有唱导。除了上面所论佛事中间的唱导之外，下面再略述一下讲说、庆典、修造等佛事之前后的唱导，其文本多为佛事开启或满散之际的疏文。

2. 讲说

汉地僧侣讲经之始，时在曹魏，朱士行尝于洛阳讲《道行经》①，但当日讲经是否需要唱导则不得而知。道安法师三例中包括了讲经仪轨，大概此后的讲经才包含唱导之事。讲经的仪轨是很繁复的，《续高僧传·菩提流支传》载，天帝请宝义（勒那摩提）法师讲经，宝义谓："法事所资，独不能建，都讲，香火，维那，梵呗，咸亦须之。"② 可见，讲经之事最少有如许人才能完成。都讲职责转读及与法师对问，香火职责行香，梵呗职责歌赞，而维那职责表白（唱导）。唱导要宣读各种疏文、回向文。就其中的疏文而言，包括发讲疏、解讲疏两种。

沈约《齐竟陵王发讲疏（并颂）》，其文曰：

> 大矣哉！妙觉之为妙也。无相非色，空不可极，而立言垂训，以汲引为方。慈波慧水，虽可溉而莫知其源者也。灵篇宝籍，远采龙藏，盖无得而言焉。……竟陵王殿下……乃以永明元年二月八日，置讲席于上邸，集名僧于帝畿，皆深辨真俗，洞测名相，分微靡滞，临疑若晓。同集于邸内之法云精庐，演玄音于六宵，启法门于千载，济济乎实旷代之盛事也。自法主以降，暨于听僧，条载如左，以记其事焉。乃作颂曰：
>
> 十号神寂，三达空玄。迹由圣隐，教以慈宣。氤氲绪法，昭哲

---

① （梁）慧皎：《高僧传》，《大正新修大藏经》第50册，第346页。
② （唐）道宣：《续高僧传》，《大正新修大藏经》第50册，第429页。

遗筌……①

其文，先赞美佛法之广大无垠，深奥难解，继之赞美竟陵王之遍阅佛书，深悟佛理，其后说明讲会的时间、地点、参与之人，最后以颂结尾。当然，文末并非一定用颂作结。一番疏白之后，进入了正式讲经的程序。

待讲经结束之际，还要举行解讲仪式，约又有《竟陵王解讲疏》，其文曰：

……片言入道，事难于造次；一悟阶空，效隔于俄顷。若非积毫成仞，累爝为明，无以方轨慧门，维舟法岸。弟子是用夕惕载怀，惟日不足者也。故敬集名僧，鬻敷奥籍，振微起滞，轮动云回。月殿含吕，魄弦上日，甘露既穷，辍言宝座。卷文罢席，衣屐相趣。仰惟先后……欲报之诚，恩隆于永劫。敬舍躯服，以充供施。藉此幽通，控情妙觉。仰愿圣灵，速登宝位，越四天之表，记十号之尊。惟兹三世，咸证于此，敢誓丹衷，庶符皎日。

大意为：像法之世，悟道艰难，必须要点滴积累，祛练神明。因此才会集名僧，讲说法籍。初一罢席之日，追想母后早亡，难报大恩，敬舍衣物，以充供养。讲经是为了使人明了佛法，所以，要鼓励听者勤恳修习。另外，讲经之后要供养僧俗，并以此功德回向发愿。

3. 庆典

佛教之修造，种类繁多。大功告成之日，一般都举办庆祝佛事。道安法师于檀溪寺铸像，传说像成后乃西行上于万山，这是佛教史上一则著名的事件，② 可以想见像成之日的盛况。其时慧远还未离开乃师，像成之日的法会疏文即出于远师之手，其文收在《广弘明集》中，名《晋襄阳丈六金像赞序》，下注云：因释和上立丈六像作。版本的不同，字句的乖讹，掩盖了文本的真相，此处须略作分析整理，其文前半曰：

---

① （唐）道宣：《广弘明集》，《大正新修大藏经》第52册，第232页。
② 同上书，第202页。

……（引者按：此前为叹佛之文。）末年垂千祀，徒欣大化，而运乖其会，弗获叩津妙门，发明渊极，罔两神影，餐服至言。虽欣味余尘，道风遂迈，拟足逸步，玄迹已邈。每希想光晷，仿佛容仪，寤寐兴怀，若形心目，冥应有期，幽情莫发，慨焉自悼，悲愤靡寄。乃远契□□（引者按：此处原作百念慎三字，意义不通，复与后文不谐，或有衍文，或有错字，用□□代替）敬慕之思，追述八王同志之感，魂交寝梦而情悟于中，遂命门人铸而像焉。①

慧远在后文中说明了铸造佛像的双层意义：其一，"拟状灵范，启殊津之心；仪形神摸，辟百虑之会"，令不信者信；其二，"使怀远者兆玄根于来叶，存近者遘重劫之厚缘，乃道福兼弘，真迹可践"，令信者增长福（近）慧（远）。同时，佛像是僧俗共同成就，慧远又对众人加以赞美，其曰："于时四辈悦情，道俗高趣，迹向和应者如林。铸均有虚室之供，而进助者不以纤毫为挫；劝佐有弥劫之勤，而操务者不以昏疲告劳。因物任能，不日而成，功自人事，犹天匠焉。"最后，慧远以一则颂文作结。

后世不但对此文之用处不明，对文中之佛像也有误解，唐道宣在《续高僧传·释僧明传》中即认为此像乃无量寿佛②。文前叹佛语称佛"出自天竺"，文后之颂又云"伟哉释迦"，显然，此乃释迦金像。之所以产生如此误会，盖为慧远倡导弥陀信仰的缘故。

4. 修造

有时开工之际，也有佛事举行。任孝恭有《祭杂坟文》，就是在一次创建伽蓝之际，误掘他人之墓，在重修墓所之时宣白的，其文曰：

惟尔冥然往代，求圆石而无名；邈矣遐年，讨方砖而不记。封树

---

① （唐）道宣：《广弘明集》，《大正新修大藏经》第52册，第198页。按：此乃《大正新修大藏经》及《四部丛刊》本录文，首句文字似乎有问题。"妙门"一词，《思溪藏》、《普宁藏》、《嘉兴藏》等均作"沙门"，若依此则文意豁然。文曰："年垂千祀，徒欣大化，而运乖其会，弗获叩津。沙门□□，发明渊极，罔两神影，餐服至言。"空格处当加"道安"二字，慧远自不能直书，后来之人忽略了空格，最终成了上面的样子。

② （唐）道宣：《续高僧传》，《大正新修大藏经》第50册，第692页。

遭殄，谁别羽商之家；坟垅倾回，终迷庚癸之向。近创此伽蓝，实须泥丸，命彼硕人，置兹屯邑。不谓纶绳所用，遂毁牛亭之基；锹锸所侵，爰伤马鬣之势，重使翠幕临风，佳城见日。昔灵沼枯骨，周王改以衣冠；广武横尸，汉主加其椟椁。辄勒彼山虞，覆颓隍于旧趾；命兹匠者，修反壤于故林。还蚁结之文，依似坊之势，幸得宜阳大道，无变无移，京兆长阡，勿回勿徙。庶幽魂游止，践昔径而不疑；涂车往还，瞻旧辙而犹在。①

此文说明为建伽蓝而误掘墓地，表示要重修墓所，希望死者谅解。虽是佛事文，但文中竟丝毫没有释氏色彩，是佛事文学中极其特别的一篇。

四　唱导之文体

导文的体裁可以是散文，也可以是骈文，甚至还有诗歌。

《高僧传·释法愿传》载："愿又善唱导及依经说法，率自心抱，无事宫商，言语讹杂。唯以适机为要。"② 无事宫商，言语讹杂，显然是散文形式。法愿用散文唱导，取得了巨大的成就。

但这与时代风尚不符，就现存的导文而言，绝大部分都是骈文。比如，梁武帝萧衍于天监三年（504）下舍道归佛之诏③，有《舍道事佛疏文》（此文名称各异，此处用《全上古三代秦汉三国六朝文》所定）宣读，其文曰：

> 天监三年四月八日，梁国皇帝兰陵萧衍稽首和南，十方诸佛、十方尊法、十方菩萨僧。伏见经文玄义，理必须诠，云发菩提心者，即是佛心，其余诸善，不得为喻。能使众生出三界之苦门，入无为之胜路……若不逢遇大圣法王，谁能救接？在迹虽隐，其道无亏。‖弟子

---

① （唐）欧阳询：《艺文类聚》，上海古籍出版社1965年版，第735页。
② （梁）慧皎：《高僧传》，《大正新修大藏经》第50册，第417页。
③ 此事《南史》、《梁书》中未见记载；佛教文献虽有记录，又因时间、人物等衔接问题，引起学者怀疑和争论：20世纪五六十年代，日本学者内藤龙雄和太田悌藏两位先生率先对佛教文献中梁武帝"舍道"记录进行质疑；90年代，中国学者熊清元、赵以武进行了后继性的研究；进入21世纪，这个话题依然在国内学术圈引发议论。

经迟迷荒，耽事老子，历叶相承，染此邪法，习因善发，弃迷知返，今舍旧医，归凭正觉，愿使未来世中……宁可在正法中长沦恶道，不乐依老子教暂得生天，涉大乘心，离二乘念，正愿诸佛菩萨摄受。萧衍和南。①

疏文是武帝所书，宣白则由导师担当。在佛陀诞日宣读，无异于向臣民宣布要定佛教为国教。该文分两部分，文中以双竖线标识。篇幅虽短，但内容丰富，道宣称赞其"文极周尽"②。第一部分，赞颂了佛、法之功德，指出了释迦于娑婆世界应现与涅槃的意义，自由地排比佛教典故；第二部分，舍道从佛，发愿此生至未来际，力行弘化。

文章对仗工整，语言流畅，抑扬顿挫。赞佛之时，铺陈排比，气势恢宏；述意之际，"宁可在正法中长沦恶道，不乐依老子教暂得生天"与《庐山精舍誓文》（见下文）"傲天宫而长辞"表现了相同的信仰，但一则展示果决，另一则体现情趣。

除了骈文，唱导的文体还可以是诗歌。《续高僧传》载，释善权与释立身为炀帝献后崩殂，分番礼导，没有宣白之本，惟凭临场发挥：

四十九夜，总委二僧，将三百度，言无再述。身则声调陵人，权则机神骇众。或三言为句，便尽一时；七五为章，其例亦尔。③

体裁或者是偈颂，或者是诗歌。更甚者，四十九夜佛事，近三百次唱导，导辞没有一次重复，这是何等的口才？惟不可思议差可形容。为此，炀帝与学士柳顾言、诸葛颖等赞叹不已。

二法师在亡斋上的唱导虽无缘一见，但释真观却有相似的导文传世。释真观，陈隋之际著名高僧，有八能，谓义、导、书、诗、辩、貌、声、棋④是也，其中导即唱导。真观法师有《无常颂》一篇，乃四言诗歌形式，从释善权与释立身的例子来看，这可能是观法师的唱导文，其文曰：

---

① （唐）道宣：《广弘明集》，《大正新修大藏经》第 52 册，第 112 页。
② （唐）道宣：《续高僧传》，《大正新修大藏经》第 50 册，第 625 页。
③ 同上书，第 704 页。
④ 同上书，第 702 页。

浮生易尽，幻质难坚，四心役虑，三相催年。象来行及，鼠至弥煎，犹贪蜜滴，岂惧藤悬。迅同过隙，危若临渊，谁能回悟，自果长仙。①

佛典在说明众生贪着之际，用了一则寓言："时有一人，游于旷野，为恶象所逐，怖走无依，见一空井，傍有树根，即寻根下，潜身井中。有黑白二鼠，互啮树根，于井四边，有四毒蛇，欲螫其人，下有毒龙，心畏龙蛇，恐树根断。树根蜂蜜，五滴堕口，树摇蜂散，下螫斯人，野火复来，烧然此树。"② 人生之窘迫，无常之恼人，无过于此。慧皎谓唱导者"谈无常则令人心形战栗"（详见下节）；观法师《无常颂》正是此句的最好注解！

有别于真观法师，隋灵裕法师则让我们见识到了偈赞类唱导文的面目。其文被《法苑珠林》收录，名为《总忏十恶偈文》，文曰：

自惟我生死，过去无初际，乃至于今生，相续不断绝。愚痴暗覆故，三毒火常然，虽有身与心，而不能自瘠。徒蒙一切佛，放智慧日光，照我二种身……于今得圆满。③

此忏文共 335 字，总忏十恶（杀生、偷盗、邪淫、妄语、两舌、恶口、绮语、贪欲、嗔恚、邪见），其后论述到，诸般罪恶若不忏悔，最终要获苦果，诸佛亦不能救护。只有自己忏悔，才能消除无明，最终得到解脱。

骈体唱导文极端讲究对偶与声律，但此篇偈赞体唱导文却既不讲究对偶，更不讲究声律，这并非创作者不懂得如何对偶和平仄，他追求的是经中偈赞一般的效果，目的是于朴拙之中见出殊胜。

五 唱导之准则与四声理论

《高僧传·释法镜传》云：

---

① 出自《圣武天皇宸翰杂集》（日本国立国会图书馆藏写本）。
② 《譬喻经》，《大正新修大藏经》第 4 册，第 801 页。
③ （唐）道世：《法苑珠林》，《大正新修大藏经》第 53 册，第 918—919 页。

其后瓦官道亲、彭城宝兴、耆阇道登,并皆祖述宣唱。高韵华言,非忝前例;倾众动物,论者后之。①

这是说道亲等人仿效法镜唱导,言辞优美不亚于法镜,但说到感人,则只能屈居其后。这里提出了导文的两个准则:一要高韵华言,一要倾众动物。就倾众动物而言,慧皎指出了一个理想的标准,八关斋初始,导师:

谈无常则令心形战栗,语地狱则使怖泪交零,征昔因则如见往业,核当果则已示来报,谈怡乐则情抱畅悦,叙哀戚则洒泪含酸。于是阖众倾心,举堂恻怆,五体输席,碎首陈哀,各各弹指,人人唱佛。②

从这段叙述中可以看出,唱导文蕴含着极其丰富的内容,同时,也能够产生极其感人的效果。

但这段文辞一旦与俗讲联系起来,便有了不同的理解,便以为唱导的内容是情节丰富的劝俗故事。陈允吉先生认为"它们(引者按:引文前六句)共同组合在一个故事体内,相辅相成,紧密衔联,着力展现出作品人物遭逢经过的'苦乐参差'……到最后才演出一个'消灾除患'的大团圆结局",并将此六句与《目连变》比对,一一对应:

谈无常——青提夫人欺诳凡圣,不久即告命终。
语地狱——目连往地狱寻母,备见种种畏恶惨状。
征昔因——青提不施沙门,谎称已依罗卜嘱咐行事。
核当果——青提堕饿鬼及阿鼻地狱,受无间之余殃。
谈怡乐——目连救母,青提升天,母子皆大欢喜。
叙哀戚——目连狱中见娘,切骨伤心,哽咽声嘶。③

---

① (梁)慧皎:《高僧传》,《大正新修大藏经》第 50 册,第 417 页。
② 同上书,第 418 页。
③ 陈允吉:《〈目连变〉故事基型的素材结构与生成时代之推考》,《唐研究》第二卷,北京大学出版社 1996 年版,第 229 页。

陈允吉径直将此看成一个完整的故事——目连救母。当时的目连故事若有如此丰富的情节，且在众僧口头传诵，那么，六朝的志人志怪小说岂不是微不足道，甚至表现出历史的倒退？更何况，与此均相吻合的故事能有多少，难道唱导者宣唱之内容均为目连救母？其实，《高僧传》所陈六事是"若……若……若……若……若……若"之关系，此种形式古籍中多有，如宋罗烨《新编醉翁谈录》论《小说开辟》时称："说国贼怀奸从佞，遣愚夫辈生嗔；说忠臣负屈衔冤，铁心肠也须下泪；讲鬼怪，令羽士心颤胆寒；论闺怨，使佳人绿惨红愁……"① 所说显然不是一事，以此可知，陈先生上述讨论是难以成立的。

唱导从来不以情节性为其目标。《续高僧传·释慧明传》载："诸有唱导，莫不推指，明亦自顾才力有余，随闻即举，牵引古今，包括大致，能使听者欣欣恐其休也。"包括大致，自是凝练典故，不重情节之意。更能够说明此点的是唱导僧人提高唱导技能的途径，《释法韵传》载，韵"诵诸碑志及古导文百有余卷"《释善权传》载，权"每读碑志，多疏丽（俪）词，傍有观者，若梦游海，及登席列用，牵引啴之。人谓拔情，实惟巧附也"②。若追求情节，为何背诵碑志而不广览子史？其所以多学碑志之文者，原因有二。其一，刘勰谓："标序盛德，必见清风之华；昭纪鸿懿，必见峻伟之烈。此碑之制也。"③ 碑志之词多赞语，僧家衣食仰仗俗家信众，每有佛事，赞语是不可或缺的，学习碑志，主要是学习碑志的赞语。其二，碑志之文多为名家所制，赞颂之技巧，言辞之美妙，僧俗平日均少有听闻，佛事上用此，自然超出常情，令与会者大开眼界，所谓拔情、巧附是也。有些唱导者即使广览子史，亦非注目情节，《释智凯传》载，"义业通废，专习子史，今古集传"，但却是"有关意抱，辄条疏之"④，仍然为凝练典故，与情节无关。

佛家谈无常、语地狱，言辞变化多端，令心形战栗、怖泪交零是很容易，自不待情节。信众因庆贺而设斋，导文中必然要"谈怡乐"，相反，在为逝者而设的亡斋上，导文中自然要含有"叙哀戚"的内容！

---

① （宋）罗烨：《新编醉翁谈录》，古典文学出版社1957年版，第5页。
② （唐）道宣：《续高僧传》，《大正新修大藏经》第50册，第701、703、704页。
③ 范文澜：《文心雕龙注》，人民文学出版社1958年版，第214页。
④ （唐）道宣：《续高僧传》，《大正新修大藏经》第50册，第705页。

令部分研究者误会的是"征昔因"、"核当果",以为指的是因缘故事。按《善恶因果经》(疑伪经,表现了中国佛教徒的心态),今生受报不同,皆由先世用心不等,是以所受千差万别。若今身端正者从前生忍辱中来,为人丑陋者从嗔恚中来,为人贫穷者从悭贪中来,为人高贵者从礼拜中来……欲知后世果,今生做者是,好带弓箭骑乘死堕六夷中,好猞杀生者死堕犲狼中,好着创华者死作载胜虫,喜着长衣者死作长尾虫……根据听众的现实情况,斟酌相应的文辞,力求所说能使听者"如见往业",能够做到"已示来报",令听者深信不疑!

所谓"于是阖众倾心,举堂恻怆,五体输席,碎首陈哀,各各弹指,人人唱佛",不单单是唱导的效果而已,更涉及信徒的宗教情感。再好的文辞,面对没有宗教情感的人,也是难以产生效果的。义净《南海寄归内法传》云:"或可因斋静夜,大众凄然,令一能者诵……"① 修斋之时,宗教氛围(凄然)早已感染了当事人,上述效果是唱导与信众宗教心理相互结合的结果,单纯地强调唱导本身的艺术成就是不可取的。此种针对与众的要求,后来发展得更为规范,如《慈悲道场忏法》中径直称:"岂得不人人五体投地,如大(泰)山崩。"②

就高韵华言而言,这一标准既与导文宣白的对象有关,又与当日的文学风尚交相促进。

佛教的唱导制度,是在晋代道安、慧远师徒的手中形成的。古代社会,庶民大多是知识匮乏的,若当日唱导的对象为庶民,高韵华言的结果无异于对牛弹琴,所以只有为君王长者、文人学士唱导之际,才须兼引俗典,绮综成辞。正如道宣所说:"时江左文士,多兴法会,每集名僧,连宵法集。导达之务,偏所牵心。"③

僧人的导文,有诗有文,有骈有散,而以骈文居多。前举《释法愿传》云,法愿之唱导,无事宫商,言语讹杂。《史通》云:"自梁室云季,雕虫道长,平头上尾,尤忌于时;对语俪辞,盛行于俗。"④ 与《史通》所言相较,无事宫商对应的正是平头上尾,言语讹杂对应的正是对语俪

---

① (唐)义净:《南海寄归内法传》,《大正新修大藏经》第54册,第227页。
② (梁)诸大法师集撰:《慈悲道场忏法》,《大正新修大藏经》第45册,第923页。
③ (唐)道宣:《续高僧传》,《大正新修大藏经》第50册,第703页。
④ 赵吕甫:《史通新校注》,重庆出版社1990年版,第972页。

辞，慧皎强调法愿的这个特色，称"其智可及，其愚不可及也"，显见当日其他的唱导僧都是强调对偶、宫商的。

唱导师对骈俪的追求，是法事的需要，所以很多人才会去条录名家碑文中的俪语，或直接引用，或融化改编，以此获得俗家信众特别是文人士夫的青睐。

唱导师对声律的追求，也是法事的需要，当日的佛事活动特别是八关斋等是极其盛行的，从君王长者以至悠悠凡庶，从文人学士以至山民野处，大都崇信佛教，热衷于设斋延僧以祈福祛灾，任何一场佛事活动均有导文的宣白，《高僧传》中记载了很多令道俗瞩目的唱导名僧，如《释昙光传》载："光乃回心习唱，制造忏文，每执炉处众，辄道俗倾仰。"[1] 南朝忏文流传下来的亦有数篇，作者均为世俗名家，其言辞绝不会低于昙光或其他导师，然观其内容，似乎无法达到令人倾仰的效果；受人倾仰的与其说是内容，毋宁说是僧人唱导的辞藻与声调！这种抑扬顿挫的效果，是促使文人研究作品声律，总结汉语音韵规律即四声理论（非四声之目）的动力。为何如此讲呢？

《南史·沈约传》载："约撰《四声谱》，以为'在昔词人，累千载而不寤，而独得胸襟，穷其妙者'。自谓入神之作。"[2] 以此为追求的，尚有陈郡谢朓、琅邪王融等人，此类作品，当日被称为永明体，成为时代之风尚。后世学者对于永明体，多作为诗歌讨论，但当时之人对四声的研究本不以诗歌为限。陆厥曾致书沈约，讨论四声之事，所举之例，全为赋体；沈约复书亦称：

  十字之文，颠倒相配，字不过十，巧历已不能尽，何况复过于此者乎……以洛神比陈思他赋，有似异手之作。[3]

十字之文，指五言诗歌，过于此者，不是七言（当日七言尚未流行），而是赋体、骈文之类。沈、谢、王等，在文章中强调宫商，提出声

---

[1] （梁）慧皎：《高僧传》，《大正新修大藏经》第50册，第416页。
[2] （唐）李延寿：《南史》，中华书局1975年版，第805页。
[3] 同上书，第681页。

病之说，这在文人当中少有前例。对此，钟嵘谓："文制本需讽读，不可蹇碍，但令清浊通流，口吻调利，斯为足矣。"① 此虽为批判四声八病之说，但即使是这样的标准，也不是一般文人所能企及的。关键便在于"讽读"一词，正如纪昀所说："句末韵脚，有谱可凭，句内声病，涉笔易犯，非精究音学者不知。故往往阅之斐然，而诵之拗格。"② 文人制文是用来阅览的，本不太重视诵听之事；但在唱导僧人那里，导文是用来诵读的，而是否钻研、实践导文的讽读（无事宫商的释法愿除外），更是当日佛教界对唱导僧极其重要的评价标准，因此，当日唱导僧对汉语声律的感受和理解，必然比文人来得深刻。

骈文的形式美在于两个方面：第一，对偶；第二，声律，但两者的发展却并不同时，文章中对偶的自觉要早于声律的自觉。刘大杰先生谓：

> 中国文字的特质，是孤立与单音。因其孤立，宜于讲对偶，因其单音，宜于讲音律。字句的对偶，在曹植、王粲、陆机诸人的诗赋里试用日繁；至于音律，古人亦颇注意，如司马相如所谓"一宫一商"，陆机所谓"音声之迭代"，都是明证。不过这些都是说自然音调的和谐，还没有达到人为的声律的严格限制。③

就骈文而言，既然因字形的孤立而能够早早注重对偶之美，也应该因单音之特点而早早注重声律之美，两者自觉的早晚之别，正说明骈文声律的自觉需要另外一种动力，即一种能够让人感受到的讽诵的美妙。

后世的读书人，有一套摇头晃脑以伸文气的古文鉴赏方法和创作方法，启功谓："从前文人诵读文章，讲究念字句有轻重疾徐。有人不但读诗词拿腔作调，读骈散文章也常是这样。还有人主张学文章要常听善读的人诵读，最易得到启发。现在可以明白，所谓善读文章，除了能传出文中思想感情之外，还能把声调的重要关键表现出来。"④

这套方法直到白话文兴起以后才被弃置不用，这种音声神气相结合的

---

① （梁）钟嵘：《诗品·总论》（与《文心雕龙》合集），中国书店1988年版，第5页。
② 詹锳：《文心雕龙义证》卷七引，上海古籍出版社1989年版，第1230页。
③ 刘大杰：《中国文学发展史》，上海古籍出版社1982年版，第288页。
④ 启功：《诗文声律论稿》，中华书局1978年版，第125页。

方法，其源头在何处呢？前面已经提及，慧皎强调，唱导之际要"含吐抑扬"，"吐纳宫商"，日僧虎关师炼也说，唱导僧们以"摇身首，婉音韵"为高①，这些不正表明文人摇头晃脑以伸文气是受到了六朝唱导僧人唱导的启发吗？

从唱导制度的确立到沈约等人强调四声有160多年，如此长久地注意导文的宫商，唱导僧不会不总结出语音的经验，《南史·陆厥传》载："时有王斌者，不知何许人，著《四声论》行于时。斌初为道人，博涉经籍，雅有才辩，善属文，能唱导而不修容仪。"②其声如何不得而知，但唱导四能"声、辩、才、博"中的辩、才、博三者俱全，很明显，这里指出王斌能著《四声论》与他唱导师的身份是密切相关的。王斌是梁朝人，较沈约等又晚了几十年，在其之前的近200年里，唱导名家辈出，必然早有如王斌一般之人。宋齐之时已然声誉隆盛的释僧旻，著有《四声指归》。其人未载于唱导篇，但传文谓"寺僧多以转读、唱导为业，旻风韵清远，了不厝意"；又谓"（旻）吐纳膏腴，自生顾眄，风飙满室"。③可见僧传并非谓其不懂唱导，实则是赞其天机内发，无须刻意为之；相反，其他人若要掌握文辞音韵之法，就必须研习转读唱导。

所以，笔者认为，当日世俗强调音韵美的文学风尚显然受到了僧家唱导之事的感染，佛教唱导激发了世俗文人对汉语声律的关注，促成了四声理论的产生。当然，这里所说的激发、促成仅仅是指它产生的背景，而非指它产生的依据。说到中国语文中四声的发展与佛教的关系，必然要提及陈寅恪先生，此处暂且不论，说见下编第二章第一节"对转读、梵呗的整理"。

附

若四声理论，原是为了诗歌的唱咏，此事则另当别论。吴相洲先生以为："沈约等人提出的以'四声'、'八病'为主要内涵的声律说是出于方便入乐的考虑，由永明体发展而来的近体诗是适合入乐歌唱的最佳形式；

---

① ［日］虎关师炼：《元亨释书》，《国史大系》第14册，经济杂志社1901年版，第1154页。

② （唐）李延寿：《南史》，中华书局1975年版，第1197页。

③ （唐）道宣：《续高僧传》，《大正新修大藏经》第50册，第461页。

永明声律说提出的巨大意义在于为那些不擅长音乐的人找到一种简单的便于合乐的作诗方法,即通过音韵的合理组合便可写出达到合乐要求的诗歌;永明体的创立和完善是在歌词的创作中完成的。""如果我们把永明体的创立也是看作是一种重在'唱咏'的运动,那么说二者之间存在相互借鉴的关系,从理论上说是可以成立的。"① 但钟嵘明言:"今既不被管弦,亦何取于声律邪。"② 足见吴说尚值得进一步商榷。

六 唱导者之素养

作为僧团的代表,唱导者一定要有非常深厚的素养,《高僧传》云:

> 夫唱导所贵,其事四焉,谓声辩才博。非声则无以警众,非辩则无以适时,非才则言无可采,非博则语无依据。至若响韵钟鼓,则四众惊心,声之为用也。辞吐俊发,适会无差,辩之为用也。绮制雕华,文藻横逸,才之为用也。商榷经论,采撮书史,博之为用也。③

优秀的唱导,必须要有四个方面的能力:第一要声音洪亮(有些著作以为:"'响韵钟鼓'则提到了具体的乐器,因此,这里的'声'无疑是指佛教音乐。"④ 这样理解是错误的,响韵钟鼓是指唱导者的声音如钟鼓,与乐器无关,《续高僧传》描述吉藏云"听其言则钟鼓雷动",描写真观云"声韵钟铃,捷均风雨"⑤,行文与此一致);第二要言辞便敏;第三要有辞采;第四要博引经史。

除了慧皎所强调的四点以外,唱导者还需要具备其他的能力。《宋高僧传·释一行传》载:

> 寂师尝设大会,远近沙门如期必至,计逾千众。时有征士卢鸿,

---

① 吴相洲:《永明体的产生与佛经转读关系再探讨》,《文艺研究》2005 年第 3 期,第 62—69 页。
② (梁)钟嵘:《诗品·总论》(与《文心雕龙》合集),中国书店 1988 年版,第 5 页。
③ (梁)慧皎:《高僧传》,《大正新修大藏经》第 50 册,第 417 页。
④ 李小荣:《变文讲唱与华梵宗教艺术》,生活·读书·新知三联书店 2002 年版,第 41 页。
⑤ (唐)道宣:《续高僧传》,《大正新修大藏经》第 50 册,第 513、701 页。

隐居于别峰，道高学富，朝廷累降蒲轮，终辞不起。大会主事先请鸿为导文，序赞邑社。是日鸿自袖出其文，置之机案。钟梵既作，鸿谓寂公曰："某为数千百言，况其字僻文古，请求朗俊者宣之，当须面指摘而授之"，寂公呼行。伸纸览而微笑，复置机案，鸿怪其轻脱。及僧聚于堂中，行乃攘袂而进，抗音典裁，一无遗误。鸿愕视久之，降叹不能已。复谓寂公曰："非君所能教导也，当纵其游学。"①

寂法师请名士卢鸿创作导文，序赞邑社。鸿作字僻文古，怕宣白之人难以胜任，要当面指授，一行却不以为难。由此而知，唱导僧必须字学丰富，如此，宣白他人创作的导文之际，才能够游刃有余，不出差错。若字学贫乏甚至目不识丁，便会丢尽了佛教界的脸，而这种情况却又真实地存在。赞宁《大宋僧史略·受斋忏法》载："近闻有西江商客，赛愿营斋，先示文疏，数僧无能读者，被商客驱之。一何可笑！后生闻此，当寅夜攻学，一则不虚受施，一则覆庇群僧，一则扬名于四方也。"②

《高僧传》又谓：

若能善兹四事，而适以人时，如为出家五众，则须切语无常苦陈忏悔；若为君王长者，则须兼引俗典绮综成辞；若为悠悠凡庶，则须指事造形直谈闻见；若为山民野处，则须近局言辞陈斥罪目。凡此变态，与事而兴，可谓知时、知众，又能善说。③

所谓知时，即唱导者之言辞要与斋会目的相一致，这不是慧皎的创见，而是佛陀的明诫。《杂宝藏经》载，摩诃罗见舍利弗因唱导出色而获得大量嚫施，便背诵了舍利弗的导辞，却在完全相反的场合下宣说，遭到斋主的打骂驱赶；其后诵言行事，屡因不知变通，不合时宜，遭受毒打。为此，佛陀告诫比丘们："自今已后，诸比丘等，若欲说法咒愿，当解时宜……宜知是时及以非时，不得妄说。"④

---

① （宋）赞宁：《宋高僧传》，《大正新修大藏经》第50册，第732页。
② （宋）赞宁：《大宋僧史略》，《大正新修大藏经》第54册，第238页。
③ （梁）慧皎：《高僧传》，《大正新修大藏经》第50册，第417页。
④ 《杂宝藏经》，《大正新修大藏经》第4册，第480页。

所谓知众，即导文之内容与形式要根据不同听众而有所拣择。出家之人，捐弃家业，永舍妻息，为坚固其意，防其退失，因而要切语无常，苦陈忏悔；君王长者，世荣既显，多富识学，为生其恭敬，防其鄙悄，因而要兼引俗典，绮综成辞；悠悠凡庶，既少读书，复难解悟，为树信三宝，增益福田，因而须指事造形，直谈闻见；山民野处，射猎杀生，"俗好草窃"①，为去恶翻邪，生发善念，因而须近局言辞，陈斥罪目。

唱导者只有明了斋会的场合、对象，才能够不犯错误。这里所提到的内容都不是强调情节的，有学者以此论俗讲起源，实在难以说明问题。

七　唱导之末流

不是每个寺院都有出众的唱导之人。若不能言谈典雅，口舌生花，佛事的相似性，也允许这些唱导者去照本宣科。但照本宣科亦非易事，有些人言语迟钝，极易出错，令设斋之人有虚设之感，也令僧侣受俗家鄙视。《唱导篇》云：

> 若夫综习未广，谙究不长，既无临时捷辩，必应遵用旧本。然才非己出，制自他成，吐纳宫商，动见纰缪。其中传写讹误，亦皆依而唱习，致使鱼鲁淆乱，鼠璞相疑。或时礼拜中间，忏疏忽至。既无宿蓄，耻欲屈头，临时抽造，蹇棘难辩，意虑荒忙，心口乖越，前言既久，后语未就，抽衣謦咳，示延时节。列席寒心，观徒启齿，施主失应时之福，众僧乖古佛之教。既绝生善之萌，只增戏论之惑，始获滥吹之讥，终致代匠之咎。②

此段虽简短，但有些字句容易引人误解，有些则需要进一步强调。

其一，"遵用旧本"者，俗讲研究者以为是早期的俗讲话本，但实际是法会仪式上的仪文。

其二，"吐纳宫商"者，指发声时的四声，并不指音乐，四声理论的运用在魏晋南北朝时期很受世人重视。

---

① （梁）慧皎：《高僧传》，《大正新修大藏经》第50册，第340页。
② 同上书，第418页。

其三,"其中传写讹误,亦皆依而唱习,致使鱼鲁淆乱,鼠璞相疑。或礼拜中间,忏疏忽至"者,使用他人文辞,结果可能误读文字,可能词不应景,也可能文体错用。这些情况在僧俗仪式中都在所难免。唐穆宗有《责降宗正少卿李子鸿等敕》,文曰:"宗庙之礼,严肃居先,荐告之词,精审为切。方将升祔,安可'九室皆同'?既已祧迁,岂宜'四昭咸在'?宗正少卿李子鸿,实司祠事,误进祝文,罪有根源,理难降减,宜停见任。……其后礼合变文,事宜中节者,太常博士不得更称旧制,致有差殊。"① 李子鸿便犯了后两种错误。

其四,引文中所描绘唱导者之窘态,更表明唱导者佛事司仪的身份,因为,因世俗之请而作的斋会,唱导僧硬着头皮也要完成,这与嚓施有关;但因修造等事而发起俗讲以求信众之布施,则唯有胜任者担当,若本寺无有,亦可请他寺僧众帮忙。

其五,"乖古佛之教"者,出自前举《杂宝藏经》摩诃罗故事,再一次明确表明唱导的内容。

唐僧道宣对此则有另一番表述:

> 导达之任,当今务先,意在写情,疏通玄理。本实开物,事属知机,不必诵传,由乖筌悟。故佛世高例,则身子为其言初;审非斯人,则杂藏陈其殃咎。②

唱导(即导达)是用来抒发宗教感情的,在此过程中,要以佛理贯穿其中。虽然本质是开导众生,但要因时因地因人而异,非是泛泛而论。不需要背诵传习,因为那样违背了对佛理的领悟。唱导的正面例子,如身子(舍利弗)对施主的咒愿,成了后世的范式;而反面例子,摩诃罗不合时宜,反遭棒打,因《杂宝藏经》而贻笑后世。例证与慧皎、赞宁所举一致。

道宣继续论道:"但为世接五昏,人缠九恼,俗利日隆,而道弘颇踬。所以坐列朝宰,或面对文人,学构疏芜,时陈鄙俚。"如前所论,面

---

① (清)董浩等:《全唐文》,中华书局1983年版,第695页。
② (唐)道宣:《续高僧传》,《大正新修大藏经》第50册,第705页。

对一般信众，唱导者的言辞比较随便些，面对官吏文人，就要精心构思，否则很容易犯错。以下便是当时许多唱导僧人的不当行为：

　　褒奖帝德乃类阿衡，

　　帝王寿诞，寺庙例应举行法事庆贺①，其时官民到当地寺院参与法事，僧人要宣读祝圣寿之疏文；又有官、民建斋供僧，斋会疏文也多先咒愿皇帝。褒奖皇帝德能，应该是比况先代圣王，若将其比为名臣伊尹（阿衡），就不恰当了；

　　赞美寒微翻同旒冕，

　　贫穷之家做佛事，僧人应该大加赞赏，所谓贫穷布施难是也。赞美贫穷檀越之时，当掌握分寸，若吹捧过甚（旒冕指代帝王），不但令施主脸红，僧人也会被认为无耻；

　　如陈满月，则曰圣子归门，悉略璋弧，岂闻床几，

　　因儿女满月祈福，其事多有，僧人照例要进行赞颂祝愿，祝文中应该有"弄璋"（《诗·小雅·斯干》）、"垂弧"（《礼记·内则》）之类的典故，以及描摹婴儿娇卧床几之憨态，这样的文辞优美、准确、喜庆。但唱导僧却滥用"圣子归门"之类，如 S·6417 号文献中的《愿文》云："若有难月之者：惟愿灵童启胤，福子归门"，无论对象。古代典籍中，孔子降生称圣子，皇子皇孙称圣子，普通家庭使用此词显然不适合。

　　若叙闺室，则诵窈窕从容，能令子女奔逃，尊卑动色。

　　当斋文中涉及女子时，言辞犹当斟酌。可当日唱导僧人口中却说出女子窈窕、从容一类的言辞，令施主听了惊骇难堪。

---

①　（宋）赞宁：《大宋僧史略》，《大正新修大藏经》第54册，第247页。

上述所陈四事，正是当日庸碌的唱导僧所为，"僧伦为其掩耳，士俗莫不寒心。非惟谓福徒施，亦使信情萎萃"。

另外，在文学作品中，也有对唱导末流的描述，《水浒传》第四十五回"杨雄醉骂潘巧云，石秀智杀裴如海"中，潘公请报恩寺和尚海阇黎，为潘巧云前夫王押司做功德，内中有一段贬斥和尚的韵文，称道"宣名表白，大宋国称做大唐；忏罪沙弥，王押司念为押禁"①，这些描述正应慧皎所提到的"依而唱习"、"鱼鲁淆乱"、"鼠璞相疑"，《金瓶梅》中亦全引此句而略作修改。

我们仅称那些谄媚逢迎或水平低下的唱导僧为唱导之末流，但是，一些正统僧人对唱导僧的标准更高，对于追求言辞华美之人亦有所批判。

道宣云：

> 又有逞衒唇吻，摇鼓无惭，艳饰园庭，闺光犬马……颜厚既增，弥深痴滞。宁谓道达，岂并然耶。

为讨施主欢喜，不但赞美施主家人，连庭院、牲畜都大加赞美。不但厚颜，而且愚蠢，唱导难道是这样的吗？

道宣对此可谓痛心疾首！在他的其他著作中也有类似呵责："比世流布，竞饰华辞，言过其实。凡竖褒扬贵族，贫贱赞逾鼎食，发言必成虚妄，举事唯增讹诳。故《成实》云：'虽是经法，说不应时，名为绮语。'况于浮杂，焉可言哉！"②

宋元照云："凡白众之语，直述其事，今时四六偶对，或祝赞皇风，或褒扬王道，有同伶伦俳说无异。致令听者，都无所晓，弊风久矣，宜须革之。"③ 所谓"伶伦俳说"，语出韩愈。韩愈两次应博学宏词科皆失败，认为所试之应制四六"乃类于俳优者之辞"④，宋人多有此类说法，将宣白语贬低为俳优之辞，主要就谄媚的态度而言，四六偶对的形式并无不

---

① （明）施耐庵、罗贯中：《水浒传》，人民文学出版社1975年版，第627页。
② （唐）道宣：《答崔立之书》，《四分律删繁补阙行事钞》，《大正新修大藏经》第40册，第136页。
③ （宋）元照：《答崔立之书》，《芝园遗编》，《卍新纂续藏经》第59册，第637页。
④ （唐）韩愈：《答崔立之书》，《韩昌黎全集》，世界书局1935年版，第244页。

妥，与散体相比，骈文更有利于宣白，所以，元照有矫枉过正之嫌。

古代的日本僧人对唱导之末流也有论述。虎关师炼《元亨释书·音艺志·唱导》[元亨二年（1322）成书] 谓：

> 争奈何利路才辟，真源即塞，数它死期，寄我活业，谄谀交生，变态百出。摇身首、婉音韵，言贵偶俪，理主哀赞，每言檀主，常加佛德，欲感人心，先或自泣。痛哉无上正真之道，流为诈伪俳优之伎。①

佛事以超度亡灵为最普遍，僧众多以此为获得利养之主要途径，唱导者期待着他人来做超拔之佛事，并准备了各种各样的应付文章。这些文章均以排比对仗为贵，谄媚奉承为主。在佛事斋会上，唱导者摇头晃脑、抑扬顿挫、矫揉造作地朗读这些导文，对此，师炼同样斥之为俳优之伎，与元照之语暗合。

对道宣所云，伏俊琏先生理解为"这是说通俗讲经内容之粗俚、低庸"②，是难以成立的，是将目光集中在唱导与俗讲关系上的结果。慧皎、道宣等对唱导末流的描画，为众多研究者所论，误解颇深，所以此处不惮烦言，极力辨析。

第三节　唱导文的创作

唱导者所贵有四，其中之"辩"，即言辞敏捷，释慧璩"出语成章，动辞制作，临时采博，罄无不妙"；释道儒"言无预撰，发响成制"；释慧重"言不经营，应时若泻"。③ 这种才能很受时人的重视与赞赏，是他们能够成就唱导名僧的重要原因。也正因如此，唱导高僧们很少把自己准备要唱导或已唱导的言辞写成文本。

---

① [日] 虎关师炼：《元亨释书》，《国史大系》第14册，经济杂志社1901年版，第1154页。
② 伏俊琏：《关于变文体裁的一点探索》，《敦煌文学文献丛稿》，中华书局2011年版，第62页。
③ （梁）慧皎：《高僧传》，《大正新修大藏经》第50册，第416页。

又，佛事的设立，因由各不相同，唱导言辞也会随之而异，照搬他人言辞很可能张冠李戴，弄巧成拙。《续高僧传·释善权传》载，有人将释善权的导辞抄录，善权令其烧毁，劝他不要背诵言辞，举《杂宝藏经》中舍利弗、摩诃罗之诫说明那样做的危害。故权之导文，亦不存纸墨。

两晋南北朝时期，是汉地佛事仪轨的创发阶段，三百年间，有大量的仪轨被创制出来。佛事仪式化程度的提高，令唱导辞的适用范围越来越广，记诵优秀的导辞成了一般唱导僧的必行之事；同时，部分唱导僧虽然本身不能创作高妙的导文，却委托他人代为创作，也令部分唱导文保存了下来；更有部分学养深厚的佛教居士，不仅是佛事活动的参与者，还是佛事仪轨的创制者，他们为仪轨而创制的导文也保存了下来。

一 忏愿文

忏悔并非佛教独有，但将其作为一种功课，并且将忏文形成专门的文种，则在佛教流行之后。晋道安法师制僧家斋忏之法，《大宋僧史略·受斋忏法》云："至有伪秦国道安法师，慧解生知，始寻究经律，作赴请、僧跋、赞礼、念佛等仪式，凡有三例"①，并创制了与之前迥异的忏文。宋净源云："然则忏之为义，有理忏焉，有事忏焉。若夫陈罪相以精勤，责妄心而愧切，此事忏也。念实相以宴安，耀慧日于霜露，此理忏也，汉魏以来崇兹忏法，蔑闻其有人者，实以教源初流，经论未备（方等诸经婆沙等论）。西晋弥天法师尝著《四时礼文》，观其严供五悔之辞，尊经尚义，多撷其要，故天下学者悦而习焉。"② 道安以前的忏悔，身口意所作，一一依于法度，对于尊像披陈过罪，以破事障，为事忏；道安法师从大乘佛教义理入手，观法之无性，而亡罪福之相，以破理障，为理忏。他的礼忏文《四时礼文》是第一篇理忏文，有庄严供养的文辞（严供），有忏悔、劝请、随喜、回向、发愿的文辞（五悔），其文辞多撷撮经要，为天下僧俗所悦习。此文至宋代依然存在，不知何时亡佚。

东晋刘程之（刘遗民）所制之《庐山精舍誓文》（此文名称各异，此处用《全上古三代秦汉三国六朝文》所定）为现存最早的愿文。《出三藏

---

① （宋）赞宁：《大宋僧史略》，《大正新修大藏经》第54册，第238页。
② （宋）净源：《圆觉经道场略本修证仪》，《卍新纂续藏经》第74册，第512页。

记集·释慧远传》载：慧远法师集彭城刘遗民、雁门周续之、新蔡毕颖之、南阳宗炳等一百二十三人，于精舍无量寿像前建斋，立誓共期西方。明王思任《游庐山记》云："七尖胡鼻峰之前，有刘遗民读书台，可望鄱湖，洗砚池尚在，未审发愿文在此属稿否。"① 显见此文为后世文人所欣赏。

此文是依据慧远大师念佛旨意而撰写的，全文431字，诠释了净土信仰的心路历程。契理契机，虽以骈文写就，但纯任自然，言简义丰，佛教术语与传统语言，相得益彰。特别是最后一段："藉芙蓉于中流，荫琼柯以咏言，飘灵衣于八极，泛香风以穷年。体忘安而弥穆，心超乐以自怡。临三涂而缅谢，傲天宫而长辞。绍众灵以继轨，指大息以为期。"仙耶？菩萨耶？没有佛教的枯寂庄严，反而多了些仙家的潇洒飘逸，形象地反映了庐山众贤心中的净土世界。言年一韵，怡辞期一韵，朗朗上口。这是最早的愿文，也是愿文中的巅峰之作。

到了南北朝，依凭大乘经典的学说而创制的仪轨，以各种不同的形式流行，从而产生了大量的仪式用文，名目既多，有礼赞文，有忏文，有愿文等，篇幅亦长短不一，均由导师宣白。这些导文，创作之际并非有意为模板，为特定佛事而作，但当相同佛事举行之时，它们便成了模板。如前文所论任孝恭《祭杂坟文》，明王志坚《四六法海》称"世有兴复古刹而坏人先墓者，请读此文"②。佛教徒的唱导表白很多是这样因循的，也正因为如此，才容易产生慧皎所谓遵用旧本的种种差错。

《出三藏记集》载《宋明皇帝初造龙华誓愿文第一》（周颙作）之目，惜其文已佚。《弥勒下生经》称弥勒于龙华菩提树下成佛，三会度人天；《荆楚岁时记》载："四月八日，诸寺各设会，香汤浴佛，共作龙华会，以为弥勒下生之征也。"③ 宋明所造即由此而来，内容可以悬测。当日龙华会很流行，《出三藏记集》尚载《京师诸邑造弥勒像三会记第二》、《齐竟陵文宣王龙华会记第三》两则。宋明造龙华会到僧祐《出三藏记

---

① （明）王思任：《游庐山记》，《古今图书集成·山川典》，鼎文书局1977年版，第1320页。
② （明）王志坚：《四六法海》，《文渊阁四库全书》第1394册，第788页。
③ （梁）宗懔：《荆楚岁时记》，《古今图书集成·岁功典》引，鼎文书局1977年版，第484页。

集》文，已然半个世纪有余，僧祐独录此文，不仅在于此文为第一篇龙华会唱导文，也在于其文辞足为后代沿用，其作者周颙，安城（河南汝南）人，字彦伦，所学泛摄百家，而长于佛理。《出三藏记集》又载《宋明帝受菩萨戒自誓文第二》目录一篇，为明帝自作之誓愿文。

齐梁陈之际，忏法渐出，忏文、愿文创作繁盛，其流传至今者已如前述。圣凯法师谓："这些忏法的行仪都已经失佚，内容如何无从考定，但是从所保存下来的忏文看来，应该是读诵如上经典时而作相当于文疏一样的开场白，祈求以诵经功德能消灭罪愆。"① 大致不差，但有些与诵经是相对应的，特别是那些以经名为题的忏文，有些则与诵经关系并不密切。

这些忏文及愿文，与相对应的行仪结合，有着各自的特色。以下论述一些被佛教人士推崇的作家作品。

1. 沈约

沈约之《忏悔文》，由两部分组成，其文略曰：

> 弟子沈约稽首，上白诸佛众圣：约自今生以前至于无始，罪业参差，固非词象所算。……爰始成童……晨刘暮燔，亘月随年，嗛腹填虚，非斯莫可。……蠢动飞沈，罔非登俎，倪相逢值，横加剿扑。……又暑月寝卧，蚊虻嚼肤，恣之于心，应之于手。……手因恣运，命因手倾。为杀之道，事无不足。……又尝竭水而渔，躬事网罟，牵驱士卒，欢娱赏会。……党隶宾游，愆眚交互，或盗人园实，或攘人豢养，弱性蒙心，随喜赞悦，受分吞赃，皎然不昧。性爱坟典，苟得忘廉，取非其有，卷将二百。……又追寻少年，血气方壮……淇水上宫，诚无云几，分桃断袖，亦足称多。……迁怒过嗔，有时或然，厉色严声，无日可免。……前念甫谢，后念复兴，尺波不息，寸阴骤往，愧悔攒心，罔知云厝。②

省略处不论，所引文字包括沈约为各种原因而杀生，与人偷盗财物，欢喜分赃，喜爱书籍以至不当得而得，既好女色（淇水上宫），又爱男风

---

① 圣凯：《中国汉传佛教礼仪》，宗教文化出版社2001年版，第4页。
② （唐）道宣：《广弘明集》，《大正新修大藏经》第52册，第331页。

（分桃断袖），待人严厉，迁怒他人等，这分明就是一篇自传！这些恶习难以断除，虽然惭愧，却不知道如何对待。"今于十方三世诸佛前，见在众僧大众前，誓心克己，追自悔责。收逊前愆，洗濯今虑，校身诸失，归命天尊。"在佛僧及与会者之前，表达自己追悔自责之意，以上属于事忏。

以下转入理忏，通过对佛理的分析，他认识到，"若不本诸真谛，以空灭有，则染心之累，不卒可磨"，"其性既空，庶罪无所托"，发出"日磨岁莹，生生不休，迄至道场，无复退转"的誓愿，找到了忏悔的正确方法。沈约的忏文与道安法师是一脉相承的。

佛事上的忏文或者愿文，均是信众对佛菩萨的表白，是疏文的一种，所以，它们又称为忏疏、愿疏。沈约的《舍身愿疏》，疏中忏辞远多于愿辞，陈文帝《无碍会舍身忏文》，文中愿辞远多于忏辞，可见忏文与愿文，区别并不是绝对的，有时实为一事。

《舍身愿疏》大体模式本慧远唱导之则，但其中文笔却曲折多变。文中称扬了佛教的平等、慈悲，谓言："曾不知粟帛所从，事非因己；悠悠黔首，同有其分。离多共（供）寡，犹或未均；我若有余，物何由足。仁者之怀，不应若此"；了解并揭露当日百姓的痛苦，"饥寒困苦，为患乃切；布满州县，难悉经缘"；对自己（也包括其他人）的为富不仁予以批判与忏悔，"救寒止于重袭，而笥委余袭；冬夜既蒙累茧，而楎有赢衾。自斯已上，侈长非一，虽等彼豪家，其陋已甚。方诸窭室，所迈实多"。表现了作者对百姓的深切同情。

文中还批评了当日举办佛事之人的错误行径，为我们留下了当时佛事的影像，"缘业舛互，世谛烦记，变形改饰（出家），即事为难。故开以八支，导彼清信，一日一夜，同佛出家（八关斋的缘起）。本弘外教，事非僧法，而世情乖舛，同迷斯路。招屈名僧，寘之虚室；主人高卧，取逸闲堂。呼为八关，去之实远，虽有供施之缘，而非断漏之业"。《舍身愿疏》于末后言："藉此轻因，庶证来果，功德之言，非所敢及"，不以施舍为功德，比起"以此功德……"① 之言，显得可爱。

疏中明言除了设斋之外，"兼舍身资服用百有一十七种"，其后又有

---

① （唐）道宣：《广弘明集》，《大正新修大藏经》第52册，第323页。

"约今谨自即朝至于明旦，排遣俗累，一同善来"之语，可见此疏本是八关斋疏而非舍身疏，《广弘明集》所定名称有误。沈约另有一篇为刘义宣作，名《南齐南郡王舍身疏》，疏中言"敬舍肌肤之外，凡百一十八种"，《广弘明集》所定名称亦误。

沈约导文恳切自然，文辞雅丽，令佛徒喜爱不已，除上面所论外，其他如叹说万法无常则云"一切如电，挥万劫于俄顷；丘井易沦，终漂沈于苦岸"，刻画佛法难信则云"区区七尺，莫知其假；耳目之外，谓为空谈。靡依靡归，不信不受"。到了唐代，沈约的导文依然受到唱导僧人的欢迎，《续高僧传·释宝岩传》载，宝岩即经常引用沈约的导文。

2. 梁简文帝

梁简文帝之《六根忏文》，是另一篇极具佛教特色的忏悔文章，是因为对于世人无比重要的生命要素——眼耳鼻舌身意，在佛教看来是那么的不实，甚至充满罪恶。《佛说分别经》云："佛言：人有六恶，以自侵欺，何谓为六？眼为色欺，耳为声欺，鼻为香欺，口为味欺，身为细滑欺，意堕邪念为邪念欺，是为六欺。令人堕恶道中，无有出期。黠人乃谛觉是耳。"[①] 基于这样的信念，简文帝创制了《六根忏文》。此忏文在"今日此众，诚心忏悔六根障业"的白语之后，就眼、耳、鼻、舌、身、意六根分别忏悔罪障。

此文的模式是先忏后愿，即先忏悔眼根之罪障，继之就眼根发愿，耳、鼻、舌、身、意根同此。如忏眼根：

> 眼识（当作根）无明，易倾朱紫，一随浮染，则千纪莫归。虽复天肉异根，法慧殊美，故因见前境，随事起恶。今愿舍此肉眸，俱瞬佛眼，如快目王。见净名方丈之室，多宝踊塔之瑞，牟尼鹫山之光，弥勒龙华之始。常游净土，永步天宫。[②]

从佛家的观点指出人的眼睛如何导人向恶，然后发愿，愿得佛眼。用快目王施眼，誓求佛道，度脱众生，得涅槃乐的典故表现誓愿的宏大，同

---

① 《佛说分别经》，《大正新修大藏经》第17册，第541页。
② （唐）道宣：《广弘明集》，《大正新修大藏经》第52册，第330页。

时用维摩、多宝、释尊、弥勒四则印象表现愿满的殊胜,令听者想往!

与沈约的《忏悔文》不同,沈约忏悔的是自己的所为,简文铺陈的则是世人的经验。略说数端,耳根的罪障:"悦染丝歌,闻胜法善音,昏然欲睡;听郑卫淫靡,耸身侧耳",用魏文侯之典;鼻根的罪障:"所以蝍蛆甘带,自谓馨香;乌鸦嗜鼠,不疑秽恶",用《庄子·齐物论》;舌根的罪障:"所以谗言三至,曾母投杼;端木一说,越霸吴亡。故知三寸之舌未易可掉,驷马既出于事难追",用人告曾子杀人,曾母逾墙而走和子贡说四国,存鲁亡吴之典,非常形象。

在铺陈了每件事之后,都有一系列崇高的愿行,大略言之,愿听净土之声响,嗅香积之宝饭,餐禅悦之六味,得琉璃之慧体,洞无生之佛理,极大地激发了听者的宗教情感。

简文《悔高慢文》前已述及,其又有《唱导文》,其文规模宏大,共分六节,与前举王僧孺之《忏悔礼佛文》、《礼佛发愿文》是相同的类型。此类导文更强调唱导的仪轨性质,内容既广泛又普遍化,形式更加模块化,节与节之间穿插着礼拜行为,是忏疏向忏仪过渡的阶段。

3. 梁陈诸帝

沈约的忏文只是于佛前宣白,之后行其他佛事,简文、王僧孺的忏文仪式性更强,穿插着礼拜行为。此外,梁陈时代,还产生了不少依据某部经典而创作的忏文,即圣凯法师所说的忏文。

梁武帝《摩诃般若忏文》依据之经典为姚秦鸠摩罗什译《摩诃般若波罗蜜经》;《金刚般若忏文》依据之经典为罗什译《金刚般若波罗蜜经》;陈宣帝《胜天王般若忏文》依据之经典为陈月婆首那译《胜天王般若波罗蜜经》;陈文帝《妙法莲华经忏文》依据之经典为罗什译《妙法莲华经》;《金光明忏文》依据之经典为北凉昙无谶译《金光明经》;《大通方广忏文》依据之经典为《大通方广忏悔灭罪庄严成佛经》(历代经录判为伪经);《虚空藏菩萨忏文》依据之经典为姚秦佛陀耶舍译《虚空藏菩萨经》;《方等陀罗尼斋忏文》依据之经典为北凉法众等译《大方等陀罗尼经》;《药师斋忏文》依据之经典为《灌顶经》,非依现存隋或唐时所译之《药师经》,按《出三藏记集》云:"《灌顶经》一卷(一名《药师琉璃光经》或名《灌顶拔除过罪生死得度经》)右一部,宋孝武帝大明元年,秣陵鹿野寺比丘慧简依经抄撰(此经后有续命法所以偏行于世）"①；《娑罗斋忏文》依据之经典为北凉昙无谶译《大般涅槃经》。

这些忏文的模式大都是先赞佛赞法，后忏悔发愿，赞佛、法之文辞均对应相应的经典，将经典中的佛理与事件巧妙地化为凝练的骈体。

虽然此类忏文的模式相同，特色不强，但是，文中却较清晰地反映了几位帝王的心声。梁武帝《金刚般若忏文》云："弟子习学空无，修行智慧，早穷尊道，克己行法。方欲以家刑国，自近及远，一念之善，千里斯应，一心之力，万国皆欢。恒沙众生，皆为法侣，微尘世界，悉是道场。"② 体现了以佛法治国、建立人间净土的宗教治国理念，绝非宋文帝"若使率土之滨皆纯此化，则吾坐致太平"③ 纯功利的想法。陈文帝《金光明忏文》云："弟子以兹寡昧，纂承洪业，常恐王领之宜不符政论，御世之道有乖天律，庶绩未康，黎民弗乂。方愿归依三宝，凭借冥空，护念众生，扶助国土。"《虚空藏菩萨忏文》云："弟子承如来之教，禀诸佛之慈，国被菩萨之功，家行大士之业。方愿十方刹土，悉有一乘，十方众生，皆修十地。"《药师斋忏文》云："弟子司牧寡方，庶绩未乂，方凭药师本愿，成就众生。"④ 后几篇忏文体现了对诸佛菩萨威神力的敬服与愿求，功利性较梁武帝强得多了。

4. 江总与陈文帝

《南史·陈本纪》载："（陈武帝永定二年五月）辛酉，帝幸大庄严寺，舍身。壬戌，群臣表请还宫。"⑤ 所谓舍身，即设斋会仪式，舍己身入佛寺。南朝梁、陈时代，贵族为表皈依佛教之心，经常有此行为。梁武帝一生曾四次舍身同泰寺，群臣为赎回帝王之身，须纳巨额金钱入寺库。陈武帝舍身大庄严寺，群臣同样以巨额金钱赎回，赎身的法事上，宣白了江总所作的疏文，名曰《群臣请陈武帝忏文》，其文曰：

某位某甲稽首和南十方三世一切诸佛，十方三世一切尊法，十方三世一切贤圣、见前大德僧：皇帝某讳菩萨……百王既季，运属艰

---

① （梁）僧祐：《出三藏记集》，《大正新修大藏经》第55册，第39页。
② （唐）道宣：《广弘明集》，《大正新修大藏经》第52册，第332页。
③ （梁）僧祐：《弘明集》，《大正新修大藏经》第52册，第69页。
④ （唐）道宣：《广弘明集》，《大正新修大藏经》第52册，第334页。
⑤ （唐）李延寿：《南史》，中华书局1975年标点本，第273页。

难，五岳维尘，六军日动，勋劳在念，有切皇心。既而深悟苦空，极信无我……便欲拂衣崆峒，高步六合，到林间而宴坐，与释种而同游……天生烝民，树以司牧，惵惵黔首，非后罔戴。岂容致尊居万乘，而申独往之情，应在帝王，而为布衣之事！且蛮夷猾夏，寇贼奸宄，燧人警职，日照甘泉之火；四郊多垒，未肆楼船之威。若使七圣云迷，窅然汾水之上，八骏沃若，方在瑶池之滨，则天下何依！……谨舍如干钱，如干物，仰觊三宝大众，奉赎皇帝及诸王所舍，悉还本位。伏愿……慊慊丹愚，敢以死请。弟子某和南。①

江总，《陈书》有传，亡国宰相，声名不佳。然江总也有许多值得赞誉之处。总尝自叙，时人谓之实录，叙中引晋太尉陆玩之语曰，"以我为三公，知天下无人矣"，对于自己毫无政绩，明言不讳；但他又谓，"官陈以来，未尝逢迎一物，干预一事"②，虽非治国之才，却绝非无耻小人，甚至有些傲骨。

在这篇短小的疏文中更是时有体现。首先，他在皇帝面前两次提到国事危脆，国无宁日，相比之下，对皇帝的赞美则是一带而过；其次，他指出皇帝有自己的本分，不当舍身，"天生烝民，树以司牧，惵惵黔首，非后罔戴。岂容致尊居万乘，而申独往之情，应在帝王，而为布衣之事！""若使七圣云迷，窅然汾水之上，八骏沃若，方在瑶池之滨，则天下何依！"对皇帝自以为功德深厚之举，竟带批评之意！虽是佛事疏文，却显示了铮铮傲骨，他称自己未尝逢迎一物，此言不虚。

文帝也于天嘉四年"夏四月辛丑，设无碍大会，舍身于太极前殿"③。文帝亲制《无碍会舍身忏文》，《大正藏》题下有"陈文帝为皇太后大舍宝位"④之说明。文帝乃武帝侄，是南朝历代皇帝中难得一见的有为之君。武帝崩，宣章皇后立其为帝，文帝尊为皇太后，文帝为皇太后舍身，大约是祛灾求福之意，具体原因不得而知。

似乎出自对世尊的敬畏，文帝的忏文与沈约、江总等人的一样，总能

---

① （唐）道宣：《广弘明集》，《大正新修大藏经》第 52 册，第 331 页。
② （唐）姚思廉：《陈书》，中华书局 1972 年版，第 346—347 页。
③ （唐）李延寿：《南史》，中华书局 1975 年版，第 280 页。
④ （唐）道宣：《广弘明集》，《大正新修大藏经》第 52 册，第 335 页。

够透露出一些真实心态。文中剖白了自己继承大统，而黎民未安、众事未兴、兢兢业业、如履薄冰的困累，以及受佛理的感召情愿舍身入寺的心理。

佛理的深奥、佛徒的脱俗、佛果的殊胜，比起政治的乏味与严酷、俗世的功利与喧嚣，自是令其神往。舍身行为是矛盾的，文帝最终没有抛弃宝位，但矛盾所体现出来的正是皇帝真实的一面，在他之前的梁武帝、陈武帝也是如此。

5. 南岳慧思

僧人的忏愿文，需要特别强调的，是《南岳思大禅师立誓愿文》。慧思（515—577），南北朝时期之高僧，武津（河南上蔡）人，俗姓李，世称南岳尊者、思大和尚、思禅师，为我国天台宗第二代祖师（一说三祖）。作《南岳思大禅师立誓愿文》，一卷篇幅，内容丰富，光怪陆离。

思禅师依仿佛经，以"我闻如是"入文，先论释尊入胎直至弥勒出世的传说，最早提出佛教的末法概念，然后发愿修习苦行，必愿具足功德，见弥勒佛。这通常已经是愿文完整的模式，但于该文却只算引言而已。

以下用大量篇幅叙述自己出生的时地，出家的因由，修行的艰辛，如何一次次被人投毒、断食，如何奇迹般地生还，如何造金字《般若波罗蜜经》，完成了一部简单的自传。

然后再次发愿，别人发愿大多比较笼统，思禅师发愿却如在目前，不但要"愿于当来弥勒世尊出兴于世，普为一切无量众生说是《般若波罗蜜经》"，还依仿佛经，以四言偈形式编排了后世弥勒佛向弟子们讲述思禅师本事之情景，其文曰：

时……弥勒佛
告诸弟子　汝等应当　一心合掌　谛听谛信　过去有佛　……
时有比丘　名曰慧思　造此摩诃　波罗蜜经　黄金为字　琉璃宝函
盛此经典　发弘誓愿　我当度脱　无量众生　未来贤劫　弥勒出世
说是摩诃　般若经典　波罗蜜经　我以誓愿　金经宝函　威神力故
当令弥勒　七宝世界　六种震动　大众生疑　稽首问佛　唯愿说此
地动因缘　时佛世尊　告诸大众　……　彼造经者　有大誓愿

汝等应当	一心念彼	称其名号	自当得见	说是语时	一切大众
称我名号	南无慧思	是时四方	从地涌出	遍满虚空	身皆金色
三十二相	无量光明	……	是时众生	以我愿力	及睹地动
又见光明	闻香声告	得未曾有	身心悦乐	……①	

显然，这是仿照《妙法莲华经·从地踊出品》的模式创作的。思禅师不但要于弥勒之世讲经，还要弥勒赞叹，万众钦仰，可谓志大宇宙，勇迈终古。思禅师志愿还有多条，其中一愿曰：

又复发愿	我今入山	忏悔一切	障道重罪	经行修禅	若得成就
五通神仙	及六神通	暗诵如来	十二部经	并诵三藏	一切外书
通佛法义	作无量身	飞行虚空	过色究竟	至非非想	听采诸天
所说法门	我亦于彼	向诸天说	所持佛经	还下阎浮	为人广说
复至三途	至金刚际	说所持法	遍满三千	大千世界	十方国土
亦复如是	供养诸佛	及化众生	自在变化	一时俱行	若不尔者
不取妙觉②					

为了修习佛法，教化众生，简直又可称为上穷碧落下黄泉了。整卷文中誓愿广大，此处仅举两例以略作说明。用佛偈形式表达，得心应手，与经中之偈如出一辙，丝毫没有四言诗的味道。

此篇为思大师入山修道之前的誓愿，大有与世人诀别之意，末后言愿先得丹而后得道，欲住世留形，长生不死，现世之中，便得成果，不待他生，谓"为护法故求长寿命（引者按：命字或衍），不愿生天及余趣，愿诸贤圣佐助我，得好芝草及神丹，疗治众病除饥渴，常得经行修诸禅"，与一般欲往生者截然不同。对此，明代高僧袾宏谓："南岳应化圣贤，若果出其口，必自有故，非凡近所测；若后人所增，则不可信"，"今文何可遽信，其亦禅门口诀之类也夫？"③ 怀疑此文非思禅师所作。

---

① （北魏）慧思：《南岳思大禅师立誓愿文》，《大正新修大藏经》第46册，第786页。
② 同上书，第788页。
③ （明）袾宏：《云栖法汇》，《嘉兴大藏经》（新文丰版）第33册，第65页。

按：末法时代，经典会一部部消亡，而末法思想正源于思禅师，此种情况势必令一本慈悲热忱的思禅师焦虑，思禅师也是不得已才会有此誓愿。文中"不贪身命发此愿"正是为此。佛教虽讲求无常，但亦有住寿之说，佛陀以宾头卢犯戒，不许其入于涅槃，敕令为末世四部众生作福田；迦叶付法于阿难，入鸡足山入定，以待弥勒成佛，皆为汉地僧人所熟知，思禅师求住寿，盖受此影响。

又，《大唐内典录》已载此文于慧思禅师名下，道宣与慧思禅师相隔不久，当不至弄错，日本入唐求法高僧的取经目录中亦多有记载。因此，若无确实证据，此文作者实不必怀疑。

前举忏文、愿文等都有各自的特色，被佛教人士推崇。但是，并不是所有的忏愿文都是如此。卢思道《辽阳山寺愿文》颂美北齐后主，极尽谀美之能事；隋炀帝《宝台经藏愿文》等虽于佛前表示诚敬，但按其所为，则是篇篇空话（当然，也有出人意表之语，如为自己崇信佛法却不能出家辩白，云"无容弃稷契而同园绮，变菩萨而作声闻"[1]，稷、契即商周之始祖，园绮即秦汉隐士商山四皓中的东园公和绮里季，足见文思才情）。

二 礼赞文

仪式的进展，需要礼赞文来贯穿。礼赞文的创作，也是唱导者所关注的。创作此类文章的作家，其作品流传至今的有如下几位。

1. 王僧孺

王僧孺在当日唱导僧人心中，大概是最受崇敬的一位。《续高僧传·释法韵传》载：韵"诵诸碑志及古导文百有余卷，并王僧孺等诸贤所撰，至于导达，善能引用"；《释宝岩传》载："岩之制用，随状立仪，所有控引，多取《杂藏》、《百譬》、《异相》、《联璧》、观公导文，王孺忏法，梁高沈约徐庾晋宋等数十家，包纳喉衿，触兴抽拔。"[2]

王僧孺现存导文有三篇，前面已经提及了两篇，即《忏悔礼佛文》和《礼佛发愿文》，在探讨梁简文帝的导文时已经说明了它们的内容和形

---

[1] （唐）道宣：《广弘明集》，《大正新修大藏经》第52册，第257页。
[2] （唐）道宣：《续高僧传》，《大正新修大藏经》第50册，第703、705页。

式，它们的文辞也是非常优秀的。赞美帝王则曰"凝神汾水，则心谢寰中；屈道轩丘，则形劳宇内"，赞美后妃则曰"虽异姜后解珥请罪于周王，不待樊姬舍肉有激于荆后"，均有出人意表之效；叹时光飞逝，一曰"尺波寸景，大力所不能驻；月御日车，雄才莫之能遏"，再曰"当知刹那交谢，瞬息不留，东扶裁吐，西崦已仄。譬阅川之驶流，若栖叶之轻露"，[①] 同样形象生动。其第三篇《初夜文》，更是不负其盛名。其第一节文曰：

> 夫远自无始，至于有身，生死轮骛，尘轹莫之比；明暗递来，薪火不能譬，逝水非驶，千月难保。蓼虫习苦，桂蠹喜甘，大睡剧于据梧，长昏甚于枕曲，义非他召，事实已招。曾不知禀此形骸，所由而至，将斯心识，竟欲何归。唯以势位相高，争娇华于一旦；车徒自盛，竞驰骛于当年。莫不恃其雄心壮齿，红颜缁发，口恣肥浓，身安轻靡，繁弦促柱，极滔漂而不厌；玉床象席，穷靡曼而无已。谓蒙泉若木，出没曾不关人；蹲乌顾兔，升落常自在彼，殊不知命均脆草，身为苦器。何异犬羊之趣屠肆，麋鹿之入膳厨，秋蛾拂焰而不疑，春蚕萦丝而靡悟。未辨先对，不识因习，及其一触畏途，孟门非险。辗裂支解，方斯不臻其痛；断趾凿肩，比兹未极其苦。轮回起伏，杳杳悠悠，是以天中之天，降悲提引，壅夏河之长泻，扑秋原之猛燎。或同商主，乍等医王，形遍三千，教传百亿。或恣其神力，或寂诸梵境，言则三涂离苦，笑则四生受乐。乃应病投机，解纷说理，制之日夜，称为八关，以八正篇为法关键。斯实出世之妙津，在家之雄行……（其后拜愿）

行文如长江大河，一泻千里。对仗工整，四五六七字对颠倒运用，注意音韵，宣白之际抑扬顿挫。其第二节文曰：

> 夫日在昆吾，则虑繁事扰；景落蒙泛，则神静志恬。璧月珠星，合华相照，轻云薄雾，朗然自载。鸣钟浮响，光灯吐辉，法幢卷舒，

---

① （唐）道宣：《广弘明集》，《大正新修大藏经》第52册，第205—207页。

拂高轩而徐薄；名香郁馥，出重担而轻转。金表含映，珠柱洞色。况复天尊端巇，威光四照，焕发青莲，容与珂雪。觉祇卫之咫尺，若林园之斯在，大招离垢之宾，广集应真之侣。清梵含吐，一唱三叹，密义抑扬，连环不辍……（其后拜愿）①

将法会的场景描摹得有声有色。高声诵读此文，就知道为何后世唱导僧人要背诵他的导文了。

2. 周赵王

两晋南北朝时期，一些僧俗创制的唱导文集成集子，以供导师使用。《续高僧传》载，隋世释真观著诸导文二十余卷，窃用其言者众矣。其集达二十余卷，大概当日各类佛事中的唱导均有涉及。在《圣武天皇宸翰杂集》（见下文介绍）中，收录真观法师作品四首，包括《无常颂》、《观白骨叹无常》、《奉请文》三首，其中《奉请文》一首必然出自导文集，其他二首或者也用于唱导。同时之释彦琮，为诸沙门撰唱导法，"皆改正旧体，繁简相半，即现传习，祖而行之"②，既曰传习，亦是编制成册，供人习用。后又奉隋炀帝（时在藩，任总河北）别教，撰修文疏。僧家所修文疏，自是佛事上应用之文，与其撰唱导法，虽事有前后，制用则同。唯文集不存，实为可惜。今日以文集形式存在的最早的导文集，据笔者搜求，大概是北周赵王宇文招之《周赵王集》，收于日本《圣武天皇宸翰杂集》中。

中日交往的结果，使得中国部分诗文集辗转传入日本，受到日人推崇。部分诗文集在汉地散佚了，却侥幸保存于海东。圣武天皇，生于大宝元年（701），卒于天平胜宝八年（756）。自神龟元年（724）至天平胜宝元年（749）在位，日本奈良时代的第四十五代天皇。圣武天皇在位期间极力采纳唐代文物制度，用以充实国政。信仰佛教，创建国分寺、东大寺，发心铸造大佛，两次派遣唐使，出现了天平文化盛景。圣武天皇善书，曾抄写汉地诗文，在其死后被其妻光明皇后献给了东大寺，后世称为《圣武天皇宸翰杂集》（以下简称《杂集》），成为历代国宝，流传至今。

---

① （唐）道宣：《广弘明集》，《大正新修大藏经》第52册，第207—208页。
② （唐）道宣：《续高僧传》，《大正新修大藏经》第50册，第436页。

其中含佛事文学多种,《周赵王集》为其中之一。

据《周书》本传载,赵僭王招,字豆卢突。幼聪颖,博涉群书,好属文,学庾信体,词多轻艳。隋文帝欲迁周鼎,招密欲图之,以匡社稷,为其政治上最大的手笔,后事觉,陷以谋反,其年伏诛。招所著文集十卷,而今早佚,唯存《从军行》诗一首,诗曰:"辽东烽火照甘泉,蓟北亭障接燕然。水冻菖蒲未生节,关寒榆荚不成钱"①,格调苍凉,不入轻艳。因而,《杂集》所载便成了赵王招仅存之文。

《杂集》录文共九篇,包括《平常贵胜唱礼文》、《无常临殡序》、《宿集序》、《中夜序》、《药师斋序》、《儿生三日、满月序》等,其中《唱礼文》名下包含《法身凝湛之文》、《因果冥符之文》、《无常一理之文》、《五阴虚反之文》四篇。这是专为唱导僧创作的,行文的语气也是导师的。篇中每有"今日施主"、"今为施主"、"今为檀主"、"大众证明"、"□□□中时再拜"、"大众敛容整服,端心摄意礼云云"等口号。

九篇均为骈体,质量很高,安腾信广称赞《平常贵胜唱礼文》,云:"无论从义旨还是辞章方面看,皆堪称为堂堂雄篇。"②《平常贵胜唱礼文》共四篇,为礼拜佛菩萨之际的言辞。赞斋会之景象,则曰"宝幡飘飏,杂天花而共色;法鼓铿锵,带梵音而俱响";叹时光之飞逝,则曰"日轮晓映,阳乌之羽不停;月桂夕悬,阴菟之光恒徙";述因果之不爽,则曰"响随声绕,影逐形移,福不唐捐,善无空设";哀人生之迫迮,则曰"四山交逼,如何可免?二女竞来,罕能排斥";总六道之众生,则曰"上则穷尽无色,下则极至阿鼻,间中生处混淆,果报丛杂,乃至殊方异域,不近人情。被发雕身,无闻诗礼。或可赤城紫塞,碧海乌江,弱水梯山,毡帷板屋,爰及一臂之人,两头之鸟,三足之鳖,六眼之龟,乃至体上载星,背间生树,腹中容舄,口里吞舟,如是地狱辛酸,修罗楚切,神祇诡曲,饿鬼饥虚";略灾难之灭除,则曰"微烟小埠,寄神风而吹拂;霜露薄发,因惠日而消荡";逝者往生,则曰"蹑金花而徒步,反笑乘龙;凭宝殿而游安,还嗤控鹄。法喜为味,讵返餐霞,惭愧是依,何待披

---

① (宋)郭茂倩:《乐府诗集》,中华书局1979年版,第481页。
② [日]安腾信广:《圣武天皇"杂集"所收〈周赵王集〉释注》,《日本文学》第93卷,东京女子大学2000年版,第2页。

雾"；存者吉庆，则曰"灾氛已（己）散，宁劳刻杖高麂；厄运自发，何待登山远避？身心快乐，似遍净而无忧；寿算遐长，类金刚而弗毁。官途隆显，非因白燕之祥；禄位迁升，宁□黄花之施"。虽是唱导之文，却使用了多种表现手法，令人应接不暇。

安腾又谓："其余诸序，亦极尽骈体之妙。"《无常临殡序》，深切感人，是用于亲临殡殓之际的言辞。序者，叙也。论理，则曰："夫无常之法，念念迁流；有为之道，心心起灭。虽复单越定寿千年，非相（想）大期八万；而同居火宅之内，俱毙死生所逼。况复阎浮世界，命脆〔藤〕悬；娑婆国土，身危惊电。所以逝川觉其迅疾，过隙叹其奔驰；镜像喻其非真，干城方其无实"；论情，则曰："光颜若在，便怀丘墓之悲；盛德未衰，仍为泉壤之□。奈何罢去，更一面而无期；呜呼哀哉，岂再逢之可望。"《宿集序》、《中夜序》两篇前面已录，是斋会之时，初夜与中夜唱导的言辞，描摹场景贴切自然，烘托出一种既殊胜又略带凄然之感。《药师斋序》为设药师斋之际的言辞，文云："……此药师经者，乃是佛游毗耶之国，偃息音乐之树，与八千比丘之众，及三万菩萨之僧，共会论经，方坐说法。是时对扬之主，名曰文殊，承佛盛（胜）神，即从坐起，请问诸佛国土，利益众生之事。是时大师，即为宣说。东方去此，十恒河沙，有佛世尊，成等正觉，善治众病，故有药师之名；内外清澈，故受璃光之号……"将佛说《药师经》之情境及药师如来成佛之缘起化为优雅凝练的骈文，从容不迫、有条不紊。《儿生三日、满月序》用于儿生三日或用于满月均可，典型的应用文章特征，文云："自非久修善业，多树洪基，岂得子弟庄严，亲理成就，如栴檀之围绕，譬兰桂之芬芳？"一句包含两面，父母、婴孩均有涉及，化典故于无形。

内藤湖南在其《圣武天皇宸翰杂集跋》中论及周赵王作品，曰："今集中所载……平常贵胜唱礼文，皆陈义玄深，雕辞靡丽，抚简栖之头陀，媲僧儒之忏悔；其余诸序，亦皆隽妙。中州词林之风流，代北贵种之文采，惟滕闻王庾集序与此诸篇，庶乎可以尽其大概矣。"① 评价也是极高的。

---

① 〔日〕内藤虎次郎：《内藤湖南全集》第七卷，筑摩书房1970年版，第132页。

第四节　唱导盛行之缘由

　　通过上述讨论，显然，唱导在南北朝佛教徒中很受欢迎。这不得不令人升起疑问，既然唱导就是后世的表白，为什么后世对此渐渐失去热忱？为什么唱导转变为表白？这个问题，涉及当日教内教外的多重因素。

　　就教内而言，其因大概有二。第一，当日并无后世那般程序化的佛教仪式，唱导僧在佛事中发挥的余地很多。曹魏前后，虽有斋忏，事法祠祀，昙柯迦罗有所改革，也是止备朝夕；道安、慧远法师确立了唱导的制度和法则之后，唱导僧成了佛僧、僧俗交流的纽带，佛事能否顺利完成取决于唱导僧人的水平。隋唐以后，各种礼忏仪的创制层出不穷，创制者均是历代之佛门龙象，既有高僧所制模板，谁还愿意甚至敢于在佛事中自我发挥？从此，佛事则蔚繁撮要，科仪则按旧添新，天下同文，无施不可，按本宣科的工作再难冠以唱导之名，所以，被表白渐渐地代替了。

　　第二，当日并无后世那般齐备的僧职设置，唱导分化成几种相互协作的僧职。《水浒传》载，大相国寺知客语鲁智深云："僧门中职事人员，各有头项。且如小僧，做个知客，只理会管待往来客官、僧众。至如维那、侍者、书记、首座，这都是清职，不容易得做。都寺、监寺、提点、院主，这个都是掌管常住财物。你才到的方丈，怎便得上等职事？还有那管藏的唤做藏主，管殿的唤做殿主，管阁的唤做阁主，管化缘的唤做化主，管浴堂的唤做浴主，这个都是主事人员中等职事。还有那管塔的塔头，管饭的饭头，管茶的茶头，管东厕的净头，与这管菜园的菜头，这个都是头事人员，末等职事。"① 这许多僧职是在唐朝百丈禅师创立清规（其中才出现十务）之后逐渐出现的，之前是没有的。与唱导有关的是维那和书记，维那负责表白，已见前述；书记，又称书状，《禅苑清规》云："书状之职，主执山门书疏……院门大榜、斋会疏文，并宜精心制撰，如法书写。古今书启、疏词文字，应须遍览，以益多闻。若语言典重，式度如法，千里眉目，一众光彩。"② 唱导既负责表白（声、辩），又

---

① （明）施耐庵、罗贯中：《水浒传》，人民文学出版社1975年版，第94页。
② （宋）宗赜：《禅苑清规》，《卍新纂续藏经》第63册，第532页。

负责制文（才、博），责任重大，受人重视，当其分化以后，两种僧职各有侧重，世人重书记而轻表白，如《入唐求法巡礼行记》云："唐国之风，每设斋时，饭食之外，别留料钱。当斋将竟，随钱多少，僧众僧数，等分与僧。但赠作斋文人，别增钱数。若于众僧各与卅文，作斋文者与四百文。"[①] 如此，则无论是书记还是表白，都无法再继续使用唱导一称了。

就教外而言，其因在于时人对言语表达的重视。在《世说新语》中，言语门被放在德行之后，很明显地说明了这种现象。

言语之美首先体现在文辞与声律上，这特别为南朝士人看重，所以道宣称："时江左文士，多兴法会，每集名僧，连霄法集。导达之务，偏所牵心。"[②] 唱导僧文所以读碑志，疏丽（俪）词，原因正在于此。余风所及，直至唐代不息。隋代，西京兴善寺官供寻常唱导之士，对唱导僧依然重视；唐代释智凯于殿内唱导，赞扬帝德，广引古今皇王治乱济溺得丧铨序，言无浮重文极铺要，一代宰伯同赏标奇；僧一行圆寂，推道氤表白，法事方毕，宰相张说称其唱导宇内罕匹，由是其文流行天下，为世人所赏，此文存于敦煌 P·3535 号文献中，《全唐文补编》有录文。

言语之美还体现在应景之上。僧传中每每赞许唱导僧奇能切对，正是此意。若唱导者之咒愿应验，此人更受瞩目。《续高僧传·释慧明传》载，陈宣帝太建五年，因陈军与齐对阵，朝廷卦卜胜负，以为不祥，遂请百僧斋。慧明就卦象而唱导，当时以为浮饰，后来结果，与明所言宛同符契，明承此势，为业复隆。[③] 这显然是延续了东汉重视谶纬的社会风俗。世俗的重视自然引来僧侣的精益求精，后世俗人并不看重此点，僧侣便懒于用心出新而惯于遵用旧本了。

---

① ［日］圆仁：《入唐求法巡礼行记》，上海古籍出版社1986年版，第20—21页。
② （唐）道宣：《续高僧传》，《大正新修大藏经》第50册，第703页。
③ 同上书，第701页。

第二章　唐五代的佛事文章

　　无论就学术的研究，还是就平民的信仰而言，唐代都是中国佛教的鼎盛时期。留存的魏晋南北朝时期的资料少之又少，实在不足以供我们体会，而这一时期的佛事活动，丰富多彩，留下的文献也非常丰富，可以使我们清楚地体会古人佛事文章的创作情况。

第一节　世俗与道流的佛事文章

　　与两晋南北朝时期相仿，唐代世俗创作的佛事文章流传下来的很少。就现存唐人作品集而言，几乎没有作家将佛事疏文收入自己的集中，这与宋人文集截然相反。显然，绝不可能因为唐代文人不作佛事疏文，主要还是如绪论中所说，文人不以宗教仪式文为文章正轨之关系。但就部分虔诚的佛教徒而言，又并非均是如此，据《东域传灯目录》载，当日有《则天大圣皇后集》十卷，注云："枚数少故，或合卷也，披见是多愿文集也。"[①]

　　本着少详多略的原则，本章先对少数几例唐五代作家作品作较详细的分析。

一　唐太宗

　　杜继文《佛教史》谓，"唐代诸帝对于佛教的态度，出于真正信仰者较少，普遍地是从政治上考虑"，又谓，"唐太宗晚年转向佛教信仰，也

---

① ［日］永超：《东域传灯目录》，《大正新修大藏经》第 55 册，第 1165 页。

第二章 唐五代的佛事文章

是事实"。① 如果说真正信仰指的是深入经藏、智慧如海的话，则整个佛教界的信徒，大半属于非真正信仰；如果说真正信仰指的是除灾兴福、祈愿祝祷的话，那么，唐代诸帝对于佛教的态度，出于真正信仰者应该是较多，太宗也绝不是到了晚年才转向佛教信仰。据唐道宣载，从贞观元年正月开始，太宗不但多次举办佛事，还对僧众称："佛道大小朕以久知，释李尊卑通人自鉴，岂以一时在上，即为胜也？朕以宗承柱下，且将老子居先，植福归心，投诚自别。比来檀舍，金向释门，凡所葺修，俱为佛寺，诸法师等，知朕意焉。"② 显见太宗敬道出于政治考虑，而宗佛则与世人普遍信仰相同。

《集古今佛道论衡》载，贞观十五年五月十四日，太宗躬幸弘福寺追荐太穆皇后，哀泪横流，乃手制愿文，曰：

> 皇帝菩萨戒弟子稽首和南十方诸佛菩萨圣僧天龙大众：若夫至理凝寂，道绝名言，大慈方便，随机摄诱。济苦海以智舟，朗重昏以慧日，开晓度脱，不可思议。弟子凤罹愆衅，早婴偏罚，追惟抚育之恩，每念慈颜之远。泣血崩心，永无逮及，号天踊地，何所厝身。岁月不居，炎凉亟改，荼毒之痛，在乎兹日。敬养已绝，万恨不追，冤酷之深，百身何赎。惟以丹诚，归依三宝，谨于弘福道场，奉施斋供，并施净财，以充檀舍。用其功德，奉为先灵，愿……③

《唐太宗全集校注》谓此文写作年代不详，又谓该文为祈亡父母升天的施斋愿文④，均误。《集古今佛道论衡》中对时间记载非常明晰，道宣为太宗时人，又与皇家接触密切，自不会弄错；而文中"偏罚"、"慈颜"等词语，更说明了此文单为其母后而作。

贞观十六年五月，太宗又至弘福寺，御制《为太穆皇后追福愿文》，其文曰：

---

① 杜继文：《佛教史》，江苏人民出版社2006年版，第238页。
② （唐）道世：《法苑珠林》，《大正新修大藏经》第53册，第1027页。
③ （唐）道宣：《集古今佛道论衡》，《大正新修大藏经》第52册，第385页。
④ 吴云、冀宇校注：《唐太宗全集校注》，天津古籍出版社2004年版，第647页。

圣哲之所尚者孝也，仁人之所爱者亲也。朕幼荷鞠育之恩，长蒙抚养之训，蓼莪之念，何日云忘；罔极之情，昊天匪报。昔子路叹千钟之无养，虞丘嗟二亲之不待，方寸乱矣，信可悲夫。每痛一月之中，再罹难疚，兴言永慕，哀切深衷。欲报靡因，惟凭冥助，敬以绢二百匹，奉慈悲大道。傥至诚有感，冀销过往之愆；为善有因，庶获后缘之庆。①

唐太宗对其母（名窦惠）的感情，少有人及，见《册府元龟·孝德篇》，太穆皇后去世时，太宗只有十六岁，二十五六年的时间过去了，但其思母念母之情，透过这两篇愿文，宛然可见。前一篇愿文句句是至孝之言，沉痛之语，直抒胸臆，几近哀号；后一篇愿文篇幅亦短小，文中用《诗经·蓼莪》、子路负米养亲、徐庶因母辞先主等典故，贴切自然，读来有余音绕梁之效果。

二 宋之问与"叹佛"

太宗所制，因关涉己身，所以情充内府，这样的疏文是很难得的，如果制文之人与佛事无涉，佛事文章的创制便难以情胜。此时，制文者普遍将目光放在辞藻之上。

宋之问有《为太平公主五郎病愈设斋叹佛文》，由文中内容可知此事之大概。太平公主第五子（史载，太平公主唯有四子，五字或误）患病，太平祈佛佑护，后其子病愈，太平欲还愿，遂于家中设斋，广请僧众。宋之问此文四百余字，大致可分为四部分：叹佛德，赞斋主，辩斋意，发咒愿。言辞精致，但谄谀之意溢于言表。

文虽不足观，文题却须做些说明。叹佛，《佛学大辞典》的解释为："赞叹佛德之偈文也，弥满于经中。禅门之疏及回向之首，以联句或四句偈叹佛德，谓之叹佛。祝圣回向之首曰：'巍巍金相，堂堂觉王'是也。"②《佛光大辞典》从之。然而，这仅仅是就字面解释而已。《寺塔记》载："李右座（林甫）每至生日，常转请此寺僧就宅设斋。有僧乙尝

---

① （唐）道宣：《广弘明集》，《大正新修大藏经》第52册，第329页。
② 丁福保：《佛学大辞典》，文物出版社1984年版，第1252页。

叹佛，施鞍一具，卖之材直七万。又僧广有声名，口经数年，次当叹佛，因极祝右座功德，冀获厚衬。斋毕帘下出彩筐香罗帕籍一物，如朽钉长数寸，僧归失望惭惋。"① 此处叹佛不仅赞叹佛德，还赞叹斋主功德，也必然有所祝愿。

敦煌S·4417号文献上有这样一段文字：

> 夫为受斋，先启告请诸佛了，便道一文表叹使（施）主了，便说赞戒等，七门事科了，便说八戒了，便发愿使（施）主了，便作缘念佛了，回向发愿取散。

叹佛与叹施主之意相当，但佛教信众却习惯称之为叹佛文而非叹施主文，之所以如此，不仅仅因文前有赞佛之语，以部分代全体，也是为了淡化僧侣仰俗媚俗的色彩，情感上容易接受。最终成了僧侣赴斋疏文的一种惯称。

与此称相类的有道教的叹道文，道家行事多依仿佛家，变叹佛为叹道尔。

三　王维与"庄严"

汉地僧人出家，一直受官府制约，必须经国家允许，等待统一时间剃度。否则，必须向朝廷申请。唐代开元年间名臣名将崔希逸之女欲出家，崔向朝廷申请，皇帝诏准。崔希逸请王维为此制作出家愿文，《王维集》中称为《赞佛文》。王维曾入崔希逸河西幕府，为其制过不少文辞，如有《为崔常侍谢赐物表》、《为崔常侍祭牙门姜将军文》等文，均是王维居河西期间所制。王维之佛教信仰，无待烦言。此处就其《赞佛文》略谈一二。

该文内容虽与宋之问《叹佛文》不同，但结构与前文相似，首先赞佛赞法，其次赞叹事主，并辨明斋意，最后咒愿。

王文不但赞佛，而且赞法，这体现了王维高深的佛学修养，文曰："窃以真如妙宰，具十方而无成；涅槃至功，满四生而不度。故无边大

---

① （唐）段成式：《寺塔记》，人民美术出版社1964年版，第16页。

照，不照得空有之深；万法偕行，无行为满足之地。惟兹化佛，即具三身；不舍凡夫，本无五蕴。"① 为了表现诸法实相之义，他在文中使用了遮照同时、有无俱遣的手段，能使精通佛理之人领首，亦使普通信仰者感到佛法之深奥，佛事之殊胜。

出家难，女子出家更难，富贵女出家更属难上加难，所以，王维在文中不吝赞叹，赞其幼小即心向佛教，"含哺则外荤膻，胜衣而斥珠翠。教从半字，便会圣言；戏则蕲花，而为佛事"；赞其出家为成佛胜因，"久清三业，素成菩萨之心；新下双鬟，如见如来之顶。绮襦方解，树神献无价之衣；香饭当消，天王持众宝之钵"，虽然应用了释迦的典故，但在那个充满宗教情感的场合，却更激动人心。

文中提到了一个常见的，但在佛事文章中，意义有所改变的词汇，庄严。其文曰：

> 伏愿以度人设斋功德，上奉皇帝圣寿无疆，记椿树以为年；土宇无垠，包莲花而为界。又用庄严：常侍公出为法将，入拜台臣，身在百官之中，心超十地之上；夫人……郎君娘子等

《王维集校注》标点作："上奉皇帝圣寿无疆，记椿树以为年，土宇无垠；包莲花而为界，又用庄严。"如此标点，文意混乱，正为不明庄严之意所致。敦煌S·343号文献中有《庄严僧》一则，文曰："愿常修正道，崇信法门；般若为心，慈悲作量。平生垢重，沐法水以长消；宿昔尘劳，拂慈光而永散"，庄严僧即咒愿僧之意。然则"又用庄严"却无法替换成"又用咒愿"，显然，庄严又非咒愿所能替代，王维之意是把度人设斋之功德奉献给皇帝，常侍公、夫人、郎君娘子及普法界尽有情，以助其获得某种理想境界。太史文以为，"斋文中之'庄严'，解读为'资熏'最为准确"②，甚是。

"庄严"不限于祝愿部分。唐僧法照《净土五会念佛略法事仪赞》中

----

① 陈铁民校注：《王维集校注》，中华书局1997年版，第730页。
② [美]太史文：《试论斋文的表演性》，《敦煌吐鲁番研究》（第十卷），上海古籍出版社2007年版，第304页。

有《庄严文》一篇，其文先赞佛赞法，次辩佛会之意，末后咒愿。所以，与叹佛相似，在佛教的语汇里，庄严也可以指代整篇文章，且二词大部分时候是可以通用的。

四 司空图

司空图（837—908），字表圣，号耐辱居士、知非子。河中（今山西永济）人。咸通十年（869）进士，官至知制诰、中书舍人。后归居中条山王官谷别墅中，游吟于泉石林亭间，以禅悦为乐。司空图与禅宗关系密切，是香严智闲禅师之法嗣。

司空图的佛事文章现存四篇，斋忏文疏三篇，分别是《迎修十会斋文》、《十会斋文》、《观音忏文》，募缘疏一篇，《为东都敬爱寺讲律僧惠确化募雕刻律疏》。

十会斋者，《司空表圣诗文集笺校》谓："佛教指十方大众所举行的斋会"①，所释有误。十会斋即十王斋，又称十王供，约在初唐正式形成，它是七七斋加上传统丧葬风俗的百日忌、周年忌（小祥忌）、三年忌（大祥忌）而形成的。

按，佛教以为，人命终后未受报之间，是中有（阴）身，佛教徒认为中阴身如小儿，以七天为一期而生于本处。若在七日末了仍未得生缘，则更续中阴七天，最长的到第七期之终，必然往生于一处。此间亲属每七日营斋，修佛事而追荐之，则能转劣而为胜。高国藩以为"它产生于南北朝之时封建统治阶级丧俗之间"②，既无经典依据，又无具体时间。姚秦鸠摩罗什译《梵网经》有云："若疾病国难贼难，父母兄弟和上阿阇梨亡灭之日，及三七日乃至七七日，亦应读诵讲说大乘经律，斋会求福。"③或许当日已经存在。到南北朝时，七七斋已经与百日斋结合，《魏书·外戚·胡国珍传》载，珍亡后，肃宗诏自始薨至七七，皆为设千僧斋，令七人出家；百日设万人斋，二七人出家。④到了唐代，佛教徒将七七、百日、周年、三

---

① 祖保泉、陶礼天：《司空表圣诗文集笺校》，安徽大学出版社2002年版，第318页。
② 高国藩：《敦煌古俗与民俗流变——中国民俗探微》，河海大学出版社1990年版，第312页。
③ 《梵网经》，《大正新修大藏经》第24册，第1008页。
④ （北齐）魏收：《魏书》，中华书局2000年版，第1834—1835页。

周年分别与地狱十王（秦广王、楚江王、宋帝王、五官王、阎罗王、卞城王、泰山王、平等王、都市王、五道转轮王）相对应，形成十王斋。《佛祖统纪》谓："世传唐道明和上神游地府，见十王分治亡人，因传名世间，人终多设此供。"① 两篇《十会斋文》，大概《迎修》篇创作于十王斋开启之日，另一篇则为其他九斋或九斋之一所作。

《迎修》篇之初并没有像大多疏文一般赞佛阐法，其文曰：

> 非才非圣，过泰过荣，一举高第，两朝美官。遭乱离而脱祸，归乡里而获安，门户粗成，簪缨免绝。

直述个人经历，对前日为官，自谦中带着自豪；对今日归隐，宁静中带着侥幸。"一举"句言辞凝练，妙在自然。

> 四十八年已往，未省欺心；百千万劫常来，岂迷善道。

由此可知，此文撰于中和四年（884），表圣四十八岁，此是对自己所作所为的肯定评价。以下忏悔自己也曾伤残蚊虻，鞭笞仆乘，与沈约忏悔文相比，体现了表圣避重就轻的狡黠。

> 目前眷属，世世相逢；身后林泉，生生自适。②

这是发愿中的两句，前一部分是人人皆有的想法，后一部分却是个人情趣的体现。

此篇较多地体现了表圣个人的情感与性格，《十会斋文》则是代众人说话。他清晰地说明了此斋之意，"欲使天人共感，存没均休，乃此日设斋之意也"；所发之愿亦紧扣十王斋，"伏愿诸王及五道六曹冥官，永作尊神……伏觊过去尊灵，见存家眷，皆凭护念……"③

---

① （宋）志磐：《佛祖统纪》，《大正新修大藏经》第49册，第322页。
② 祖保泉、陶礼天：《司空表圣诗文集笺校》，安徽大学出版社2002年版，第315页。
③ 同上书，第317—318页。

《观音忏文》，是在所设观音斋上宣读的忏文，观音斋在南朝宋代就已经出现，《比丘尼传》载，吴郡人安苟之女身婴重疾，于宅上设观世音斋，经七日即觉沉疴豁然消愈。① 司空图在其生日当天于宅中设观音斋，主要原因亦是积疾初愈。

该文凝练之至。首句称"伏以圣感至诚，祥符吉梦。久期瞻仰，辄用庄严"，显然忏文亦可称为庄严文，交代设斋之前梦见观音的吉祥经历，而用倒装修辞以示强调。第二句称"上以报罔极之恩，下以遂平生之愿"，指出设斋的两个原因。古人将自己生日视为母难之日，于生日之日设斋，一者为母求福，一者积疹初平，一场斋会，含义尤多。此虽为忏文，但文中忏悔之意绝少，向菩萨表明自己的清白与高洁居多，与其《迎修》篇类似，文曰："且自叨窃一名，晓夕三省。虑增隐匿，有负深知。以此归心，诚无愧色。必也行欺暗室，业堕分阴，饰伪沽名，伏机稔恶，于家则崎岖自奉，忍骨肉之饥寒。于国则苟且求容，啄生灵之膏血，是乃神惟必照，鬼得而诛。敢将有衅之身，曲累无私之照。"有大义凛然之势。

以"粗写丹诚，仰回玄鉴"②作结，亦少见。文题虽称忏文，但用在观音斋上，因此，称其为《观音斋文》亦可。

五 郭行真《舍道归佛文》

梁武帝以九五之尊，舍道归佛，梁朝佛教如日中天。李唐奉老子为祖，优礼道士，但多上层留意，道教依然难以与佛教抗衡，依然有舍道归佛之事发生。据唐释道宣《集古今佛道论衡》载，唐龙朔元年春三月，京师西华观道士郭行真舍道归佛（后来又舍佛归道，具体情形已不得而知），并附有十六首《舍道归佛文》，《佛祖历代通载》称其为"启愿文"③。

与梁武帝《舍道归佛文》迥异的是，郭文不是简单的佛道对比，而是通过详细的说明，以此证明佛道优劣。经过梳理，可将其说明角度分为以下几点。

---

① （梁）宝唱：《比丘尼传》，《大正新修大藏经》第50册，第938页。
② 祖保泉、陶礼天：《司空表圣诗文集笺校》，安徽大学出版社2002年版，第314页。
③ （元）念常：《佛祖历代通载》，《大正新修大藏经》第49册，第581页。

佛老之相：佛垂金色相，开四八之奇；道见白头鼻，流双柱之异。（其六）真以道本无形，形之于周魏；佛惟有像，像布于人天。故柱下之容，未足光于视听；能仁之相，可谓超出幽明。（其九）真以道惟元气，非形像之照临；佛称大觉，统景仰之寻则。（其十）

佛道流布：释尊弘化，慈诱遍于人天；李老垂则，述作开于赤县。（其二）柱下周之史臣，道不振于明后；佛乃天人师敬，德化总于无边。（其三）仰惟诸佛大圣，神通遍于十方；柱下仁风，流扇光于五岳。梁魏已上，未闻道有仪形；周齐已下，弘诱开于氓俗。（其四）是以李聃葬于槐里，秦失哭而不迷；马迁演于流沙，尹喜变而垂迹。未若释氏大圣，混封周于环海；教义弘明，诚济会于真俗。（其十一）盖以老氏之教，不出流沙；释君之宗，化行环海。即日而叙，广陋可知。（其十二）所以百王奉化，寺塔遍于大千；万代承风，僧徒充于天下。（其十三）

道儒尊佛：佛称道父，僧曰上宾，圣教明文，无容隐匿。（其十）无识叙称，已形葛洪之消；有情通议，早见周颙之说。（其十一）是使天师受道，恒礼佛于鹤鸣；隐居立敬，常拜释于茅岭。（其十二）自古同门英秀，咸尚佛宗；叔代暗识诸生，雷奔轻侮。是不遵往哲，不读金科，遂生此见，未曰通敏。至如张族三师，相从拜佛；陶寇两杰，摄敬释宗。详于梁魏之书，备例蜀川之纪。岂非择木而处，得至身而达性；知几其神，悟佛性之非朽。（其十四）

道法难达究竟：故使在身在国，不免生死之流；离恼离着，超于空有之域。（其二）夫以阴阳结构，凡俗之所依持；空有驱除，惟圣于焉体镜。排三有而超挺，闻乎五藏之经；在一得而守雌，见于二篇之作。是则尊天敬地，无忽于有为；解缚离恼，实开于惑性。由斯比德，事等云泥。（其五）二篇之志，言未绝于俗尘；三藏之经，理自诣于真极。（其十二）未若佛宗至极，坦八正之通津；妙法穷真，静八倒之迷薮。（其十三）道本虚通，义非推结；灵智洞照，须知大归。（其十四）然则道有小大之别，圣亦升沈之仪。老君柱史之员，立教非为其主；释乃法王之位，训范统于幽明。故二篇述作，显于□山之论；两谛大造，程于周氏之宗。所以沿古至今，罕能详核。（其十五）

道经率多伪妄，剽窃佛典：是则拟佛陶化，终诈饰于昏蒙；达见通微，毕晓镜于明识。（其四）三录三元，缘情而妄立；丹书玉检，逐物而兴言。秦汉由此而致讥，栾徐寄兹而取丧。（其七）自惟佛经词义，迥拔于人天；道书本末，影像于西域。何以知然？至如《元阳》一经，响《法华》诸典；《西升》众卷，类方俗咏歌。文义不可大观，情事全非所录。（其八）

神仙方士难凭：然则［道］承俗训，一风轨于醮章；佛垂法网，是舟师于形有。（其一）禹步而抗于丰降（隆），叩齿而排于列缺，诚所不取也。（其三）声光不闻于恒俗，大罗乃乌有之言；神通未化于物情，玉京本亡是之说。（其六）至于《道德》五千，言不涉于章醮；《灵宝》《三洞》，事有微于方术。黄书赤符，莫通于物议；玄霜绛雪，或陷于乌有。（其十三）

佛道本无关涉：寻《道德》二篇，不存于毁佛；修多三藏，莫述于李宗。（其七）

佛道教主存没：惟夫一国朝宗，一人称圣，一土陶化，一佛称觉，故使唐虞殷夏，五运推迁；过现未来，三际循复。代代异材，岂惟一老；劫劫开济，是称多佛。（其十一）[1]

通过如此细密的比较以说明佛道优劣，实为罕见，是非常优秀的佛教辩论文。

六　杜光庭

在较匮乏的资料中，唐代另外一个创作佛事文章的是道士杜光庭。杜光庭，唐五代著名道士、道教学者。字圣宾（一说宾至），号东瀛子，处州缙云（今属浙江）人。唐咸通年间，应九经举不第，入天台山学道，著作收入《正统道藏》者达二十余种。

杜道士有《迎定光菩萨祈雨文》一篇，顾名思义，乃请菩萨降雨之祷文，文曰：

亢旱自天，岂容私祷？急难告佛，实出微诚。恭惟定光菩萨智海难量，便门广辟，不辜众生之愿，肯辞千里之遥？爰罄慈云，既无心

---

[1] （唐）道宣：《集古今佛道论衡》，《大正新修大藏经》第52册，第395—397页。

而出岫；滂沱法雨，端有意于为霖。①

文章短小，但词语精妙，"无心而出岫"乃渊明成句，与"有意于为霖"对仗，自然工整，与仪式相应。

古来有迎龙祈雨之俗，迎定光菩萨祈雨盖与此相似。定光菩萨为何人？罗争鸣《杜光庭著述考辨》谓："定光菩萨即定光佛，佛家诸菩萨之一，又曰长耳和尚。"② 按：定光佛即燃灯佛，乃过去佛之一，自不容再称为菩萨；长耳和尚与杜光庭同时而稍后，光庭更不会祈雨于他。《佛说佛名经》中十方诸大菩萨摩诃萨之下有定光菩萨之名；北朝石刻《比丘尼法藏等造像记》之碑阳有"定光佛主杨欢供养"字样，碑阴有"定光菩萨主陈僧安一心供养"③ 字样，显然定光菩萨并非定光佛，更不是长耳和尚，在北朝时已经从海会菩萨众中脱颖而出，与药王、普贤、弥勒、信相、虚空藏等菩萨同受供养。

罗争鸣谓："道教本有自己的祈雨科仪，杜光庭《道门科范大全集》中就有多部相关仪轨，其为佛教祈雨仪式撰写'祈雨文'，颇多疑惑，或属误收。"④ 此言差矣，祈雨之际，道教请佛教菩萨，佛教求道教神祇，在唐代多有，不足为奇，例见后文论敦煌佛事文章中祈雨部分。雷闻《祈雨与唐代社会研究》则以此文为凭，称"（杜光庭）以前蜀左右街弘教大师的身份向佛祈雨，这是非常引人注目的。它从一个侧面反映了当时佛道融合的趋势"⑤，可从。

第二节　崔致远的佛事文章

唐末，新罗人在中国科举登第的很多，最著名的是崔致远。致远

---

① （清）董诰等：《全唐文》，中华书局1983年版，第9726页。
② 罗争鸣：《杜光庭著述考辨》，《宗教学研究》2004年第4期，第61页。
③ 颜娟英：《北朝佛教石刻拓片百品》第1册，"中央研究院"历史语言研究所2008年版，第203、204页。
④ 罗争鸣：《杜光庭著述考辨》，《宗教学研究》2004年第4期，第61页。
⑤ 雷闻：《祈雨与唐代社会研究》，《国学研究》第八卷，北京大学出版社2001年版，第23页。

(857—?)，字孤云，王京（今庆州）沙梁部人。十二岁来中国学习，五年后宾贡科及第，后任宣州溧水县尉。淮南节度使高骈起兵镇压黄巢农民起义军，召他为从事，掌书记，"专委笔砚，军书辐至，竭力抵当，四年用心，万有余首"①。受唐僖宗礼遇，授都统巡官承务郎侍御史内供奉职，赐紫金鱼袋。他在中国十余年，写了大量的诗文，884年，崔致远以"国信使"的身份回到新罗，随即将他在唐期间的作品进行整理，赋五首一卷、五七言今体诗共一百首一卷、杂诗赋共三十首一卷、《中山覆篑集》一部五卷、《桂苑笔耕集》一部二十卷共编为二十八卷，886年致远将这批作品呈献给新罗宪康王，被朝鲜历代公认为朝鲜汉文文学的奠基人，有"东国儒宗"、"东国文学之祖"之誉。

《桂苑笔耕集》中保存了不少宗教仪式文章，有斋词十五首（道教十二首，佛教三首），募化疏两首（佛、道各一首）以及愿文七篇，与本土作家形成鲜明对比，想来与外国人重视自己汉文创作有关。

先探讨其七篇愿文，分别为：《翻经证义大德圆测和尚讳日文》、《海东华严初祖忌辰愿文》、《华严社会愿文》、《华严经社会愿文》、《终南山俨和尚报恩社会愿文》、《王妃金氏为先考及亡兄追福施谷愿文》、《王妃金氏为亡弟追福施谷愿文》。

《翻经证义大德圆测和尚讳日文》应用于圆测大师忌日，圆测（613—696），唐代法相宗僧。新罗（朝鲜）王族出身，俗姓金。十五岁游学我国，贞观年间，敕住京邑西明寺，世称西明圆测。后值玄奘归返，开设译场，奉旨参与其事，与窥基、普光并肩齐辔，竞芳一时。其后，武后礼之为师，信崇逾恒，新罗遣使请归，武后不允。后于万岁通天元年入寂，世寿八十四。致远以热情、自豪的语言对这位在中土取得巨大荣誉的前辈同乡表达了崇敬之情，与一般应酬之作截然不同。

致远除了创作过圆测法师忌辰愿文，还创作过义湘法师忌辰愿文，即《海东华严初祖忌辰愿文》。义湘（625—702），海东华严宗初祖，新罗鸡林人，俗姓金，二十九岁出家，永徽元年（650）来唐，止于扬州，后往终南山，就学于智俨，久之，尽窥华严妙旨。归国后奉旨于大伯山（庆尚北道）创建浮石寺，弘传大乘之法。著有《华严一乘法界图》、《法界

---

① ［高丽］崔致远：《桂苑笔耕集·桂苑笔耕序录》，《丛书集成初编》，第1页。

略疏》等。武后长安二年入寂,世寿七十八。对于海东华严一派祖师,致远同样心存敬意,行文模式也与圆测大师忌辰愿文相似。两篇忌辰愿文,似两篇僧传,叙述与抒情俱优。

除此两篇,致远还有三篇社会愿文:《华严社会愿文》、《华严经社会愿文》、《终南山俨和尚报恩社会愿文》。何谓社会?即结社结会之意。《大宋僧史略》"结社法集"条云:

> 晋宋间有庐山慧远法师,化行浔阳,高士逸人辐凑于东林,皆愿结香火,时雷次宗、宗炳、张诠、刘遗民、周续之等共结白莲华社,立弥陀像,求愿往生安养国,谓之莲社,社之名始于此也。齐竟陵文宣王募僧俗行净住法,亦净住社也,梁僧祐曾撰《法社建功德邑会文》,历代以来成就僧寺,为法会社也。社之法,以众轻成一重,济事成功,莫近于社。今之结社共作福因,条约严明,愈于公法,行人互相激励,勤于修证,则社有生善之功大矣。①

社、会,即佛教徒为达到某种目的而结成的信众团体,一般以东晋庐山白莲社为社会之始,这种社会后世传到了新罗,致远所作社会愿文即是此类社会上的文辞。据三种《社会愿文》,当日华严社的目的是"特营法筵,如有先示灭(逝世)者,众集皇福寺讲经一日,追冥福也",讲经以追冥福;《华严经》社的目的是"夫以经为社者,乃聚人以善缘,报主以至诚之会也。唐历景午相月五日,献康大王宫车晏驾,台庭重德、宗室懿亲相与追奉冥福,成《华严经》两部,将陈妙愿,乃着斯文",写经以追冥福;俨和尚报恩社的目的是"岂可为我国先师,则已兴良会;为他方法祖,久则不致妙筵","遂自中和四年发大誓愿,每至南吕孟旬,奉为故终南和尚及天竺翻经演偈之尊宿与中国编章撰疏之法师,谨选精庐,同开讲席,高谈圣教,仰报法恩"②,讲经以展怀念。

斋文与愿文只是习称而已,并无实质区别。致远斋词共十五篇,其中三篇为佛事,分别为:《天王院斋词》、《为故昭义仆射斋词》两篇。

---

① (宋)赞宁:《大宋僧史略》,《大正新修大藏经》第54册,第250页。
② [高丽]义天:《圆宗文类》,《卍新纂续藏经》第58册,第565—567页。

第二章　唐五代的佛事文章　　73

唐中和二年（882）元宵佳节，淮南节度使高骈于法云寺天王院设斋，致远代作《天王院斋词》，其文曰：

唐中和二年太岁壬寅正月望日，具衔某敬请僧某乙，设斋于法云寺天王院，谨白言舍利佛大慈大悲观音菩萨：伏以欲界将倾，魔军竞起，九野尘昏于劫烬，四溟波荡于狂飙。诸侯志慕于宋公，星无三徙；圣主德齐于汉帝，日未再中。不（当作岂）知天养鸱枭，地容螟蚰，力斗之群凶得便，义征之众旅摧威。‖某也手握兵符，心抱将略，欲展焚枯之力，愿成拯溺之功。是以景仰三归，勤行十善，深凭护念，敢启邀迎，宇内疮痍，略假医王之术；世间疲瘵，遍希慈父之恩。‖今则幸遇初元，精修美供，春露洒琉璃之境，晓风吹檐葡之香。想其舍卫城中，长老尽携弟子；水精宫里，天王便作主人。‖伏愿舍利佛大慈大悲观世音菩萨，教既东流，迹能西降，远救阎浮之地，暂离兜率之天。问疾语言，不竞维摩之说；称名功德，可逃罗刹之灾。唯愿共泛慈航，齐挥智剑，寝惊涛于苦海，扫妖气于昏衢。则乃慧灯照天帝之心，法鼓破波臣之胆。静销诸恶，暂开方便之门；广庇众生，无惜慈悲之室。谨疏。①

按高骈设斋之缘起，本为祛病，然此文开篇直指藩镇割据，感伤国势军威之不振，痛斥藩镇宵小之狂恶。第二段抒发拯济国家人民于水火的雄心壮志与热切愿望，求佛菩萨加被。第三段所谓庄严道场。第四段向佛菩萨祈愿，主旨依然落在国家人民身上。

该文不但思想境界高，文辞也少有人及，略述一二，"诸侯志慕于宋公，星无三徙；圣主德齐于汉帝，日未再中"，用宋景公事②点出高骈得病之事，以景公比况高骈，大义凛然，以光武中兴对比唐末时局，哀婉凄凉；继之以"岂知天养鸱枭，地容螟蚰，力斗之群凶得便，义征之众旅

---

① 崔致远：《桂苑笔耕集》，《丛书集成初编》，第147页。
② 《史记·宋微子世家》载："三十七年，楚惠王灭陈，荧惑守心。心，宋之分野也。景公忧之。司星子韦曰：'可移于相。'景公曰：'相，吾之股肱。'曰：'可移于民。'景公曰：'君者待民。'曰：'可移于岁。'景公曰：'岁饥民困，吾谁为君！'子韦曰：'天高听卑。君有君人之言三，荧惑宜有动。'于是候之，果徙三度。"

摧威"之句，疑天怨天，更增文章萧瑟之气；"唯愿共泛慈航，齐挥智剑，寝惊涛于苦海，扫妖气于昏衢"，寓重整山河之意于慈悲语中。佛事文章于致远此文可谓观止矣！

此外，致远还为高骈代作《为故昭义仆射斋词》二篇，应用于中和二年七月二十三日及二十七日为高骈侄孙昭义节度使高浔在法云寺所设的追福斋会之上。

史载，中和元年八月，昭义军节度使高浔与黄巢战于石桥，败绩，其将成麟杀浔。致远代高骈为文追福，虽思想不及前文，文辞却丝毫不让。其中一段斋词，以凝练的骈俪语统括高浔一生际遇，雄壮悲凉，曰：

> 幼蕴壮图，长居重任，不扫一室，有志四方。手运豹韬，既是吾家之事；身持龙节，累沾圣代之恩。至于越海征蛮，对河分陕，立战功于退徽，传理化于近藩。慎守诏条，能谐物议，遂移上党，实委外权。寻属戎马生郊，阵蛇出穴，遽聆寇孽，直犯京华，频兴伐叛之师，消急（当作息）训戒之令。上将则虽期徇难，欲竭忠诚；小人则多是幸灾，潜兴狡计。叛徒忽至，横祸斯侵。弘演纳肝，其谁能继；鄞舒伤目，所不忍言。①

范文澜先生谓致远《桂苑笔耕集》为"一部优秀的文集，并且保存了大量的史事"②，所指即包含此类。

第三节　敦煌僧俗的佛事文章——以《斋琬文》为脉络

前面所论之佛事文章，均为唐代世俗或少数道流所作，流传至今的，已经相当匮乏。僧人为佛事的主体，自然也是佛事文章创作的主体，许多僧人都创作过佛事文章，有些广为传颂。《十国春秋》卷九十九载："僧义英……为千人结夏，其疏词略曰：'天边之无兔无乌，斯缘方泯；世上

---

① 崔致远：《桂苑笔耕集》，《丛书集成初编》，第146页。
② 范文澜：《中国通史》第4册，人民出版社1994年版，第441页。

之有僧有佛，此愿长新.'缁流多传诵之。"① 此为疏文之后的发愿语，文辞巧妙，为人所喜，并流传于后世。《宋高僧传》载，释无作"述诸色礼忏文数十本，注道安《六时礼佛文》一卷"②；日僧最澄《传教大师将来越州录》载"湖州皎然和上斋文一卷"、"斋文式一卷"③；日僧圆仁《入唐新求圣教目录》载"内供奉谈莚法师叹斋格并文一卷，集新旧斋文五卷"④；《历代法宝记》载"近代蜀僧嗣安法师造斋文四卷，现今流行"⑤等，惜后世均已失传。

以愿文为题的佛事文章，按照愿的意义，大致可分为两类。一类为誓愿，与佛事关系相对疏远，有释玄恽《百愿文》（已佚）、《永嘉真觉禅师发愿文》、《怡山（皎）然禅师发愿文》等多种，此类文章虽于道场诵读，亦能感动参与者，但排比忏悔与愿望，较梁陈诸帝之忏文已等而下之，较《南岳思大禅师立誓愿文》更不足为谈，对于此类愿文，下文不打算再做说明。另一类为祈愿，与佛事关系密切些，流传下来的文章本来极少，但敦煌藏经洞的打开，为今人提供了大量的此类资料，使我们直观地接触到了千百年前佛事文章的创作和使用情况。藏经洞中保存的佛事文章，有作者标识的较少，因此，便不能以作者为研究单元，本书拟从佛事文章的内容（佛事）、结构、特点、命名等方面进行探讨。

一　佛事文章的结构

随着对敦煌佛事文章研究的深入，研究者早早地注意到了这类文章中所提示的结构问题。S·2832号文献内有一段《脱服文》⑥，其文曰：

夫叹斋分为段爰夫金乌旦上，逼夕暮而藏晖；玉兔宵明，临曙光而匿曜。春秋互立，冬夏递迁。观阴阳上（尚）有施谢之期；况人伦，岂免去留者。则今晨某公所陈意者何？奉为妣大祥之所设也。

---

① （清）吴任臣：《十国春秋》，《文渊阁四库全书》第466册，第240页。
② （宋）赞宁：《宋高僧传》，《大正新修大藏经》第50册，第897页。
③ ［日］最澄：《传教大师将来越州录》，《大正新修大藏经》第55册，第1059页。
④ ［日］圆仁：《入唐新求圣教目录》，《大正新修大藏经》第55册，第1086页。
⑤ 《历代法宝记》，《大正新修大藏经》第51册，第182页。
⑥ 依文章内容拟题。

惟灵天资冲邈，秀气英灵；礼让谦和，忠孝具备。以上叹德者惟巨椿比寿，龟鹤齐年，何期皇天罔佑，奄将斯祸。日居月诸，大祥俄届。公乃奉为先贤之则，终服三年。素衣罢于今晨，淡服仍于旬日。爰于此晨，崇斋奉福。斋意是日也，严清甲第，素幕横舒；像瞻金容，延僧白足；京开贝叶，梵奏鱼山；珍羞俱陈，炉香芬馥。道场如上功德，奉用庄严亡灵：愿腾神妙境，生上品之莲台；宝殿楼前，闻真净之正法。庄严

对照宋之问《为太平公主五郎病愈设斋叹佛文》，可知叹斋就是设斋叹佛之意。根据文内言辞可知，其是为父亲[①]亡过三周年而作的《脱服文》。

这篇斋文的特殊之处在于四处小字标识，即叹德、斋意、道场、庄严。就此篇而言，叹德为赞叹亡者功德，斋意为说明设斋因由，道场为赞美斋会场景，庄严为以功德资熏亡灵，一篇文章被清晰地分成了四部分。

若仔细分析又可发现，"则今晨"之前的一段并非叹德之文，而是谈论对生死的态度。大祥设斋，事既与生死有关，文亦以生死入题，应时应景，此种根据斋意的不同而创作的不同的入题言辞，在敦煌文献中称作"号头"，简称作"号"。如以下几篇所示：

> 号同前。厥今有坐前施主设斋所申意者，为亡男某七追福之嘉会也。惟……（P·3825《亡男文》）
>
> 号准前。厥今所申意□者，奉为亡妻某七追念之嘉会也。惟……（S·4992《亡妻文》）
>
> 号头同前。厥今霞退开玉殿，敷备琼宫……如斯广会，谁之作为？则我府主厶公先奉为国泰人安，次为己躬圣寿无疆之所建也。惟……（P·2838《转经文》）

"则今晨"与"厥今"格式相同，所引内容均为斋意，厥今之前既有一段号头，可见"则今晨"之前的文字就是号头，只是遗漏了"号头"

---

① 文中虽有考妣字样，但所叹之灵德乃是父德。

标识。

此外，S·1441号文献《亡妣德》及S·4992号文献《亡优婆[夷]文》，其中有注释文字如下：

> 一切头、尾、时候，共《丈夫文》同用。
> 但是头、尾、时气，共前《亡母文》不别通用。

头即号头，尾出现在北大D192号文献《诸文要集》中，称为"号尾"，共有三则，其文曰：

> 《患差号尾》：顷因摄养乖方，久婴疹疾，默念大觉，用保微躯。善愿既从，天佛咸启。若饮醍醐之味，如餐甘露之浆，苦患顿除，身心遍悦。不胜感贺，敬竖（树）良田。
>
> 《凶斋号尾》：岂谓逝水沦波，悲泉落照；百龄□□，千秋俄毕。存亡断绝，痛切心魂，今建福缘，用之冥助。惟其云云。
>
> 《愿斋号尾》：既而殷信法云，输诚佛日，常恐识凤腾□，苦海波涛。所以家族平安，灾殃殄灭，敬崇是福，每以修斋。我国家聪明文思，光宅天下，奄有四海，垂衣万方。眷彼黎人，择用良友，匡理王道，简在帝心。普天庶类，莫不休悦，发辉佛事，敬谢金言。

考其文辞，实乃斋意部分。时候、时气，气候、天气之意，亦为佛事文章之组成部分。描写时气的文字，以佛教的节日斋文出现的较多，以S·1441号文献《二月八日文》为例：

> 法王诞迹，托质深宫；示灭双林，广利群品。王宫孕灵，实有生于千界；逾城半夜，求无上之三身。今以三春中律，四序初分，柳絮南枝，冰开北岸，遂乃梅花始笑，喜鹊欲巢。真俗旋城，幡花临路，八音竞奏，声摇兜率之宫；五乐琼箫，响振精轮之界。总斯多善，莫限良缘，先用庄严……

此文之时气，"三春中律，四序初分，柳絮南枝，冰开北岸，遂乃梅花始笑，喜鹊欲巢"是也，其后接道场之景象。

张广达以为，道场与时候属于同一内容[①]，不确。敦煌文献中有大量的描写十二月时景兼阴晴云雪诸节之文字，这些文字中，没有一丝一毫描写道场的言辞，是将其作为特定的部分创作的。

由此可知，佛事文章的结构大致包括：号头[②]、叹德、斋意、时气、道场、庄严六部分。但这并不是机械的，不同的作者、不同的佛事会呈现出多种多样的构文形式，六部分也不一定完全出现在一篇之中，这里所谓的结构只具有普遍意义。

对于敦煌佛事文章结构的认识，有一个递进的过程。最初，黄征在《敦煌愿文集》中认为："敦煌愿文的写作，无论其所述内容如何变化，文章格式一般都可分为三段：首段为弘扬佛教的教义和教法；二为实际内容，即写作的原因和目的；三为祝愿和祈求。"[③] 王书庆在《敦煌佛学·佛事篇》中认为："佛事活动文一般分为三部分，即开端、明义和祈愿"[④]，可以称之为三段式分法，这种分法并没有结合敦煌佛事文章的实际情况，仅仅是一种想当然的分法。其后，郝春文在《敦煌写本斋文的几个问题》一文中归纳，斋文的文体结构可分为五个部分："一、颂扬佛的功德法力，称'号头'；二、说明斋会事由，赞叹被追福、祈福者或斋主、施主的美德，称'叹德'；三、叙述设斋的缘由与目的，称'斋意'；四、描绘斋会的盛况，称'道场'；五、表达对佛的种种祈求，称'庄严'。"[⑤] 可以称之为五段式分法，这种分法是依据敦煌文献的文本记录总结的，是最接近实际情况的分法，张广达先生的观点与此相同。最后，太史文在其《试论斋文的表演性》一文中认为，仪典文本的段落分为，段落 A：开头的赞语；段落 B：仪礼的目的；段落 C：颂扬受益者；段落 D：

[①] 张广达：《"叹佛"与"叹斋"》，《庆祝邓广铭教授九十华诞论文集》，河北教育出版社1997年版，第60—73页。

[②] 在敦煌文献中，号、号头、号尾、叹德等术语的内涵极其复杂，赵鑫华的硕士学位论文《敦煌愿文综考》中有详细的辨析。但有一点需要说明，敦煌文献中的佛事文章，是作为唱导僧的唱导手册而非学术著述而保存的，其中术语的范畴会因习称而有扩大或缩小的可能，定义过程中唯文献是从的态度是有风险的。所以，应该以最清晰、最常见的使用例子为依据。

[③] 黄征、吴伟：《敦煌愿文集》，岳麓书社1995年版，第27页。

[④] 王书庆：《敦煌佛学·佛事篇》，甘肃民族出版社1995年版，第281页。

[⑤] 郝春文：《敦煌写本斋文的几个问题》，《首都师范大学学报》1996年第2期，第64页。

过往的仪礼和功德的意识形态；段落 E：仪礼行动；段落 F：庄严或将功德回向受益者；段落 G：为求特殊功德的导文；段落 H：祝祷，可以称之为八段式分法，这种分法是建立在文本的遣词造句上，作者过分强调字词的差异，而打破了段落的整体性，细碎不堪。众家的研究，或者脱离文献，或者依据文献而有所遗落，或者依据文献而过分发展，都没有准确把握唐代敦煌人划分段落的实际。

对于敦煌佛事文章结构的研究，众家均仅就敦煌文献作相关探讨，很少考虑这种结构的来源。通过对庐山远公所创立的唱导法则的研究，我们认清了佛事文章结构发展的轨迹：唱导法则的创制，为佛事文章确立了一种写作模式，"先明三世因果，却辩一斋大意"，这种模式说来很简单，但是实行起来却千差万别，难以把握；随着佛事的进一步定型，佛事文章也随之更加模式化起来，最终定型为上述的六段式。通过列表比较，我们对此会更加一目了然。

先明三世因果	却辩一斋大意				
号头	叹德	斋意	时气	道场	庄严

需要注意的是，并不是说六段式佛事文章比两段式佛事文章多了四类内容，而是指后世对于此类文章的写作有了更加明晰的层次、结构而已。

佛事文章结构的模式化，是一种必然现象。佛事的举行虽因人而异，但所行之事，无外乎祈祷、庆贺、追荐等内容，事件的模式化当然要导致为事件服务的文本的模式化。模式化的结构使得寺院书记（专管佛事文章创作的人员）摘录他人成文的言辞为己所用成为可能，进而仅创作结构中的某一部分，使用之际再选择各个部分以组装。所以，才像今人所见到的，敦煌佛事文章（以后的也是如此）的创作与记录不是完完整整的，而只是其中的某一部分，包含了集中叹德的片段、集中描写时气的片段、集中论述斋意的片段、集中庄严的片段等。

二 佛事文章的内容

保存至今的两晋至唐五代时期的佛事文章实在稀少，不足以令人明了当日佛事的全貌。敦煌藏经洞中保存有数量丰富、名目各异的佛事文章，这些文章应用在不同的佛事上，向人们昭示着当日佛事活动是多么的盛行。

但是，敦煌文献的零散让我们觉得当日的佛事漫无边际，难以把捉，幸运地，敦煌P·2940与P·2547号文献中保留了一份名为《斋琬文》的集子，借助此集的目录，我们对当日较常见的佛事有了统一的认识。文前小序将《斋琬文》的性质作了说明，其中：

> 所以为设善权之术，傍施诱进之端；示其汲引之方，授以随宜之说，故乃违（或为远）代高德，先已刊制斋仪，庶陈奖道之规，冀启津梁之轨。

强调斋仪的意义，与《高僧传·唱导论》中"唱导者，盖以宣唱法理，开导众心也"之言对看，可以明了唱导文与斋仪实为一事，与众多学者所讨论的俗讲文相去甚远。

> 虽并词惊掷地，辩架谈天；然载世事之未周，语俗像而尚缺。

前代大德的斋仪不足以应付现实的各种需求，显然本集以完备为标准，力求满足各种佛事要求。

> 致使来学者未爱瞳蒙，外无绳准之规，内乏随机之巧。擢令唱导，多卷舌于宏筵；推任宣扬，竞缄唇于清众。岂直近招讥谤，抑亦远坠玄猷。沉圣迹之威光，缺生灵之企望。

与《高僧传》对唱导末流的论述一般无二，表明此集之目的即为方便唱导表白僧人。

> 辄以课兹螺累，偶木成林，狂简斐然，裁成《叹佛文》一部。

《斋琬文》即《叹佛文》，在前文论述王维之时已经说明叹佛文即斋文异称，并非仅仅赞叹佛之功德。

第二章　唐五代的佛事文章

所删旧例，献替前规，分上中下目，用传末叶。

虽不晓旧例前规之具体，但该篇创作之用意乃欲为后世佛事文章之模板。

以下为其目录：

　　一、叹佛德　王宫诞质　逾城出家　转妙法轮　示归寂灭
　　二、庆皇猷　鼎祚遐隆　嘉祥荐祉　四夷奉命　五谷丰登
　　三、序临官　刺史　长史　司马　六曹　县令　县丞　主簿　县尉　折冲［P·2547 此下尚有：果毅兵曹］
　　四、隅受职　文武
　　五、酬庆愿　僧尼　道士　女官（冠）
　　六、报行道　役使：东　西　南　北　征讨：东　西　南　北
　　七、悼亡灵　僧尼：法师　律师　禅师　俗人：考妣　男　妇　女
　　八、述功德　造绣像　织成　镌石　彩画　雕檀　金铜　造幡　造经　造堂［P·2547 此下尚有：造浮屠　造塔轮　开讲　散讲　盂盆　造温室］
　　九、赛祈赞　祈雨　赛雨　赛雪　满月　生日　散学□①字藏钩　散讲②三长　平安　邑义　脱难　患差　受戒　赛入宅
　　十、祐诸畜　放生　赎生　马死　牛死　驼死　驴死　羊死　犬死　猪死

目录之后便是范文，全卷未及写完，P·2940号文献上只写到"嘉祥荐祉"，P·2547号文献存文较多，达24纸。根据现存《斋琬文》文献以及后世同类文献，我们能够了解本集之体例以及目录中其他佛事文章的情况。

1. 叹佛德

叹佛德四篇用于纪念释迦诞生、出家、转法轮、涅槃等节日，四篇结

---

① 此字不清，《敦煌愿文集》以为"阙"字，字形不符。
② 与第八条内容重复。

构均为号头（以"窃以"发语）+时景（以"斯乃"承接）+叹佛模式，其中，号头单提出来，写在四篇之前，其文曰：

> 窃以实相凝空，随缘以呈妙色；法身湛寂，应物感而播群形。幽显冀其津梁，人天资其汲引。自祥开道树，变现之迹难量；捧驾王城，神化之规叵测。加以发原鹿野，觉海浮浪于三千；光照鹤林，知炬潜辉于百亿。俯运善权之力，广开方便之门；邈矣能仁，邈哉妙觉者也！

用凝练的笔法概括了从佛陀降诞到涅槃的历史，对四篇均适合。因佛事的时间与内容不同，每篇时景与叹佛亦随之变化。如"逾城出家"一篇：

> 斯乃韶年花媚，（仲／景）序芳春；皇储拔翠之辰，帝子遗荣之日。于是琁枝逗影，乘月路以宵征；琼萼驰襟，蹑星衢而夕照。税金轮于宝柱，腾王马与珠城；韶光绚而天际明，和风泛而霞庄净。龙驹驾迥，将淑气而同飞；鹤盖浮空，共仙云而并曳。遂使九重哀怨，警睿轸于丹墀；万品怀惶，捕神踪于鹿野。‖于时妙花攀日，清梵携风；浮宝盖于云心，飐珠幡于霞腹。幢拨天而亘道，香翳景以骈空；缁俗遐迩而星奔，士女川原而雾集。同归圣景，望披尘外之踪；共属良辰，广树檀那之业。于是供陈百味，座拂千花；投宝地以翘诚，叩金园而沥想。

叹佛之典雅庄重，时景之瑰丽热闹，是不错的仪式文章，此四篇文字均非完整，缺少庄严等内容。考敦煌文献内的佛事文章以及后世相关文章，佛诞等日斋文之庄严对象大都为龙天八部、皇帝（地方长官如敦煌张义潮之流）以及斋（施）主。

2. 庆皇猷

庆皇猷三篇分别用于庆贺皇帝圣诞（文中有"咸思荐寿"之语）、庆贺出现祥瑞（文中有"式庆嘉祥"之语）及庆贺五谷丰登（文中有"仰酬鸿造"之语），叹德及咒愿对象均为皇帝，四夷奉命亦当如此，惜未见其文。三篇文章均是完整的。如"鼎祚遐隆"一篇：

> 窃以法盖遥临，承帝业而演庆……伏惟皇帝陛下，泽掩四空……于是倾埏叠喜，馨宇驰欢，率土怀生，咸思荐寿。某等忝居黎首，同献丹诚；仰赞皇猷，式陈清供。惟愿凝流演福，与四时而并臻；端庑通祥，应万物而弥显。三灵普润，六气常和；玉烛然而慧炬明，金镜悬而法轮满。

皇帝诞辰之日，寺院都要举办祝寿道场，其事起于北魏，道场专为皇帝所设，祝愿语亦专为皇帝，《敕修百丈清规·祝釐章》圣节疏语与此极其相类，可参看。

王书庆在《敦煌文献中的〈斋琬文〉》一文中以此篇为例，却以为："由此我们可以得出这样的结论：敦煌文献中凡是以优美文字宣扬佛菩萨功德及神力，文中没有出现当事人及当事人愿望和目的这种精悍的小短文，应归属于《斋琬文》的范畴。"① 即以为《斋琬文》中仅有赞叹佛德之号头，显然是错误的。

《斋琬文》内的其他篇章当既有完整之作，又含截取之篇，所截取处应是包含叹德、斋意、道场、庄严等内容的部分居多，与王书庆之结论刚好相反。其理由在于：一，小序中明言"应有所祈者，并此详载"，王书庆却说文中没有所求之愿望，与之正相矛盾；二，佛事文章中，叹德、斋意、愿望甚至时景等内容比赞叹佛德更加需要技巧，也更加引斋主瞩目，《斋琬文》内一定会巧施笔墨，加以表现。P·2547号文献序临官部分之体例与叹佛德一般，先以一段叹佛文为号头，继而分别赞叹各官之德。其他七个部分虽残缺不全、模糊不清，想来亦是如此。后世如《斋琬文》一类的佛事文章集非常丰富，宋代《高峰龙泉院因师集贤语录》、元代《敕修百丈清规》、明代《禅林疏语》等书的体例均是如此，可资旁证。

序谓"□耳目之所历，窥形迹之所经"，目录中所载内容均为当日常见之佛事，大都可以在敦煌文献中找到相似之片段。以此贯穿，按图索骥，庶几可减敦煌文献繁复芜杂之叹。

---

① 王书庆：《敦煌文献中的〈斋琬文〉》，《敦煌研究》1997年第1期，第143页。

3. 序临官

唐陈藏器曰："牧宰临官，自取（社稷坛土）涂门户，令盗贼不入境也。"①临官即刚刚上任之官员。当日官员到任，地方上"官吏、僧道、耆老、音乐、车舆、武卫、銮铃，争来迎奉，人物阗咽，钟鼓喧哗不绝"②。面对一方之父母，势必要赞美其能力与政绩。《敦煌愿文集》中收录了大量以官员名位为目的的文章片段，均为叹德之文。以 P·2044 号卷子为例，中有"大夫"一则，其文曰：

名清百里，佐辅唐尧。九天无社稷之忧，七县有风光之变。

百里乃一县之治，由此可知"大夫"指的是县令，以七县有风光之变赞美其政绩，虚实相间，文辞典雅。

4. 隅受职

受职即接受上级委派的职务，面对即将赴任之官员，自然难以无中生有，论其政绩。P·2044 号卷子中有一则前有阙文的片段曰：

簿公已领仇香之任，伫迁墨绶之荣。云霄渐升，欢娱不坠。

按：仇香为东汉仇览的别名，因其曾任主簿，故后人常用以代称主簿，为县官之佐官之一；墨绶，汉代县令、长等秩比六百石以上者，皆铜印黑绶，后因以"墨绶"作为县官及其职权的象征。这是为刚获得主簿之职而举办的佛事宣白的③，伫迁、渐升，将咒愿之意文雅地表现出来。又有"长马"（即目录中之长史、司马）一则，是为刚获得长史、司马一类职务而举办的佛事宣白的。

隅受职与序临官既分作两部，显然是事有不同，但两者之间很大程度上是互通的，他人运用之际也不可能将二者截然分开，作者如此分类并不科学。

---

① 《古今图书集成·坤舆典》，鼎文书局 1977 年版，第 49 页。
② 李公佐：《南柯太守传》，鲁迅《唐宋传奇集》，人民文学出版社 1973 年版，第 261 页。
③ 《敦煌愿文集》以为薄（簿）公"为某位高僧"，误。

5. 酬庆愿

仅收录对僧尼、道士、女冠之庆贺、咒愿，其文辞自然与对俗人施用的有别。有针对普通僧侣的，如S·343号《庄严僧》一则云："愿常修正道，崇信法门；般若为心，慈悲作量。平生垢重，沐法水以长消；宿昔尘劳，拂慈光而永散。"内容集中在个人的修行上，可见此僧乃一般小辈僧侣。有针对修为较高的，如S·2832号《律》一则云："律公戒珠光洁，道树芳荣；烟[①]灯照黑暗之间，击法鼓闻大千之外。然及四生舟楫，作六趣津梁；荣七代先灵，离六姻缠缚。"以化导众生作为赞叹内容，说明其地位较高。有的则是赞美一代名僧的，如P·2044号《大师》一则云："大师贤劫挺生，释门枢要。学穷三界，声振五天。敷大教于王城，定邦宗于鹿苑。释修练行，调意马而控御心猿。作大教之笙簧，为空门之轨则。"这种赞叹可不是一般僧侣能够担当的。

至于设斋之目的虽然各异，但与俗世之人并无甚深区别，最独特的乃因出家而设斋。出家多有一番庆贺，自古皆然，《比丘尼传》载：僧基尼"因遂出家，时年二十一，内外亲戚皆来庆慰，竞施珍华争设名供，州牧给伎郡守亲临，道俗咨嗟叹未曾有"[②]；前举王维之文，亦是崔希逸为其女出家而设斋，此斋之言辞亦难以与别处相混。北图8454号文献中保留的一则"放子出家愿文"，乃出家愿文之常体，文曰：

> 盖闻逾城舍俗，专求佛道之方；骑马辞宫，愿出群生之类。故知在家迫窄，等牢狱之重关；法里逍遥，喻虚空之自在。贤为□□胜法，属意大乘，了火宅之无恒，知万相而非有，情欣离俗，重积法门，归向如来，求于圣道。于是慕僧徒而剪发，应法体以裁衣；振他化于天宫，伏魔王于寝殿。犹象王之回顾，见狮子之威仪；慕道树以知归，向庵罗而敛念。贤子上求佛果，下度群生，越烦恼之爱河，取菩提于彼岸。当令贤子获福如是。以此设斋、烧香、念诵种种功德，资益度子出家檀越优婆夷等，从今向去，三宝复护，众善庄严，灾豫消除。然后十方三界，六趣四生，并出邪途，咸登觉道。

---

① 或为"燃智"二字。
② （梁）宝唱：《比丘尼传》，《大正新修大藏经》第51册，第936页。

此文文辞简洁，结构谨严，与他文相比，毫无媚俗之言，可谓正大光明，是一篇优秀的出家愿文。另有一篇更加情意深长之作，令人读后心动，其文载于 S·4642 号文献，前缺，本书拟题为《再入佛门文》①，其文曰：

（叹德略）但某乙早年落发，累岁披缁，道业虚微，谬登僧众，不能学古人夕惕之事，君子临深之诫，乃使悔吝相弃（递），遂蹈刑科，攀法服而不回，望金地而何及。可谓天恩照洒，宰相矜怜，粉骨铭躯，岂能酬答？但悲蒲柳之暮，重入缁流；桑榆之光②，再归法侣，虽死之日，犹生之年。更劳一郡官僚，合城道俗，同于此寺，庆喜临右。某乙小人，不胜悚息云云。

此僧未知何人，从叹德部分所涉及的众多官员来看，其出入佛门，备受瞩目，而且似乎与皇帝、宰相均有干系，想来绝非普通僧侣。文章有条不紊、娓娓道来，自己再入佛门的感伤、欣喜之情，跃然纸上。

6. 报行道

分为两部分，役使和征讨，是对征役之人表达的咒愿与思念。敦煌乃夷夏交争之所在，征役之事繁多。出征在即，久而不归，家人都会为其设斋，祈佑平安。

S·5637 号文献中有一则"征去"之文，曰：

厶公乃谋略轶群，英雄冠世，弯弓落月，舞剑霜颜。奉天命而讨边方，旌旗曜日；尽地穷而清国界，铁骑连云。念鹏翼而张天，攘衣奋臂；愤鲸鳞之横海，发怒冲冠。将欲荷戟前驱，思生□念。庶安五福，冀保三军云云。

此乃出征在即之斋会上，对征人的叹德，不仅表现了某公的本领气概，还表现了军队的雄壮，也指出了出征的正义性。在此基础上的祈愿，

---

① 因写本关系，此文与前面亡妣之文连写，《敦煌愿文集》失校，统称为《亡妣文》，误。
② 此处原文作"重入念缁一念桑榆光之"，此处从《敦煌愿文集》。

自然使心中更加踏实。

S·343号文献中载有一则愿文，乃为出征不归所作，其文曰（号头不录）：

> 然今此会焚香意者，为男远行之所崇也。惟男积年军旅，为国从征，远涉边戎，虔心用命。白云千里，望归路而何期；青山万重，思故乡而难见。虑恐身投沙漠，命谢干戈，惟仗百灵，仰凭三宝。故于是日，洒扫庭宇，严饰道场，请佛延僧，设斋追福……

行人积年军旅，久而不归，家人至为思念。白云千里之句，描摹行人之思归；虑恐身投之句，表现家人之担忧，营造出感人的气氛。

如果此则还令人期待的话，下一则则显然是僧俗均感渺茫：

> 自从一去，岁月淹深，音信寂然，死生难辨。父母悬心远望，曾无暂舍之心；怀念情深，常抱回徨之恳。往来人使，咸言寂绝无踪；梦想之中，知何所在；寸心难舍，常思再睹之期；梦寤心惊，虑恐隔生永别。倘若他乡身在，承佛威力以归家；若乃命谢幽途，红莲化生而见佛。

此段载于S·5639号文献之内，年深日久，家人对在外行役之亲人的生死毫无把握，这里把家人的思念与担忧、积极与消极的愿望，刻画得非常细腻。

7. 悼亡灵

在佛教的法事中，荐亡是最普遍的一种法事，无论僧俗，均有此举，法事一般设于亡后三日、某七、百日、周年、三周（年），三周（年）以后，便不再有荐亡之事。敦煌文献中此类佛事文章最为丰富，名目繁多，送亡者入墓的称《临圹文》，忌日追福的称《亡文》（《追福文》），三周年之文称《脱服文》（《三周文》），还有《逆修文》（《先修文》、《预修文》、《十王会文》），用于生者修死后之佛事。

佛教荐亡文，总是在号头之处抒发无常迅速、在所难免之慨叹，之后又极尽悲切之能事，令亲者号恸崩摧，外人潸然落泪。最后以设斋之功德为亡者开出一条往生之路，或坐莲台而居上品，或餐法味而会无生，也是安慰存者，使其免于为亲人之死而悲伤。

唐代葬俗中有临圹设祭的内容，P·2622号文献《吉凶书议》载："柩车到墓，亦设墓屋，铺毡席上，安柩北首。孝子居东北首而哭，临圹设祭。"P·3765号文献中有《临圹文》，"卜善地以安坟，选吉祥而置墓，于是降延清众，就此荒郊，奉为亡灵临圹追福"，当灵车到达墓地后，要举行一次隆重的斋会，临圹设祭。此时要宣白《临圹文》，S·4474号文献有云：

> （其前缺）是以受形三界，若电影之难留；人之百龄，似隙光而非久。是知生死之道，孰能免之？纵使红颜千载，终归垄上之尘；财积丘山，会化黄泉之土。是日，辒车飑飑，送玉质于荒郊；素盖翩翩，俵凶仪而亘道。至孝等对孤坟而擗踊，泪下数行；扣棺樟以号啕，心摧一寸。泉门永闭，再睹无期；地户长关，更开何日？

表白得情深意切！之后，还要为亡者、存者念佛资福。然后才结束仪式，离开墓地。此篇文辞中，除"至孝等"的称谓外，未出现任何标识存亡者关系的文字，只要其中称谓随机而改，就可以适用任何临圹场合。当然，如果文中指出了存亡者关系的，便不能随意使用了。

亡者某七，依例要为其追荐。将《斋琬文》此目变化一下形式，略作增补，大概可以分为亡父母、亡夫妻、亡子女、亡手足、亡僧尼等五类，僧尼之下还可详细划分，虽不能涵盖一切，却是荐亡文的主体。荐亡之文辞尽管变化无方，但既然主题已定，自然能见叶知秋，无须博引，以下仅就笔者所选，略作赏析。

古来皆言父义母慈，此种态度，在荐亡文内，有着明显的表现。

> 惟亡灵乃秉质英灵，凤标和雅；人伦领袖，乡闾具瞻。理应久居人代，训范子孙。何图舍世有终，奄归大夜。至孝等孝诚亏感，早隔尊颜；攀风树而不停，望寒泉而永别。纵使舍躯剖髓，无益幽魂；泣血终身，莫能上答。故于是日，以建斋筵，屈请圣凡，用资神识……

此文存于 S·1441 号文献，首尾完整，乃亡文之常格。文中虽有子女之哀思，却不载亡父之慈爱，事实上，《亡考文》大多表现亡者的事功与风规。

惟灵体坤载德，实岳降祥；蕴行潜芳，美传清誉。含弘先代，操志升间；干干启诚，为乎在道者也。将谓柏舟之固，苹藻留仪。呜呼！世道沦胥，指薪交谢。冥神匪亲，幽台岂春？至孝等嚎啕竭情，割荼毒之心碎；擗踊哭泣，□酷裂而骨惊。舐犊之念何追，将雏之恩讵沐？倚庐望断，陟屺哀盈。寂寂穷泉，驱驱时运。二仪递谢，某七俄临。

《亡妣文》多表现亡者的持家与慈爱。此文载于 S·4642 号文献，柏舟一词说明亡者早寡，拉扯子女成人，子女对母亲之感情更非比寻常。心碎、骨惊之词，舐犊、将雏之典，贴切而明朗，使人听了立时感动。"倚庐望断，陟屺哀盈"之句更有无限哀思。

S·2832 号文献中有《亡夫》一则，表现斋意的部分，文采斐然，其文曰：

气雄志高；天与其性；才调不挠，风骨殊伦。岂谓彼苍者天，歼我良人。孝子哀彻号叫，酸痛盈怀。恨琴瑟之去留，哭鸳鸯之永逝。残魄坐泣，泪泻如泉；半影将销，形骸若碎。入室无宾致礼，倍增悲结之心；出户有隔幽泉，反益孤得之思。无以远托，唯福是资，流光奄然，初七俄届。

文章始赞亡者之德，而以《诗经·黄鸟》之语谓天之不公，痛心疾首；继而着力刻画妻子的形单影只，悲悲戚戚，如其自道。

此篇之后有《亡妻》一则，行文模式与此相同，亦典雅感人。为亡夫或亡妇追荐，除叹德之外，少有不描画存、没者之感情深挚，一旦阴阳两隔，万般思念的。

S·2832 号文献中之《亡子文》，又是另一种风景：

昔者素王所叹，苗而者（至）于不秀，只有项托早亡；秀而者（至）于不实，只叹颜回[之]早夭。以古方今，然不殊意者。孩子乃肌明片玉，目净琼珠，颊圆圆桃李花开①，眉弯弯海月初曲。能行三步五步，起坐未分；学语一言两言，尊妣未辨。岂谓凤雏无托，先彫五色之毛；龙驹未便，先坏千里之足。慈母日悲，沉掌上之珍；严□□痛，失帐中之玉。饰展薰修，用荐孩子冥路。

此文号头用项托、颜回事，以《论语》之语贯穿，既意义明晰，又文辞典丽。"能行三步五步，起坐未分；学语一言两言，尊妣未辨"之句，亦是刻画婴儿之妙笔。

所谓亡子女，乃指未成家之小子女而言，若子成家，亡后当由其妻或其子女为其荐亡；女出嫁，亡后当由其夫或其子女为其荐亡。文中所涉及的，多是其聪敏、孝顺、美貌、佛缘等处。

兄弟如手足，为兄弟亡故而设斋，斋文中一般均表现兄弟之间的手足情，如S·343号文献所存之文：

号同前厥今坐前斋主所申意者，奉为兄弟某七追念之嘉会也。惟亡灵乃凤标勇悍，早擅骁雄，七德在心，六奇居念。更能弯弓射月，鹰泣长空；举矢接飞，猿啼绕树。故得位显戎班，荣参武列。将欲腾威四海，启四弘以驰诚；严诫六兵，凭六通而稽首。何图逝水洪波，飘蓬逐浪。祸分金药，哀伤四鸟之悲；夭折玉芳，哽噎三荆之痛。每恨盈盈同气，一去九泉；穆穆孔怀，忽焉万古。意拟千年永别，首目顿亏；稀万世难逢，股肱俄断。趋庭绝训，瞻几案而缠哀；生路无踪，望空床而洒泪。无门控告，惟福是凭。

斋主之兄弟乃武将出身，便从此角度大加赞颂。而对兄弟之间同气连枝的关系及对亡者的思念，也描写得恰到好处。

又有亡僧道文，僧道乃出家之人，文中自少不得对其修为之赞誉，斋意部分多强调师徒间之情谊，但有时也会表现其与俗家眷属、信众的感

---

① 原卷作"颊桃园李之花开"。

情。如S·343号文献中的《亡尼文》：

> 惟亡尼乃内行八敬，外修四德，业通三藏，心悟一乘；得爱道之先宗，习莲花之后果；形同女质，志操丈夫，即世希有也。可谓含花始发，忽被秋霜；春叶初荣，偏逢下雪。何期玉树先凋，金枝早落。父心切切，母意惶惶。睹嬉处以增悲，对娇车而洒泪。冥冥去识，知诣何方？寂寂幽魂，聚生何路！欲祈资助，惟福是凭。于是幡花布地，梵响陵天。炉焚六铢，餐资百味。以斯功德，并用庄严亡尼所生魂路：惟愿神超火宅，生净土之莲台；识越三途，入花林之佛国。然后云云。

此文叹德部分既从僧人角度赞其修行之高深，又从儿女角度叹其娇花之早逝，令人眼前显出了佛事现场僧俗同悲的画面，也说明即便出家，僧侣与俗家依然保持着联系。

又有一类亡文，指明亡殁之原因，较前举之亡文，适用范围要小。如S·2832号文献其中一则：

> 惟灵貌逾南国，资越东邻；全章天生，规章自举。班氏之风光于九族，孟母之德福于六姻。将谓诸天比寿，至圣齐年；何期天降斯祸，灵□为灾，因产归于巨夜。嗟乎！骊珠未见兮并骊龙没，子卵未分兮果柯摧。

此乃为难产致死之人追福之文，末句绝妙，用新鲜雅致的言辞说明了大小偕亡之事实。再如P·2044号文献中的一则：

> 夫人庆流香阁，详瑞兰闱，感秀气而孕双珠，合异灵而育两凤。岂谓事不竟美，物不两齐，沉片玉于泉台，明一珠于掌上。悲欢交集，忧喜俱来云云。

此乃为生双胞而一死一存所设斋会之斋文，言辞得体，显得优美简练。

8. 述功德

信众为求积累功德，所行之事甚多，此目所记仅为其中之一部分。所作圆满之时都会举办庆祝法事，《敦煌愿文集》中收录了不少此类文章。

本目前六项均为造像，绣像是用丝线在锦缎上绣成的；织成是用丝和金线织成的；镌石为凿刻石像；彩画即于寺院、城门、墓室、石窟等墙壁上着彩作佛菩萨形象，传说汉明帝图佛像于西阳城门及显节陵上供养，乃此土画像之始；雕檀即用檀木雕刻佛像，传说优填王用牛头旃檀雕佛形像，高五尺，此为雕像之始；金铜即用金铜铸佛像，传说波斯匿王闻优填王用香雕像，乃用紫磨黄金铸佛像，亦高五尺。

像成之际的佛事上，在斋文中免不了对所造佛像进行一番赞叹。赞叹佛像称为叹像，一般在斋意之后。S·1441号文献中有这样一段对所绘佛像进行赞叹的文字：

> 其像乃绚众彩而绘圣，运妙色以仪真；朱艳果于唇端，丹秀花于脸际。翠山凝顶，粉月开毫；黛叶写于眉鲜，青莲披而目净。姿含万彩，凝湛质于鸡峰；影佩千光，似再临于鹫岭。礼之者无明海竭，睹之者烦恼山摧。

这是一篇融汇了佛祖容貌与德能的绚丽的文字写真，这段文字，出现在不少《庆像文》（S·5638）、《叹佛文》（P·2058）中，可见表白僧对其非常欣赏。

造窟也是功德之一，S·4245号文献中有一则《造窟发愿文》（引者所拟），其文残缺，又以"云云"略去了许多内容，唯留下对于窟中变相之赞叹，其文曰：

> 伏惟太保云云，加以云云，割舍珍财，敬造大龛一所。其窟乃雕文刻镂，绮饰分明云云，是以无上慈尊，疑兜率而降下；每（多）闻庆喜，等金色以熙怡；四天大王，排彩云而雾集；密迹护世，乘正觉以摧邪；药师如来，应十二之上愿；文殊之像，定海难以济危；普贤真身，等鹫峰之胜会；阿弥陀则西方现质，东夏化身，十念功圆，千灾殄灭；不空罥、如意轮菩萨，疑十地以初来；小界声闻，超六通

之第一；八部龙神，拥释梵于色空。天仙竞凑于云霄，宝树光华而灿烂。上来变相，（后残）

所谓变相，为绘画术语，仅对某一人物的刻画称为"像"，对某一情节、情境的刻画称为"变相"，简称"变"。与前一则不同，此则表现的是某一窟壁上变相中所描画的诸佛菩萨，可谓广大无边。

在敦煌，一窟之中出现多铺经变，并不多见。笔者经过考证，找到了文中所提之窟，即敦煌莫高窟第454窟。此窟亦名太保窟，俗称娘娘殿，建于北宋开宝七年至太平兴国五年（974—980）之间，窟主为归义军节度使检校太保兼御史大夫曹延恭及其夫人慕容氏，正与文前称谓对应。

文中提到的经变有弥勒经变、药师佛十二大愿变、毗沙门天王赴那吒会图、文殊变、普贤变、西方净土变、不空罥索观音经变、如意轮观音经变等，也正是第454窟中所存的。如果身处窟前听诵此文，必会有更加真切的感受。

造幡乃造佛教幡盖，造经乃抄写甚至版印佛经，造堂即修造佛堂，造浮图即造佛塔，造塔轮即造塔上之法轮。盂盆指造盂兰盆送寺院供养，按西国法，至于众僧自恣之日，盛设供具，奉施佛僧，以救先亡倒悬之苦。温室即浴室，《温室经》载，佛为医王耆域说浴僧之法及其功德。除了目录中所列，还有造钟、造幢、造伞等功德。

这些功德圆满之际，也都会有发愿之文，文中又大都会对所造之物赞叹一番。赞幡则云："能匀绮彩，巧缀朱红，高杆挂而样碧空，蛛飞而呈霄汉。风摇一匝，百处灾消；影现千家，万般福集云云"（P·2044）；赞佛堂则云："佛堂乃竭宝倾珍，舍资剖产；制似碧霄之荧晃，建如兜率之莲宫；地砌琛珠之宝，檐铺檀梅之材；架麟凤以争空，镂鸳鸯而竞起；雕窗孕月，洞户迎云"（S·1441）；赞塔则云："塔乃宝轮上耸，与云汉而争高；龛室化城，若从地而涌出。凤飞空里，振神翼而回翔；出洞空间，坐明珠而盘屈。金花□佩，似夜月而玲珑；梵响清音，与朝钟而同韵。塔内毫像，神仪俨然云云"（P·2044）。寺庙建筑、物事本身之辉煌与功德之殊胜，及其与佛教境界的融摄，都被很好地展示出来。

而为造经设斋所使用的斋文，则有另一种言辞了。P·2838号文献内的《庆经文》有云：

其经乃《法华》三界火宅,一乘牛车,引彼化城,登其宝偈(阶)。《大悲》千手接引,千眼遥观,转读者灭罪恒沙,受持者六根清净。《金刚般若》降心住道,忍辱行檀,绝四句之消殃,胜三时之舍命。《药师经》琉璃作号,灌顶章名,绝九横之除殃,行十二之上愿。《多心经》初观五蕴,后隔三科,为菩萨之轮王,作声闻之法印。《阿弥陀经》西方现质,东国化形,十念圆明,千殃殄灭。《无常》无常迁谢,有变轮回,恐违契于生身,偏流积于四报。《观音经》含慈救生,怀悲拔苦,随声念而即至,应物感而现形。皆金口谈言,并大乘之教,开卷则众福臻集,发声则万祸俱消。偈乃破暗除昏,咒则谴邪殄魅,加以行行贯玉,开小卷而演荆山;句句连珠,阅微言而比沧海。一披一读,便生智慧之牙;再念再思,遂灭无明之惑。

这些经典均为当时信众修功德时普遍抄、刻的,到时可按实际情况选择与所造经典相关的文字。其中一个明显特征是:对于每部经的赞颂,是与经文概要密切融合的,论《法华经》,意谓此经好似火宅之外精美绝伦的大白牛车,引诱世人逃离其处;又好似引导疲倦的行人认清幻城,直达宝所一般。这是强调《法华》三乘归一的思想,其中牛车的比喻出自《譬喻品》,化城的比喻出自《化城喻品》。《大悲经》即《千手千眼观世音菩萨广大圆满无碍大悲心陀罗尼经》,唐伽梵达摩译,称扬观世音菩萨的功德,千手千眼正是菩萨的标志之一,意谓此经好似菩萨普度众生一般。《金刚经》中"应云何住?云何降伏其心"之句对应"降心住道","忍辱波罗蜜,如来说非忍辱波罗蜜"之句对应"忍辱","菩萨于法,应无所住,行于布施",布施即"檀"波罗蜜,意谓此经能够指导人的修行,只要受持其中一四句偈,胜于过现未来的舍身功德。对其他经典的表述也是如此。用简洁、形象的语言将经的内容与功德表现了出来。

造盂兰盆送寺院供养,也是修功德之一种。佛弟子目连尊者,见其母堕饿鬼道,受倒悬之苦,问救法于佛。佛教于每年七月十五日(僧安居竟之日),以百种供物供三宝。请其威,得救七世之父母,因起此法会。法会上,有盂兰盆会之仪文宣读。P·3346号文献有此一则:

第二章 唐五代的佛事文章

> 盖闻释迦悟道，报慈母于天中；圣者证通，救生身于地狱。故知曾子行孝，典籍称传；董永事亲，留名后世。是以目连慈母，在世悭贪，死堕地狱，身居恶趣。临河饮水，猛火入烟；对食欲餐，变成炉炭。目连身观六趣，遍视三涂，遂见母身，受于大苦。遂即号啕白佛，请说救母之方。但以圣德悲怜，遂使济我。然今唯□村舍人等，故知九旬夏末之济，三秋上朔之初，诸佛欢喜之时，罗汉腾空之日，仅依经教，昉习目连，奉为七世先亡，敬造盂兰盆供养……

此篇号头，首先赞叹了佛陀、目连、曾子、董永的孝行，继而概述了目连故事，说明盂兰盆会起源。最后在斋意部分点出时间、人物、愿望等。这样的文字，对于宣扬和鼓励孝行的作用是很显著的。

浴僧时之仪文，笔者在敦煌文献中还不等曾发现，此处不论。燃灯也是佛徒供养的一种方式，佛经中每每称之，但汉地燃灯的起源却有多种说法。其一，《大宋僧史略》引《汉法本内传》云，佛教初来，正月十五日与道士角试，烧经像无损而发光，汉明敕令烧灯，表佛法大明也①；其二，《初学记》引《史记·乐书》"汉家祀太一，以昏时祠到明"，并云："今人正月望日夜游观灯，是其遗事。"② 今世学者多循此二说。但其一，明帝时佛道相争仅为传说；其二，《史记》仅谓武帝"使僮男僮女七十人俱歌"，即使点灯，也是取照明之用，以此二事为燃灯起源，其事难凭。

《北史·柳彧传》谓"近代以来"才有正月十五日燃灯之事，且其时世人"竭赀破产"、"缁素不分"③，说明正月十五日燃灯之事在隋前不久；北齐那连提耶舍译有《佛说施灯功德经》，或许此经流行以后，才有民间节日性燃灯之事。至唐先天二年，西域僧沙陀请以正月十五日燃灯，此又上升为国家制度。

唐五代敦煌地区盛行此俗，正月十五日前后三日、佛诞、腊八等夜，以及日常祈愿之际，都要于寺院或窟内燃灯。敦煌佛教对诸节燃灯很重视，都僧统司下设灯司，配备燃灯法仕教授负责燃灯节的运筹工作，并制有

---

① （宋）赞宁：《大宋僧史略》，《大正新修大藏经》第54册，第254页。
② （唐）徐坚：《初学记》，中华书局1962年版，第66页。
③ （唐）李延寿：《北史》，中华书局1974年版，1424页。

《燃灯文》供僧俗、官民祝节诵读。由于灯节开支繁多，寺院财力难以独立承担，民间信众有自愿结成的"燃灯社"，凑集油、粮给附近寺院，并分配社员承担燃灯之数，故燃灯成为敦煌地区官民同庆的盛大节日。

燃灯文的"道场"部分很有特色，对燃灯佛事描绘得热闹非凡。S·1441号文献中《燃灯文》的一段云：

> 又乃架迥耸七层之刹，兰炷炳而花鲜；陵虚构四照之台，桂炉焚而香散。笼悬写月，焰起分星；光耀九天，辉流百亿。亘十方而历供，果满今晨；竖千福之芳缘，因圆此日。其灯乃神光破暗，宝烛除昏；诸佛为之剜身，菩萨为之烧臂。遂使千灯普照，百焰俱明；贤圣遥瞻，随灯而集。铁围山内，赖此光明；黑暗城中，蒙斯光照。是以二万亿佛，同号燃灯；八千定光，皆同一字。

此乃寺院中燃灯，描绘了寺院中灯火无数、一片辉光的景象。对于灯的描写，巧妙地融合佛教故实，更增添了庄严神圣的色彩。

在唐五代敦煌，还有一种前此未必有、后此亦不闻的功德，印沙，即将选好的泥团打入佛像或塔形的模子中，然后脱出，成为单个小型的泥佛、泥塔，再将其放在窟内或者塔内供养；或者径直在沙上印形，不做处理。印沙"一般在正月一日（亦有在九日）进行，同时举办斋会。敦煌社条中规定社邑印沙佛的做法或为社人轮流担任斋主操办，或为社人共同出物举行。印沙佛的地点在河滩、社人家或寺院，在寺院举行时寺院亦出若干麦粟"①。

谭蝉雪以为，"此俗起源于停腾聚沙的故事（《法华经·方便品》）"②，误。《法华经》中，聚沙成塔只是孩子的游戏而已，盛唐第23窟之聚沙成塔图：几个胖娃娃，正聚精会神玩沙，有穿"裹肚"的，有带"围嘴"的，有光身的，表明时人心中聚沙成塔依然是孩子的游戏，并没有以模子印像这种复杂的工序。此俗源于密教经典，唐善无畏译《慈氏菩萨略修瑜伽念诵法》云：

---

① 季羡林：《敦煌学大辞典》，上海辞书出版社1998年版，第431页。
② 同上书，第434页。

若木克作千佛印，若河海洲上印沙为佛塔，克木像印沙成塔三十万个，每佛每塔前诵真言一百八遍，供养香花……现世造十恶五逆罪人，作此印沙佛像、塔像，必得大悉地，勿令断绝。其印塔作法，一如西方塔形，中置法身佛像。①

其后，其弟子金刚智译《佛说七俱胝佛母准提大明陀罗尼经》亦有记载。此二经中说明了印沙的方法、功德等内容，正是敦煌印沙风俗的起源。唐前之所以未闻此俗，乃是因为唐前无此种经典。

敦煌文献中有数本《印沙佛文》，对印沙佛事的表现均不到位，只在文中点出印沙字样，如Ｓ·1441号文献的《印沙佛文》谓"惟合邑诸公等并是缁中俊杰，众内高人，学业幽深，词锋映俗，知四大而无住，晓五蕴而皆空。脱千圣之真容，印恒沙之遍迹，更能焚香郊外，请凡圣于福事之前，散食香餐，普施于陆地之分"，不值一提。

有时候，佛事的名目并非一种，而是将多种佛事集中起来，一起举办。Ｐ·2255号文献中的一则便是如此制作的，其文曰：

……遂乃躬亲出廓（郭），印金相而脱沙；崇设无遮，陈百味之胜福；银函辟经，[转]万卷而齐宣；宝树鱼灯，秉千光而合耀。胜福即备，能事咸享。谨于秋季之中旬，式建檀那之会。于是击洪钟，召青目，开宝帐，俨真仪，供列席而含芳，香霭空而结雾。当时也，金风曳响，飘奈苑之疏条，玉露团珠，困禅庭之忍草，光翼翼，福穰穰，虚空有量妙福长……

印沙、设斋、转经、燃灯，四事用四组骈句概括，要言不烦，而能给人以清晰的印象。对斋会场面，却描绘得如在目前，击、召、开、俨四个三字句把法事程序写得活灵活现，而"当时也"之后的言辞，声律之婉转铿锵，三四六七句式的错杂运用，宣白之际是非常动人的。

前此种种，所造之物，与信仰相关，与世俗无涉。佛教徒注重公益事业，造福乡里，《佛说诸德福田经》载："佛告天帝：复有七法广施，名

---

① 《慈氏菩萨略修瑜伽念诵法》，《大正新修大藏经》第20册，第599页。

曰福田，行者得福，即生梵天。何谓为七？一者、兴立佛图、僧房、堂阁；二者、园果、浴池、树木清凉；三者、常施医药、疗就众病；四者、作坚牢船，济度人民；五者、安设桥梁，过度羸弱；六者、近道作井，渴乏得饮；七者、造作圊厕，施便利处；是为七事得梵天福。"① 这些事情，都是佛教徒平日积极参与的。此处以造桥之事为例，简略说明圆满之际的斋文。

P·3800号文献有《庆桥文》一则，文曰：

（号头、叹德略）其处也，北临谯国，南抱颍川，西垮洛阳之衢，东接江淮之路，六国直道，莫越于兹，九土要津，在乎此矣。湖称车往，萦纤象九曲之池；水号玉泉，皎皎湛三秋之月。遂使行人隔归乡之路，伯乐滞千里之程，寸步之间，非桥不越。公等遂访名山，伐梓杞乔木，插大柱于洪波之内，架巨梁于云霞之端。半月飞来渌水之头，弯虹见出清波之上。赵郡昔时之号，天津往日之名，何如今日。桂花赞一条，壮气横霄汉。人游于上，如登三道之阶；马骤往来，若控九衢之路。倾刻不滞，速疾如流。谁不为之歌唱，谁不为之称赞；福田之内，此福最深。功德之中，此功最大。修建既毕，斫斧告终，大设清斋，庆乎今日。

由此桥之处所，可知此文的创造与应用乃在中原，最终被敦煌僧侣抄录保存。此处描写了桥的地点、重要性、形状以及行人来往的画面，显得鲜明生动。

9. 赛祈赞

即祈祷（祈）、还愿（赛）、赞叹，如果说述功德一目多是赞叹所作之物，此目盖多述所求、所赞之事。

阴阳失序，三时有旱，冬日少雪，会严重影响一年收成。因此需要请雨或者止雨，笔者在敦煌文献中未见祈雨之文，谢雨之文却有数篇。

其一为S·343号文献中的《都河玉女娘子文》，都河玉女为敦煌河神，"玉女"乃女神之泛称。敦煌因干旱，故膜拜河神，有专门的玉女娘

---

① 《佛说诸德福田经》，《大正新修大藏经》第16册，第777页。

子观。都河亦名都乡河,为敦煌西部的主要河渠,每年均有常规性的赛神活动。都河玉女并非佛教神祇,但此篇文中出现"十方诸为(佛),为资胜缘,龙神八部,报愿福田"之语,显然是佛教愿文。

此篇文章,动人之处有二。其一,描绘了玉女的美貌与神通,曰:"天威神勇,地泰龙兴。逐三光而应节,随四序而骋囗;陵高山而掣电,闪霹雳如岩崩。吐沧海,泛洪津;驾云辇,衣霓裙。纤纤之玉面,赫赫之红唇。喷骊珠而水涨,引金带如飞鳞。与牛头而角圣,跨白马而称尊。"文采瑰丽,包含了玉女之神威与风情。其二,通篇押韵,毫无偏差,读来朗朗上口。

但此文并非谢雨文常格,谢雨之文大都先描述旱情,再说明开启祈雨法事,最后形容降雨及雨后之风景、人情。以S·4474号文献《贺雨》之文为例:

> 为久愆阳,长川销铄,自春及夏,惟增赫奕之辉;祥云忽飞,但起嚣尘之色。鹿野无稼,苍生罢农。‖于是士庶恭心,缁侣虔敬,遂启天龙于峰顶,祷诸佛于伽蓝,及以数朝,时时不绝。‖是以佛兴广愿,龙起慈悲,命雷公,呼电伯,于是密云朝凝,阔布长空,风伯前驱,雨师后洒,须臾之际,滂野田畴。遥山带月媚之容,远树加丰浓之色,芳草竞秀,花蕊争开。功人怀击壤之欢,田父贺东皋之咏。

对旱情的描写是那么明朗,并指出对农事的影响;对佛事的描写是那么精练,说明了祈雨的程序;降雨成了诸神分工协作的庞大工程,充满了神圣色彩;雨后的风光是如此的清新明媚,人情是如此的欢庆安然。不但是佛事文章的经典,放在任何世俗文章中亦无愧色!

就佛事需求而言,祈谢雨雪的文章还要分成很多情状,在《禅林疏语·弭灾门》中,分成春祈雨、夏祈雨、秋祈雨、得雨小再祈、谢雨、(夏)祈晴、秋祈晴、谢晴等。

满月、生日之际,信佛之家亦有庆祝、祈愿之佛事,在敦煌文献中,在这种场合应用的文章也非常多,一般称为满月文、生日文,生日含二意,一为婴儿出生之日,一为每年满周岁的那一天,生日文指的是后一意。

庆贺满月、生日之文,兹各举一段为例,S·2832号文献《满月事》

云：" 惟夫人清风溢露，桂竹陵霜；千贤夺星中之星，丽质莹荆山之玉。加以庆流香阁，吉降芳闱。感仙童之降灵，耀琼光之珍瑞；亲属欢片玉之浮辉，父母庆明珠而在掌。"S·5639号文献《生日事》（引者拟题）则云："玉女辞云之日，仙人降下之辰；初呈云玉之姿，以表彩兰之瑞。喜气晓浮于庭内，祥光上满于金闱；芙蓉透水上之花，宝气盈庭中之色。于日一家拜庆，九族欢荣；咸将至福之资，共献青春之寿。"言辞典丽，用语考究，语言虽然简短，却能够表现出喜庆欢快的气氛。

本目之中还有散学、□字两项。按《汉语大词典》，散学即放学，然则平日放学也需要做佛事？显然不是。此散学或乃放假之意，与开学相对，《清史稿》云："开学、散学或毕业，率学生至万岁牌前、圣人位前行礼如仪。"晋唐时期，因为房舍众多、环境清静及藏书丰富，许多伽蓝成了民间学苑，寺学兴起。起初是士人寄居其中，习业授徒；后来有了正规的寺院管理。对此，张弓《汉唐佛寺文化史》专列《寺学》一篇，对此做了较详细的说明。但他对寺学中的日常管理所论不多。在此我们了解到，寺学教育非常正规，学期结束之际尚有放假典礼。典礼本身就是一场佛事，佛教对世俗的影响于此更可见一斑。唯笔者还不曾发现与此相关的佛事文章，着实可惜。

又有藏钩之目，藏钩是古代守岁时流行的一种娱乐活动，相传始于汉武帝钩弋夫人，后来成为一种宴饮中的娱乐助兴节目。《风土记》记载了其玩法：参加的人分为两曹，即两组，如果人数为偶数，所分的两组人数相等，互相对峙，如果是奇数，就让一人作为游戏依附者，他可以随意依附这组或那组，称为飞鸟。游戏时，一组人暗暗将一小钩（如玉钩、银钩）或其他小物件攥在其中一人的一只手中，由对方猜在哪人的哪只手里，猜中者为胜。

S·4474号文献中有标题为"藏钩"的一则斋文片段，文曰：

> 公等投名两扇，列位分朋。看上下以探筹，暗争胜负。或长行而远眺，望绝迹以无踪；或度貌而难测，远近劳藏。钩母者，怕怖而战战；把钩者，胆碎以兢兢。恐意度心，真擒断行。或因言而□马，或因笑以输筹，或含笑而命钩，或缅鲜（腼腆）而落节。连翩九胜，踯躅十强，叫动天崩，声遥海沸，定强弱于两朋，建清斋于一会。

描写了藏钩的过程，将参与者各自的情态形容得惟妙惟肖。我们还无法确定藏钩游戏是如何与斋会挂钩的，是社邑中人确定建斋人选的方法？还是仅仅为斋会中僧俗共娱的游戏？

更可能的情形是，此时的藏钩是斋会末后僧俗共娱的游戏，但被赋予了一种宗教意义。唐法照《净土五会念佛略法事仪赞》，在最后阶段唱一段《藏钩乐》，歌词是描写藏钩游戏的，但将佛法蕴含其中，论输赢时云："强者直取波罗蜜，弱者勤修重更修。"① 输赢预示了佛教徒的修行成果，与佛教徒以梦的殊胜与否评判修行成果的高低如出一辙，参见下编论《净土五会念佛略法事仪赞》。

开讲、散讲，又称发讲、解讲，法师讲经说法之开启与结束之际，均要庆讲修斋，表白一番，前文已论述了沈约的发讲、解讲疏，其文虽言辞整饬，但以交代事件为主，缺少情趣。在敦煌文献中，开讲、散讲文的文学性较南北朝之际要高，以一则散讲文为例：

（号头不录）伏惟神机透出，间气挺生。行高也，松搜流以倚天；其操也，律风萧如寒筑。可以清晓冰月，苦节凝霜。得戒月而心罢拂尘，防七枝而天花自发。可谓一片秦境，珊珊满堂。处泉也，如孤峰出云；升座也，若长天点月。若不然者，曷得楚才云集，爱道星驰？鸣寒磬以克时，引香风而绕座。问义者，如渴鸟投泉；奉行者，如饥鱼随饵。听士朱明之首，捧秩趣风；白藏之晨，律言掩曜。告罢此筵，恻怆何极！时属景带九旬，莲台罢陟。花苑寂寂，烟尘断飞；人将去留，水月无色。阶前绿草，烟惹去人；绕砌红花，竞笑留客。

此讲从初夏（朱明之首）开启，至初秋（白藏之晨）结束，正好三个月的时间，属于夏安居时期。对法师的赞美，对讲筵的结束，使用了一连串的文学意象去表现，意蕴深长。

三长者，乃三长斋也，指正月、五月、九月等三个月长期间持斋。过午不食，称为斋。俗家信众长期持斋，功德圆满之际设斋延僧，一者庆祝，二者积累功德，因此赴斋之僧徒要宣读斋文以示庆贺和咒愿。

---

① （唐）法照：《净土五会念佛略法事仪赞》，《大正新修大藏经》第47册，第475页。

平安所涉之事甚多，前文已论之远行及之后之脱难，患差（瘥）均是，此又是《斋琬文》目录的不当之处。祈愿平安或赛愿平安之事，随人而异，随事而设，敦煌文献中所存，有《患文》、《疾愈》、《难月》、《赛灾》、《释禁》、《行军转经》、《军阵被俘》、《脱难》等名目，但不可能涵盖所有，特举数例。

患文者，因患病而设斋祈愿之文也。令人颇感意外的，患文可以制作得很丰富，如S·2832号文献载《皇甫长官福可事》：

> 吾君故年仲秋，率有佳宜，问于同寮。曰："孤寡茕独，务心存也；累那沟渠，官所首也。"参谋已定，乃命有司登门而际礼。才施向熟，尊容觉变，为是昼日公府，神劳气损耶？为是登陟峙□，力尽身浣耶？为是规度鄸影①，风气所冲耶？为是板竹龙聚，神用所及耶？不知何因，忽至于此。宜有不乐，则万人咨嗟；似沐康和，则百里欢笑。守衣者尽其述，谒圣者极其词，僧尼罄转念之力，儒官申导引之妙。……重悦肌肤，如月圆之渐渐；再清神气，似澄水之汪汪。即知法门无虚寄之闻，神理有昭然之应。

本书所选仅为中间一段，将叙述病因与叹德融而为一，四个问句，汲取了《荀子·大略》中"汤旱而祷"②的句法，极大地增加了文章的文学性。

难月及难月文，《敦煌愿文集》的解释为："难月义即难产，患难月文又可省称难月文，为产妇遭到难产，其家属祈求神灵助护时诵读的文章。"③按，"难月"非难产意，旧时分娩为妇女的灾难，所以子女称生日

---

① 《敦煌愿文集》校"浣"作"完"，误。"浣"当为"涣"的同音误写，为涣散之意。原卷"鄸"作"隙"，隙本为"隙"之俗字，但考文意，隙当为"鄸"形近误写。规度，测度之意，《诗经·大雅·公刘》："笃公刘，既溥既长。既景乃冈，相其阴阳，观其流泉。其军三单，度其隰原。彻田为粮，度其夕阳。豳居允荒。"描写了公刘不畏辛劳，测日影、度原隰的情形，正为"规度鄸（隙）影"所本。

② 汤旱而祷曰："政不节与？使民疾与？何以不雨致斯极也！宫室崇与？女谒盛与？何以不雨致斯极也！苞苴行与？谗夫昌与？何以不雨致斯极也！"［(清)王先谦：《荀子集解》，中华书局1988年版，第504页。］

③ 黄征、吴伟：《敦煌愿文集》，岳麓书社1995年版，第34页。

为"母难日","难月"是指胎儿预产之月,因担心孕妇生产时遇到波折,所以要祈祷平安,此时僧人宣白的咒愿称为《难月文》。若待难产之际再请僧咒愿,产妇可能早已魂归了。如 S·5639 号文献中《难月文》云:

> 唯愿夫人娩难之日,如游欢喜之园;分解之时,手攀无忧之树。是男则六根清净,如秋月之初圆;是女则玉貌无双,如莲花之在水。夫人熊罴入梦,山岳降灵;体抱珠胎,身怀玉孕。且如明月在水,似日云间;美玉居荆,宝山映海。由是红莲吐蕊,虑恐逢霜;琼树含芳,怯遭风雪。所馔清供,有是设也。于日延僧请佛,愿假慈悲;赞诵观音,希垂卫护。

经载,释迦降诞之时,菩萨之母身体安常,不伤不损,无疮无痛。所以,文中对夫人的咒愿便取此典故,既恰当又兴味盎然;向佛菩萨说明担忧之事,以芳蕊遭逢霜雪的意象表达,有所避讳、言辞委婉。上面的言辞,在那样的场合表白,再恰当不过了。

又如《火灾》(P·2044)之文:

> 是日乃黑烟逢勃,看咫尺而难分;红焰争晖,睹飞腾而转盛。光流壁上,渐至梁间。迸星烁于檐楹,灰烬落于阶砌。赖遇此方仁义,不并诸村,一户遭迍,百家竞救。携浆给水,应事女以奔驰;集会多人,救红光而息焰。

这是某户火灾,得众人救护,灾后答谢众人,并延僧设斋之际宣白之文,乃文之片段,此段极力铺陈火势的不断转盛,在关键之际点出众人救火之事,戛然而止,深得文法。形象生动,分明是一则小品。

又有《军阵被俘》(P·2044)之文:

> 将谓势同破竹,摧深覆巢;乘胜追奔,剪伐元恶。岂期先锋力尽,后殿途遥;孤军处断绝之间,猛虎陷豺狼之□。阴陵失路,驻马不行;临阵见危,身居槛阱。可比夷吾在鲁,宣父厄陈;古往今来,异时同殒。初闻凶信,续报佳声;吉凶隔千里之途,悲喜在两楹之

际。况家无少弟，堂有老亲；久亏持省之候，冀就乘颜之孝。长男尚幼，空瞻陇塞之云；少妇并居，虚泣长城之泪。追慕不及，修之以斋。得枯树枝条，再生花果；覆盆之事，重见光晖。回素幕为珠轩，变凶庭为吉户。太夫人泪痕犹湿，喜色新浓；初闻投杼之疑，却见倚门之庆。贤妻令子，昔时断肠。此席心惊，翻为喜庆。悲泉户之重开，御天门之再启。亲邻伤悼，吊客敛容；同嗟变服之因，并沐天光之照。

先描述战场上的情形，再描述家人先悲（以为战死）后喜（被俘）、喜后还悲的场景，表明了修斋祈福之意。最后以一系列的意象说明所求之事，委婉而喜庆。

一旦从军阵平安归来，家人又会设斋答谢佛恩，S·2832号文献中有《从军阵平安回》之文，其文只有描写归人当日出征情景的部分，"忽见妖星夜朗，煞气朝凝。胡笳鸣而朔风惊，汉马嘶而阵云合"，寥寥数语，充满了边塞风光。

边塞之地，各国间劫掠人口之事常有，有家人遭劫而设斋祈福的，一旦家人平安，必定设斋答谢。此刻的表白，能让人随悲喜之辞而或哭或笑，其文曰：

> 居倾绝塞，境接胡林；戎羯往来，侵抄莫准。于当童稚，俄属彼师。遂离父母之乡，身叨戎夷之地。自幼成长，备历艰危。听南风以起悲，瞻北燕而成信。关山可望，生死难明。子怀泣血之悲，母作隔生之料。幸以天假其命，人愿有征；誓旨不舍于劬劳，明珠再生于掌上。其来也，踏山履水，昼伏夜行。向日月而为心，望星辰而作路。行尽北地，达乎中天。忽闻华夏之风，重会慈颜之面。于是庭张翠幕，宅曳花幡；香云郁郁而伴愁云，梵响零零而添哭响。

全篇十九为描述归人之遭遇，充满了悲伤苦痛；最后以喜衬忧，更显欢欣不已。

又有《释禁》（S·5637）之文：

厥今座前施主所申意者，奉为酬三宝之力，得免形苦之福会也。其公乃比为躬缠囹圄，倦长夜于滥牢；影局圆扉，苦羁縻于①狱吏。幸免宽宥，释累世于寒灰；蒙福圣慈，舍深愆之重咎。此会意者，虽缘枉罗视听，横执无辜，于是启仗十方，冀诸佛以冥扶，庶龙天而影卫。遂得理明秦镜，事洁隋珠；寒松萧而更贞，秋水皎而逾净。故于是日云云。

某公受冤狱而被囚，因被囚而祈佛，而今灾消难满，设斋酬僧。此篇文辞短小，却内容丰富，说明了某公的无辜受屈，说明了求佛经过，说明了狱中感受，说明了得到公正，言辞简练自然，描写亦甚传神。

在敦煌，佛寺不但是信众的发愿场，甚至还是评判是非的裁判场，如《探油》之文曰：

斋主所言意者，乃为自身境界有所愿从。为买卖朦胧，难分皂白，被人枉压，文契无凭。携铛火于伽蓝，共探油而取验。于时，炎腾碧焰，火盛青烟，展手□中，无纤毫之痛。既蒙是佑，敢辜佛恩？谨设清斋，用酬先愿。

买卖不分明，为证是非，以手探油，手不伤者无辜，手受伤者有罪，宗教的力量，着实令人吃惊！

10. 祐诸畜

包括为放生以及牲畜死亡而举办的佛事。放生系由经典中之戒杀生食肉而来，进而积极行救护。在佛教看来，因着无始轮回之关系，六道众生悉是我父母；若见世人杀生时，应方便救护，解其苦难。关于放生救护，诸经多载，如《金光明经·流水长者子品》载，流水长者子驮水救鱼，为其解说大乘经典，诸鱼闻经后，皆生忉利天。又如《杂宝藏经》卷五，叙述一沙弥因救起漂流水中之诸蚁子，而得长命之果报。

一般，放生文都着重刻画被放生的飞禽走兽重获自由的喜悦之情，如P·2044号文献中的《放生》一则：

---

① 原卷作"靡苦羁情"，《敦煌愿文集》校作"靡苦羁于"，误。

乃见飞禽为食，误践网罗；心怀啄粟之忧，身遇擒粘之难。长者乃起慈悲之惠，赎命放生。赢禽添刷羽之欢，迪鸟有腾空之悦。遥奔林木，电击飞空；远志高林，揩磨羽翼。

敦煌佛教信徒在放生的基础上，还为亡畜作追荐佛事，这是一个很有趣的风俗！中国自古以来只有为人办丧事，以牲畜陪葬之说。春秋时期，虽有楚庄王葬马之事，但最终还是被葬在五脏六腑之内，庄王也成为后世的笑料。佛教徒信仰六道轮回，承认、重视他力救助，有普度众生的热情，所以，才能够产生为亡畜做佛事的行为。

此项佛事，依然是设斋请僧，斋会上有斋文宣白。斋文中对牲畜的咒愿，一般都是离畜生道，获解脱智之类，如 S·4081 号文献的《畜》一则，乃斋文之庄严部分，文曰："惟愿永舍无明，长辞暗哑；断傍生之恶趣，受胜果于人天。永离三途，长辞八苦；观慈尊而穷本性，闻正法以契无生。共固实相之姿，等念真如之境。转前生之重障，消见在之深疴；舍恶趣之劣身，获天堂之胜果。"柴剑虹先生谓："这类祭文，内容不仅饱含了人对家畜的爱惜之情，大多还宣扬了佛教的轮回、超生观念。"[①]

这类斋文之中，均有对牲畜的描摹之辞，每每令人有逸态横生之叹。如 S·5637 号文献《马》云：

其马乃神踪骏骤，性本最良；色类桃花，目如悬镜；鬃高膔阔，脐小腹平。但骨起而成峰，长肋密其如辫。骋高原以纵辔，状浮云之扬天；驰丰草以飞鞭，等流星之入雾；陵东道而潜响，望北风而长嘶；恋主比于贤良，识恩同于义公。

对于马亡，也是以优美的意象来表现，其文又曰：

忽以驱驰失候，检驭乖常；魂蹶电而不还，影逐风而莫返。已绝如龙之迹，空留似鹿之形；忆其致远之功，念以代劳之效。不谓浮云

---

① 柴剑虹：《敦煌写本中的愤世嫉俗之文》，《敦煌学与敦煌文化》，上海古籍出版社2007年版，第104页。

灭影，吴门无曳练之征；流水停车，魏花绝寻香之智。

其他如亡牛、亡犬之文，皆与此相类。

三　佛事文章的特点

佛事文章的模式化现象，在世俗之人创作的佛事作品中也处处存在，但并没有过分强调，在僧人的作品中体现得最为明显。模式化与文学性要如何结合，才能够适应佛事的需要呢？

1. 号头

佛事文章的号头具有普遍的适用性，黄征谓，可以"一字不变地移用到另一篇文章的头上"①。这从"号同前"、"号准前"、"号头同前"等言辞中可以见出。然而，号头更具有明确的针对性，不同类型的佛事，使用的号头自然不同，否则必会闹出大笑话。如下面一则号头：

> 恭闻觉体潜融，绝百非于实相；法身凝寂，圆万德于真仪。于是金色开容，掩大千之日月；玉毫扬彩，辉百亿之乾坤。‖然而独拔烦罗，犹现双林之灭；孤超象累，尚辞丈室之疴。‖况蠢蠢四生，集火风而为命；忙忙六趣，积地水以成躯。浮幻影于干城，保危形于朽宅。假八万劫，讵免沉沦；时但刹那，终归磨灭者。

若细分，此段号头有三个层次，首先赞叹佛德；其次说明即使佛菩萨也难逃无常法则，现双林之灭者谓释尊在娑罗双树之间涅槃，辞丈室之疴者谓维摩居士也要生病；最后说明众生乃四大合和，自然也免不了死亡。

再如一则患病号头：

> 窃以觉体潜融，绝百非于实相；法身凝湛，圆万德于真仪。于是金色开容，掩大千之日月；玉毫扬彩，晖百亿之乾坤。‖然而独拔烦罗，尚现双林之灭；孤超尘累，犹辞丈室之疴。‖浮幻影于干城，保危形于朽宅，讵能刈夷惠本，剪拔忧根？盛衰之理未亡，安危之

---

① 黄征：《敦煌语言文字学研究》，甘肃教育出版社2002年版，第186页。

端斯在。

此段号头依然可分为三个层次，前两层文字可以说完全相同，最后称虽然无常难免，但祛病之法就在此处（意谓设斋）。

显然，第一段文字只能出现在《亡文》开篇，第二段文字又只能应用于斋主生病或病愈之场合，如果因为两者大部分文字相同而缺乏选择，必然惹人耻笑甚至怒火中烧。

即使是相同佛事，号头的使用也要有所选择，以讲经说法为例，号头部分便要与当事人的身份结合：

> 夫金镜西照，律教东流。摩腾肇白马之净园，僧会应赤乌之嘉岁。八藏传汉明之首，《四分》译姚兴之时。散笔彩于觉明，振云风于北魏。

此段号头应用于律师说法之际，前文中包含几处与讲律有关的典故。其一，《四分》即《四分律》，为所讲之经典；其二，觉明即佛陀耶舍，是《四分律》的翻译者；其三，振云风于北魏，讲律之僧，以元魏世法聪为始。

> 盖闻十号灵觉，道观百王；三界独尊，分身百亿。所以现兜率，质王宫，示金色之真身，吐玉毫之实相。行即莲花捧足，坐乃宝座承躯，出则帝释引前，入即梵王从后。演《涅槃》地陆振动，说《般若》天雨四花。百福庄严，如满月之映芳林；千花晃耀，如盛日之照宝山。狮子一吼，外道崩摧；法鼓暂鸣，天魔稽首。巍巍荡荡，难可称焉！凡有皈依，皆蒙利益。

演《涅槃》，说《般若》，乃法师所为，所以，此段号头乃应用于法师说法之际。

号头乃根据斋意的不同而创作的不同的入题言辞，这是从优秀的创作者角度分析的，但凡优秀的佛事文章，其号头必定具有较强的针对性。

在佛事活动中，水平较差之辈难以创作具有较强针对性的号头，使用

第二章 唐五代的佛事文章

模板之人更是出现了不少误用现象。它们的存在,不足以表现佛事文章的特色,正如蹩脚诗人的作品代表不了诗歌的艺术成就一样,这种现象在敦煌的佛事文章中是不乏其例的。

如前举之《亡文》号头,在S·2832号文献中后接:

> ……终归磨灭者。唯愿诸亲眷属,三灾雾卷,五福云屯。海岳有崩竭之期,福山无衰变之限。然后届禅林而光荣道树,敷法蕊而启觉花。优游同自在之天宫,快乐等他化之妙境。家传钟鼎之位,代袭冠冕之荣。男则惟孝惟忠,六艺光于家国;女则唯诚唯慎,四德播于闺闱。徽猷与天地而齐长,令问同山河之不朽。

《亡文》号头用在生人身上,号头谓一切终归磨灭,所愿却要无变、不朽,前后矛盾。又如S·1441号文献中《患难月文》之号头:

> 至觉幽深,真如绵邈,神功叵测。外献七珍,未证菩提,遂舍转轮之位;内修万行,方证无上之尊。

此段文字强调的是佛理的深奥以及出家修行之功德,若应用于某人出家的法会上,自然极其贴切,但用在《难月文》中,显得不伦不类。

研究者集中在应用文的角度看待号头,仅仅将其看作"颂扬佛的功德法力"(前引郝春文语),或者是"阐发一下哲理,务虚不务实"[1],这样的说法并不能阐明号头的实质意义。本书是从文章学的角度来看待号头的,强调号头是根据斋意的不同而创作的不同的入题言辞,相当于后世文章学中所说的破题。

为了更好地入题,号头的创作必然要遵循情理交融、情境交融的原则,这在敦煌的佛事文章中,被很好地表现了出来,今仅以《亡文》(包括临圹文之类)为例,略作说明。

亡文的号头,多述无常、苦、空之理,如前"恭闻觉体潜融"一段,这样的号头纯粹论说死亡,具有强烈的针对性,但显得理足而情缺。下面

---

[1] 黄征:《敦煌语言文字学研究》,甘肃教育出版社2002年版,第186页。

看一看 S·5639 号文献中的《亡孩子文》之号：

> 每闻朝花一落，终无反树之期；细雨辞天，岂有归云之路。是如云飞电响，倏忽难留；石火之光，须臾变灭。人生三界，皆有无常；寿命短长，那能免矣！

同样是说明无常之理，出之以鲜明的意象，显得情理具足。朝花、细雨两个意象本身，还隐含着稚嫩之意，用它们来引出孩子的死亡，更能引起共鸣，号头与斋意结合无间。

然而，也有根本不阐发佛理的号头在。如同号中的另一《亡孩子文》之号：

> 曾闻荆山有玉，大海明珠；骨秀神清，红颜绀白。似笑似语，解父母之愁容；或坐或行，遣傍人之爱美。掌擎未足，怜念偏深；弄抱怀中，喜爱无尽。或是西方化生之子，或从六欲天来；暂时影现，限满还归净土。何期花开值雪，吐蕊逢霜；俄尔之间，奄从风烛。东西室内，不闻呼母之声；南北堂前，空见聚尘之迹。悬情永隔，再会难期；玉貌荣荣，托生何路！

此段号头并无说理之处，写尽孩子之惹人怜爱，纯以情胜。又如 P·2820 号文献中的《亡女文》之号：

> 悲夫！南国东邻，万古去，桃源莫返；秦云楚雨，一朝归，无峡不回。是知凤管鸾箫，月落而香迷锦绣；玉钗蝉鬓，花飘而树锁莓苔。谢庭之柳絮空飞，蔡室未弦已绝者，即有信士为亡女之辰，爰荐香蔬，饰乎幽垠。

此段号头亦无说理之处，运用多项典故描写女子之亡故，更将典故融于景物之中，使景物既是实在之景，又是典中之景，虚虚实实，天衣无缝地引出斋意。这样的文字与本书对于号头的定义是可以相互印证的。

2. 时景

对于佛事文章，僧人是从文学的角度进行创作的，还体现在对时景的刻画上。若仅仅是为了佛事的顺利发展，佛事文章中根本不需要有时景，或者只需要一般性地带出。

但敦煌文献中的时景却不是这样，敦煌僧俗创作的时景段落，没有长篇，一般比较集中地汇集以备用。它的创作是力求完备的，在 S·2832 号文献中，有《十二月时景兼阴晴云雪诸节》一段，包括了：正月：上旬，中旬，下旬；二月：上旬，中旬，下旬；三月：上旬，中旬，下旬；四月：上旬，中旬，下旬；五月：上旬，中旬，下旬；六月：上旬，中旬，下旬；七月：上旬，中旬，下旬；八月：上旬，中旬，下旬；九月：上旬；十月：上旬，中旬，下旬；十一月：上旬，下旬；十二月：上旬，中旬，下旬。岁日，十五日，二月八日，二月十五日，三月三日，四月八日，五月五日，七月七日，七月十五日，九月九日，冬至，腊月八日，腊日，岁除日，春初雨雪，春半后雪等众多时景[①]；又有《十二月》一段，包含了晴，初阴，雨，卒雨，雨晴，雾，雪，风，风昏，正月，二月，三月，四月，五月，六月，七月，八月，九月，十月，十一月，十二月等内容，大体上能够满足任何时节的佛事需要。

这些时景言辞，都是经过精雕细琢的，其中不少是情景交融的。随举数例：

> 雨云生沧海，雨落晴［空］；阶墀溅湿而来泥，檐陇垂流而相续。
>
> 风昏黄云离被，红日惨淡；猛风飑起，轻尘勃飞。

此二则乃佛事举办之际的天气，均抓住了代表性的特征进行刻画，显得清新可爱。

> 十二月时属新年之初，百灵纳庆，南浦之水，仍有残冰；桃李之树，乍含春色。秀已矣！香传满手，花攀盈襟，梵音宛转而入云，钟

---

① 但其中没有九月中、下旬，没有十一月中旬，盖其脱漏而已。

磬合杂而满寺。

十二月时也,威风烈地,雪气陵云;冰壮长河,露凝大野。

此二则为佛事举办之际的月份,虽同为对十二月的描写,但第一首描画的是冬日寺中的温暖,第二首描画的是冬日野外的苦寒。

还有一些是将斋意与时景结合,寓情于景、情景交融的。以荐亡事为例,如:

云中若雨,与悲泪而俱垂;白雪添愁,度寒心而转切。
庭中若雾,□①惠帐以酸嘶。日色照于长空,青烟愁于庭树。
秋中啼鸟,尽作哀声;檐外悲风,更增惨色。

此外,时景的创作,具有浓郁的生活气息,这些内容多集中在特定节日的时景中,为我们集中保存了许多当日的风俗片段。

有一些风俗习惯本是世俗的,但此日佛教徒于寺院设斋,举行佛事活动以示庆祝。据《入唐求法巡礼行记》载,正月一日,"僧俗拜年寺中","官俗三日休暇,当寺有三日斋";三月三日,"相公于开元寺设斋,供六十余僧,舍钱七贯五百文,以充斋馔二色";五月五日,"寺中有七百五十僧斋,诸寺同设,并是齐州灵岩寺供主所设";冬至日,"道俗各致礼贺……俗家寺家各储希膳,百味总集,随前人所乐,皆有贺节之辞。道俗同以三日为期,贺冬至节。此寺家亦设三日供,有种总集"。② 佛事文章对于这些节日都有刻画,以下从《十二月时景兼阴晴云雪诸节》中拣择二种,就其中难解之处略作说明:

三月三日暮春上巳,禊事良辰;三月重三,水神捧水心之日;

此处有缺文,但提到了唐宋时期三月三日与水神之间的关系。道教

---

① 原卷为"霞"字,或有误。
② [日]圆仁:《入唐求法巡礼行记》,上海古籍出版社1986年版,第146、25、35、106、21页。

称，三月三日是北极玄天上帝圣诞，《元始天尊说北方真武经》称玄天上帝是"太阴化生，水位之精。虚危上应，龟蛇合形。周行六合，威慑万灵"①。因此，北帝属水，是为水神。唐宋时期的三月三日，已经不仅仅是传统的上巳节，也是庆祝道教神祇的圣诞。僧人言及此说，说明僧人承认这种说法。

> 五月五日节名端午，事出三闾；既称长命之辰，亦为自忝之日。

端午的起源众说纷纭，有说是纪念屈原的节日②，有说是纪念伍子胥的节日③，有说是祭祀龙的节日④，还有其他一些非主流说法，此处以为端午与纪念屈原有关。端午节有系长命锁的风俗，所以称为长命之辰；又，自忝者，自愧也，可见，当日僧徒又将此日作为忏悔之日。

有一些风俗习惯是佛教的，由于佛教信仰的普及，几乎成为全民的节日，这在佛事文章中体现得最多，它们一般与道场部分结合在一起，把节日场面刻画得庄严热烈，如以下几种。

二月八日：

> 今则初春二月，律中夹钟；暗魂上于一弦，蓂荚生于八叶；后身逾城之月，前佛拔俗之晨；左豁星空，右辟月殿。金容赫奕，犹聚日之影宝山；白毫光辉，为满月之临沧海。鸟乌前引，睢盱而张拳；狻猊后行，奋迅而矫尾。云舒五彩，雨四花于四衢；乐奏八音，歌九功于八胤。是日也，玄鸟至，鸿雁翔；翠色入于柳枝，红蕊含于柰苑。（P·2058）

二月八日为佛出家日，在敦煌，此日会举行隆重的行像活动。行像即装饰佛像巡行街衢以纪念佛祖的庆祝活动，以上所录之文字将行像大会的场面渲染得热闹非凡。

---

① （清）叶封：《嵩阳石刻集记》，《文渊阁四库全书》第684册，第1846页。
② 此说最早出自南朝梁代吴均《续齐谐记》和南朝宗懔《荆楚岁时记》。
③ 见《曹娥碑》。
④ 见闻一多《端午考》。

七月十五日：

> 盂兰大启，宝供宏开；罗卜请三尊之时，青提免八难之日。故得家家列馔，处处敷筵。生千种之花，非关春日；陈百严之味，正在香盆。（S·2832）

《盂兰盆经》载，目连从佛言，于农历七月十五日置百味五果，供养三宝，以解救其亡母于饿鬼道中所受倒悬之苦。南朝梁以降，成为民间超度先人的节日，是日延僧尼结盂兰盆会，诵经施食。家家列馔，处处敷筵的景象，表现了盂兰盆会的普遍。

腊月八日：

> 时属风寒月，景在八辰；如来讲温室之时，祇树浴众僧之日。故得诸垢已尽，无复烦恼之痕；虚净法身，皆沾功德之水。
>
> 嘉平应节，惜腊居辰；良词贵石之时，野折如来之日。（S·2832）

《释氏要览》载："《譬喻经》云：佛以腊月八日现神变，降伏六师。六师负堕，遂投水而死，徒党有存者，佛为说法开悟。同白佛言：世尊以法水洗我心垢，今我请佛僧洗浴身垢（今淮北乃至三京皆用腊八浴佛）。"[1] 前则指出了浴佛洗僧之事，后则又指出佛徒于腊日的另一种佛事，所谓野折如来，折，倾斜容器，使里面的东西出来，腊日还要到原野上印沙佛，这补充了《敦煌学大辞典》中关于印沙佛日期的说明。

四　佛事文章的命名

斋文，与前面屡次提及的愿文，均是古来佛事文章习用的名词，就文章的应用场合而言，称其为斋文；就文章的作用而言，称其为愿文。随着对敦煌文献的研究，这两个名词哪一个具有更大的代表性，成了争论的焦点，争论的双方是以黄征先生为代表的愿文派以及以郝春文先生为代表的

---

[1] （宋）道诚：《释氏要览》，《大正新修大藏经》第54册，第288页。

斋文派。

黄征先生以丁福保《佛学大辞典》为立名依据，其"愿文"条云：愿文"（术语）为法事时述施主愿意之表白文也"[1]，在此基础上又作了一番扩展，称"实际上愿文的用途要广得多"，"做法事时可读愿文，做'俗事'时也可读愿文，做亦法亦俗之事也同样可读愿文"，"总之，用于表达祈福禳灾及兼表颂赞的各种文章都是愿文"[2]。其如此扩展，无非为了将搜寻校录的敦煌文献统摄起来，规模是其考虑的主要因素。

考察大量以愿文为题的文章可以发现，"愿文"的使用必须以口宣为前提，《敦煌愿文集》将愿文的概念泛化了。《敦煌愿文集》校录的题记本无愿文之名，集中均拟作题记愿文，何谓题记愿文？无非是含有祝愿的题记，或说题记形式的愿文，这就模糊了愿文的界限，若照此发展，含有祝愿内容的楹联、日记，势必称作楹联愿文、日记愿文，最终，一切含有祝愿内容的文章都将称为愿文。

郝春文先生以文章的宣读场合为立名依据，认为"斋文是在佛教徒组织的斋会上宣读的开场白"，并称"愿文应该包括在斋文之中"[3]，理由是敦煌文献中有些佛事文章合集中愿文与亡考文、燃灯文、社文、散经文、施舍文等并列（如 P·2226），说明愿文只是合集下的子目录而已。其如此限定，一则为自己提倡的斋文张本，一则纠正了过于宽泛的愿文提法。这个概念较愿文严谨的多，既指出了文章口宣的性质，又限定了文章使用的场合。

但无论是郝春文的定义还是斋文概念本身依然存在一些问题。首先，郝先生定义中所限定的佛教徒不确，道教亦有斋文，不过是习称斋词；限定的开场白不确，佛事满散之际亦有斋文，如《增修教苑清规》中有满散疏。其次，斋文不是一个文体概念，我们以《东坡全集》为例，集中含青词、斋文、祝文等类，考其对象，青词一般针对道教神祇，祝文一般针对天地社稷宗庙五岳四渎等，斋文一般针对佛菩萨等；考其内容，均是假于文字，上达祈愿，实则无甚差别，其中《奏告天地社稷宗庙宫观寺

---

[1] 丁福保：《佛学大辞典》，文物出版社 1984 年版，第 1435 页。
[2] 黄征、吴伟：《敦煌愿文集·前言》，岳麓书社 1995 年版，第 1 页。
[3] 郝春文：《敦煌写本斋文的几个问题》，《首都师范大学学报》1996 年第 2 期，第 64 页。

院等处祈雨雪青词、斋、祝文》，一篇文章分作青词、斋文、祝文三类，显然，只是为了区分场合的约定俗成的方便说。

　　双方最终没能达成共识。事实上，从不同的角度提出的理解无法取得对方的同情。欲解决此问题，必须有以下两点认识：第一，古来二词早有，本不待敦煌文献而产生，若以开先之心行定名之事，则永无妥帖之日；第二，定名的标准，应该既能够概括文体，又能够避免意义宽泛或多重限制，不容随意举扬。

　　从文体言，愿文也好，斋文也好，均是疏文，疏者，通也，疏通君臣之意的是疏，疏通僧（道或其他）俗之意、人神之意的也是疏。为了与朝廷奏章相区分，明徐师曾《文体明辨》依据宋人习常称谓，称其为道场疏，甚可取。师曾又谓：“其曰斋文，即疏之别名也。”① 其实岂止斋文，佛教功德疏，道教青词、醮词、朱表，均与斋、愿文一样，并不是文体概念，均可称为道场疏。师曾将道场疏与青词、表等并列，亦是美中不足。

---

　　① （明）徐师曾：《文体明辨序说》（与《文章辨体序说》为合集），人民文学出版社1962年版，第171页。

第三章 宋代的佛事文章

第一节 文人士夫的疏文

唐代世俗作者的佛事文章，保存下来的着实不多，到了宋代，这一情况有了巨大的转变，宋人文集中的佛事文章比比皆是，四库《丹阳集提要》称："惟青词、功德疏、教坊致语之类，沿宋人陋例，一概滥载于集中，殊乖文体。"此种态度绪论中已驳，无须再议，此处只想说明，宋人的做法绝非滥载，而是视其为文学作品，同样珍视的结果。

从唐代的少数几则佛事文章中，我们还看不出佛事文章与作者心理轨迹是如何紧密结合的，但在宋代的作品中，这一方面显得非常突出。欲全面论述宋人的佛事文章是难上加难，所以，本书仅从浩瀚的宋人文集中，选择数篇以作说明。篇章的选择唯艺术的表现性是求，不以内容的概括性为准。

一 丁谓《斋僧疏》与苏轼《南华寺六祖塔功德疏》

丁谓有才智，善决断，为大宋朝廷立下了许多功勋，被封为晋国公；同时又希合上旨，天下目之为奸邪，在历史上毁誉俱有而以毁居多，曾数度遭贬。南贬朱崖期间，于潭州云山海会寺供僧，曾制作了一篇《斋僧疏》，其文曰：

> 佛垂遍智，道育群生，凡欲救于倾危，必预形于景贶。谓白衣干禄，叨冢宰之重权；丹陛宣恩，忝先皇之优渥。补仲山之衮，曲尽巧心；和傅说之羹，难调众口。尝于安寝，忽梦清容，妙训泠泠，俾尘心而早悟；真仪隐隐，恨凡目以那知。盖智未周身，事乖远害，至祸

临而莫测，成灾及以非常。黜向西京，感圣恩而宽宥；窜于南裔，当忠宪以甘心。咎实自贻，孽非佗作，念一家上散地，望万里以何归！既为负国之臣，永绝经邦之术。程游湘土，道假灵山，正当烦恼之身，忽接清凉之众。方知富贵，难保始终，直饶鼎食之荣，岂若盂羹之美。特形归命，恭发精诚，虔施白金，充修净供。饭苾刍之高德，答懒瓒之深慈，冀保此行，乞无他恙。伏愿天回南眷，泽赐下临，免置边夷，白日便同于鬼趣；赐归中夏，黄泉再感于天恩。虔罄丹诚，永翳法力。①

此篇文章，有感恩，有牢骚，有失望，也有期待，表现了丁谓在贬途中的复杂心情；同时，也体现了丁谓的绝妙文笔。其中，"补仲山之衮，曲尽巧心；和傅说之羹，难调众口"一句，非常精练，宋代很多笔记如欧阳修《归田录》、曾慥《类说》、王君玉《国老谈苑》、吴垧《五总志》等均载此语。《国老谈苑》称其"为文以自叙"②，《五总志》称"士大夫传诵，服其精巧"③。宋释晓莹《云卧纪谈》全载此篇，并载洪庆善之言曰："向读《名臣传》，只见补仲山衮、和傅说羹一联而已，今获全闻，其精祷若此。"④

丁谓之《斋僧疏》文笔绝佳，所以流传于当日；苏轼《南华寺六祖塔功德疏》亦为后世所赞赏，但其文情与丁疏却完全不同。

苏轼疏前有序，言"朝奉郎提举成都府玉局观苏轼，先于绍圣之初，谪往惠州，过南华寺，上谒六祖普觉大鉴禅师而后行。又谪过海南，遇赦放还。今蒙恩受前件官，再过祖师塔下。全家瞻礼，饭僧设浴，以致感恩念咎之意，为禳灵集福之因。具疏如后"：

> 伏以窜流岭海，前后七年；契阔死生，丧亡九口。以前世罪业，应堕恶道；故一生忧患，常倍他人。今兹北还，粗有生望。伏愿六祖普觉真空大鉴禅师，示大慈愍，出普光明。怜幼稚之何辜，除其疾

---

① （宋）晓莹：《云卧纪谈》，《卍新纂续藏经》第86册，第664页。
② （宋）王君玉：《国老谈苑》，《丛书集成初编》，第13页。
③ （宋）吴垧：《五总志》，《丛书集成初编》，第17页。
④ （宋）晓莹：《云卧纪谈》，《卍新纂续藏经》第86册，第664页。

恙；念余年之无几，赐以安闲。轼敢不自求本心，永离诸障；期成道果，以报佛恩。①

苏轼于建中靖国元年（1101）正月从昌化北归，经过曹溪，带全家（内有子迈、迨、过三人）参拜六祖塔，设斋、浴僧，祈愿幼小疾病得除，自己安享晚年，言辞简短，词意恳切。不幸的是，他就在此年七月于常州去世。元陈旅《安雅堂集》卷十三《跋东坡帖》谓："南华寺斋僧疏，读之令人流涕，使先生至于如此者，真无人心者也。"②

丁疏有回环曲折之妙，苏文直以一往情深见长，这当然与二人的文艺性格有关，但亦是不同境遇使然。丁谓正"窜于南裔"，苏轼则"遇赦放还"，"粗有生望"，以"自求本心"居多，"烦恼之身"，因"曲尽巧心"所致。同为谪官，其文差别若此，良有以已。

二 任元受《献陵疏文》二篇

《桯史》卷十五《献陵疏文》载："献陵嗣位未几，而有敌祸，躬蹈大难，以纾京邑之酷，天下归其仁。炎兴中天，八骏忘返，高景山初以讣闻，朝野缟素，皆有攀龙髯、泣乌号之痛。任元受时为下僚，率中原缙绅，为位佛宫，以致哀焉，作疏文二篇，以叙其志。"③献陵，宋钦宗庙号，当宋钦宗在北国驾崩的噩耗传到南宋朝廷之时，朝野悲痛，任元受与其他人在佛寺为其荐亡，创作了两篇疏文。

元受名尽言，元符谏官伯雨之孙，绍兴从臣申先之子，仕为太常寺主簿，终于闽宪。有集名《小丑》，杨诚斋为之序。精通医术，为人至孝，清史洁琱《德育古鉴》载其侍母故事。元受虽居下僚，好慷慨论事，秦桧死后，党羽仍在，朝野对其评价陷入僵局，元受上汤中丞鹏举启，痛斥奸臣，汤得之喜，将此文呈在御前，天颜为回，故一时公议大明，奸谀胆落。而元受的两篇荐亡疏文，更是让他名垂后世，受人敬仰。其文曰：

---

① （宋）苏轼：《苏轼全集·文集》，上海古籍出版社2000年版，第1992—1993页。
② （元）陈旅：《安雅堂集》，《文渊阁四库全书》第1413册，第168页。
③ （宋）岳珂：《桯史》，中华书局1981年版，第176—177页。

> 时巡万里，群心久阻于望霓；岁阅三星，凶问奄传于驰驿，哀缠率土，冤薄层空。臣等迹忝簪缨，心增荼蓼，从君以出，始惭晋国之亡臣；御主而还，终愧赵王之养卒，攀号靡及，摧殒何穷。尝闻无罪而杀一夫，尚复有辞而请上帝，矧兹二纪，丧我两君，义不戴天，扣九关而无路；礼应投地，庶十力之可凭。爰竭蚍蜉之诚，仰干龙象之驭，恭惟大行孝慈渊圣皇帝，凤跻上圣，遽辱多艰，嗣服几年，躬勤庶政，屈尊绝域，本为生灵，已深露盖之嗟，更剧辒车之痛，遗弓安在，凭几莫闻，熏修唯藉于佛乘，升济式资于仙驾，恭愿神游超越，睿识圆明，区脱尘空，来即宝华之法会；兜离响灭，常闻金鼓之妙音。更冀大觉垂慈，三灵协佑，护持正法，隆世祖中兴之功；摧伏诸魔，雪怀王不返之怨。

此为第一篇，其文表达了这样几则意思：第一，噩耗传来，举国悲痛；第二，古代贤臣，均能致君王平安归国，想到此处，既惭且哀；第三，二帝均崩于北国，此仇不共戴天；第四，祝愿钦宗凭佛力而超升；第五，求佛护佑，强国雪耻。文中不但充斥着忠君爱国的热忱，还暗藏着他对朝廷的不满，义不戴天，自然是要报仇，但却"扣九关而无路"，分明在埋怨以高宗为首的投降派！

> 仙驭宾空，载严退荐；法筵撤席，更罄余哀。恭惟大行孝慈渊圣皇帝，蹈千仞之渊冰，脱群生于涂炭，皇天降割，裔土告终，万乘墨缞，将御徐戎之难；六军缟素，咸声义帝之冤。自怜疏逖之踪，莫效纤微之报。唯凭妙果，式助神游，恭愿法证三乘，趣超十地，如天子名为善寂，万有皆空；如世尊身入涅槃，一真不灭。然后神明助顺，中外协谋，载木主以徂征，并修先君之怨；奉梓宫而旋葬，仰慰在天之灵。

此为第二篇，情感与上一篇一致。文中有激昂语，有悲戚语，万乘、六军之句塑造了同仇敌忾的意象，正是元受此时此刻的政治态度，但紧接着自怜、莫效之句将情绪推入了万丈低谷，令人兴无可奈何之叹。在最后的庄严部分，他再一次表达了同心北伐、迎归先帝的愿望，情感却显得那么苦涩。

岳珂谓此二文"文瀹意真，读者洒涕"，明蒋一葵亦谓："昔人有言：'读《出师表》而不泣者，必非忠臣。'余谓：'彼二表已堪流涕，此二疏乃可痛哭。'"① 计六奇《明季南略》载："甲申三月思宗殉社稷，（孙）源文昼夜哭。鬻产得金，仿宋任元受故事，集缁流刺血为文，恭荐帝右，躄踊几绝。"② 此二疏文之影响可见一斑。

对于元受诗文的艺术成就，杨诚斋谓："孤峭而有风棱，雄健而有英骨，忠慨而有义气。盖将与唐之贞元、元和，本朝之庆历、元祐诸公并辔而先，终非近世陈陈相因，累累随行之作也。"③ 就此二疏言，绝非溢美。

三　苏轼《追荐秦少游疏》与李薦《追荐东坡先生疏》

宋代的追荐疏文而为后世广为传诵的，还有很多。在这里，再略略提及苏轼《追荐秦少游疏》及李薦《追荐东坡先生疏》，此两篇均为名篇，李薦之文尤为著名。

秦观于元符三年（1100）八月十二日客死藤州（今广西藤县），苏轼于九月七日方听闻噩耗。苏轼立即请僧转经，为其举办了一场追荐法事，并在这场法事上宣读了追荐疏文。其文曰：

> 生前莫逆，盖缘气合而类同；死独未忘，将见情钟而礼具。伏为殁故少游秦君学士，早虽颖茂，触事邅迍；晚向仕途，方沾禄养。未厌北堂之欢乐，遽逢南海之播迁，顿足牵衣，哭妻孥于道左；含酸吐苦，顾乡国于淮墙。首尾八年，忧惊百变。同时逐客，膺大霈而尽复中原；唯子莫年，厄终穷而殁于瘴域。林泉夜梦，犹疑杖屦之并游；风月扁舟，尚想江湖之共泛。追伤何补，焚诵乃功，庶仗真诠，扫除夙障。而况真源了了，素已悟于本心；净目昭昭，无复加于妄翳，便可神游净土，岸到菩提，永依诸上善人，常住无所边地。④

---

① （明）蒋一葵：《尧山堂偶隽》，《丛书集成续编》第 200 册，新文丰出版公司 1988 年版，第 163 页。
② （清）计六奇：《明季南略》，中华书局 1984 年版，第 238 页。
③ （元）马端临：《文献通考·经籍考》引，中华书局 1986 年版，第 1901 页。
④ （宋）苏轼：《苏轼全集·文集》，上海古籍出版社 2000 年版，第 348 页。

苏轼与秦观惺惺相惜，亦师亦友，所以开篇称"生前莫逆，盖缘气合而类同；死独未忘，将见情钟而礼具"；其后，历数秦观一生遭遇，特别刻画了他被贬南迁之情景，"未厌北堂之欢乐，遽逢南海之播迁，顿足牵衣，哭妻孥于道左；含酸吐苦，顾乡国于淮壖。首尾八年，忧惊百变"；叙述殁后之思念，"林泉夜梦，犹疑杖屦之并游；风月扁舟，尚想江湖之共泛"；最后，作最后的庄严，希望秦观能往生净土，得证菩提。

秦观死后不久，苏轼也溘然长逝。东坡殁后，士大夫及门人作祭文甚多，这些祭文，基本上都是用在佛事上的，属于佛事文章，如《宋稗类钞》云："东坡讣至京师，王定国及李廌皆有疏文。张耒时知颍州，闻坡卒，为举哀行服，出俸钱于荐福禅寺修供，以致师尊之哀。"① 在这些祭文中，"惟李廌方叔文尤传，如'道大不容，才高为累'，'皇天后土，鉴平生忠义之心；名山大川，还千古英灵之气，'识与不识，谁不尽伤，闻所未闻，吾将安放'，此数句，人无贤愚，皆能诵之"②。李廌的这段言辞，已然成为对苏轼最经典的定位。

李廌于文末称："所恨一违师席，九易岁华，意徒生还，遂为死别。慕子贡筑场之意，每罄哀诚；诵普贤行愿之文，庶资冥福。阿僧祇劫为转法轮，兜率陁天顿居福地。仰祈诸圣，俯鉴微情。"对亡者之祝愿，仅以一句出之，希望苏轼能往生弥勒净土。

与《追荐秦少游疏》不同，前者侧重于亡者的生活片段以及与作者的交往，此文侧重于对亡者的宏观定位，却不是敦煌愿文中的那种谀美，慷慨而贴切。

欲佛事文章有较高的成就，原则与其他文章一般无二，要表现自己的感受，要具有真实的性情。以上数例，与僧家之文截然不同，僧家创作之时，心中已存谄媚斋主之意，虽言辞精致，不得不多用滥美之语，虽有一二高僧批判纠正，亦为时所废；又事不干己，难以表现不同人、事的特色以及相互间的差异，因而流于泛泛。世俗作家之所以能创作出超越僧家的作品，主要原因即在于此。

---

① （清）潘永因：《宋稗类钞》，书目文献出版社1985年版，第591页。
② （宋）朱弁：《曲洧旧闻》，《丛书集成初编》，第41页。

第二节　僧家的创作——以《因师语录》为中心

敦煌文献中以《斋琬文》为代表的佛事文章汇编，在敦煌的寺院中相互传抄[①]，成为寺中常住之物，法师用本，世俗几乎没有任何流传的可能。这些珍贵的遗本展现了当日佛事的内容、场面，标示了佛事文章的结构。这种结构已经是佛事文章的成熟状态，为后世的创作所遵循。

一　《因师语录》之概述

后世佛徒创作的佛事文，依然难以为世人所知。宋元之际，出现了一部名为《高峰龙泉院因师集贤语录》的典籍，收录于日本《卍续藏》第65册。《因师语录》十五卷，虽名为语录，但不是禅宗祖师说法开示之记录书，因师自谓："念遗训既多讹舛，谁加绳纠之功？虽微僧尚乏技能，敢效编修之力，佛事则蒭繁撮要，科仪则按旧添新，虽四方异俗所用或殊，然天下同文无施不可。傥垂采览，犹幸制裁。"[②]可知这是因师对当时佛事科仪经过蒭繁撮要、按旧添新的处理，集结的一部仪式表白、歌唱模板，是现存的继敦煌佛事文章而起的另一部佛事文章总集。

书中内容并非完全为因师自作，在该书第十三卷《涅槃法语门》中，因师辑录了当时名僧的部分法语，为标明这部分内容，所以书名《集贤》。书名之下又称"六祖院住持小师如瑛编录"，所谓小师，指弟子，此乃相对于师父而言，应该是因师编撰之后，其弟子六祖院住持释如瑛重新编录并付梓。

编著者因师，法号德因，为高峰山龙泉院第十一代住持。《因师自

[①]　王书庆《敦煌文献中的〈斋琬文〉》通过对"琬"字的考察，谓："《斋琬文》必须以官方承认为前提，这种承认能确保它具有起规范作用和不可剥夺的特点，既然它有官方承认和不可剥夺的特点，某大寺院和广大乐善好施的人们就有可能把它刊刻在金石之上，不为后人所忘失，使其永远流传。《斋琬文》一经刊刻或抄录，不能轻易涂改，避免了《斋琬文》在传抄或翻印过程中的舛讹现象，因而能够较真实地保留《斋琬文》的原始面貌。我们目前在敦煌乃至全国尚未见到有关刊刻《斋琬文》的碑文，但它在敦煌历史文献中以手写传抄的形式保存下来了。"此前之导文，此后之表白文，均非刻于石上，《斋琬文》显然也不是如此。斋琬之名，仍需相关学者作进一步的探讨。

[②]　（元）如瑛：《高峰龙泉院因师集贤语录》，《卍新纂续藏经》第65册，第3页。

叙》谓"野释比丘德因，命属丙申，月居乙未，癸酉临日"，并未标示具体生年。书首有"至元丁亥上巳前三日灵宝法师兼行六通遗教法事沈世昌"所作之序，显然，书成于至元丁亥年（1287）之前。此前包含有丙申年乙未月癸酉日的有1116年7月22日、1176年7月7日两日。因师《赞三宝文》中有"语其近则有王舒王译金刚之词"，按《宋史》载，北宋徽宗政和三年（1113），追封王安石为舒王，南宋高宗绍兴四年（1134），罢舒王封号，在本朝人的文章中，是不会在皇帝削除封号之后还继续使用此一封号的，所以，此篇文章必然作于1113—1134年这三十年间，由此可知，因师之生辰为1116年7月22日。

较《斋琬文》幸运，《因师语录》全书完整，由其目录，我们可以了解本书之编排。

卷一曰入坛叙时景门，与敦煌文献中《十二月时景兼阴晴云雪诸节》相当；卷二曰入坛佛事门，乃举办水陆大会之际，各种入坛仪式语，将佛事的程序清楚地反映了出来；卷三曰音声佛事门，乃佛事开启之际以梵白[①]与歌赞形式启请三宝以及赞颂供养物香花灯水茶果（此为六献，加"食"为七献，加"涂宝珠衣药"为十二献）等；卷四曰歌扬赞佛门，以法曲子形式赞佛，所用曲调有《三皈依》、《古阳关》、《乔鼓社》、《柳含烟》、《鹤冲天》、《千秋岁》、《五福降中天》、《临江仙》、《贺圣朝》、《五雷子》、《巧笋（筝）笆》、《满庭芳》、《水调歌》、《降魔赞》、《望江南》、《声声慢》、《捣练子》等，详见下编；卷五曰陈意伏愿门，乃各种庄严（意愿）语之集合，曰诸般偈赞门，包括对佛教诸尊圣的偈赞以及在众多佛事上所使用的偈赞；卷六曰荐亡偈赞门，是专门用于荐亡法事上的偈赞；卷七、卷八、卷九曰诸般佛事门，乃丧仪、祈祷、忏悔等仪式程序语；卷十曰诸家伏愿门，与卷五同类；卷十一曰总愿碎语门，亦与前卷相类；卷十二曰追荐陈意门，乃佛事文中的叹德与斋意部分；曰荐亡伏愿门，乃荐亡之际的庄严部分；卷十三曰涅槃法语门，乃小佛事文，详见下节；卷十四曰抄题杂化门，为佛门募缘疏；卷十五曰自陈情词门，包括因师自叙及开山营创牓。

与《斋琬文》相比，《因师语录》是更加完整的佛事应用文集，它不

[①] 梵白，即以歌唱的形式表白，参见下编第二章第一节。

但包含了各种佛事所需要的表白语，还指明了表白语相互间的顺序以及表白与音乐是如何衔接的。另外，《因师语录》中还保存了佛事上所使用的多种佛教音乐，是我们了解宋代佛事音乐的珍贵资料。

二 "以诗入文"与"四七句式"——以时景文为例

《入坛叙时景门》与敦煌文献中《十二月时景兼阴晴云雪诸节》是完全一致的，惟一者刻画的是西北的风光，一者描摹的是中原及南方的景象而已。如其《雪》一则：

> 冻云垂幕，密雪飞琼，宿檐之愁雀无声，依藻之寒鱼不食。梅开难辨，鹭起无踪，纷纷碎玉满渔簑，密密乱银飘鹤氅。

依藻之鱼、梅花、鹭鸟及雪中垂钓等事物，充满了南方气息，在大漠敦煌是见不到的。

与敦煌文献中时景创作相比，《因师语录》中的内容更加全面，篇幅也增加了不少。就内容而言，此门中世俗节日与佛教节日更加齐全，其中"圣帝生日（三月二十八日）"是纪念东岳大帝圣诞的，这是佛道融合的一种表现；划分也更加细致，除了阴晴云雪之外，甚至一日之中的晓、午、晡、晚、夜、中夜都有专门的表述。就篇幅而言，在敦煌的佛事文中，时景还仅仅是只言片语，而此门中的时景却都是整段整段的刻画。这些都表明佛教徒在创作佛事文章时，越来越重视其中的文学色彩。

与敦煌文献中时景文的创作相比，还有更深刻的不同，即骈文句法的差异，它同样存在于《因师语录》的其他卷中，只是在时景文中表现得更突出。

1. 以诗入文

所谓以诗入文，即文章中含有诗语，一般是五七言诗的其中一联，这在《入坛叙时景门》中比比皆是，以下各以两句为例。

五言诗句，"灯火灿千门，笙歌喧九陌"，"双星银汉会，午夜玉绳低"（《七夕》）等，斟酌辞采，刻画意境，均为五言诗歌二一二或二二一句式。七言诗句，较五言更是多了数倍，如"燕语半和莺语巧，花香浑杂草香清"（《二月》），"燕子楼台人寂寂，杨花庭院日迟迟"（《三月》）

等，全部都是清新秀美的诗句，句式也是七言诗二二二一或二二一二的句式。

莫道才先生称："'以诗为文'是骈文文体的本质特征"①，并举例说明了骈文四、五、六、七言的"诗的句式"。其例证分别为：四言，"豫章故郡，洪都新府。星分翼轸，地接衡庐"（王勃《秋日登洪府滕王阁饯别序》）；五言，"英辞润金石，高义薄云天"（沈约《谢灵运传论》）；六言，"临帝子之长洲，得天人之旧馆"，"山原旷其盈视，川泽纡其骇瞩"（王勃《秋日登洪府滕王阁饯别序》）；七言，"落霞与孤鹜齐飞，秋水共长天一色"，"地势极而南溟深，天柱高而北辰远"（王勃《秋日登洪府滕王阁饯别序》）。

必须了解，句式的整饬与诗并不是同一概念，这些例证恰恰说明了"以诗为文"不是骈文文体的本质特征。正因为如此，清代学者孙德谦才会有"于骈文之中，而有五言诗句，岂不异哉"②的言辞。

骈文中出现诗句（并非如莫先生所理解的句式的整饬），在六朝时期曾经一度很流行，孙德谦接前问而谓：

> 今观六朝，如任彦升《为庾杲之与刘居士书》："妙域筵山河，虚馆带川淓。"王元长《三月三日曲水诗序》："引镜皆明目，临池无洗耳。"又如孔稚珪《北山移文》："希踪三辅豪，驰声九州牧。"王僧孺《与何炯书》："俯眉事妻子，举手谢宾游。"徐孝穆《在北齐与杨仆射书》："盛旱坼山川，长波含五岳。"皆有此体，若以之入诗，亦斐然成章也。至《移文》中所谓："涧户摧绝无与归，石径荒凉徒延伫"，则又为七言诗矣。此文通篇用韵，固为赋体，宜其多有诗语也。

以诗入文的倾向与南朝的特重形式主义的文学风尚有关，而"北朝骈文却没有表现出这种倾向"③。同样，此种倾向在唐代文人的作品中也

---

① 莫道才：《以诗为文：骈文文体诗化特征论》，《广西师范大学学报》1997年第2期，第72页。
② （清）孙德谦：《六朝丽指》，《历代文话》，复旦大学出版社2007年版，第8472页。
③ 陈鹏：《论六朝时期诗歌对骈文的影响》，《孝感学院学报》2009年第1期，第45页。

很少见，敦煌的时景文中就没有以诗入文的倾向，此种情况与北朝与唐代形式主义文风较弱有关。宋代的佛事文章中再一次大量出现以诗入文的现象，与宋代的文风并不相符，究其原因，大概仅仅是为了增加佛事文章的朗诵效果。

2. 四七句式

六朝骈文的句式已然有以四六字句排比之势，唯常常夹有杂言。唐代开始，骈文的句式更趋规整，出现了通篇四六字句的骈文，所以在宋代一般又称骈文为"四六文"。但是，在《因师语录》中，我们发现了另一种使用广泛的骈文句法：四七句式。[1]

"东风着物，迸沙嫩草绿新抽；晓日载阳，夹径小桃红尚浅"（《正月》），"日烘山色，酿成和气闹眉峰；风弄花香，凝作韶华迷眼界"（《二月》），"沂水风轻，听童子舞雩之咏；兰亭竹茂，开群贤修禊之筵"（《三月》），几乎篇篇皆有此种句式。

与四六句相比，四七句式读起来更加朗朗上口，令人不禁想起楹联的句法，具有强烈的抑扬顿挫之感。

第三节 禅宗的小佛事文创作

如果说，僧人创作的应付世俗佛事的文章给人一种"隔"的感觉，那么，僧人为僧团本身的佛事所创作的文章，却与之前提及的完全不同。这些言辞，在佛教的典籍特别是禅宗的语录中，大多被称作小佛事文。

一 小佛事与小佛事文

在宋代的禅家语录中，大多有这样一目：小佛事。何为小佛事呢？佛事有广义与狭义之分，广义之佛事，如前面所论，一切于佛前举行之仪式均是；狭义之佛事，即佛教之丧仪，这里指的便是狭义的佛事。小为规模小之意，是就人数方面而言的，印顺法师曾提及："举行法事，需要的人也多，如'梁皇忏'（七天）十三人或二十五人，'水陆大斋'是四十九

---

[1] 曹植《洛神赋》中亦有此种句式："远而望之，皎若太阳升朝霞；迫而察之，灼若芙蕖出渌波。"但总体来看，世俗文学中此类句式并不多。

人，五人、七人的是小佛事。"①

虽名为小佛事，但其内容却不少，禅林中有九佛事之说，即入龛、移龛、锁龛、挂真、对真小参、起龛、奠茶、奠汤、秉炬九项，乃禅林丧仪之主体部分。入龛：俗家称入棺，亡者浴后，入于龛中，入龛既了，随行入龛之佛事，一般只有尊宿才有资格入龛；移龛：入龛三日后，移龛于法堂读经，是为移龛佛事；锁龛：俗家称盖棺，棺自寝室移法堂，请僧为佛事，待佛事毕，以锁锁棺盖之式也；挂真：锁龛之后，悬挂迁化尊宿之像于法堂及山门首真亭；对真小参：请尊宿于亡僧写真前垂说；起龛：俗家称举棺，由宅第送棺木至墓地之谓也；奠茶、奠汤：每日于灵前供茶汤为礼；秉炬：又名下火，秉持火炬行荼毗（火葬）之意。

此外，禅林丧仪中还有其他部分，首先，依《敕修百丈清规》之《挂真举哀奠茶汤》，挂真之后有举哀佛事，即于真像前宣白一段文字，末尾多以"哀哀"作结；其次，荼毗之后，有收骨、安骨佛事，《荼毗》云："小师、乡人、法眷守化收骨。斋罢，鸣僧堂钟集众，仍备仪从，迎骨回寝堂安奉，请安骨佛事"；最后，起骨、入塔，《灵骨入塔》云："鸣钟众集，都寺上香毕，请起骨佛事。送至塔所，请入塔佛事"；有不火化而以全骸入塔者，《全身入塔》云："龛至塔所，都寺上香茶毕，丧司维那进烧香，引小师拜请入塔佛事"②；若亡者为一般僧侣，葬于墓中，称入骨、入圹，入骨之后掩埋，称撒骨、撒土。

以上行事，并不适用于所有僧俗，如入塔就必须是高僧才可以。此外，与亡僧有关，还有唱衣佛事。所谓唱衣，《校定清规》云："唱衣：昔世尊在日，古佛示迹，号乌波难陀比丘，好聚敛衣盂。身死之后，佛令集众，以所畜之物尽情估唱，使现前比丘观前人悭鄙，为他人所积，因兹有证二果者，对治他缘修己行。所有法衣不唱，当分留与嗣法弟子。"③ 用今人之言，唱衣即在宗教意义下，佛教徒对亡僧财产进行拍卖。但并非所有财产均能拍卖，金银、田园、房舍等重物归入常住，三衣、百一众具为轻物，可以拍卖。唱衣之仪式，详见《敕修百丈清规》。

---

① 释印顺：《华雨集》第四册，正闻出版社 1993 年版，第 141 页。
② （元）德辉：《敕修百丈清规》，《大正新修大藏经》第 48 册，第 1129 页。
③ （宋）惟勉：《丛林校定清规总要》，《卍新纂续藏经》第 63 册，第 613 页。

在举行以上佛事之际，一般由特定之人做简短的发言，此类发言，可称为小佛事文。

二 小佛事文的创作

这些小佛事文到底为何种样式，有何特点呢？现对上述佛事各举数例，以作分析。

第一，入龛。宋代《圆悟佛果禅师语录》有《为智海法真和尚入龛》：

> 释迦双树示寂，偃卧吉祥；法真智海告终，端坐行上。四十年道价，七十一生缘，德播寰中，声驰海外，人天敬仰，朝野倾崇。比望永作梯航，长光佛祖，岂期忙中缩手，闹里抽身，最后皇都，大作佛事。今则未埋玉树，先入云龛，公案现成，须至一决，大众：因行不妨掉臂，伎俩不如帐样，为端为祥，无边无量。请老和尚且出方丈。①

首句指出其端坐而亡。第二句赞美亡者，指出其年寿七十一，法腊四十。第三句表明亡者之死出人意料，大众在都城（皇都或者为寺名）为其举办佛事。第四句谓亡者之死，可供大众参详。第五句以一句口号表明亡者入龛，显得委婉。

忙中缩手，闹里抽身，这是禅者对死亡的认识；因行不妨掉臂，伎俩不如帐样，即自然出来、不假造作安排之意。语言韵味十足，充满禅宗特色。

第二，移龛（关于此事的小佛事文尚未发现）。

第三，锁龛。宋代《希叟绍昙禅师广录》有《为印西堂锁龛》：

> 亲闻涂毒声，不挂毗卢印，入草寻人事已休，一庵高卧松萝影。死生梦断，凡圣情空。（以锁作势云）金锁玄关又一重。②

---

① （宋）绍隆：《圆悟佛果禅师语录》，《大正新修大藏经》第47册，第810页。
② （宋）法澄等：《希叟绍昙禅师广录》，《卍新纂续藏经》第70册，第481页。

据题下小注，印西堂号松庵，是涂毒法师的弟子，在这篇锁龛文的第一句中，这些信息都包含了。第二句赞美亡者的修行，谓其打破了死生之梦，凡圣之情。做了一个锁龛的动作之后，说出最后一句，意谓今日又有一道玄关等着亡者参破，将锁龛之事寓于话头之中，不留痕迹。

人草寻人事已休，一庵高卧松萝影，概括了亡者的求道及悟道之后的悠然自得。

第四，挂真。挂真之际，必就亡者真像发言，一般均就像论理，但也有就像论人者，而佛理蕴于其中。如《济颠道济禅师语录》中为济公举挂真佛事一段：

> 请上天竺宁棘庵长老挂真。宁棘庵长老立于轿上，手持真容道：大众听着，鹫岭西风八月秋，桂丛香内集真流。上人身赴龙华会，遗下神容记玉楼。恭惟圆寂书记济公觉灵，一生只贪浊酒，不顾禅师道友，到处恣意风狂，赢得面颜粗丑，眼上安着双眉，鼻下横张大口，终朝撒手痴颠，万事并无一有。休笑这个模样，真乃僧家之首。咦！现在曾过天台，认得济颠面否？①

此篇挂真文，以七言绝句开篇，描画了挂真佛事的时间与场面。接下来刻画济公的形象，生动活泼，特色鲜明。最后以一句认得济颠面否紧扣挂真之事。

这样的挂真文，本应该成为挂真文的典范，然创作者多以说理为尚，因此，此种文字却也少见。

第五，举哀。前面四则，适用的是僧侣，且是有一定地位的僧侣。举哀佛事，则不限僧俗及其地位。《列祖提纲录》中载有我庵无禅师为寂照和尚举哀语，其文曰：

> 妙喜五传最光焰，寂照一代甘露门。等闲触着肝脑裂，冰霜忽作阳春温。我思打失鼻孔日，是何气息今犹存？天风北来岁云暮，掣电

---

① 《济颠道济禅师语录》，《卍新纂续藏经》第69册，第619页。按，此乃后世小说，非宋世僧家语录。

讨甚空中痕。①

我庵乃寂照和尚弟子，是弟子为师父举哀，此篇文字为七言禅诗，极耐咀嚼。首句为扼要介绍，指出寂照乃妙喜（大慧宗杲禅师）五世弟子，一代高僧。次句谓照和尚应机接物，能使人轻松开悟，肝脑裂者，意与醍醐灌顶相近。第三句中，"打失鼻孔"乃禅宗习语，表示悟道之意。由字面解释，鼻孔有分辨气味之用，"打失鼻孔"即不再有区别之心，谓自从照和尚诱导自己开悟，到而今我还有哪些业习呢？末句翻前句案，谓诸法如掣电划空，难寻痕迹，业习也是如此，不能刻意思求，"天风北来岁云暮"一句，既写出了佛事举行之际的时景，又渲染了一种悲凉的气氛。

为高僧举哀之人亦为大修行者，言辞均充满玄机，虽云举哀，实则不哀。但适用于一般僧侣或俗人的举哀语，却很少如此，一方面举哀之人的修行不够，另一方面听众的感情也不容易接受。《因师语录》中一则举哀文下，标明僧俗通用，其文曰：

来游尘世已经年，一点风光本自然。莫怪翻身归去速，须信壶中别有天。灵魂超净界，众等苦留连。虽云来去元无碍，争奈分明在目前。时节到来休讳忌，苍天中更哭苍天（哀哀）。②

此文既表现了佛教的生死观（来去元无碍），又随顺了世俗心理（苦留连，哭苍天），同时又表达了对亡者的祝愿，对生者的安慰（须信壶中别有天，灵魂超净界），内容丰富，情感的表现也很曲折。

第六，对真小参。小参乃说法，非文章创作，不论。

第七，起龛。《虚堂和尚语录》中有《善牧上座起龛》：

牧得纯，难拘束，拽脱鼻绳，东触西触。倒拈芦管逆风吹，雨过湖山春草绿。③

---

① （清）行悦：《列祖提纲录》，《卍新纂续藏经》第64册，第167页。
② （元）如瑛：《高峰龙泉院因师集贤语录》，《卍新纂续藏经》第65册，第47页。
③ （宋）妙源：《虚堂和尚语录》，《大正新修大藏经》第47册，第1034页。

亡者法号善牧，本篇紧扣一个牧字。以牧牛譬心事修炼之事，由来已久。《阿含经》中说牧牛十二法，《智度论》明牧牛十一事。又禅门诸祖，有提倡水牯牛之公案者，如马祖禅师之水牯牛公案是也。此处以牧牛表现亡僧的修行，以牧童悠然自得的形象赞美亡者之修为，以湖山春色表现亡者的境界，同时起龛之动与骑牛之动暗合，使人联想。

对于俗人，起龛文字依然是悲痛与劝慰同时并存，《因师语录》有一则应用于俗人的举棺文，其文曰：

> 风飘红叶满庭雨，篱畔黄花犹泣露，堪笑重阳人已去，泉路茫茫有何据。（某人）不是台山凌行婆①，亦非湘江灵照女②，团栾不说无生话，有物不就他人取，一子从释脱尘羁，三子传家已婚聚，视富贵若过眼飞灰，脱生死如晓日朝露。蓦然仙路便翻身，撒手明明与么去，直饶千圣出头来，到此如何留得住。敢问诸人：既是留不住，必竟去何处，还委悉么？出门跳下白牛车，好看乘云归净土（起）。③

起首为七言绝句，借景抒情，秋日人亡之气氛，渲染得很到位。次句提及亡者，赞美其修为，虽非凌行婆、灵照女，但依然领悟自性（有物不就他人取），无视生死，其中夹叙其家庭。次句谓其死亡，最后引出暗示起龛之句，句中蕴含着咒愿：领悟佛乘，神归净土。

起龛文中多有与抬亡者前行之情景相关联的句子，除前述几则之外，如"成佛虽居灵运后④，着鞭当在祖生先⑤"（《北硐居简禅师语录》卷1），"倒骑白额，佛眼难窥，昨夜三更过铁围"（《绝岸可湘禅师语录》卷1），"出门隈柳正依依，黄莺枝上分明语"（《虚堂和尚语录》卷6），

---

① 禅宗推崇的俗家悟道人物，与赵州从谂机锋相对，事迹见宋宝昙《大光明藏·浮杯禅师》。
② 唐代襄州庞蕴居士之女，庞蕴赞曰："我女锋捷矣"，亦为禅宗所推崇。事迹见唐于頔《庞居士语录》。
③ （元）如瑛：《高峰龙泉院因师集贤语录》，《卍新纂续藏经》第65册，第47页。
④ 《宋书·谢灵运传》：太守孟顗事佛精恳，而为灵运所轻，尝谓顗曰："得道应须慧业文人，生天当在灵运前，成佛必在灵运后。"顗深恨此言。
⑤ 《世说新语·赏誉下》"刘琨称祖车骑为朗诣"，刘孝标注引晋虞预《晋书》："刘琨与亲旧书曰：'吾枕戈待旦，志枭逆虏，常恐祖生（指祖逖）先吾着鞭耳。'"

"且道出门一句又作么生会？金鸡啄破琉璃卵，玉兔挨开碧海门①"（《因师语录》卷13）之类，清新俏皮，祝愿委婉，充满禅机。

第八，奠茶、奠汤。《云谷和尚语录》有《补陀吉西堂奠茶》一则：

某人东磵灵苗，丛林本色。玉几峰前，分座提持，补陀岩畔，云涛翻雪。荡尽诸方五味禅，换却衲僧三寸舌。别！别！吃茶，珍重，歇。②

此篇之特色在于，将赞叹亡者之词与赞叹茶之词融合，分座提持，既是喝茶之行为，又是禅宗引导学人之方法③；云涛翻雪，既是冲茶时杯中之景象，又是禅人出入法海，寻求证悟的形象。

第九，秉炬，详见下节。

第十，起骨。宋圆悟《枯崖漫录》载：

无准一见（法深禅师）而器之，俾掌翰墨，议者以其年杪未称职。为远上座起骨云："末后一着，始到牢关。山遥水远，火冷云寒。哑！不是髑髅眼④活，进遮一步也大难，大难。"众始伏膺。⑤

法深禅师掌当寺翰墨（书记），为远上座起骨，言辞绝妙，大众服膺。此篇文字，虽然句句均为耐人参详的禅林用语，但又句句紧扣起骨佛事，起骨乃入塔前之事。牢关者，坚牢之关门（课题、试验），即不能以思量分别通过到达之向上境地，此处暗示塔门，意谓最后程序，灵骨就要入塔了。火冷云寒者，多用来刻画修养深厚的禅者的心境，此处暗示茶毗所用之火已然冷却，起骨之际天气寒冷。髑髅眼，禅林中转喻人已断除情

---

① 称亡者离开人世实为解脱生死，恰如日月从黑暗中挣脱，大放光明。
② （宋）宗敬：《云谷和尚语录》，《卍新纂续藏经》第73册，第443页。
③ 《碧岩录》第七十五则垂示："若要提持，一任提持；若要平展，一任平展。"《大正新修大藏经》第48册，第202页。
④ 《佛光大辞典》谓：髑髅，原指死人之头骨；于禅林，转喻人已断除情识分别，获得解脱。髑髅里眼睛，即比喻由死中得活之意。
⑤ （宋）圆悟：《枯崖漫录》，《卍新纂续藏经》第87册，第45页。

识分别，获得解脱，此处对应亡者之骨，进一步，禅宗谓已造其极，更须增添功夫，向上进一步也，此处指若不是亡上座修养极深，怎会有此众人起骨，入塔供奉之事！由浅易的事件中生发出深邃的禅机，既体现技巧，又耐人寻味。

此篇仅就佛事本身着笔，更多的是就亡者入文，刻画亡者形象的。

舌底卷风雷，胸中蟠锦绣，机轮转碌碌，古今都穿透，不堕常流。骨格浑别，独骑瘦马踏残月。[《兀庵和尚语录·安危峰藏主起骨（中秋后）》][1]

藏主职掌经藏，兼通义学，此处不但刻画藏主通达佛学，而且辩才无碍，能够将胸中所有倾泻而出。末句对应佛事，以悠然的意象表达对亡者的赞美及对禅悟境界的刻画。

第十一，入塔、入圹。入塔之际，大多言辞中都有塔的字样，以符合情境。较简洁的如《即休契了禅师拾遗集·润都寺入塔》：

圆通门户启当年，春去秋来几变迁，惟是一真曾不变，黄金万煅骨长坚。虽然，与其显用于身前，岂若归藏松坞边，江水横流波印月，山容长润玉生烟，何假从他求塔样，湘南潭北本如然[2]。圆寂观音庵开山润公无泽都寺，到这里，莫留连，快把跛驴加着鞭，翻身更进毗卢颠。扶起韶阳孙独秀，千秋弹压老耽源。[3]

前面的佛事文，很多都是韵文，此篇亦然，如同古风一般。佛教诗文之言辞虽较难领悟，但行文连贯。该文首句谓万物变迁，而灵骨舍利长

---

[1] （宋）净韵等：《兀庵普宁禅师语录》，《卍新纂续藏经》第71册，第21页。
[2] 《五灯会元》载：（南阳慧忠国师）师以化缘将毕，涅槃时至，乃辞代宗。代宗曰："师灭度后，弟子将何所记？"师曰："告檀越造取一所无缝塔。"帝曰："就师请取塔样。"师良久曰："会么？"帝曰："不会。"师曰："贫道去后，有侍者应真却知此事，乞诏问之。"大历十年十二月十九日，右胁长往，塔于党子谷，谥大证禅师。代宗后诏应真问前语，真良久曰："圣上会么？"帝曰："不会。"真述偈曰："湘之南，潭之北，中有黄金充一国，无影树下合同船，琉璃殿上无知识。"
[3] ［日］及藏主：《即休契了禅师拾遗集》，《卍新纂续藏经》第71册，第108页。

坚，次句谓与其将舍利显用于人前，不如藏在塔中。末后称呼亡者之名，请其早入塔中。

文中"江水"一联，为对塔所处环境的描写，情辞绝妙。而"快把跛驴"句，虽面对灵骨，却似同生人言语，含两层含义：一则祝愿亡僧早日成佛（毗卢帽顶画有佛像），一则请求灵骨进入塔中（塔中有佛，此以之代塔），生动形象。

入圹之文，与前章临圹文相较，事虽同，文情已异。敦煌所保存的临圹文，无论僧俗，几乎无一例外地表达着明显的哀思与祝愿；宋元之际的入圹文，语言具有明显的禅宗特色，即使有些哀思、咒愿，在优秀的入圹文中，亦被点化得难见踪影。

> 古者道：踏着故关田地稳，更无南北与东西。这一片田地，高而无上，广不可极，涸而无下，深不可测。四至界畔，元属当人，唯有中间一窍，不曾动着。今动着，直得泥牛哮吼，木马嘶鸣①，雾锁长松，风生大地。正当怎么时，且当向什么处安坟？巍巍坐断西山脚，千古悠悠对落晖。②

此篇入圹文，同样耐人寻味，其中"今动着"一句，点化禅宗语言，表现了深深的哀思。末句描画安坟之景，竟给人一种无限沧桑的历史感！

第十二，唱衣。唱衣虽为小佛事之一种，然其买卖性质令其难以得到僧侣的庄重对待，《释氏要览》引《增辉记》云："佛制分衣，本意为令在者见其亡物分与众僧，作是思念，彼既如斯，我还若此，因其对治，令息贪求故。今不能省察此事，翻于唱卖之时，争价上下，喧呼取笑，以为快乐，误之甚也，仁者宜忌之。"③ 既是如此，唱衣文自然得不到僧团中优秀人物的重视，正如《列祖提纲录》云："事遇提纲，多者多收，少者不妨一则，所贵存其事耳。如清规所载，请主丧者为大方宗师举迁化诸佛

---

① 泥牛、木马，禅林用语，丛林每以之比喻无心无念之解脱当相。泥牛木马的嘶鸣，正是指众僧侣的哀伤。

② （元）如瑛：《高峰龙泉院因师集贤语录》，《卍新纂续藏经》第65册，第49页。

③ （宋）道诚：《释氏要览》，《大正新修大藏经》第54册，第280、309页。

事,内有唱衣时提衣佛事法语,愚曾徧索,古今缺如。"① 所以,历来几乎无人创作。《因师语录》中有一则唱衣之文,称不得作品,录于此,以求完备:

> 轮王髻中珠,不直半分钱;迦叶粪扫里,价直百千万。者个是某人禅师平生受用不尽底,且道不作贵,不作贱,有人酬价么?若无人酬,放一线道(一唱五百)。②

第四节 下火文

一 下火文的名称与缘起

秉炬,又名下火,乃荼毗之前的仪式。秉炬就是手拿火把,下火就是扔下火把,《虚堂和尚语录》有《裡上座秉炬》,其文曰:"衲僧归元处,三尺火把子,无明性燥,爇栗钵喇,无出乎此。裡上座久贫乍富,看看得入手去也。(掷下火把)大众不要眼热。"③ 两者仅仅是一件事的两种称谓而已。

《禅林象器笺》谓:"旧说曰,秉炬与下火同,然《因师集贤录》分为二,或曰秉炬语长,下火语短。"④《佛教大辞典》与《佛学大辞典》据此称两者不同。按,《因师集贤录》之内容非自作,而是集他人之作,他人之文有用秉炬者,有用下火者,为忠实于原文,才做此种划分;至于语长语短,《因师集贤录》中很多下火文都长于秉炬文,足见此乃无稽之说。

对下火文的研究,就笔者所见,仅项裕容《话本小说与禅宗下火文》一篇,在此文中,项裕容称:"最早收录下火文的是《圆悟佛果禅师语录》,圆悟(1063—1135),宋代临济宗僧人,其语录中有下火文5篇","'下火文'在唐、五代、北宋结集的语录中还没有纪录,它基本上是南

---

① (清)行悦:《列祖提纲录》,《卍新纂续藏经》第64册,第2页。
② 同上书,第50页。
③ (宋)妙源:《虚堂和尚语录》,《大正新修大藏经》第47册,第1034页。
④ [日]无著道忠:《禅林象器笺》,中文出版社1990年版,第1068页。

宋时才开始出现并盛行的一种禅宗文体"①。没有发现北宋之前的下火文文本资料，便肯定其产生于南宋时期，未免武断。

考此事之源头，尚在佛世，《佛说净饭王般涅槃经》载：净饭王逝世，佛与大众，共积香薪，举棺置上，放火焚之。"尔时世尊，告众会曰：'世皆无常，苦空非身，无有坚固，如幻如化，如热时炎，如水中月，命不久居。汝等诸人！勿见此火，便以为热，诸欲之火，极复过此。是故汝等，当自劝勉，永离生死，乃得大安。'"② 但此事形成佛教规制，其时日不得而知。《禅林象器笺》引《群玉集》载：黄檗运禅师出家多年不归，得道之后，忽思省侍父母。路遇其母，见其母已不识自己，于是登舟而去，后其母追赶不及，一跌而终。运禅师隔岸秉炬：

法语云："一子出家，九族登天；若不生天，诸佛妄言。"掷炬火然，两岸人皆见其母于火焰中转为男子身，乘大光明，上生夜摩天宫。③

于隔岸秉炬，并非真正烧化亡者，说明当日秉炬已然成为一种仪式，黄檗希运是百丈怀海禅师弟子，保守猜测，下火盖产生于唐代百丈禅师设立清规之际。

"秉炬必请住持举佛事，其余锁龛、起龛、起骨、入塔佛事，维那禀首座商量，依资次轮请头首为之。"④ 因为秉炬佛事由住持主持，所以较其他佛事更显重要，受到僧俗的重视。下火文的创作不但数量多，而且形式各异，千变万化，美丑交杂。

二 下火文的创作特点

我们虽称下火文为文，但其体裁多样，一部分下火文是完全的散语，一部分却是有韵的诗、文，有时在诗、文中，还穿插一些呼号语。

《大慧普觉禅师语录》中《为充禅人下火（充平日唯顶一大笠）》是

---

① 项裕容：《话本小说与禅宗下火文》，《浙江学刊》2008年第4期，第91页。
② 《佛说净饭王般涅槃经》，《大正新修大藏经》第14册，第783页。
③ [日] 无着道忠：《禅林象器笺》，中文出版社1990年版，第207页。
④ （元）德辉：《敕修百丈清规》，《大正新修大藏经》第48册，第1148页。

一篇散语，其文曰：

> 人人皆有四大，充禅独有五大，地水火风之余，更有一枚笠大，此笠内空外空内外空，包含欲界色界无色界，说甚须弥铁围，江河大海，万象森罗，总在里许，无迫无隘。而今四大已乖张，唯有笠大镇长在。这笠大甚奇怪，一唱两唱三唱，贵亦不卖，贱亦不卖，毕竟如何？打与充禅，同入火光三昧。①

此文到底说了些什么呢？大致而言：人人皆由四大和合而成，而充禅师却有五大，除了地水火风，还有一个大笠，此斗笠能容纳万物而无碍（引者按：就物说理而已，类似维摩之方丈，详见《维摩诘所说经·不思议品》）。如今人已亡故，斗笠仍在，唱衣之时，无论贵贱，均无人买，怎么办？跟充禅师一块烧了吧！

此篇下火文以亡者遗物说理，实则隐约地赞叹了亡者修为。对于火化亡者之事，文章以"入火光三昧"②委婉道出，其中仍然蕴含赞叹，并含咒愿。佛事、说理、赞叹、咒愿融合无间，语言俏皮，具足禅宗特色，是绝好的下火文。

必须再次强调，我们重点讨论的是那些文学色彩浓郁的佛事文，提到文学色彩，上文便不得不让步了。我们再看看有韵的诗、文，如《宏智禅师广录》中的一则《为二僧下火》，文曰：

> 宗璟义哲，六门迹绝，旧路重行底时节？猿哀枫树霜，鹤梦芦华雪。一棹清风归去来，铁船满载沧溟月。③

此篇下火文乃杂言诗体，读来朗朗上口。宗之与璟，盖为二僧名号。六门迹绝，本指修行者眼耳鼻舌身意六门清净，此处表示逝世。猿哀一联指出时间为秋天，渲染出了悲凉的气氛。末句，一棹清风即乘佛法之筏，

---

① （宋）蕴闻：《大慧普觉禅师语录》，《大正新修大藏经》第47册，第862页。
② 诸罗汉入灭时，多入此三昧，灰烬其身。
③ （宋）清苹、法恭：《宏智禅师广录》，《大正新修大藏经》第48册，第82页。

证道归真之意；铁船载月同满船空载月明归，是一种悟道的境界。此句用在此时本为祝愿二僧悟道解脱，却禅思邈渺，耐人寻味。

还有以整齐的律绝出现的，如南宋金盈之《新编醉翁谈录》中的一则《僧与妓弟下火》，其文曰：

浓妆淡抹暗生尘，难买倾城一笑温。弦管丛中消白日，绮罗帐里醉黄昏。生前徒结千人爱，死后谁怜一点恩。惟有无情天上月，更阑人静照幽魂。①

僧人为妓女下火，前两句写其生活之放荡，后两句写其死后之寂寥，意境悠扬。

这样的言辞用在火化亡者的仪式上，实在超乎想象。偏偏这样的言辞在文献中比比皆是，为了对数量浩繁的下火文的特色有一个较明晰的认识，本书拟从以下几个方面谈起。

第一，下火文有悲伤语，却悲而不伤，更多的是活泼泼的俗趣深长的言辞。《僧与妓弟下火》的言辞是悲伤的，再如《宏智禅师广录》中的两则下火：

……高上座，赋归休，透脱六处，撒开两头。云山有路平如砥，月户无人冷似秋。

……门掩三秋兮，人归何处；天无四壁兮，月上中峰。②

对于人去房空的描写，显出了宏智禅师的淡淡情怀，但绝没有敦煌斋愿文那种摧肝沥胆的伤痛。

下火文中表现得更多的是对死亡的洒脱态度，使下火文俗趣横生。《新编醉翁谈录》中有这样一则下火，其文曰：

平生波波劫劫，只贪瓮头春雪，今朝忽过赵州桥，却去石根上践

---

① （宋）金盈之：《新编醉翁谈录》，广陵古籍刻印社1981年影印本，第61页。
② （宋）清萃、法恭：《宏智禅师广录》，《大正新修大藏经》第48册，第83页。

滑。虽然随波逐流,且作灰飞火灭。大众:还识这沙弥下落处么?(喝)明朝酒醒何处,杨柳岸、晓风残月。①

此篇标题为《醉僧溺死与下火》,文中正是醉僧溺死的场景。亡者一生勤勉忙碌,却只是贪杯中之物,不幸因而溺亡。但亡者之死却被表现得如此婉转,可以说充满诗情画意,对于死亡的态度令普通人难以企及。末尾以柳永的词句作结,表面是月夜水边,实则其中蕴含着甚深禅意。②

又如宋龚明之《中吴纪闻》之《周妓下火文》云:昆山有一名倡,周其姓,后系郡中籍。张紫微作守时,周忽暴死。道川(禅师)适访紫微,公因命作下火文云:

可惜许,可惜许!大众且道可惜许个甚么?可惜《巫山一段云》,眼如《新水》《点绛唇》。昔年绣阁《迎仙客》,今日《桃源忆故人》。休记《丑奴儿》怪脸,便须抖擞好精神。《南柯》梦断如何也,一曲离愁别是春。大众,还知殁故某人向甚么处去?向这里,分明会得。《暮山溪》畔,《芳草渡》头,处处《六幺》《花十八》。其或未然,与君一把无明火,烧尽千愁万恨心。③

词牌被巧妙地融成一篇下火,人物的刻画,祝愿的表达,都很恰当。与此相类的还有《因师语录》中的一则《妓溺死》④,此文所集词牌有《迎仙客》、《浪淘沙》、《虞美人》、《风流子》、《西江月》、《倾杯乐》、《南浦子》、《新水调》、《芳草渡》、《江城子》、《小重山》、《菩萨蛮》、《祝英台》、《梁州》、《如梦令》,以及无法确指的《望云滩引》、《挂金索》及《蓬莱阁》。

---

① (宋)金盈之:《新编醉翁谈录》,广陵古籍刻印社1981年影印本,第61页。
② 柳永此词,很早就被禅者用来表现禅悟的境界,《五灯会元》载:"(邢州开元法明上座)依报本未久,深得法忍,后归里事落魄,多嗜酒呼卢,每大醉唱柳词数阕,日以为常……翌晨摄衣就座,大呼曰:'吾去矣!听吾一偈。'众闻奔视。师乃曰:'平生醉里颠蹶,醉里却有分别,今宵酒醒何处,杨柳岸、晓风残月。'言讫寂然,撼之已委蜕矣。"
③ (宋)龚明之:《中吴纪闻》,上海古籍出版社1986年版,第149页。
④ (元)如瑛:《高峰龙泉院因师集贤语录》,《卍新纂续藏经》第65册,第49页。

第二，使用意象表现下火。火化亡人，绝不是一种美，欲将此种令人忌讳的事情转变成庄严的佛事，必须将火化过程美化，而使用意象表现便成了不二之选。

……妙师爱参禅，祖佛要齐肩，索然怎么去，一朵火中莲。
……大众：看取一道红光，烁破无生窠窟。（《圆悟佛果禅师语录·为妙禅人下火》）①

文中以两个意象表现下火：第一，火化之僧如火中之莲，不但形容贴切，而且含义深刻，火中莲出自《维摩诘所说经》"火中生莲华，是可谓希有"之句，赞叹修道者能够在欲而行禅。第二，佛教徒将身体比作窠窟，如"何以去此心堂，移兹身窟"②，红光照亮暗窟，同样是暗示火化，同时，又有祝愿亡者灼破黑暗、证得菩提之意。与此相类的又如《续古尊宿语要》所载宏智觉和尚为僧下火语："眼光落，谷气消，六窗不见猕猴跳。空索索，寂寥寥，破屋从它野火烧"③，将火化亡者肉身比喻成野火烧破屋。

再如《如净和尚语录》之《祖典座下火》"净慈（如净和尚）背后掉柴头，恼乱春风闹聒聒"④，《因师语录》之下火文《夏》："灰飞烟灭事如何？云峰奇耸千万朵"，只见下火之动作与燃烧的情景，不见亡人。

……今则乾坤廓落，人境萧条，雪映高山，风清大野，圆顶后相，放万里神光。大众：正与么时，还委悉么？看取亘天红焰里，华发优昙大地春。（《圆悟佛果禅师语录·为佛眼和尚下火》）

这是以景色描写暗示下火，一派冬日景象，而在其中，一朵优昙花正在绽放，如同红色的火焰，大地也似回春一般。

---

① （宋）绍隆：《圆悟佛果禅师语录》，《大正新修大藏经》第47册，第810页。
② 梁简文帝：《为人造丈八夹纻金薄像疏》，《广弘明集》，《大正新修大藏经》第52册，第210页。
③ （宋）师明：《续古尊宿语要》，《卍新纂续藏经》第68册，第387页。
④ （宋）文素：《如净和尚语录》，《大正新修大藏经》第48册，第131页。

江云冉冉草离离,花落春残客去时,古渡舟横人不见,是须记取却来期。凝上座,知不知?水沈沈,泥牛稳卧;烟幂幂,玉凤来仪。擂鼓转船天欲晓,片帆高挂顺风吹。(《宏智禅师广录·为二僧下火》)

此文全篇描摹了晚春江边恬淡悠然的夜景,下火在何处?泥牛,本指无心无念的解脱相,这里指亡僧,丛林中之秉炬佛事,费时不短,若用真火,移刻易烬,故刻木炬涂朱拟火状,或红绵缯造花着炬首,而不即刻点火,此处之玉凤,并非指名贵的鸟,而是暗喻火炬。

禅宗对文字(语言)的态度,是从不立文字的直指人心转化成不离文字的文字禅。对于文字禅的阐释,向来是无法指的的,简单讲,文字禅是一种虚言,参话头之际,大概没有人会从字面意义下手。下火文只是我们在讨论其文学性时赋予的称谓,事实上,它们是秉炬佛事上的法语,也有文字禅的特点。但是,与一般情况下的文字禅不同,下火法语要与佛事配合,所以,很多含义深奥的禅语,却要从字面意象理解,将禅语坐实,"斫却那边无影树,却来火里倒抽枝"[1],树、枝就是树、枝,已经无须从参禅的角度理解了。如此,下火文中的意象既明晰,又蕴含深意。

第三,以意象的塑造表现对亡者的祝愿与指导。佛事上的斋愿文,大多是较直接地陈说对当人的祝愿,但下火文却非如此。

一着落在什么处?稳驾泥牛耕大海,倒骑铁马上须弥。(《宏智禅师广录·下火》)

两句话不但写出活人神态,其中还蕴含着对亡者的祝愿。泥牛铁马之意前文已明,驾牛耕海、骑马上山的意象体现了亡者的逍遥,两则的祝愿之意不言而喻。又如:

大众:且道(某人)上座向什么处去?双林示寂露全身,只履西归莫向程。明月白云消散后,前山依旧插天青。(《因师语录·

---

[1] (宋)崇岳等:《密庵和尚语录》,《大正新修大藏经》第47册,第982页。

秉炬·僧》)

景色既是佛事举行之际的真实景色,又是刻画的禅悟境界,用悟境表达对亡者的咒愿。双林、只履表示涅槃,为明月、前山句的意义做出了提示,在很多下火文中,并没有这种提示,此则指示了我们如何去欣赏那些下火文并发现那些难以察觉的祝愿。

如果说以意象表现火化是为了变丑为美,那么,寓祝愿于意象之中则体现了禅宗(其他宗派也受此影响)打破一切定式、规范,追求绝对自由的理念。

另外,下火文是指示亡者生路的文字,纯粹是说给死者的,这与斋愿文不同。《清平山堂话本·花灯轿莲女成佛记》有云:"那和尚分开人众,在一柄青凉伞下,扛着轿子,高声叫道[①]:'你两家不要慌!也不要争!断送这娘子,也不是你两家人,正是老僧徒弟。我僧房中有龛子,扛一个来盛了,看老僧与他下火,点化这女子,去好处安身。'说罢,众皆道:'好!不是这佛来,如何计结。'张待诏夫妻二人磕头礼拜道:'我师,望乞指我女儿到好处去!'"[②] 所以,文中不但有祝愿,还有指导语,而这些指导语,很多都是耐人寻味的文字禅。

第四,文中不直接标记亡者之名称。既然是应用于丧仪上的文字,本应该标出亡者之名,但是,禅宗僧人们就是反感于"本应该"如何,所以,很多下火文中连亡者之名都没有。但要如何体现出下火文是为某甲而说而非为某乙而说呢?说者巧妙地将亡者之名寓于文字当中。

柏堂雅和尚《杞上人下火》曰:

> 正杞非凡木,吾家梁栋材,如何未合抱,遽尔迅风摧!直得丛林凄怆,猿鹤悲哀,正当怎么时,一句若为栽:归根得旨凭谁委,异种灵苗火里栽。[③]

---

① 原文作"那和尚分开人众,高声,在一柄青凉伞下,扛着轿子,叫道"。
② (明) 洪楩:《清平山堂话本》,上海古籍出版社1957年版,第204—205页。
③ (宋) 师明:《续古尊宿语要》,《卍新纂续藏经》第68册,第492页。

文章全篇都在写杞树，写其未合抱而为风摧残，最终干柴入火，而杞正是上人法号。

除了以物表人，还有以职代人，《希叟和尚广录》中有《为胡头巾下火（每月集众念佛）》：

> 羞唱胡笳曲乱人，巧穿玉线度金针。能裁鲁直傲云顶，善打林宗折角巾。俨峨冠耸人瞻视，翻新样出自胸襟。更有一般奇特处，月勤念佛聚乡邻。①

亡者是做头巾的，文中将此刻意发挥，加入郭泰、黄庭坚之典，亡者之形象一下子就凸显出来了。发挥亡者姓名、法号的，前举以物表人的也属于此类，是此种形式中的优秀作品。将其名藏入文字当中，在下火文中是较常见的。

第五，下火文具有一定的表演性。下火文与其他应用文章不同，不是照着本子朗读，而是拿着火炬感叹，甚至还需要一个临时的舞台，《花灯轿莲女成佛记》中记载："长老讨条凳子立了，打个圆象与莲女下火，念《下火文》。"② 站在凳子之上，很有表演的意味。在下火文中，随处可见对表演行为的记录。

> （以火炬指龛云）这个是已灭底法灯，（复举起火炬云）这个是无漏底智火，无漏智火然法灯，然也灭也，无不可灯。监寺还知么？灰飞烟灭后，优昙花一朵。（《大慧普觉禅师语录·为法灯监寺下火》）

下火的动作，与亡者的交流，在下火文中，动作与问语几乎是必备的。有时候，在下火之前，还有额外的动作，如《断桥和尚语录》中《珙侍者火》：

---

① （宋）法澄等：《希叟绍昙禅师广录》，《卍新纂续藏经》第70册，第480页。
② （明）洪楩：《清平山堂话本》，上海古籍出版社1957年影印本，第205页。

芝山下，清溪边，拾得秃笔，倒蘸龙渊，着脚南屏题一篇，奈何抵死题不全。老僧为你代书去也，（以火作书字势云）看看！毫端吐光焰，眼底生云烟。①

根据下火文言辞的需要，是可以有很多动作的。

另外，在下火文中甚至还有与火交流的情节，如《虚堂和尚语录·道兴上座秉炬》：

道无所据，山深水寒，一念未兴，死门路活。要知两处收功，识取丙丁童子。丙丁童子！诺！（掷下火把）好好服事着。②

丙丁，即天干中之丙、丁，与五行相配则属火，故以丙丁比喻火。丙丁童子指司灯火之童子。禅林中每以"丙丁童子来求火"一语譬喻众生本具佛性，复向外求佛。此处理解时必须要从字面到文字禅的双重意义上考虑，不必细说。但此处表现了下火人与丙丁童子的交流，一个招呼、命令，一个应答，具有很强的表演性。

以上对下火文的探讨，很多方法是适合其他小佛事文的，本篇以对下火文的探讨说明其他小佛事文，大概可以做到管中窥豹。但是，以上说明是属于有迹可循的特色，小佛事文最意蕴深长的特点为其中所含的禅趣，此种禅趣意会尚可，言传起来便有失风味。

三 世俗创作的下火文

《禅林象器笺》谓"凡立地佛事，忌语繁"③，这是下火文篇幅短小的一个重要原因。正是由于对篇幅的限制，下火文成了活泼泼地表达生者感情、亡者特点的一种语体，不但在丛林中受到重视，世俗文人也对此产生了兴趣，并且学着创作，如：《花灯轿莲女成佛记》（《清平山堂话本》）；李寿卿《月明和尚度柳翠》；无名氏《龙济山野猿听经》（以上元

---

① （宋）文宝：《断桥妙伦禅师语录》，《卍新纂续藏经》第70册，第570页。
② （宋）妙源：《虚堂和尚语录》，《大正新修大藏经》第47册，第1034页。
③ ［日］无着道忠：《禅林象器笺》，中文出版社1990年版，第206页。

杂剧）；《梅花文》；《嘲回回》（以上《辍耕录》）；《济颠道济禅师语录》（实乃明人小说）；《水浒传》第99回《鲁智深浙江坐化　宋公明衣锦还乡》；《禅真逸史》第39回《顺天时三侠称王　宴李谔诸贤逞法》；《三宝太监西洋记》第92回《国师勘透阎罗书　国师超度魍魉鬼》；《济颠罗汉净慈寺显圣记》（《三教偶拈》）；《月明和尚度柳翠》、《陈可常端阳仙化》、《明悟禅师赶五戒》、《梁武帝累修成佛》（以上三言）；《西湖佳话》卷4《灵隐诗迹》、卷9《南屏醉迹》；《阻活佛升天破地藏观音出世　刹海龙入水掷铁锚金狐倾心》（《野叟曝言》）等作品中均有记载。

　　这些文献中的下火文，大都是世俗文人模仿僧人作品而作的，主要存在于笔记与小说（包括话本）中。其中，只有《南村辍耕录》中的两则是体现世俗之人的创作特点的，因而，我们主要讨论这两则：

> 嘲回回杭州荐桥侧首有高楼八间，俗谓八间楼，皆富实回回所居。一日娶妇，其昏礼绝与中国殊，虽伯叔姊妹有所不顾。街巷之人，肩摩踵接，咸来窥视。至有攀缘檐阑窗牖者，踏翻楼屋，宾主壻妇咸死，此亦一大怪事也。郡人王梅谷戏作下火文云：
>
> 宾主满堂欢，闾里盈门看。洞房忽崩摧，喜乐成祸患。压落瓦碎兮，倒落沙泥，别都钉折兮，木屑飞扬。玉山摧坦腹之郎，金谷坠落花之相，难以乘龙兮，魄散魂消，不能跨凤兮，筋断骨折。氍丝脱兮尘土昏，头袖碎兮珠翠黯。压倒象鼻塌，不见猫睛亮。呜呼！守白头未及一朝，赏黄花却在半晌。移厨聚景园中，歇马飞来峰上。阿刺一声绝无闻，哀哉树倒猢狲散。
>
> 阿老瓦、倒刺沙、别都丁、木偰非，皆回回小名，故借音及之。象鼻、猫睛，其貌也。氍丝、头袖，其服也。阿剌，其语也。聚景园，回回丛冢在焉。飞来峰，猿猴来往之处。①

　　此篇记载，描写了喜事变悲剧的整个过程，是很形象的，特别是末端交代借音及其他信息，让我们能够更好地理解作者的构思。但是，有一点必须说明，下火文是佛教徒对于亡者的祝愿与指示，是佛教徒自己对于死

---

① （元）陶宗仪：《南村辍耕录》，中华书局1958年版，第348页。

亡的态度，禅宗高僧（下火文大多是由住持所说）的下火文，虽然也充满了俗趣，但是，俗中是充满禅机的，是看透生死之后的洒脱，不是对与己无干者的幸灾乐祸。

爇梅花文周申父之翰寒夜拥炉爇火，见瓶内所插折枝梅花冰冻而枯，因取投火中，戏作下火文云：

寒勒铜瓶冻未开，南枝春断不归来。这回勿入梨云梦，却把芳心作死灰。恭惟地炉中处士梅公之灵：生自罗浮，派兮庚岭，形若槁木，棱棱山泽之臞；肤如凝脂，凛凛雪霜之操。春魁占百花头上，岁寒居三友图中。玉堂茅舍总无心，金鼎商羹期结果。不料道人见挽，便离有色之根；夫何冰氏相凌，遽返华胥之国。玉骨拥炉烘不醒，冰魂颠纸竟难招。纸帐夜长，犹作寻香之梦；筠窗月淡，尚疑弄影之时。虽宋广平铁石心肠，忘情未得；使华光老丹青手段，摸索难真。却愁零落一枝春，好与茶毗三昧火。惜花君子：还道这一点香魂，今在何处？咦！炯然不逐东风散，只在孤山水月中。[①]

僧家有为耕牛下火之文，俗世更有为梅花下火。僧家为牛，依然是看重众生之生死；俗世为花，却分明是游戏笔墨。但与上文的鄙薄不同，此文有着淡雅的意趣。首先，运用各种手段刻画梅花，至纸帐夜长之后，已经渗入了作者的身影，体现了对梅花的喜爱；末句更是将梅花与林和靖联系起来，表现了高雅的情操。与前文相比，不啻天壤之别。

下火文必须要与佛事联系在一起，才能够有生命，保持新鲜，也才会有深度。世俗所作的下火文，不是联系佛事，只是建立在游戏笔墨的心态之上的，所以，数量少、质量低、没深度等都是必然的。

---

① （元）陶宗仪：《南村辍耕录》，中华书局1958年版，第349页。

下编　佛事音乐文学研究

佛教文化学者凌海成认为："今天所能听到的那些古代流传下来的佛教音乐几乎全部从民间音乐、戏曲音乐移植过来，就连近代高僧弘一法师创作的佛教歌曲也无一不是直接套用外国歌曲的旋律。……这些被移植的佛教音乐除去用木鱼、钟、磬贴上的'佛教标签'外，它的民间味、市俗味实在是太浓了。有一段时间我怀疑中国还有没有真正可以称为佛教音乐的音乐。"[1]

这大概是许多中国佛教音乐的研究者内心的感受，但这种感受却源于音乐史观念的缺乏。历史上，没有哪一种艺术是在人类产生之初就确立了完整的范畴，等待着其他艺术去借鉴和学习的。同样，佛教音乐、民间音乐、戏曲音乐也没有各自确定不移的范畴，它们之间的影响是相互的。为此，我们有必要梳理一下中国佛事音乐的发展历程，当然，在本书，这项工作主要是从音乐文学的角度进行的。

---

[1] 田青、凌海成：《佛教音乐对话》，《佛教文化》1999年第3期，第42—43页。

第一章　佛事音乐文学的滥觞

第一节　天竺佛乐概观

佛教有梵呗的概念。何谓"呗"？《四分律》云："或呗或歌或舞。"①呗、歌并列，两者显然不同。《毗尼母经》云："佛告诸比丘：'听汝等呗'，呗者，言说之辞。佛虽听言说，未知说何等法。诸比丘复谘问世尊，佛言：'从修多罗乃至优波提舍，随意所说。'"② 十二部经皆可呗，这是兼及长行的，但呗是否即是说呢？

《根本说一切有部毗奈耶杂事》载，须达长者发现诸外道"讽诵经典，作吟咏声，音词可爱"，而僧众们"不闲声韵，逐句随文，犹如泻枣，置之异器"，③ 长者因此请求佛陀允许僧众们作吟咏声诵经典，世尊意许。印顺法师认为："初期的'声呗'是近于自然的吟咏，没有过分的抑扬顿挫，可能近于诗的朗诵，只是音声优美而已。"④ 但佛陀涅槃以后，这一规定便有了松动，音乐性逐渐加强。这从下表中可以非常明显地看出来。

《十诵律》	佛言：听汝作声呗……从今不应歌。
《五分律》	诸比丘作歌咏声说法……佛言不应尔。

---

① 《四分律》，《大正新修大藏经》第 22 册，第 739 页。
② 《毗尼母经》，《大正新修大藏经》第 24 册，第 833 页。
③ 《根本说一切有部毗奈耶杂事》，《大正新修大藏经》第 24 册，第 223 页。
④ 印顺：《初期大乘佛教之起源与开展》，正闻出版社 1993 年版，第 227 页。

《十诵律》	佛言：听汝作声呗……从今不应歌。
《四分律》	时诸比丘欲歌咏声说法，佛言听……若过差歌咏声说法，有五过失。
《根本说一切有部毗奈耶杂事》	苾刍不应歌咏引声而诵经法……若方国言音须引声者，作时无犯。

显然，对于音声的喜爱，使得佛教徒竭尽所能突破自然的吟咏，最终以戒律的形式承认了不过分歌咏的合理性。但印顺法师似乎弄错了一个概念，"声呗"。

佛教是禁止僧众观听、习用世俗音乐的，《十诵律》载：佛陀语诸比丘，"从今比丘不应往观听伎乐歌舞，往观者突吉罗"，"从今不应歌（如白衣），歌者突吉罗"，"歌（如白衣）有五过失……诸居士闻作是言：'诸沙门释子亦歌，如我等无异'"。当佛陀禁止僧众观听、习学世俗音乐之时，"有比丘名跋提，于呗中第一，是比丘声好，白佛言：'世尊，愿听我作声呗。'佛言：'听汝作声呗。'"① 何谓声呗？《摩诃僧祇律》载："此比丘尼有好清声，善能赞呗……诸比丘尼各生嫉心，便作是言：此妖艳歌颂，惑乱众心。诸比丘尼以是因缘往白世尊，佛言：唤是比丘尼来。来已问言：汝实作世间歌颂耶？答言：我不知世间歌颂。佛言：是比丘尼非世间歌颂。"② 此比丘尼善于声呗而不知世间歌颂，诸比丘尼污声呗为世间歌曲、妖艳歌颂，显然声呗虽不是俗曲，而同为音乐。佛陀并没有彻底限制僧众对音乐的追求，他只是限制僧众习学世俗的音乐。如佛世祇洹中，有一比丘，音声异妙，振声高呗，音极和畅，令波斯匿王军众倾耳，无有厌足，象马竖耳，住不肯行。为此，波斯匿王惊讶于僧众中怎会有如此善唱之人，为此佛陀还为波斯匿王讲了此僧的本事。③

声呗有何特点呢？通过言辞领会声呗的意义，是无法深切的，但对于两千多年前的音乐，除此别无他法。《长阿含经》载，般遮翼以琉璃琴伴

---

① 《十诵律》，《大正新修大藏经》第23册，第269页。
② 《摩诃僧祇律》，《大正新修大藏经》第22册，第519页。
③ 《贤愚经》，《大正新修大藏经》第4册，第424页。

奏，唱偈娱佛，佛陀赞云："善哉！善哉！般遮翼！汝能以清净音和琉璃琴称赞如来，琴声、汝音，不长不短，悲和哀婉，感动人心。汝琴所奏，众义备有，亦说欲缚，亦说梵行，亦说沙门，亦说涅槃。"①清净音、不长不短正是声呗的特色，其声一样能够悲和哀婉，感动人心；呗辞当然完全为佛教内容。

天竺僧徒，每日法事之前均唱呗，"即如西方，制底畔睇及常途礼敬，每于晡后或曛黄时，大众出门，绕塔三匝，香花具设，并悉蹲踞。令其能者，作哀雅声，明彻雄朗，赞大师德……斯法乃是东圣方耽摩立底国僧徒轨式"，"至如那烂陀寺……差一能唱导师，每至晡西，巡行礼赞，净人童子，持杂香花，引前而去，院院悉过，殿殿皆礼。每礼拜时，高声赞叹，三颂五颂，响皆遍彻。迄乎日暮，方始言周"。②这些梵呗，比较固定，多选取经中偈赞，付之音声。正如鸠摩罗什所说："天竺国俗，甚重文制，其宫商体韵，以入弦为善。凡觐国王，必有赞德，见佛之仪，以歌叹为贵。经中偈颂皆其式也。"③

除了经中偈赞，佛教徒自己也创作歌赞，赞叹佛法僧。"（摩咥哩制咤）初造四百赞，次造一百五十赞，总陈六度，明佛世尊所有胜德，斯可谓文情婉丽，共天蕐而齐芳；理致清高，与地岳而争峻，西方造赞颂者，莫不咸同祖习，无着世亲菩萨，悉皆仰止。故五天之地初出家者，亦既诵得五戒十戒，即须先教诵斯二赞，无问大乘小乘，咸同遵此。"④优秀的歌赞，是传遍佛教界的。

《杂事》谓："有二事作吟咏声，一谓赞大师德，二谓诵三启经，余皆不合。"⑤赞大师德就是前面所提的各种偈赞，可见此处之吟咏乃是吟唱之意，并非抑扬顿挫的读诵。所谓诵三启经，不是经论的名称，而是印度读诵佛经的体例。前有赞三宝颂，后有回向发愿颂，中间是佛经。三启，是三折或三段的意思，我国古今法事念诵之基本仪制，亦为此"三启"式念诵法；无论举行任何法事，皆先安排赞（香赞或赞偈），次文

---

① 《长阿含经》，《大正新修大藏经》第1册，第63页。
② （唐）义净：《南海寄归内法传》，《大正新修大藏经》第54册，第227页。
③ （梁）僧祐：《出三藏记集》，《大正新修大藏经》第55册，第101页。
④ （唐）义净：《南海寄归内法传》，《大正新修大藏经》第54册，第227页。
⑤ 《根本说一切有部毗奈耶杂事》，《大正新修大藏经》第24册，第223页。

（经咒本文、有关仪文等），末了回向发愿（或偈或文，或偈文兼举）。此时的经文（或者咒语），大多将之唱诵而非读诵，今之朝暮课诵仍是如此。这种佛事上的歌赞和唱经，在天竺统称作呗，在汉地则一名梵呗，一名转读（详见下编第二章第一节）。

佛教还有伎乐供养一事，兴起较晚，因为发起者主要为俗家信众，所以不受僧家戒律的限制。《法华经》云："若使人作乐，击鼓吹角贝，箫笛琴箜篌，琵琶铙铜钹，如是众妙音，尽持以供养，皆以成佛道。"①《佛说超日明三昧经》载，解法长者问及伎乐供养得何功德，佛告长者："音乐倡伎乐佛塔寺及乐一切，得天耳彻听。"② 据此，从事音声供养的人或者是召集音声人进行供养的人均认为自己所做的事情有意义，是在做功德。《摩诃僧祇律》甚至规定："若有人言世尊无淫怒痴，用此伎乐供养为？得越毗尼，罪业报重，是名伎乐法。"③

佛教博学之士的艺术创作，丰富了佛教音乐。"戒日王取乘云菩萨以身代龙之事，缉为歌咏，奏谐弦管，令人作乐，舞之蹈之，流布于代；又东印度月官大士作《毗输安呾啰太子歌》，词人皆舞咏遍五天矣，旧云苏达拏太子者是也；又尊者马鸣，亦造歌词。"④ 这些歌叹佛菩萨的歌舞，借用了世俗的表演形式，艺术性极高。

在盛大的佛教节日之际，更有种类繁多、音乐性更浓郁的表演，甚至完全不需要与佛教相关，"若佛生日大会，菩提大会，转法轮大会，五年大会，作种种伎乐供养佛"⑤。

第二节　汉晋的佛事音乐文学

梁僧慧皎云："东国之歌也，则结韵以成咏；西方之赞也，则作偈以和声。虽复歌赞为殊，而并以协谐钟律，符靡宫商，方乃奥妙。故奏歌于金石，则谓之以为乐；设赞于管弦，则称之以为呗。"天竺的梵呗与东土

---

① 《妙法莲华经》，《大正新修大藏经》第9册，第9页。
② 《佛说超日明三昧经》，《大正新修大藏经》第15册，第545页。
③ 《摩诃僧祇律》，《大正新修大藏经》第22册，第498页。
④ （唐）义净：《南海寄归内法传》，《大正新修大藏经》第54册，第228页。
⑤ 《摩诃僧祇律》，《大正新修大藏经》第22册，第494页。

的歌曲，既同为声乐，名异实同。但梵呗传入中国之后，其范畴缩小了，"天竺方俗，凡是歌咏法言，皆称为呗，至于此土，咏经则称为转读，歌赞则号为梵呗"①。前文已明，天竺之咏经、歌赞虽统称为呗，其实并不相同，佛教传入东土，根据音乐强度的不同而进行分别，属自然而然之事。

鸠摩罗什在论东西方辞体时称，经中偈颂，本即天竺僧徒歌赞佛德之式，"但改梵为秦，失其藻蔚，虽得大意，殊隔文体，有似嚼饭与人，非徒失味，乃令呕哕也"②。为何如此呢？梵语属于印欧语系，一字多音，与汉语一字一音，两者格格不入。因此，外国僧人虽能够将梵语译成华言，却难以将译语以梵音歌之。

《后汉书》云："前史称桓帝好音乐，善琴笙。饰芳林而考濯龙之宫，设华盖以祠浮图、老子。"唐李贤注引《续汉志》曰："祀老子于濯龙宫，文罽为坛，饰淳金银器，设华盖之坐，用郊天乐。"③汉代佛道并奉，而以道教为尊，佛事事法祠祀，其时祭祀佛陀用的还是传统的汉地郊祀礼乐。

在华之天竺、西域僧众，举行佛事之际，必有歌呗之事。若要传播佛教，诱化信众，就不能使用梵声演唱。随着佛教在汉地的不断发展，佛教突出自身特色的需求越来越强烈，一些人开始尝试引进、改造西方的佛教音乐，为汉地僧侣所用。三国时期，制作呗赞的著名人物有曹植、支谦与康僧会等。

一 曹植的传说及其正读

曹植制呗，不载于正史，真伪难辨。唐代道宣论说呗匿，称"讨核原始，共委渔山，或指东阿昔遗，乍陈竟陵冥授。未详古述，且叙由来，岂非声乖久布之象，唯信口传？在人为高，毕固难准，大约其体，例其众焉"④，对此传说已经表示怀疑。近世，汤用彤先生论及于此，唯云"佛

---

① （梁）慧皎：《高僧传》，《大正新修大藏经》第50册，第414、415页。
② 同上书，第332页。
③ （宋）范晔：《后汉书》，中华书局1965年版，第320页。
④ （唐）道宣：《续高僧传》，《大正新修大藏经》第50册，第706页。

家相传"①。任继愈则明确表示："说他信佛并制梵呗是不可信的。"② 相反，不少学者认为曹植制呗可信，为了说明鱼山事的真实性，还有人竭力去证实曹植的佛教情怀。

信佛与制呗，不必混为一谈。其时魏地虽有佛教，但被视同黄老，佛学未昌，曹植本不甚信黄老，自然也难论其佛教信仰。但佛教文化的异域特色必能吸引曹植的注意，就佛事典故言，现存的汉代本生经有《太子墓魄经》、《修行本起经》、《中本起经》、《佛说兴起行经》等，佛教经典藏在魏国宫廷，佛陀故事流传世上，曹植必有所接触；就佛教声呗言，当日梵僧已是常见，听梵僧转经歌呗也是意料中事。只要具备这两个条件，以曹植的博学多艺，感梵声（不必神乎其迹）创制梵呗之事不无可能。限于资料，却无法证实。特别是经过了后人的重复渲染之后，其真实性更是扑朔迷离。对此，我们不妨转变视角，分析一下此事之演化。

此事最早见于南朝宋刘义庆《宣验记》以及刘敬叔《异苑》，二者语词相类，所本应该相同，则对此事的记载又当早于南朝。《异苑》云：

> 陈思王曹植，字子建，尝登鱼山，临东阿，忽闻岩岫里有诵经声，清通深亮，远谷流响，肃然有灵气，不觉敛衿祇敬，便有终焉之志。即效而则之，今之梵唱，皆植依拟所造。③

天竺方俗，凡是歌咏法言，皆称为呗，至于此土，则分为咏经之转读与歌赞之梵呗，陈思听诵经声所创制之梵唱，究竟是歌呗，还是转读呢？前引"远谷流响"以下，《宣验记》云："遂依拟其声而制梵呗，至今传之。"④ 可见，在南朝宋时，世人仅仅是将曹植作为歌呗的创制者看待的。

又，齐梁时代僧祐的《法苑集·陈思王感鱼山梵声制呗记》也记载了此事，其记已佚，但我们仍然能够分析出，僧祐也是仅将曹植作为歌赞的创制者看待的。其因有三：一，此文题目中只提到制呗；二，此文在

---

① 汤用彤：《汉魏两晋南北朝佛教史》，上海书店1991年版，第126页。
② 任继愈：《中国佛教史》（第一卷），中国社会科学出版社1981年版，第171页。
③ （南朝宋）刘敬叔：《异苑》（与《谈薮》合集），中华书局1998年版，第48页。
④ 引文见（唐）释玄应《一切经音义》卷15"歌呗"条；（唐）释慧琳《一切经音义》卷27"歌呗"条。

《出三藏记集》卷12《法苑杂缘原始集目录·经呗导师集》中的位置也是在歌呗部分，与转读内容较远；三，转读部分是从"元嘉以来"开始的。唐道宣《集古今佛道论衡》引《法苑集》称：

> 其（曹植）所传呗凡六契，见梁释僧祐《法苑集》。①

唐代还有《法苑集》传世，集中大概同时记载了曹植所制梵呗的呗辞。这六契呗辞，在梁慧皎《高僧传》中也有所提及，传云：

> 原夫梵呗之起，亦兆自陈思，始著《太子颂》及《睒颂》等，因为之制声，吐纳抑扬，并法神授，今之"皇皇"、"顾惟"②，盖其风烈也。其后居士支谦，亦传梵呗三契，皆湮没而不存，世有"共议"一章，恐或谦之余则也……③

僧祐称曹植传呗六契，慧皎则标示它们的名称，若六契之数属实，很可能两颂分别有三契，这与当日梵呗高僧大多造梵呗三契的记载是相对应的。慧皎称此二颂并法神授，即《宣验记》"遂依拟其声而制梵呗"④ 之意。我们虽不见《太子颂》及《睒颂》的文辞，然顾名思义，其内容当一为颂佛陀成道之前，一为颂睒子大孝⑤（佛陀本生）。慧皎之论，一曰盖其风烈，一曰恐或余则，已属猜测之言，今人论此，更难以坐实。

梵呗并撰辞、曲；转读唯制声调，供讽诵经典者遵循。依现存资料，从梁慧皎《高僧传》开始，曹植与转读也有了关联。

> 论曰：……故咸池韶武无以匹其工，激楚梁尘无以较其妙。（概

---

① （唐）道宣：《集古今佛道论衡》，《大正新修大藏经》第52册，第365页。
② 按汉语语法，顾惟乃发语词，所以皇皇与顾惟必不是一首呗中之辞。
③ （梁）慧皎：《高僧传》，《大正新修大藏经》第50册，第415页。
④ （唐）慧琳：《一切经音义》卷27《妙法莲华经·方便品》"歌呗"条引，《大正新修大藏经》第54册，第485页。
⑤ 有学者以睒子事迹最早见于《六度集经》，此经译出时间晚于曹植为由，否定《睒颂》，此乃不知"有的经在他之前已在社会上流行"（任继愈语）之事实。

论梵响）

　　自大教东流……始有魏陈思王曹植，深爱声律，属意经音，既通般遮之瑞响，又感鱼山之神制，于是删治《瑞应本起》，以为学者之宗，传声则三千有余，在契则四十有二。其后……（转读名家及末流）

　　但转读之为懿，贵在声文两得……（转读原则，现状，理想效果等）

　　然天竺方俗，凡是歌咏法言，皆称为呗，至于此土，咏经则称为转读，歌赞则号为梵呗。（由论转读过渡到论梵呗）

　　……原夫梵呗之起，亦兆自陈思……（梵呗名家、名目及末流）①

　　"既通般遮之瑞响，又感鱼山之神制"，鱼山神制即如前所述，般遮瑞响指执乐神般遮翼鼓琉璃琴以偈赞佛之事②，均指创制歌赞而言。先有了创制歌赞的曹植，其后才有了创制转读的曹植。

　　学者们对《经师篇·论》研究甚多，但似乎少有注意其段落者，以至于产生了一些无谓的讨论和辨析。如对于"于是删治《瑞应本起》，以为学者之宗，传声则三千有余，在契则四十有二"一段文字，历来意见纷纭，其中一种是怀疑曹植制呗之规模。田青《佛教音乐的华化》认为，曹植创制了三千余首佛曲；对此，谢立新《中国佛教音乐之初》认为，曹植只活了40岁，在鱼山也只有3年的时间，不可能创作三千余首佛曲。③ 徐文明《鱼山梵呗与早期梵呗传承的几个问题》一文认为："从慧皎自己所举例证来看，早期所作梵呗，都较简略，支谦三契，康僧会一契，昙籥一契，又帛法桥作三契，尸梨密多罗（高座）作胡呗三契，昙籥弟子法等作三契。如此曹植的六契已经是最多了，四十二契显然与众不伦。有证据表明，四十二契的巨构直到齐代才产生……如果说曹植以一人之力，一下子便创作出了四十二契，虽然他才高八斗，天下独步，也确实

---

　　① （梁）慧皎：《高僧传》，《大正新修大藏经》第50册，第415页。
　　② 见《长阿含经》卷10《释提桓因问经第十》。
　　③ 田青：《佛教音乐的华化》，《净土天音：田青音乐学研究文集》，山东文艺出版社2002年版，第5页。

有些困难。"①

欲明了此事，仍需参照此前对《经师篇论》之层次的划分。《瑞应本起》四十二契，本是曹植创制转读之事，与梵呗无关。转读所转或是全经，或是部分，因此，《高僧传》所记规模完全能够理解。

何谓"传声则三千有余，在契则四十有二"？既然"破句以合声、分文以足韵"是不正当的转读，那么，咏唱一句即为一声，一声应该与句意相协调，传声三千有余指转《太子瑞应本起经》时要停顿三千余次，当然，这并不是说一定有截然不同的三千多种曲调。

对"契"的理解，周一良《读"唐代俗讲考"》称："似乎契又不仅是经里的节段，还有音乐上的意义，各契互不相同"；关德栋《〈读唐代俗讲考〉的商榷》称："所谓一'契'，实在是指一个'歌赞'而已"；②田青先生以为"'契'的意思，很可能是曲谱"③。虽无法探究实际，但"在契四十有二"即指转《太子瑞应本起经》时全经分成四十二个部分，应该不会错的。我们不清楚当日转读的具体情形，大概在部分与部分之间有听众礼拜、弹指、唱萨行为或者器乐伴奏（《续高僧传》载，有人曾弹琵琶诵《法华》）加入。

对于曹植与佛教音乐的讨论，除非有新的资料出现，否则只能存在于有无之间。从佛教音乐文学的角度看，曹植可称得上是这个领域的荷马。

二　支谦及其连句梵呗

当时的建康，有月氏居士支谦创制连句梵呗。梁释僧祐有《支谦制连句梵呗记》，详细记录此事，可惜无论是支谦的呗，还是僧祐的《记》，均早已亡佚。《出三藏记集》卷十三《支谦传》中，提及了支谦制呗之事。为便于下文讨论，此处略述相关文字，其文曰：

> 支谦，字恭明，一名越，大月支人也。祖父法度，以汉灵帝世，

---

① 徐文明：《鱼山梵呗与早期梵呗传承的几个问题》，《中国鱼山梵呗文化节论文集》，宗教文化出版社2007年版，第69页。
② 《敦煌变文论文录》，上海古籍出版社1982年版，第160、167页。
③ 田青：《佛教音乐的华化》，《净土天音：田青音乐学研究文集》，山东文艺出版社2002年版，第6—7页。

率国人数百归化,拜率善中郎将……(越)十岁学书,同时学者,皆伏其聪敏,十三学胡书,备通六国语……世间艺术多所综习……越以大教虽行,而经多胡文,莫有解者,既善华戎之语,乃收集众本,译为汉言。从黄武元年至建兴中,所出《维摩诘》、《大般泥洹》、《法句》、《瑞应本起》等二十七经,曲得圣义,辞旨文雅。又依《无量寿》、《中本起经》制《赞菩萨》连句梵呗三契,注《了本生死经》,皆行于世……①

《高僧传》、《历代三宝记》、《大唐内典录》、《开元释教录》、《大宋僧史略》等从之,《高僧传》称到南朝梁,连句梵呗已经湮没而不存,《三宝记》、《内典录》却称,直到隋唐时期,仍流传于江淮间。

对于《出三藏记集》中提及的连句梵呗,吕澂先生谓:

现在只能想象那三契或者即是《无量寿经》里法藏比丘赞佛的一段和《瑞应本起经》里天乐般遮之歌及梵天劝请的两段而已。②

此种假设被广泛认可,但却值得商榷。按,菩萨是诸佛未成道以前的称呼,支谦所制梵呗,既名为《赞菩萨》,被赞者显然为菩萨,即佛的本生,因地的修行。后汉昙果、康孟详译《中本起经》,记述释迦成道后教化之事迹,没有涉及佛陀本生的内容,所以,支谦所依绝不是《中本起经》,《中本起经》为僧祐误记。③般遮之歌及梵天劝请发生在佛陀成道之后,与法藏比丘赞佛一样,均为赞佛而非赞菩萨,支谦不可能不顾此种区别(其自译之《太子瑞应本起经》于佛成道前一直称菩萨,成道后立即改称佛,两者的界限是明确不易的)。

当日的《本起经》中,只有后汉竺大力、康孟详共译的《修行本起经》与支谦自译的《太子瑞应本起经》包含有佛陀本生的内容,后者是

---

① (梁)僧祐:《出三藏记集》,《大正新修大藏经》第55册,第97页。
② 吕澂:《中国佛学源流略讲》,中华书局1979年版,第293页。
③ 《出三藏记集》中将《本起经》误记非止一次,卷十二《法苑杂缘原始集目录序》中载"帝释乐人般遮瑟歌呗第一(出《中本起》)",实则出《太子瑞应本起经》。

前者的异译。在《瑞应本起》中，佛陀成道前的赞只有魔、佛对话的偈辞，而这套偈辞基本是对《修行本起》的述而不改。因此，"依《中本起经》"实指依竺大力、康孟详共译的《修行本起经》，此经记述了世尊过去因地的修行以及托胎、降生至出家、成道之事迹。

又，自来《无量寿经》有五存七缺之十二译本之说，支谦以前有两个译本，分别为：（一）《无量寿经》，二卷，东汉安世高译，今已不存；（二）《无量清净平等觉经》，四卷，东汉支娄迦谶译。但这两个译本，《安录》不载，《出三藏记集》、《高僧传》也没有补充。近代学者，如日本常盘大定、望月信亨、中村元等人，根据历代经录之记载、敦煌本之新资料、梵文原本之对照研究，乃至教理史之发展观点，认为安、支译本为重复讹伪之记录。① 支谦本人所译《阿弥陀经》，与《无量寿经》为同本异译。《出三藏记集》卷二载：

　　《无量寿经》（支谦出《阿弥陀经》二卷；竺法护出《无量寿》二卷，或云《无量清净平等觉》；鸠摩罗什出《无量寿》一卷；释宝云出《新无量寿》二卷；求那跋陀罗出《无量寿》一卷）右一卷，五人异出。②

既然支谦所译《阿弥陀经》是《无量寿经》最早的译本，"依《无量寿》"（如果此句记载准确的话）应该是依支谦自译之经。经中有阿弥陀佛本生，即昙摩迦（法藏比丘）修菩萨行的事迹。

现存古今梵呗的记载中，只有支谦的《赞菩萨》被称为连句梵呗，可见与其他梵呗相比，此三契必有其特殊之处！关键在于如何理解"连句"一词。

所谓"连句"，又作联句，由两人或多人各成一句或几句，合而成篇。《宋书·谢晦传》载，世基临死为连句诗，谢晦续之，其诗曰：

　　伟哉横海鳞，壮矣垂天翼。一旦失风水，翻为蝼蚁食。（世基）

---

① 《佛光大辞典》"无量寿经"条，书目文献出版社1990年版，第5120页。
② （梁）僧祐：《出三藏记集》，《大正新修大藏经》第55册，第14页。

功遂侔昔人，保退无智力。既涉太行险，斯路信难陟。（谢晦）①

"圣开作呗，依经赞偈，取用无妨。"② 所谓制梵呗，一般只是制音声而已，呗辞大多为经中赞偈，《赞菩萨》既然是连句，自然不会是一人所说之偈赞。在《修行本起经》中，恰恰存在着这样三组偈赞。

其一，儒童（世尊前世为菩萨时之名）向瞿夷（耶输陀罗）购五茎莲花供养于佛，两人对话之偈辞：

银钱凡五百……求我本所愿。（儒童）
此花直数钱……不惜银钱宝。（瞿夷）
……（儒童）……（瞿夷）……（儒童）……（瞿夷）

其二，太子降生，道士阿夷来到王宫，与太子、白净王对话的偈辞：

今生大圣人……是故自悲泣。（阿夷）
太子举手言……吾不入泥洹。（太子）
太子有何相……诸相有何福？（白净王）
今观太子身……白净如明珠。（阿夷）

其三，佛陀成道临近，魔来阻挠，佛、魔对话的偈辞：

比丘何求坐树下……天魔围绕不以惊。（魔）
古有真道佛所行……吾求斯座决魔王。（佛）
汝当作王转金轮……斯处无道起入宫。（魔）
吾观欲盛吞火铜……去此无利勿妄谈。（佛）
何安坐林而大语……象马步兵十八亿。（魔）
已见猴猿师子面……于是可知谁得胜！（佛）
吾曾终身快布施……自称无量谁为证！（魔）

---

① （梁）沈约：《宋书》，中华书局1974年版，第1361页。
② （唐）道世：《法苑珠林》，《大正新修大藏经》第53册，第575页。

昔吾行愿从定光……是以脱想无患难。(佛)①

这三组偈辞不正与连句诗的形式相同吗？连句梵呗或者即得名于此。

支谦汉化较深，汉文素养高，支愍度《合首楞严经记》谓"嫌（支）谶所译者辞质"而重治《楞严经》；《法句经序》②自云："将炎虽善天竺语，未备晓汉，其所传言，或得胡语，或以义出音，近于质直，仆初嫌其辞不雅。"③所译《维摩经》中之赞佛偈辞以及前举第三组偈辞，后世竞相为其制声，如萧子良梦中尚咏古《维摩》一契，僧辨传古《维摩》一契、《瑞应》七言偈一契，最是命家之作。他重译《修行本起经》，也有这方面的原因。

前引偈辞一二，词句朴直，乏音韵，支谦翻译《瑞应本起》时便抛弃了偈的形式，全部改成散句；而佛、魔对话的偈辞，文辞雅丽，讲究韵律，支谦对此是非常满意的，《瑞应本起》基本述而不改，惟将"象马步兵十八亿"改为"象马步兵亿八千"以与前面句子押韵。本组偈辞中，冥惊行明，藏王方，宫铜，贪谈闲千面，形中，备此起，胜证，文军人，韵脚绵密，形式多样，制成梵呗必是韵辞协婉，应该属于连句梵呗。其他两组偈辞，似乎难入支谦法眼。

此外，在《修行本起经》中还有一组对话，虽非偈辞，但基本为四字句，支谦既然可将偈体改成散句，自然可以将这样的对话用作偈赞。其文曰：

（王闻忧惨，召诸群臣，复共议言:）
今供太子，尽世珍奇，而故专志，未曾欢喜④。必如阿夷言乎？
（诸臣答言:）
六万婇女，极世之乐，不以为欢，宜使出游，观于政治⑤，以散

---

① 《修行本起经》，《大正新修大藏经》第3册，第462、465、471页。
② 汤用彤先生考订为支谦作，见《汉魏两晋南北朝佛教史》，上海书店1991年版，第130页。
③ （梁）僧祐：《出三藏记集》，《大正新修大藏经》第55册，第49页。
④ 《大正藏》本作"乐"，校勘记宋、元、明三藏皆作"喜"。
⑤ 《大正藏》本作"治政"，校勘记宋、元、明三藏皆作"政治"。

道意。

《高僧传》云：

> 其后居士支谦，亦传梵呗三契，皆湮没而不存，世有"共议"一章，恐或谦之余则也……①

《修行本起经》中只有上面的对话与这里所说的"共议"一章相当，而且韵脚也非常繁密，所以，这一篇也应该属于连句梵呗。

支本《阿弥陀经》中本无赞偈，按照历来的传统，支谦不应该依此制呗。但既制音又撰文者亦有之，天竺的马鸣、中土的曹植，都是这样的人物，支谦或许也是如此。如果"依《无量寿》"是事实的话，依此经制作的连句梵呗便成了支谦完全的音乐文学创作，其呗辞必然是昙摩迦（法藏比丘）在建立极乐净土之前，与楼夷亘罗佛（世自在王如来）对话的内容。

三 康僧会等人的创制

在梁代真正为时人所肯定的，是康僧会所创制的梵呗。"唯康僧会所造《泥洹梵呗》于今尚传，即敬谒一契，文出双卷《泥洹》，故曰泥洹呗也。"②双卷《泥洹》，即《大般泥洹经》二卷，支谦以吴黄武初至建兴中译出，现已不存。但一卷本《般泥洹经》中同样有"敬谒"一节颂赞：

> 敬谒法王来，心正道力安，最胜号为佛，名显若雪山。譬华净无疑，得喜如近香，方身观无厌，光若露耀明。唯佛智高妙，明盛无瑕尘，愿奉清信戒，自归于三尊。

不晓得此偈是否与双卷本之译文有异，同本异译，想来相去不远。

到了晋代，有帛尸梨密多罗法师，时人呼为高座，与王、谢、周、庾

---

① （梁）慧皎：《高僧传》，《大正新修大藏经》第50册，第415页。
② 同上。

等人并皆友善，授弟子觅历高声梵呗，呗出曹魏白延译《须赖经》。其词曰：

> 行地印文现，无畏威远震。齿齐肩间回，当礼释中神。我赞十力王，檀独欢喜诚。自归佛得福，愿后如世尊。

史载，周𫖮遇害，"密往省其孤，对坐作胡呗三契，梵响凌云，次诵咒数千言，声音高畅，颜容不变，既而挥涕收泪，神气自若。其哀乐废兴，皆此类也"①。那么，高声与梵响凌云指的是否同一种梵呗呢？

其后，东晋月氏国支昙籥也是东晋梵呗高僧，《高僧传》云："所制六言梵呗，传响于今"，"即大慈哀愍一契，于今时有作者"②。《出三藏记集》有《药练（支昙籥）梦感梵音六言呗记》的目录，并注明"呗出超日明经"。《佛说超日明三昧经》为西晋聂成远译，这是卷上的一首偈，共四十句。其中前八句云：

> 大慈哀愍群生，为荫盖盲冥者，开无目使视睹，化未闻以道明。处世界如虚空，犹莲华不着水，心清净超于彼，稽首礼无上尊。

唐释道世《法苑珠林·呗赞篇》录取了此八句，不知是否当日呗辞之全部？但"汉地流行，好为删略，所以处众作呗，多为半偈"③。这种删略行为从何时开始已无从考证，但至少在梁代还不曾如此，到了唐代，"六言梵呗"一般只使用"处世界"一段，见唐智升《集诸经礼忏仪》。六言梵呗被佛门广泛应用，又名《处世偈》、《处世呗》、《处世梵》等，直到现在。

慧皎又云："近有西凉州呗，源出关右，而流于晋阳，今之面如满月是也。""面如满月"之呗词取自后汉竺大力、康孟详译《修行本起经》，其文曰：

---

① （梁）慧皎：《高僧传》，《大正新修大藏经》第50册，第328页。
② 同上书，第415页。
③ （唐）道世：《法苑珠林》，《大正新修大藏经》第53册，第575页。

面如满月色从容，名闻十方德如山，求佛像貌难得比，当稽首斯度世仙。①

从汉代流传，直至今日依然被佛门使用，这应该归功于康孟详的译文，道安法师称"孟详出经奕奕流便，足腾玄趣"②，此言不虚。

凡此诸曲，并制出名师。此时，西域传入的梵呗，应该是佛教音乐的正宗。但是，汉地僧侣制呗，是无法使用天竺和西域的音声的，其音乐必然要以汉地风情为主，梵呗的汉化渐渐地开始了，改变的过程，会出现这样那样的问题，慧皎谓："后人继作，多所讹漏，或时沙弥小儿，互相传授，畴昔成规，殆无遗一。"慧皎从正统佛徒的角度出发，批评了这种行为，沙弥小儿的随便应予批判，但成规殆尽，却非沙弥小儿之过，中国佛教没有可能全盘接受异域乐曲，这是佛教呗赞在中国发展的必然道路。

成规破除的结果是，部分赞佛歌曲开始向使用时下新声转变。此后，名师由最初的西域僧俗逐渐变为汉地僧俗，音乐也由最初的域外风情逐渐变为汉地景象。

---

① 《修行本起经》，《大正新修大藏经》第 3 册，第 471 页。
② （梁）僧祐：《出三藏记集·安玄传》引，《大正新修大藏经》第 55 册，第 96 页。

第二章　晋隋的佛事音乐文学

当日，汉地音乐是何种景象呢？西晋以后，战乱频仍，加以政权南迁、社会动荡等原因，使原来流行的相和歌大多失传，而被新兴的清商乐所更代。

清商乐，简称"清乐"。它是在南方民歌"吴声"、"西曲"的基础上，继承了相和歌的传统发展起来的新乐种。"吴声"是流行于江浙地区的民歌，"西曲"是流行于湖北荆楚地区的民歌，它们形式新颖，曲调婉转，受到人们的广泛注意和喜爱。刘宋王僧虔所说"家竞新哇，人尚谣俗"[①] 的话当可为证。不但世俗之人，就连僧侣也对清商乐情有独钟，甚至精通其道。《古今乐录》载，法云善解音律，梁天监十一年，武帝敕法云改《懊侬歌》为《相思曲》，又改《三洲歌》[②]，此两者均为清商乐。

佛教音乐的汉化便是在这样的背景下发生的。

第一节　转读、梵呗与四声

一　对转读、梵呗的整理

转读是一种音乐性的读经，与一般读经不同。最初是个人供养形式，随着佛事的兴起，转读成了佛事的一部分，《高僧传》中分诵经与经师两部，诵经是一种个人修持，转读则是佛事上的公开活动。当日的佛教界，"寺僧多以转读、唱导为业"[③]，"新近晚习，专志于转读"[④]。当日世俗也

[①] （梁）沈约：《宋书》，中华书局1974年版，第553页。
[②] （宋）郭茂倩：《乐府诗集》卷四十六《懊侬歌》解题引，中华书局1979年版，第667页。
[③] （唐）道宣：《续高僧传》，《大正新修大藏经》第50册，第462页。
[④] （梁）僧祐：《出三藏记集》，《大正新修大藏经》第55册，第90页。

以转读为功德，佛事中必包含此项内容，"陈国斋会有执卷者，若不陈声，斋福不济"①。如同后世佛教徒认为听僧尼宣讲宝卷是修功德一样，佛教徒重视转读的功德，促使僧众对转读的技巧不断进行深化和提高。《高僧传》中，很多转读僧的技艺是非常高超的。

（支昙）籥特禀妙声，善于转读，尝梦天神，授其声法，觉因裁制新声，梵响清靡，四飞却转，反折还喉叠弄②。
（释昙迁）巧于转读，有无穷声韵，梵制新奇，特拔终古。
（释昙智）既有高亮之声，雅好转读，虽依拟前宗而独拔新异。
道朗捉调小缓，法忍好存击切，智欣善能侧调，慧光喜骋飞声。
（释僧辩）少好读经，受业于迁畅二师，初虽祖述其风，晚更措意斟酌，哀婉折衷，独步齐初。
（释法邻）平调牒句，殊有宫商。③

以上的描述虽然缥缈，但我们依然能清楚地感觉到其中的音乐性，引文中之"侧调"、"平调"，本身就是音乐词汇。此外，慧皎谓若要转读得妙，就要"精达经旨，洞晓音律"，如此才能"炳发八音，光扬七善"④，如果说"音律"一词还可能指文字声韵的规律的话，"八音"一词必然指代音乐。又，《乐府杂录·文叙子》谓："长庆中，俗讲僧文叙善吟经，其声婉转，感动里人。"⑤吟经又可称作"唱经"，即转经，其事由都讲负责，"都讲阇梨道德高，音律清泠能宛转，好韵宫商申雅调，高着声音唱将来"，"清凉商调唱将来"⑥，经文以商调唱出来，显见得转经非吟诵。还有，《续高僧传》载："（唐）永徽中，有人无目不知何来，弹琵琶诵《法华》一部，向望人山手弹口诵，以娱此山。"⑦转读甚至可以以乐器伴

---

① （唐）道宣：《续高僧传》，《大正新修大藏经》第50册，第704页。
② 疑有缺文。
③ （梁）慧皎：《高僧传》，《大正新修大藏经》第50册，第413—415页。
④ 同上书，第415页。
⑤ （唐）段安节：《乐府杂录》（与《羯鼓录》、《碧鸡漫志》合集），古典文学出版社1957年版，第40页。
⑥ 潘重规：《敦煌变文集新书》，文津出版社1994年版，第174—177页。
⑦ （唐）道宣：《续高僧传》，《大正新修大藏经》第50册，第603页。

奏呢！所以，对于转读之音乐性，是不能过低估计的。

但是，过犹不及，当转读越来越受到世俗的喜爱，越来越成为僧人的谋生手段时，转读也就变味了。《高僧传·经师·论》云：

> 而顷世学者，裁得首尾余声，便言擅名当世。经文起尽，曾不措怀，或破句以合声，或分文以足韵，岂唯声之不足，亦乃文不成诠。①

合声、足韵之言，意谓为了满足某种格律（合声），将表示完整意义的句子打散（破句）；为了满足韵律协调（足韵），将经文中的某些单字分为多字②（分文）。为了使转读更具有音乐性，很多转读僧不在乎经文之起止，为了合声、足韵，不惜改变经文之停顿，或将一句分成数句，一言分为数言，或改变齐言、杂言之体，经意离析，不成文句。

《四分律》载："（歌咏声）勿与凡世人同……若过差（引者按：过分、失度之意）歌咏声说法，有五过失，何等五？若比丘过差歌咏声说法，便自生贪着爱乐音声……闻者生贪着爱乐其声……闻者令其习学……诸长者闻皆共讥嫌……缘忆音声以乱禅定。"③ 他们的所为正是以过差歌咏声说法，早已经违背了戒律的规定。④ 这种行为背离戒律，世俗不懂，反以为美妙；既然能为僧团带来供养，僧人涉利便行，所以受到僧俗的追捧。以上众僧之求新求异，无论是否符合慧皎的理想标准，都是当日佛教声乐繁荣的最好表现。

转读与梵呗各有各的特征，一般而言，转读声韵无穷，没有固定曲调，而梵呗形制短小，有固定曲调，两者音乐强度有高低之别，将记录和描述两者属性的言辞混淆是不妥的。但梵呗之文辞乃是截取经中之偈赞，

---

① （梁）慧皎：《高僧传》，《大正新修大藏经》第 50 册，第 415 页。
② 与名称被讹传相似，《洛阳伽蓝记》卷四载："出阊阖门城外七里长分桥……今民间讹语号为张夫人桥。"
③ 《四分律》，《大正新修大藏经》第 22 册，第 817 页。
④ 饶宗颐先生在反驳陈寅恪先生的《四声三论》时曾谓"建康僧人未必敢假外道声明以制经呗新声"，见饶宗颐《文心雕龙声律篇与鸠摩罗什通韵》，《梵学集》，上海古籍出版社 1993 年版。此说尚值得商榷。

当转读到此经此赞之际，此处之赞本即以梵呗出之。所以，有时梵呗又包含在转读之中，如果不是两词对举的话，对转读的描述实际上包含了转读与梵呗两部分。从《高僧传》的《经师》篇，我们已经能够清楚地看到梵呗向时下新声的转变，也可以看到当日竞相创制新声的场景。

在佛教声乐繁荣的背景下，在佛事仪轨纷纷创制、没有统一的情况下，产生了一场规模宏大的整理与制作经呗新声的活动，这场活动是由竟陵文宣王萧子良发起的。此事在当时产生了很大的影响，僧俗著述对此均有记录。

> 永明七年二月十九日，司徒竟陵文宣王梦于佛前咏《维摩》一契，因声发而觉。即起至佛堂中，还如梦中法，更咏《古维摩》一契，便觉韵声流好，有工恒日。明旦，即集京师善声沙门龙光普智、新安道兴、多宝慧忍、天保超胜及僧辩等，集第作声。辩传《古维摩》一契，《瑞应》七言偈一契，最是命家之作。（《高僧传·释僧辩传》）

> 齐文宣感梦之后，集诸经师，乃共忍斟酌旧声，诠品新异，制《瑞应》四十二契，忍所得最长妙。（《释慧忍传》）①

> 竟陵萧子良……招致名僧，讲论佛法，造经呗新声，道俗之盛，江左未有也。（《金楼子》）②

按照《金楼子》（后世正史对此事的记载一依此书）的记载，我们并不清楚萧子良等人的具体作为，而从《高僧传》所载，我们可以猜测，他们所作的一部分工作是为旧日之转读（经）与梵呗（呗）制作新的曲调（新声）。其中提及《瑞应》七言偈一契，偈辞正是支谦《赞菩萨》连句梵呗中的"比丘何求坐树下"一契，是将支谦所制曲调换成当日之新声。制《瑞应》四十二契，针对的是曹植所制四十二契之转读，斟酌旧声，诠品新异，显然有所更改，有所保留，更改之部分以新声出之。然

---

① （梁）慧皎：《高僧传》，《大正新修大藏经》第50册，第415页。

② （梁）梁元帝：《金楼子》（与《仲长统论》、《物理论》、《桓子新论》合集），中华书局1985年版，第42页。

则新旧之比例如何呢？据慧皎云：

> （曹植）于是删治《瑞应本起》，以为学者之宗，传声则三千有余，在契则四十有二……逮宋齐之间，有昙迁、僧辩、太傅文宣等，并殷勤嗟咏，曲意音律，撰集异同，斟酌科例，存仿旧法，正可三百余声。①

与传统中国人的思想相同，慧皎也是崇尚古音（旧法）的。到了萧子良整理经呗之时，《瑞应》古音由三千有余只剩下三百余声，其他均是新声了。转读之时，经中之偈颂是以梵呗歌唱的，所以，四十二契中，长行与偈颂的音乐性显然是不同的。

这次活动的成绩是显著的。从转读部分看，当时就有慧满、僧业、僧尚、超朗、僧期、超猷、慧旭、法律、昙慧、僧胤、慧象、法慈等四十余人学习转读新制《瑞应本起经》；从《出三藏记集》所载《齐太宰竟陵文宣王法集录》中可以知晓，萧子良著有《转读法并释滞》一卷，为转读定了新的声法。作为一种佛教日常行事，朝臣对此还有探讨，子良有《示诸朝贵〈释滞〉启答》二卷，为朝臣解疑。从梵呗部分看，整理结束后，萧子良专门将其集为《梵呗》一书，为梵呗定曲调，并作《梵呗序》一卷及《赞〈梵呗〉偈文》一卷②，可见其功德圆满后的得意之情。我们虽然不清楚这次活动涉及了哪些内容，但由僧传可知，至少对《维摩》、古《维摩》、《瑞应》等经典从转读与梵呗两方面进行了创作。

就转读而言，它虽然得到了当日一些转读高僧的关注，也有不少弟子用心传承，但结果却是，子良等人所创作的转读法只能盛行当世，难以流传后代。对此，慧皎称：

> 自兹厥后，声多散落，人人致意，补缀不同，所以师师异法，家家各制。③

---

① （梁）慧皎：《高僧传》，《大正新修大藏经》第50册，第415页。
② （梁）僧祐：《出三藏记集》，《大正新修大藏经》第55册，第86页。
③ （梁）慧皎：《高僧传》，《大正新修大藏经》第50册，第415页。

其时或之后依然有大批以经导为业的僧侣（或者仍然有世俗的参与）进行经呗新声的创制。为什么会"声多散落"呢？我以为，其原因有二：第一，由于佛经转读之际，经文甚钜，难以创制与之相配合的固定的曲调，既然没有固定的调子，转读僧追求的便是"发响含奇，制无定准"①的境界，本身就排斥传承这个问题；第二，《转读法并释滞》，虽不知道到底是怎样的书，但连诸朝贵都看不明白，可见，它实际是少数人才懂的绝学。正因为如此，直到初唐，转读依然能够异彩纷呈。《续高僧传》称：

> 爰始经师为德，本实以声糅文，将使听者神开，因声以从回向。顷世皆捐其旨，郑卫弥流，以哀婉为入神，用腾掷为清举，致使淫音婉娈、娇弄频繁，世重同迷，掞宗为得。故声呗相涉，雅正全乖，纵有删治，而为时废。物希贪附，利涉便行，未晓闻者悟迷，且贵一时倾耳。斯并归宗女众，僧颇嫌之。②

郑卫弥流、淫音、娇弄，均为描述音乐的词汇，佛教徒转经竟然是如此的效果！所谓"声呗相涉"者，说明当日转读与梵呗并无太大区别。由此更可见出，转读绝非后世研究者所想象的抑扬顿挫。

就《梵呗》而言，应该是一种带有声曲折的能够指导佛教徒习唱的本子，绝不可能只是文字的记录，否则便没有任何意义。朱自清先生的日记中有这样一段话，很值得注意：

> 陈（寅恪）谈中国乐谱之最早者，当推日僧空海所录唐人《梵吹谱》，其中平仄声与今迥异，此或系六朝遗声。③

空海所录唐人《梵吹谱》，其中有与今日迥异的平仄标识，萧子良之《转读法》、《梵呗》殆与此同一类型而时代更早（《大正藏》第84册中，

---

① （梁）慧皎：《高僧传》，《大正新修大藏经》第50册，第414页。
② （唐）道宣：《续高僧传》，《大正新修大藏经》第50册，第705页。
③ 《朱自清全集》第9卷，江苏教育出版社1998年版，第216页。

有《鱼山私钞》、《鱼山声明集》、《鱼山目录》等十种，或谱或说，由此亦可猜想萧作之样式）。

道世称："圣开作呗，依经赞偈，取用无妨。然关内关外，吴蜀呗词，各随所好，呗赞多种，但汉梵既殊，音韵不可互用。"① 当日呗词各随所好，从经中取用，呗词结构不同，曲调自然各异，找到时人喜爱的曲调成为当务之急。而今子良等创制梵呗曲调，自然迅速流传，传承久远。从世俗音乐来看，当日之新声属于清商乐系统，一般均认为，当日的佛教梵呗当含有较多的清商乐因素。

二　四声理论与转读无涉

陈寅恪先生1934年发表的《四声三问》，将僧人的转读佛经与汉语四声理论的发明联系在了一起，认为中国的四声"除去本易分别、自为一类之入声……其所以风别其余之声为三者，实依据与摹拟中国当日转读佛经之三声。而中国当日转读佛经之三声又出于印度古时声明论之三声也"②。此种观点曾经被视为佛教文学研究中最经典的案例，后来研究者对四声问题的讨论均是围绕此文而展开的。俞敏《后汉三国梵汉对音谱》一文，称佛律禁止使用外书音声，汉地僧侣既不使用围陀声明，则汉人四声并非"摹拟"和"依据"声明。③ 对此，日人平田昌司《梵赞与四声论》指出，佛教早已不守此禁戒。④ 但饶宗颐在《印度波你尼仙之围陀三声论略——四声外来说平议》中指出，围陀声明论，在天竺早已失传，并未传入汉地，这就彻底否定了汉僧转读与围陀声明的关系。⑤ 后来，普慧在其《南朝佛教与文学》中反对称，围陀诵唱之法曾传入中国⑥，欲行

---

① （唐）道世：《法苑珠林》，《大正新修大藏经》第53册，第575页。
② 陈寅恪：《四声三问》，《金明馆丛稿初编》，生活·读书·新知三联书店2001年版，第367页。
③ 俞敏：《后汉三国梵汉对音谱》，《俞敏语言学论文集》，商务印书馆1999年版，第43—46页。
④ ［日］平田昌司：《梵赞与四声论》，载《第二届国际声韵学学术研讨会论文集》，中山大学中国文学系1992年版。
⑤ 饶宗颐：《印度波你尼仙之围陀三声论略——四声外来说平议》，《梵学集》，上海古籍出版社1993年版，第82页。
⑥ 普慧：《南朝佛教与文学》，中华书局2002年版，第163—175页。

翻案，其实是混淆了概念的传入与实际方法的传入。

对四声问题的探讨，首先要区分开两个概念，即文字音韵上发明四声与文学创作中应用四声的不同。四声之目的发明，当前学界的主流观点是，与佛教的悉昙学有关；但沈约等人所提倡的四声理论，却很难说是受悉昙学的影响。上编已经论述了四声理论与唱导的关系，此处再谈一谈它与转读是否有关。

饶先生证明了汉僧转读与围陀声明无关，但这并不能否定汉僧转读与四声理论产生的关系。欲说明二者之关系，就必须先明了汉僧转读的实质。

慧皎所提出的转读的理想状态是"若能精达经旨，洞晓音律，三位七声，次而无乱，五言四句，契而莫爽"①，并不使用四声概念。"三位"尚无确解，但"七声"非常确定，我国历代称宫、商、角、变徵、徵、羽、变宫为七声，《隋书·乐志》载"（梁武）帝既素善钟律，详悉旧事，遂自制定礼乐……于是被以八音，施以七声，莫不和韵"②，完全是音乐概念。四声之目，至少在南朝宋齐之际即已出现，且备受瞩目，慧皎为梁人，论述转读之时不使用四声而使用七声，表明了转读的音乐性质，否定了转读的朗诵性质。

只要知道古人如何转读，立时可辨转读与四声是否有关。但转读之事在唐代特别是中唐以后，便逐渐消亡了。其原因大约与佛经翻译有关。佛经译文本是六朝口语③，所以，转读佛经对于六朝人而言，是可以理解的。中唐以后，民间的口语发生了很大的转变，吟唱经文已经难以使时人听懂了，在这种情况下，转读元典渐渐地不再流行。

但是，佛教徒却将转读元典之曲调应用在当世所创制的赞礼之文中，马令《南唐书·浮屠传》谓，僧应之"喜音律，尝以赞礼之文，寓诸乐谱，其声稍下，而终归于梵音。赞念协律，自应之始"④。此处之梵音与

---

① （梁）慧皎：《高僧传》，《大正新修大藏经》第50册，第415页。
② （唐）魏征等：《隋书》，中华书局1973年版，第289页。
③ 在鸠摩罗什等人之后，佛经翻译语汇基本定型，所以，即使是唐宋之时的新翻经典，其语言依然是六朝口语。
④ （宋）马令：《南唐书》，《丛书集成初编》，中华书局1985年版，第171页。

前举支昙籥的梵响、释昙迁的梵制显然无甚区别，区别仅在于一者之词为前代之佛经，一者之词为当时之礼文。"赞念协律"，便是将散句或四六骈文以音乐的形式宣白，而"寓诸乐谱，其声稍下"之言，又说明了时下新声对赞念的影响。从后世对赞礼之文的歌唱中，我们是可以体验出前代的转读的。后世佛教音乐中，保存着"梵白"、"快梵白"、"书声白"、"书梵白"、"道腔白"等多种方式，其词皆为赞礼之文。篇幅所限，这里仅以梵白《结界文》为例：

结界文

梵 白

隐 莲 唱
杨荫浏 记

[乐谱]

应　光　　洁。

以上二节，曲调大体相同，只在字数不同的地方，稍稍有一些变化而已。以下3—7节，曲调也都大体相同；从略。但第8节却系另一个曲调；如：

[乐谱]

2.既　彰　此　　用，　　　更　召　　诸

神。　冀　肃　静　　于　坛　　场，

俾　驱　除　于　魔　障。

资料来源：中国音乐研究所编：《湖南音乐普查报告》，湖南人民出版社2011年版。

《结界文》言：

> 经典所在，即如来舍利之身；法道能弘，必大德僧伽之士。‖惟兹一处，具有三尊。天人常起护持，堂宇固应光洁。‖今则将开胜会，永异他时。自非结界以加威，何使修斋之如式。‖恪遵至诰，全策奇勋，妙香熏馥于空中，净水洒清于地上。‖凡曰方隅之所，悉同城垒之坚。虽密籍于真言，实冥资于圆观。‖将见琼林风动，玉殿云披，悬宝盖于层霄，耸华台于广座。‖千幢幡而交拥，众伎乐以旁罗，惟兹净想之所成，是即灵山之未散。‖既彰此用，更召诸神，冀肃静于坛场，俾驱除于魔障。

如杨荫浏先生所记，此篇有八节歌词，两套曲调，前七节每节体式多有不同，曲调却大体一致，二八两节，体式相同，曲调却不相同，《高僧传》中每每称转读之音声变化多端，于此可见一斑。我们有理由相信，此正为转读之遗则。转读法属于歌唱系统，而四声属于诵读系统，性质完

全不同，正如高华平先生所说："以佛教之梵呗转读作为四声理论的源头，亦有将音乐之事与文字声韵之事等同的嫌疑，且不符合史实。"[①] 因此，笔者也认为，四声理论与佛经转读无关。诸家于此问题之所以特多怀疑与己见，最根本的原因正在于不清楚转读之实际。

第二节 南北朝的颂赞

如果梵呗仅仅是使用经中文辞，而配置以不同曲调，是难以担当起音乐文学二字的。在梵呗中，还有更多的由信众创制的唱词。按照传统的说法，佛教的声乐（梵呗），一般分为赞、偈、白、真言（咒）、佛号、鼓钹六种（或前四种）。其中：赞是颂赞崇拜对象（如菩萨）、佛教圣地（如五台、西方等）或宗教道具（如香、花、灯等）等的一种歌曲；其歌词形式，大多是长短句的词体。偈是概括某些宗教教义或宗教事迹的一种歌曲；其歌词形式，大多是九言、七言、六言、五言等诗体，其中尤以七言诗最为常见。

此种以歌词形式为标准的分法，虽为佛教界与学术界遵循，却并不严谨，对于宋元之后的梵呗，在一定程度上是适用的，对于宋前之梵呗，显然不符。对于梵呗，古人的标准是呗辞的来源，道宣在《续高僧传·杂科声德篇》的《论》中谈论了大量与"声德"相关的概念，便作了如此明晰的划分：

> 论曰……今为未悟，试扬攉而论之：爰始经师为德，本实以声糅文，将使听者神开，因声以从回向。颂……道达之任，当今务先，意在写情，疏通玄理。本实开物，事属知机……呗匿之作，沿世相驱，转革旧章，多弘新势。讨核原始，共委渔山……颂赞之设，其流实繁，江淮之境，偏饶此玩，彤饰文绮，糅以声华……[②]

[①] 高华平：《"四声之目"的发明时间及创始人再议》，《文学遗产》2005 年第 5 期，第 20 页。

[②] （唐）道宣：《续高僧传》，《大正新修大藏经》第 50 册，第 705—707 页。

此四段分别论述转经、唱导、呗匿、颂赞。梵呗既是广义的（佛教声乐），又是狭义的。狭义的梵呗，其词使用经中言辞，所以词不变，调却随着时代而变迁，所谓"呗匿之作，沿世相驱，转革旧章，多弘新势"① 是也。赞宁称"所言呗匿者，是梵音，如此方歌讴之调欤"②，更是只谈曲调，根本不谈呗辞。

与此相反，颂赞为个人创作，首先要制作赞辞，赞词一般要雕饰，然后配以悦耳的曲调。其创作如同俗世中汉武帝以李延年为协律都尉，多举司马相如等数十人造为诗赋，作十九章之歌。在僧家，《高僧传·杯度传》载：

张奴乃题槐树而歌曰：蒙蒙大象内，照曜实显彰。何事迷昏子，纵惑自招殃。乐所少人往，苦道若翻囊。不有松柏操，何用拟风霜。闲预紫烟表，长歌出昊苍。澄灵无色外，应见有缘乡。岁曜毗汉后，辰丽辅殷王。伊余非二仙，晦迹于九方。亦见流俗子，触眼致酸伤。略谣观有念，宁曰尽衿章。③

此非佛事赞颂，但能够反映当日佛教歌曲的创作情况。此歌之词、曲是同时创作的吗？当然不是，它必是用已有的曲调演唱的，而张奴对此调可以信手拈来。

佛教音乐中自撰文辞的作品出现在三国时代，曹植制《太子颂》及《睒颂》，支谦制《赞菩萨》连句梵呗。曹植与佛教音乐的关系难以证实，可以阙而不论；支谦虽然使用经中偈赞，但其已经将经文做了一定修改，属于个人创作了。

王小盾称，两晋南北朝时期的"梵呗作品几乎都没有保存下来"④，所以，在现有的资料中，通过细致的爬梳，辑录出一部分当日的梵呗是非常有必要的。

---

① （唐）道宣：《续高僧传》，《大正新修大藏经》第 50 册，第 706 页。
② （宋）赞宁：《宋高僧传》，《大正新修大藏经》第 50 册，第 872 页。
③ （梁）慧皎：《高僧传》，《大正新修大藏经》第 50 册，第 391 页。
④ 王小盾：《经呗新声与永明时期的诗歌变革》，《中国鱼山梵呗文化节论文集》，宗教文化出版社 2007 年版，第 98 页。

在佛事举办之际，佛菩萨圣像之前都要有供养之物，一般供养包括香、花、灯、涂、果、茶、食、宝、珠、衣等。今日仍然流行的《十供养赞》，即是前举十种供养各系一赞，于法事开始时唱之，以启请诸佛。十供同调，但曲调有多种，其中一种为《花里串豆》，如此调之《香赞》云："心然五分，普遍十方，香烟童子悟真常。鼻观妙难量，瑞霭祥光，堪献法中王。"①

当日也有此类偈赞，《艺文类聚》中保存了一些，借此我们能够观察它们的特色：

> 既明远理，亦弘近教。千灯同辉，百枝并曜。飞烟清夜，流光洞照。见形悦景，悟旨测妙。②（《灯赞》）

此赞为晋僧支昙谛所作，文谓灯既代表了深奥的佛理，又在眼前之佛事上起作用，中间两句即描绘灯在夜间佛事上的形态，末后指出，不但要知道灯的照明之用，还要因之悟佛法之旨。此外，陈隋时江总更是一连制作了多种供养物之赞，包括《香赞》、《花赞》、《灯赞》，如其《灯赞》云：

> 宝灯夜开，影遍花台，烟抽细焰，烬落轻灰。珠惭色并，月耻光来，一明暗室，若遣尘埃。③（《灯赞》）

因为是佛教的供养物，所以，赞辞中均巧妙地将其代表的佛理或者具有的功德表达了出来。与上则《灯赞》相较，没有朦胧的理论，刻画鲜明，演唱之际，听者是一听即明的。

法会较大之时还有幡盖等之供养，早在释道安时代即是如此。《高僧传·释道安传》载："每讲会法聚，辄罗列尊像，布置幢幡，珠珮迭晖，烟华乱发，使夫升阶履阁者，莫不肃焉尽敬矣。"④道安法师为创制汉地佛教佛事仪轨，可谓煞费苦心。布置幢幡，不仅将幢幡立于道场，在竖立

---

① 《佛门必备课诵本》，文殊讲堂印，第142页。
② （唐）欧阳询：《艺文类聚》，上海古籍出版社1965年版，第1370页。
③ 同上书，第1301页。
④ （梁）慧皎：《高僧传》，《大正新修大藏经》第50册，第352页。

过程中，还有言辞的庄严修饰，即歌唱《幡赞》：

> 金幡化成，摇荡相明，留无定影，散乃俱轻。光分绀殿，采挂香城，恒知自转，福与之生。
>
> 幡影从风，绮丽玲珑。似虹横汉，如霓拖空。云阴助紫，日彩添红。逶迤凤阙，袅娜龙宫。①

第一首为江总作，第二首是南朝释真观作。

真观法师以其"八能"被当日及后世佛徒所称赞，八能谓义（解经）、导（唱导）、书、诗、辩（口才）、貌、声（梵呗）、棋。在那个僧俗竞制新声的时代，他能成为梵呗高僧，必然也是制呗之人。其诗文作品后来传入日本，部分内容被保存于《圣武天皇宸翰杂集》。真观的二则赞辞，与江总之辞大异，江辞将供养物与佛教紧密结合，此二辞则仅刻画供养物本身，丝毫不涉及佛教，歌词亦很亮丽。

法会之上，除了赞颂供养物，还要请佛菩萨降临道场。真观还有《奉请文》一首，乃五言排律，虽名为文，实则是颂赞，是法会中为了启请观世音菩萨而唱。唐代善导大师将此赞收录《转经行道愿往生净土法事赞》中，与其他颂赞、宣白等组成了一场规模宏大的法事。真观其文曰：

> 奉请观世音，慈悲降道场，敛容空里现，踊力曜威光。腾神振法鼓，奋武怖魔王。手中香色乳，眉际白豪光。风飘七宝树，声韵合宫商。枝中明实相，叶外辩无常。池回八味水，香芬贰慧香。恒餐九定食，渴饮四禅浆，宝盖随身转，莲花逐步祥。翘心无与等，智慧特难量。共破无明室，俱升智慧堂。颠舍阎浮报，一念往西方。

这分明是一则观世音菩萨的像赞，描绘了菩萨的殊胜，给予参与者的感觉是，不但请来了菩萨，而且菩萨如在目前，显得那么真实。

在善导《法事赞》中，此赞每句之下有和声"散花乐"，考《隋书·

---

① 《圣武天皇宸翰杂集》抄录。

乐志》谓:"舞曲有《散花》。"① 《唐会要》云:"礼毕曲者……其曲有《散花乐》等,隋平陈,得之八九部。"② 盖此《奉请文》是以《散花乐》之曲调演唱的。大业中,炀帝定《清乐》、《西凉》、《龟兹》、《天竺》、《康国》、《疏勒》、《安国》、《高丽》、《礼毕》以为九部,其中只有《清乐》、《礼毕》为南朝乐府歌舞音乐,《西凉》等七部乐都是少数民族及外国传入的音乐。《散花乐》本为舞曲,最初用在此处不知是否结合着舞蹈,后世则没有。按此奉请做法后传入日本,日本密教中有"散花偈",行法事时边唱散花词边撒纸花③,虽称不得舞蹈,也是依歌之动作。

《出三藏记集》卷十二《法苑杂缘原始集目录》之《经呗导师集》,其中载有"竟陵文宣撰《梵礼赞》第十六,竟陵文宣制《唱萨愿赞》第十七"④,显见是两套梵呗作品,当收入其《梵呗》中。同卷巴陵王萧昭胄(萧子良之子)《巴陵杂集》之目录,内有《佛牙赞》一种,虽无任何说明,但《高僧传·释法献传》载:"(献)遂于阗而反,获佛牙一枚……献赍牙还京,五十有五载,密自礼事,余无知者,至文宣感梦,方传道俗。"⑤ 文宣感梦就是前文专论的萧子良造经呗新声,为何佛牙到此时方传于道俗?显然是从制作关于佛牙的梵呗而来,而梵呗之辞(不见得仅一首,亦不见得仅一人作)即由巴陵王所制。由此亦可知晓,造经呗新声亦有巴陵王的参与。目录中还有《释迦赞》和《十弟子⑥赞》两种,僧祐称许此两种偈赞"并英华自凝,新声间出"⑦,似乎是说不但赞词为萧昭胄自撰,曲调亦为其自作。此两种梵呗想必也是收于《梵呗》之内的。

萧昭胄之佛赞早佚,当日在佛事上演唱的佛赞到底是什么样的呢?从梁代创制的《慈悲道场忏法》中可以略知一二。

---

① (唐)魏征等:《隋书》,中华书局1973年版,第380页。
② (宋)李昉等:《太平御览》卷568引,《四部丛刊三编》第14册,第90页。
③ [日]砂冈和子:《敦煌散花和声曲辑考》,《社科纵横增刊》1996年版,第23—29页。
④ (梁)僧祐:《出三藏记集》,《大正新修大藏经》第55册,第92页。
⑤ (梁)慧皎:《高僧传》,《大正新修大藏经》第50册,第411页。
⑥ 释迦之十弟子,一、舍利弗,智慧第一;二、目犍连,神通第一;三、摩诃迦叶,头陀第一;四、阿那律,天眼第一;五、须菩提,解空第一;六、富楼那,说法第一;七、迦旃延,论义第一;八、优婆离,持律第一;九、罗睺罗,密行第一;十、阿难陀,多闻第一。
⑦ (梁)僧祐:《出三藏记集》,《大正新修大藏经》第55册,第86页。

《慈悲道场忏法》，亦称《梁皇忏》，古来咸称是梁武帝为超度其夫人郗氏所制，但周叔迦先生早已指出，"这是宋人附会之谈，不可置信"①。根据圣凯法师的研究，此忏法乃真观法师增广而成，但所根据者究是后世文献。本人在《慈悲道场忏法·发菩提心第四》中发现这样一句：

> 慧式不惟凡品，轻标心志，实由渴仰大乘，贪求佛法，依倚诸经，取譬世事，怨亲无差，六道一相。②

显然，慧式乃为此忏法之创制者。《南部新书》称"真观法师慧式"③，释真观已经是法名而非赐号，不知慧式为何称谓？若慧式即真观，则真观确为忏法之作者，若慧式非真观，则慧式才是真正之作者。

此忏法中有两则赞佛呗，一则在第二卷，一则在第六卷，赞文完全是赞美佛祖功德，神圣无比。这是应用于佛事上的赞佛梵呗，此外，还有很多世俗信众创作的佛赞流传了下来。

《广弘明集》载谢灵运与范泰之间互相唱和的佛赞多首，如范泰《佛赞》云：

> 精粗事阻，始末理通。舍事就理，即朗祛蒙。惟此灵觉，因心则崇。四等拯物，六度在躬。明发储寝，孰是化初。夕灭双树，岂还本无。眇眇远神，遥遥安如。愿言来期，免兹沦滑。④

下接谢灵运《答范特进书送佛赞》云："忽见诸赞，叹慰良多，可谓俗外之咏。寻览三复，味玩增怀，辄奉和如别，虽辞不足睹，然意寄尽此。从弟惠连后进，文悟衰宗之美，亦有一首，并以远呈。"这里面的赞颂似乎是脱离了音乐之诗文。当日僧俗创作了大量的经呗新声，但而今呗声已佚，诸般偈赞中，究竟何者为可歌之辞，何者为不歌之诗，实难分辨，王小盾在研究之际也慨叹不能确认这些作品是否用于呗赞。

---

① 周叔迦：《佛教基本知识》，中华书局1991年版，第36页。
② （梁）诸大法师集撰：《慈悲道场忏法》，《大正新修大藏经》第45册，第928页。
③ （宋）钱易：《南部新书》，中华书局1968年版，第75页。
④ （唐）道宣：《广弘明集》，《大正新修大藏经》第52册，第199页。

第二章　晋隋的佛事音乐文学

其实我们根本不需要如此，颂赞既是音乐上的概念，也是文学上的概念，《文心雕龙》谓："赋颂歌赞，则诗立其本"，以诗歌形式保存至今的文献，古时很多是付之于歌唱的；同时，即便是歌词，也不见得必曾付之于歌唱，举二例以明之。其一，汉代《张公神碑》中刻有九首诗歌，碑文云："惟和平元年五月，犁阳营谒者李君，畏敬公灵，悒愊殷勤，作歌九章，达李君□，颂公德芳。其辞曰。"① 原来这九首诗歌在当日是歌词，但刻于石碑之上，是否曾被歌唱过，又值得怀疑。其二，敦煌文献保存有北周卫元嵩《十二因缘六字歌词》，乃是以六言诗的形式说明佛教的十二因缘，序言"以六字歌之"，此套六言诗歌也是歌词，但被抄录之时是否还有人懂得如何演唱，也不得而知。

在研究当日之呗赞时，有一条根本性认识是需要了解的。佛经每要信众赞叹供养，《地藏菩萨本愿经》云："若有善男子、善女人，能对菩萨像前，作诸伎乐，及歌咏赞叹，香华供养，乃至劝于一人多人，如是等辈，现在世中，及未来世，常得百千鬼神日夜卫护，不令恶事辄闻其耳，何况亲受诸横？"② 汉地僧徒也以为赞叹功德甚大，南朝宋释法明云："愚谓贰暗寄奇，鉴观示见，鞠躬歌赞，感动灵变，并趣道之津梁，清升之嘉会。"③《新修科分六学僧传》云："若乃像前赞咏，塔下歌谣，或呗起经筵，或颂流斋会，使物类感之，则此心之虚灵进于善矣。"④ 赞咏，歌谣，呗起，颂流，并列运用，指的均是歌唱佛赞，在南北朝时期，以赞叹作为供养的方式一直是很流行的，"有禅宴林薮，有修德城傍，或曲躬弹指，或歌赞诵咏，皆耳眼之所了，为者亦无量"⑤。

赞叹佛德，就是赞叹佛的相好光明、十力、四无所畏、十八不共、大悲、三念处、三明、六通、八解脱等，所以，从文学的角度看，一切赞佛歌词实际上都可笼统地称为佛的像赞；而从音乐的角度看，一切像赞也都有可能成为赞佛歌词。后世使用的很多佛赞，因为套用了特定的曲牌，我们能够清楚它是歌词；南北朝时期的歌词，与诗歌无异，致使研究者难以

---

① 逯钦立：《先秦汉魏晋南北朝诗》，中华书局1984年版，第326页。
② 《地藏菩萨本愿经》，《大正新修大藏经》第13册，第783页。
③ （梁）僧祐：《弘明集》，《大正新修大藏经》第52册，第71页。
④ （元）昙噩：《新修科分六学僧传》，《卍新纂续藏经》第77册，第232页。
⑤ （梁）僧祐：《弘明集》，《大正新修大藏经》第52册，第70页。

看出它的音乐属性，但事实上它们大多是可以演唱的，正如后来白居易的《六赞偈》（赞佛偈、赞法偈、赞僧偈、赞众生偈、忏悔偈、发愿偈），《八渐偈》（观偈、觉偈、定偈、慧偈、明偈、通偈、济偈、舍偈），全部是四言诗的形式，但一则"跪唱于佛法僧前"，一则"归而升于堂，礼于床，跪而唱，泣而去"①，其实是佛教赞呗。

《广弘明集》中，收录了支道林《释迦文佛像赞并序》、《阿弥陀佛像赞并序》、《诸菩萨赞十一首》，殷晋安《文殊像赞》、《文殊像赞并序》，范泰《佛赞》，谢灵运《佛赞》、《菩萨赞》、《声闻缘觉合赞》、《无量寿颂》等；《艺文类聚》中，又载有沈约之《弥勒赞》、《千佛赞》等。这些流传的两晋南北朝像赞，我们不知道是否被寺院或个人使用过，但不得不说，它们都有成为赞呗的可能。支道林的《阿弥陀佛像赞并序》给了我们这样一个小小的提示，其序言有云："乃因匠人，图立神表，仰瞻高仪，以质所天。咏言不足，遂复系以微颂。"② 匠人图立神表，显然是在寺院的墙壁上图画；歌以咏言，此赞便是在画像圆满之际，付之于僧众歌唱的。

无论是梵呗还是颂赞，在很长一段时间里，并非如今日这般仅以钟、磬、鼓、木鱼、铃、双星、铛、引磬、铰等打击乐器伴奏，而是以管弦为日常之伴奏乐器，这在当日的记载中屡屡提及。慧皎《高僧传》称"设赞于管弦"，并载梁释僧护曾"闻弦管歌赞之声"③；梁元帝称"清梵腾空，杂埙篪以相韵"④；敦煌S·6417号《燃灯文》（引者所拟）称"佛声接晓，梵响与箫管同音。宝铎弦歌，唯谈佛德"。而根据敦煌壁画的资料，汉至南北朝时期，佛教音乐所用的弦乐器有："筝、汉魏阮咸琵琶、龟兹秦汉琵琶、碎叶曲项琵琶、琵琶、竖箜篌、箜篌等"⑤，伴奏乐器的不同，显示着音乐强度的差异，当日的呗赞较之今世，音乐性是要强很多的。

---

① （唐）白居易：《白居易集》，中华书局1979年版，第1502页。
② （唐）道宣：《广弘明集》，《大正新修大藏经》第52册，第196页。
③ （梁）慧皎：《高僧传》，《大正新修大藏经》第50册，第414、412页。
④ （唐）欧阳询：《艺文类聚》，上海古籍出版社1965年版，第1323页。
⑤ 袁静芳：《中国汉传佛教音乐文化》，中央民族大学出版社2003年版，第7页。

第三节 "随变立赞"与变文的起源

变文是唐五代时期的一种说唱文学，内容原为佛经故事，后亦包括历史故事、民间传说等。变文的意义，郑振铎先生在《中国俗文学史》一书中阐发得明明白白，早已得到了普遍的认同，因此，对于变文的研究成了20世纪的热门学问；关于变文的产生，更是讨论了数十年的问题[①]。当下比较流行的看法是，"变文大致源出佛教中的唱导"[②]。其实两者基本无关。唱导究竟为何物，上编已有专论，此不赘言。

本节所论，有如下几点内容，第一，变文与讲经文不同；第二，变文由变赞发展而来；第三，北方变赞逐渐变成变文；第四，非歌唱变文另有起源。

一 变文与讲经文不同

在俗讲法会中，有变文，有俗讲经文，但它们有着显著的差异。其一，俗讲经文的讲唱由法师与都讲合作完成，这与正式讲经一样。在正式讲经中，都讲一般有问难之责，《世说新语》载："支道林、许掾诸人共在会稽王斋头。支为法师，许为都讲。支通一义，四坐莫不厌心。许送一难，众人莫不抃舞。"[③] 清谈盛行时代的都讲很是需要水平的，但后世之都讲却大多缺乏此项素质，对此，宋释赞宁慨叹道，"今之都讲，不闻击

---

① 具有代表性的意见是，胡适认为变文是在转读基础上对经文的通俗性敷衍（胡适：《白话文学史》，《民国丛书》，上海书店1989年版）；郑振铎（郑振铎：《中国俗文学史》，作家出版社1957年版）、周一良《读唐代俗讲考》、孙楷第《读变文》等认为源自佛典翻译；向达《唐代俗讲考》认为变文源于南北朝之唱导，其音乐成分源自南朝清商旧乐中变歌；程毅中《关于变文的几点探索》认为源自中国固有的赋体（以上四人论文收录在周绍良、白化文编《敦煌变文论文集》，上海古籍出版社1982年版）；杨公骥认为源自我国传统的图、传、赞形式（杨公骥：《唐代民歌考释及变文考论》，吉林人民出版社1962年版），伏俊琏意见与此相同且又有引申（伏俊琏：《上古时期的看图讲诵与变文的起源》，《敦煌文学文献丛稿》，中华书局2011年版）。国际汉学界以源自印度看图讲故事一说为主，以美国汉学家梅维恒（Victor H. Mair）为代表（[美] 梅维恒：《绘画与表演》，王邦维、荣新江、钱文忠译，北京燕山出版社2000年版）。

② 《敦煌变文论文录》，上海古籍出版社1982年版，第327页。

③ 刘义庆：《世说新语·文学》，上海古籍出版社1982年影印本，第132页。

问，举唱经文"①而已。俗讲中的都讲也是如此，仅仅有诵、唱经文之责。而变文的演述是由一人完成的，这从唐诗如吉师老《看蜀女转昭君变》、李贺《许公子郑姬歌》中可以见出。

其二，变文的讲唱往往有图画的配合，而俗讲经文的讲唱过程中，是没有图画的。部分研究者以为俗讲经文也利用图画，如陈引驰先生讲："目前已知的有关讲经利用画相的例子极为罕见，主要是 P·2940《闻南山讲》记载讲经时要'张翠幕，列画图，扣洪钟，奏清梵'。"② 这其实是一种误解，这里的画图不是与讲经言辞配合的，而是用来庄严道场的。《高僧传》载，道安法师"每讲会法聚，辄罗列尊像，布置幢幡，珠珮迭晖，烟华乱发。使夫升阶履闼者，莫不肃焉尽敬矣"③，正是此意。此两点体制的不同，足以证明变文的产生与俗讲经文不同，将变文与俗讲经文混淆是不确切的。限于篇幅，对于俗讲经文的相关问题，本书暂不作讨论。

二 变文由变赞发展而来

探究变文的产生，不能不结合变相。变相是一种故事画，20世纪60年代初，杨公骥先生便指出，中国早有故事画，并认为："唐代的'变文'乃是继承着我国传统的'图（故事画）文合解'形式④和'韵散合组'文体⑤发展起来……而这种'图文合解'的形式，乃是中国传统的独特的艺术形式，早在公元前四世纪便已被使用，早在佛教传入中国前，公元前1世纪的学者刘向便使用这形式编写了四大部《图传赞》……变文之所以采用'韵散合组'的样式，乃是由于对我国传统的'图、传、赞'样式的继承。从今天所能看到的全部'变文'看来，'变文'中的散文乃是'图传'，是介绍或叙述图画故事的；'变文'中的诗歌乃是'图赞'，

---

① （宋）赞宁：《大宋僧史略》，《大正新修大藏经》第54册，第240页。
② 陈引驰：《隋唐佛学与中国文学》，百花洲文艺出版社2010年版，第338页。
③ （梁）慧皎：《高僧传》，《大正新修大藏经》第50册，第2059页。
④ 杨文中的一则例证如：(武梁祠石刻壁画) 王陵母伏剑图侧刻赞语为：王陵之母，见获于楚，陵为汉将，与楚相距。母见汉使，曰汉长者，自伏剑死，以免其子。
⑤ 杨文为此列举《烈女传》中"鲁秋洁妇"之文，其结构是"散+韵"形式。

是赞颂或解释画面景象的。"①

就图文合解的形式而言，杨先生的观点无疑是正确的。但就韵散合组的文体而言，却并非如此。传统的图传赞中仅仅是一段散文加上一段韵文的韵散合组形式，与变文的循环往复的韵散合组根本不同。变文的韵散合组，是佛经似的韵散合组②，是完全照搬了佛经的文体形式的。

仅仅探究"图文合解"形式和"韵散合组"文体并不能够指出变文的产生，变文是表演性的说唱曲艺，要探究它的产生问题，就必须要探究以上两方面是如何被应用到表演当中的。

在变文表演中，说的部分可以由转变人自由发挥，可以使用简要的语言介绍，也可以使用繁缛的语言刻画；唱的部分则是相对固定的，它的文字是属于音乐的，必须按照音乐的需要组织文字、演唱文字，有一个字的遗失甚至错误都会严重影响演唱的效果。这可以从敦煌的《降魔变文》中看出。

李永宁、蔡伟堂《"降魔变文"与敦煌壁画中的"牢度叉斗圣变"》一文中比较了S·4257号卷子《降魔变》的榜题与《劳度叉斗圣变》壁画的榜题，发现卷子的榜题壁画中皆有，但壁画中很多榜题是卷子所没有的，从而认为，"该卷应该是一件没有抄完壁画榜题的抄录本"③。此说并不符合事实，因为卷子虽是抄录壁画，所抄录的故事结构和内容却是完整的，这显然是有选择的省略，应该是卷子的抄录者不愿意在讲唱时将内容分得过于琐碎，才会如此。这说明当日讲唱降魔变时，说的部分可以因人而异。

同样是《降魔变文》，P·4524号正面为降魔变之画卷，背面为与之相应的变文的歌赞部分。根据《敦煌变文集》的校勘，它们与甲乙丙（S·4398，罗振玉藏本，P·4615）三卷《降魔变文》的歌唱部分相比，篇幅、结构基本相同，唯文字小有差异。P·4524号文献是演唱变文的道具和唱本，其中只有唱的部分，这说明与变文的散文部分相比，歌唱部分要固定得多。

---

① 杨公骥：《唐代民歌考释及变文考论》，吉林人民出版社1962年版，第344页。
② 其结构是"散+韵+散+韵"形式，变文与此相同。
③ 李永宁、蔡伟堂：《〈降魔变文〉与敦煌壁画中的"牢度叉斗圣变"》，《1983年全国敦煌学术讨论会文集·石窟艺术编·上》，甘肃人民出版社1985年版，第191页。

在明了说唱艺术中总有相对固定的诗体部分和介于诗体之间非固定的散文段落以后①，笔者比较赞同王文才先生的观点："民间'变文'的最初阶段为纯唱词形式。"② 只是，笔者以为变文产生于佛教，最初的变文是通过歌唱针对变相的偈赞而对变相进行演绎的。

《宋书·乐志》云："《六变》诸曲，皆因事制歌。"③ 民间本有因事制歌之风，以歌唱的形式表现当时发生的事件，后来影响到了佛教界。但佛教徒关注的"事"是经中之事，这些事大多以变相的形式图画于寺院的墙壁上。民间因事制歌，佛教徒却是针对变相而创作颂赞。

《广弘明集》中，保存着晋王齐之的一套赞辞，其辞曰：

> 萨陀波伦赞（因画波若台，随变立赞等）
> 密哉达人，功玄曩叶。龙潜九泽，文明未接。运通其会，神疏其辙。感梦魂交，启兹圣哲。
> 萨陀波伦入山求法赞
> 激响穷山，愤发幽诚。流音在耳，欣跃晨征。奉命宵游，百虑同冥。叩心在誓，化乃降灵。
> 萨陀波伦始悟欲供养大师赞
> 归涂将启，灵关再辟。神功难图，待损而益。通道忘形，欢不期适。非伊哲人，孰探玄策。
> 昙无竭菩萨赞
> 亶亶渊匠，道玄数尽。譬彼大壑，百川俱引。涯不俟津，涂无旋轸。三流开源，于焉同泯。
> 诸佛赞（因常啼念佛，为现像灵）
> 妙哉正觉，体神以无。动不际有，静不邻虚。化而非变，象而非摹。映彼真性，镜此群粗。④

---

① 这是世界各国说唱文学均有的特点，参见［美］梅维恒《唐代变文》，杨继东、陈引驰译，中国佛教文化出版有限公司1999年版，第206—209页。
② 任二北：《敦煌曲初探·（王文才）序》，上海文艺联合出版社1954年版，第4页。
③ 《宋书》卷十九《乐一》，中华书局1974年版，第550页。
④ （唐）道宣：《广弘明集》，《大正新修大藏经》第52册，第351—352页。

此套赞辞共五首，所述乃《道行般若经》中萨陀波伦求法的故事，即著名的常啼菩萨舍身求法的故事。根据注文，此乃般若台上所绘《道行般若经变》之赞，一铺变相对应一套赞辞。当日的变相是很多的，以随变立赞的方式创作像赞的也不只王齐之一人。

《广弘明集》中有支道林《文殊师利赞》、《弥勒赞》、《维摩诘赞》、《善思菩萨赞》、《法作菩萨赞》、《首閈（闭）菩萨赞》、《不眴菩萨赞》、《善宿菩萨赞》、《善多菩萨赞》、《首立菩萨赞》、《月光童子赞》，除《善思菩萨赞》、《月光童子赞》外，全部是支谦《佛说维摩诘经》中的人物。[1] 据《历代名画记》卷六载，袁倩有"《维摩诘变》一卷，百有余事"[2]。《维摩经》支谦译为两卷，罗什译为三卷，若将其绘成百有余事之图，必极尽铺叙。支道林为《维摩经》中不重要的人物立赞，依照经文顺序，却未一一赞颂，有违佛教徒追求功德圆满的思想，显然不是单纯创作佛菩萨赞，而是随变立赞。

此事北朝也有。《北史·赵柔传》载："陇西王源贺采佛经幽旨作《祇洹精舍图偈》六卷……颇行于世。"[3] 根据敦煌石窟内的《祇园记图》、《祇洹精舍图》的内容是描画须达布金买地及牢度差斗圣的故事，图不见得为陇西王所画，但其为此故事作了六卷的偈赞，更是随变立赞无疑。从六卷的篇幅看来，赞中所表现的故事是非常繁复的。"颇行于世"之言，盖有两层含义：第一，很多寺院绘有《祇洹精舍图》；第二，偈赞为当日僧俗喜爱，为某些人口头流传，这正与后世敦煌地区流行《降魔变文》的情形一致。

汉地古来并没有有说有唱、韵散结合的曲艺，一般以战国的《成相篇》为说唱音乐的远祖，但它只是韵文唱词而已。杨荫浏先生以为："自汉以来民间流行的叙事歌曲形式和散文与四六文体早已为说唱音乐的形式准备好了条件。有了这样的条件之后，把已有的说唱形式与说话形式放在

---

[1] 其中有《不二人菩萨赞》之名，不是某一个菩萨之赞，其下诸菩萨都是《不二人品》中的菩萨。

[2] （唐）张彦远：《历代名画记》，上海人民美术出版社1964年版，第61页。

[3] （唐）李延寿：《北史》卷三四《赵柔传》，中华书局1974年版，第1269页。

一起，是一件轻而易举的事。"① 王庆菽等亦持此类观点。② 若果真如此，汉晋时期就应该有韵散结合的说唱文学的产生，唐代的说唱艺术也不会使用"变文"这一佛教词汇。说、唱结合的形式绝不是自发形成的，它需要一个将两者结合起来的纽带，这便是佛家的像前供养。

南北朝时期，佛教界即有像前歌赞以作供养的传统，如南朝宋释智一就经常"在像前赞咏流靡"③；同时之释僧饶，所住之寺"有般若台④，饶常绕台梵转，以拟供养"⑤，绕台唱赞，想必就是按照变相的顺序，演唱那些针对变相的赞词。金维诺先生在《敦煌壁画维摩变的发展》一文中指出："袁倩所画维摩变的处理方法必然与顾恺之的洛神赋、列女图等相同，即在长卷上让故事内容逐步展开。这与唐代的以维摩、文殊论辩为中心表现全部经文的维摩变是全然不同的。"⑥ 这种变相的形制与绕台梵转的行为是相应的。这样的传统一直延续到唐代，如《宋高僧传》载：苏州西，去城二十许里有灵岩山寺，西北庑下画沙门形，"远近咸格，有焚香礼叹者"⑦。

最初，擅长赞呗的僧侣（或寺院所属的音声人）负责在这些变相面前礼拜、赞叹，由于技术的高妙，当某僧转读、赞呗之际，"远近惊嗟，悉来观听"，"行路闻者，莫不息驾踟蹰，弹指称佛"⑧，如此，势必会有一些与唱赞者共同礼拜之人。梁荀济称，当日之佛教"设乐以诱愚小，俳优以招远会"⑨，无论是为了弘法还是为了利养，寺院都会慢慢地将此事仪式化。当日佛教徒歌唱的文本已然不得见了，但敦煌唐写本《老子化胡经》所载北魏时代创作的三十七首玄歌大概就是当日道教徒所歌唱的道教变赞⑩，从此也可以体会到佛教变赞的实际。

---

① 杨荫浏：《中国古代音乐史稿》，人民音乐出版社1981年版，第204页。
② 周绍良、白化文编：《敦煌变文论文录》，上海古籍出版社1982年版，第266页。
③ （宋）赞宁：《宋高僧传》，《大正新修大藏经》第50册，第888页。
④ 此般若台非王齐之所指之庐山般若台，但既然同名，显然是依仿庐山般若台而造。
⑤ （梁）慧皎：《高僧传》，《大正新修大藏经》第50册，第413页。
⑥ 金维诺：《敦煌壁画维摩变的发展》，《文物》1959年第2期，第5页。
⑦ （宋）赞宁：《宋高僧传》，《大正新修大藏经》第50册，第824页。
⑧ （梁）慧皎：《高僧传》，《大正新修大藏经》第50册，第413页。
⑨ （唐）道宣：《广弘明集》，《大正新修大藏经》第52册，第130页。
⑩ 逯钦立：《先秦汉魏晋南北朝诗》，中华书局1984年版，第2247—2255页。

歌赞虽然也能表现一定的变相情节，却并不能将变相的情节很好地贯穿起来。一旦有了这些观听之人，便有了解释图像之事。起始的解释非常简单，简单到大概略述一下画像之散句题榜。敦煌壁画中很多变相都是有题榜的，莫高窟西千佛洞第十窟的《祇园记图》，与上面所论《祇洹精舍图》的内容相同，创作于北周时期，是现存的《祇园记图》中最早的一铺，共由十一幅图画组成，每一幅都有一则题榜说明故事的发展。如前四幅（第三幅不可辨认）的题榜云：

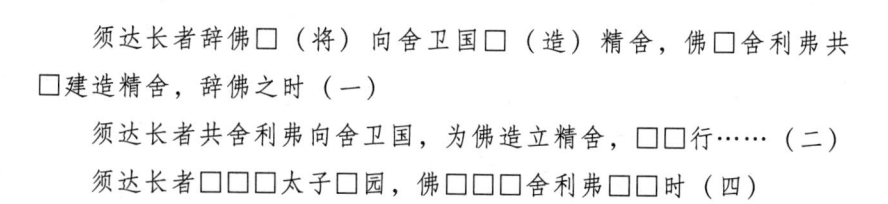

须达长者辞佛□（将）向舍卫国□（造）精舍，佛□舍利弗共□建造精舍，辞佛之时（一）
须达长者共舍利弗向舍卫国，为佛造立精舍，□□行……（二）
须达长者□□□太子□园，佛□□□舍利弗□□时（四）

此时尚完全以歌赞为主，题榜只是辅助，听众一方面存着参与供养的心理，一方面欣赏寺僧所创制的时下新声。在此时期，供养的意义占据主导地位，听众面对的是现成的壁画。我们可以称之为"变赞"时期。

姜伯勤先生言道："程毅中先生早在1961—1963年即已指出：'可是变文的名称到底是什么时候开始的呢？变相或变的名称既然在六朝时就已运用了，很可能变文就是这个时代流行的。'程毅中先生之变文可能流行于六朝说，实在是一种卓见！"① 程、姜二先生没有考虑变文体式的变化过程，所以才会有这样的观点。若将"变文"改作"变赞"，就更加准确了。

三　北方变赞逐渐变成变文

前面列举的《道行般若经变》、《维摩诘变》的歌赞，斟酌佛理，言辞玄远，道宣亦称："颂赞之设，其流实繁，江淮之境，偏饶此玩。彫饰文绮，糅以声华，随卷称扬，任契便构。然其声多艳逸，翳覆文词，听者

---

① 姜伯勤：《变文的南方源头与敦煌的唱导法将》，《敦煌艺术宗教与礼乐文明》，中国社会科学出版社1996年版，第405页。

但闻飞弄，竟迷是何筌目。"① 唐代江淮的颂赞承袭着南朝特有的文风及清谈之气，重点在声华、辞采、玄言，听者只能注意悦耳的音乐，难以听懂歌词的内容。"随卷称扬，任契便构"八字，是当日创制并演唱赞颂的繁盛的写照。

北朝则不然，如陇西王源贺的《祇洹精舍图偈》，内容本身的故事性就很强，六卷篇幅必然又是大加铺叙，道宣对唐代北方偈赞特点的说明与此一脉相承，"关河晋魏，兼而重之，但以言出非文，雅称呈拙，且其声约词丰，易听而开深信"。关河晋魏的颂赞体现着北朝风尚，是比较质实的，而"非文"、"词丰"、"易听"，正是后世叙事类说唱文学的特点；"雅称呈拙"，呈拙乃是表演者用到的谦辞，道宣此语，表明北朝颂赞的演唱是具有一定的表演性的。

渐渐地，与诗歌的发展相应，赞辞句式由四言变为五七言；随着对情节的关注，赞辞篇幅也加大了铺叙的成分。以莫高窟第一四六窟西壁所绘《祇园记变文》之题榜为例，其中舍利弗、须达辞别释迦牟尼，前往斗法时的唱词云：

> 口彩四王来拥护；八部龙天背后从。降魔杵上火光生；智能（慧）刀边起霜雪。甲仗全身尽是金；刀箭浑论纯用铁。雨师下雨湿嚣尘；风神清口口天热。邪法因兹断却相，降此魔鬼终须绝。

这样的赞词与前举南方的《道行般若经变》赞词完全不同，是真正"非文"、"词丰"、"易听"的。根据南北变赞的不同特色，我们有理由相信，南方谈唱玄理以及雕饰文绮的文风限制了变文的发展，变文的最终确立必定发生于北方！②

另一方面，辅助性题榜也从简单地解释、说明变相向宏大、细致地描述、刻画变相转变。以莫高窟第九窟南壁《祇园记变文》之题榜为例，其中描述风、树之斗的文辞如下：

---

① （唐）道宣：《续高僧传》，《大正新修大藏经》第50册，第706页。
② 姜伯勤《变文的南方源头与敦煌的唱导法将》一文，将唱导作为变文的源头，并以为唱导产生于南方，因此变文也产生于南方。

□（第）□（六）对：其树乃根凿黄泉，枝相碧□（落），□□万丈，宝光千寻。蔽日干云，掩□地□，□□□□□，遮日月于行纵。外道踊跃，并言神异；其风出天地之外，满宇宙之中，偃立移山，顷间倒如大鹏退翼，鲸鲵突流。地卷如绵，石同尘碎，纵大树千仞，□（塌）□（拉）须臾，巨木万寻，摧伐倏忽。于是，花飞叶散，根拔枝摧。此树尚不可当，何物更能轹拟……

　　此为唐大顺年间的题榜，与前举北周时期的题榜相比，篇幅实不可同日而语，同时，言辞变得越来越优雅，并逐渐地固定下来，本段所使用的很多词语，都能够在《降魔变文》中找到。

　　随着供养的意义逐渐被表演取代，略带解说的变赞终于发展成说唱紧密结合的变文。此时，听众面对的既可以是寺院的壁画，也可以是携带方便的卷轴，变文的创作不再受变相赞词与榜题的约束，成了真正的音乐文学创作，可以脱离变相而独立存在。

四　非歌唱变文另有起源

　　狭义的变文，正如项楚先生所言：专指那种有说有唱、逐段铺陈的文体[①]，但在《敦煌变文集》中所收录的文本，有些只有散文部分而没有韵文部分，如《舜子变》、《前汉刘家太子传》；有些只有韵文部分而没有散文部分，如《董永变文》（引者所拟）和《捉季布传文》。文本形式的差异，背后蕴含的信息是，它们之间有着不同的来源、不同的用途。

　　那些只有韵文部分而没有散文部分的变文，有的如P·4524号《降魔变文》一般，是省略了散文部分，并非没有散文部分。对此，王文才先生之言可谓谛论："因其本以韵文为主，前附说白可以自由增损，故写卷中亦可只留唱词而省去说白之文，元剧中尚有此例。"[②] 有的因篇幅较短，言辞易明，只需要以歌赞出之，与变赞一致。

　　而那些只有散文部分而没有韵文部分的"变文"，其实并不是前述之变文，它们另有起源。

[①] 项楚：《敦煌变文选注·前言》，巴蜀书社2006年版，第4页。
[②] 任二北：《敦煌曲初探·（王文才）序》，上海文艺联合出版社1954年版，第4页。

佛教之化俗，意义非常宽泛。引导信众唱赞、礼拜是化俗，讲经、说法也是化俗，讲经说法之际，必然时不时穿插一些佛教典故。南朝有梁宝唱的《经律异相》，僧祐的《释迦谱》、《法苑集》等，将佛教故事分类编排，汇集成书。《法苑集》中不但包含佛经中的各种故事（称"××缘记"），甚至佛教在汉地的史实与传说也都有记录。而北齐释道纪更是网罗佛教各类因缘故事，为信众讲说，《续高僧传》谓：

> 撰集名为《金藏论》也，一帙七卷。以类相从，寺塔幡灯之由，经像归戒之本，具罗一化，大启福门。论成之后，与同行七人出邺郊东七里而顿，周匝七里，士女通集，为讲斯论，七日一遍。①

《金藏论》已然失传，但敦煌文献中保存了它的部分内容②，从这些残存部分可以看出，它们与《法苑集》的形式是一样的，直接发展成《敦煌变文集》中所收录的那些不付之于歌唱的"变文"，其实是单纯的故事。

第四节　南朝的佛教乐舞

佛教的音乐可以从两方面理解：一、歌咏法言；二、伎乐供养。前面所讨论的梵呗、歌赞，主其事者为僧尼而非白衣，无论唱词还是曲调自然来得保守；对于伎乐供养，篇首已然做过说明，主其事者为白衣而非僧尼，在伎乐供养的要求下，佛事音乐终于得以跨过戒律的限制，曲调更加世俗化，且可以使用歌舞。

汉地伎乐供养是如何发展的呢？

通过对中国南方早期佛教出土文物"魂瓶"的考察，张弓发现瓶的底层"塑出一排伎乐俑演奏的场面，瓷魂瓶上的一位乐伎，胡跪抚琴，

---

① （唐）道宣：《续高僧传》，《大正新修大藏经》第50册，第701页。
② 它们分别存在于以下文献中：S·4654；P·3426；BD7316（鸟16）；德国藏吐鲁番文书38号；日本兴福寺藏平安朝延喜年间写本（卷6）；京都大学图书馆藏近世抄本（卷1、卷2）；BD3686（为86）；俄藏Дx00977；北大 D156；S·3962；S·779。

形象十分生动",他得出结论,"汉地佛寺出现伎乐供养,不晚于三国时期"。①但笔者通过对文物图片的进一步观察,发觉其中的人物乃是胡人而非汉人,所以这还不能说明以汉族艺术为主体的伎乐供养在三国时期即已出现。

从《洛阳伽蓝记》中,我们发现了大量的关于佛教音乐供养的信息。如卷一:

> 景乐寺,太傅清河文献王怿所立也。……至于大斋,常设女乐,歌声绕梁,舞袖徐转,丝管寥亮,谐妙入神。……后汝南王悦复修之,悦是文献之弟,召诸音乐,逞伎寺内,奇禽怪兽,舞抃殿庭,飞空幻惑,世所未睹,异端奇术,总萃其中。剥驴投井,植枣种瓜,须臾之间皆得食。士女观者,目乱情迷。

景乐寺乃贵族家寺,这些都是贵族家中的伎乐以及社会上流动的艺人。再如卷二:

> 石桥南道有景兴尼寺,亦阉官等所共立也,有金像辇。……像出之日,常诏羽林一百人举此像,丝竹杂伎,皆由旨给。②

此为行像之际的伎乐供养,"由旨给"表明他们的官伎身份。这些音乐以及其他杂技,与景乐寺所设之伎乐、百戏,同为俗乐,可以丝毫没有佛教的因素。

此外,某些大寺院还自备音声,按《广清凉传》:

> 昔有朔州大云寺惠云禅师,德行崇峻,(北周)明帝礼重,诏请为此寺尚座,乐音一部,工技百人,箫笛箜篌,琵琶筝瑟,吹螺振鼓,百戏喧阗,舞袖云飞,歌梁尘起,随时供养,系日穷年。乐比摩利天仙,曲同维卫佛国,往飞金刚窟内,今出灵鹫寺中。所奏声合苦

---

① 张弓:《汉唐佛寺文化史》,中国社会科学出版社1997年版,第855页。
② 范祥雍:《洛阳伽蓝记校注》,上海古籍出版社1958年版,第52、88页。

空，闻者断恶修善，六度圆满，万行精纯。像法已来，唯兹一遇也。①

百多位音声人，虽为皇帝所赐，却与"由旨给"不同，前者为寺中所有，后者为尘世暂借。汤君认为："寺院音声人一般不涉及世俗乐舞活动。"② 她所依据的是针对僧侣的戒律，并不适合寺院音声人这样的俗家信众。百戏喧阗，舞袖云飞，显然包含了世俗内容，而所奏声合苦空，显然唱词为佛教内容，所以笔者以为，寺院音声人的音乐，曲、舞部分当与世俗相当，但歌词当以佛教内容为主，世俗内容为辅。

南北朝时期，正是随着佛教界音声人的出现，汉地的佛教歌舞才有了产生的基础，并随之产生。但是，大概此时的寺院音声人多为世俗赐给，并不兴盛，所以，并没有寺院音声人创作歌舞的记载。现存最早的明确标明为佛事歌舞的是南朝齐君臣共制的法乐，这也是唯一一组保存至今的南朝佛教乐舞歌词。《出三藏记集》卷十二《法苑杂缘原始集目录序·经呗导师集》中有如下三则记载：

《齐文皇帝制法乐梵舞记》第十三
《齐文皇帝制〈法乐〉赞》第十四
《齐文皇帝令舍人王融制〈法乐〉歌词》第十五③

何为法乐？《佛学大辞典》的说法："俗于法事之后有舞乐，谓之法乐。"④ 胡耀先生更进一步解释说：法乐"一般指梵呗之外的佛教歌唱、舞蹈和器乐演奏"⑤。但他们的解释仅仅是针对上述三条记载而设立的，都有些想当然的味道。法乐，乐字或读为 lè，或读为 yuè。读作 lè 时，其意义即以法而自喜乐也。读作 yuè 时，即法事音乐之意。《大宋僧史略》称梵呗为："佛道法乐也，此音韵虽哀不伤，虽乐不淫，折中中和，故为

---

① （宋）延一：《广清凉传》，《大正新修大藏经》第51册，第1107页。
② 汤君：《敦煌燕乐歌舞考略》，《文艺研究》2002年第3期，第97页。
③ （梁）僧祐：《出三藏记集》，《大正新修大藏经》第55册，第92页。
④ 丁福保：《佛学大辞典》，文物出版社1984年版，第709页。
⑤ 胡耀：《佛教与音乐艺术》，天津人民出版社1992年版，第21页。

第二章 晋隋的佛事音乐文学

法乐也。"① 古人并不以法乐与梵呗对称,至于是否舞乐,那要看其是否与舞蹈结合了。

齐文皇帝名萧长懋,南齐文惠太子,未即位而卒。子萧昭业即位,追尊萧长懋为文帝,庙号世宗。王融于永明五年为文惠太子舍人,就字面而论,可知歌词制作于永明五年,但不排除僧祐的记载可能存在官名与创作时间不一致的情况,正如文皇帝乃文惠太子之谥号,但其不会在死后创制乐舞一样。史载长懋与其弟萧子良"同好释氏,甚相友悌。子良敬信尤笃"②。长懋于永明十一年春正月丙子薨,其制法乐梵舞想来当与子良制经呗新声同时。从僧祐的记载可以知道,长懋制作了声曲和舞蹈,王融制作了歌词,同时,长懋为此制作了《法乐赞》,这也同子良制作《梵呗赞》一般。称梵舞者,其舞蹈形式必然是天竺或者西域的。乐、舞、赞均佚失,唯歌词保存于唐道宣《广弘明集》及宋郭茂倩《乐府诗集》中,《广弘明集》作《法乐辞》,《乐府诗集》作《法寿乐》。

《乐府诗集》卷七十八载《舍利弗》、《摩多楼子》、《法寿乐》、《阿那》四曲,《杂曲歌词》题解中称它们"或缘于佛老,或出自夷虏"③,其中前二首源自佛教,由调名即可知晓;第四首为夷虏之乐,阿那即阿那瓌,北地少数民族蠕蠕国主。但宋郑樵《通志·乐略》称以上四曲为《梵竺四曲》,不以《阿那》为番夷之作。明代杨慎根据唐李郢《上元日寄湖杭二从事诗》,认为《阿那》乃"当时曲名","变梵呗为艳歌"④,肯定了其佛教乐曲的属性。但梵呗曲调受时下新声影响巨大,所以,《阿那》更有可能为传入汉地的少数民族曲调。《法寿乐》亦然,郑樵认为乃梵竺之曲,当代研究者对此却有怀疑,囿于有限的资料,同样没有进行深入探讨。⑤

结合着音乐常识及点滴史料,笔者试图对《法寿乐》的音乐属性作些探索。据《高僧传·释法愿传》载,文惠太子在制作法乐梵舞前后,曾为此征询过法愿的意见:

---

① （宋）赞宁：《大宋僧史略》，《大正新修大藏经》第54册，第242页。
② （南朝梁）萧子显：《南齐书》，中华书局1972年版，第698页。
③ （宋）郭茂倩：《乐府诗集》，中华书局1979年版，第885页。
④ （明）杨慎：《升庵集》，《文渊阁四库全书》第1270册，第508页。
⑤ 王小盾：《经呗新声与永明时期的诗歌变革》，《文学遗产》2007年第6期，第97页。

文惠太子尝往寺问讯,愿既不命令坐,文惠作礼而立。乃谓愿曰:"葆吹清铙以为供养,其福云何?"愿曰:"昔菩萨八万伎乐供养佛,尚不如至心,今吹竹管子打死牛皮,此何足道?"①

葆吹清铙即吹竹管子打死牛皮,只有管乐器和击乐器中的鼓,这在当时称为"倚歌"②。只有在清商乐的西曲中,才有倚歌的概念,所以,郑樵的《梵竺四曲》中,不但《阿那》不是梵竺之曲,《法寿乐》也不是梵竺之曲,而是汉地清商乐。

全套乐舞共十二章,每章之后均标记出歌舞之主题,分别是本起(《乐府诗集》作本处)、灵瑞、下生、在宫、四游(《乐府诗集》作田游,误)、出国、得道、双(《乐府诗集》作宝,误)树、贤众、学徒、供具、福应。从其内容看,前八首描述释迦牟尼八相成道的事迹,后四首分别写其弟子、世间佛教徒、世人对释迦牟尼的供奉及佛祖福应——是标准的赞佛礼佛之辞。王小盾先生称:"从用途看,南齐已经以四月八日佛诞为佛教节日了。可见这组以《法寿乐》为名的歌词,应当用于佛诞日的法事集会。"佛诞日表演法乐自属正常,但是否仅于此日表演,本无从知晓,前引《广清凉传》称五台山的乐舞是"随时供养,系日穷年",想来法乐梵舞,虽不至于日日表演,也不会只在佛诞日使用。

乐舞中具有浓郁的故事性,这是和当日的世俗舞乐相符合的。当日之《代面》(或称《兰陵王入阵乐》)、《拨头》(或称《钵头》),另一则描写北齐兰陵王高长恭英勇善战的故事,另一则描写胡人为猛兽所噬,其子求兽杀之,并寻觅父亲尸首的故事,都是在用歌舞音乐表现故事。唐贞观中造武舞《凯安舞》,郊庙祭享时使用。"凡有六变:一变象龙兴参野,二变象克靖关中,三变象东夏宾服,四变象江淮宁谧,五变象狁猃詟伏,六变重定以崇,象兵还振旅。"③ 与前两部作品相比,《法乐梵舞》的故事性更突出,与唐代《凯安舞》所表现的相似。

虽然乐舞具有较突出的故事性,但因为歌词从属于乐舞,而乐舞对故

---

① (梁)慧皎:《高僧传》,《大正新修大藏经》第50册,第417页。
② (宋)郭茂倩:《乐府诗集》49卷《青阳度》解题引《古今乐录》云:"凡倚歌悉用铃鼓,无弦有吹。"中华书局1979年版,第710页。
③ (宋)郭茂倩:《乐府诗集》,中华书局1979年版,第65页。

事性的表达不仅仅通过歌词，所以，歌词本身的故事性并不突出，都是蜻蜓点水般的透露。

以清商乐创佛教乐舞的，不止齐文皇帝君臣，其后不久，梁武帝也进行了相似的创作。《隋书·音乐志上》载：

> （梁武）帝既笃敬佛法，又制《善哉》、《大乐》、《大欢》、《天道》、《仙道》、《神王》、《龙王》、《灭过恶》、《除爱水》、《断苦轮》等十篇，名为正乐，皆述佛法。又有法乐童子伎、童子倚歌梵呗，设无遮大会则为之。①

单就这段记载而言，我们对此十篇正乐，几乎是一无所知。歌词、乐曲没有保存，是否配舞无从知晓，法乐童子与正乐有无关系也事在模棱。

向达先生、任半塘先生以为，此十篇"属鼓吹乐"②，两位先生的根据是此条记载存于《隋书·音乐志》的鼓吹部分，但鼓吹部分所载不完全是鼓吹乐，此则之前载梁武、沈约所造新声《襄阳蹋铜蹄》，便是清商乐。笔者以为，此佛法十曲也是清商乐。

《乐府诗集·清商曲辞》中收录梁武帝《上云乐》七首，一曰《凤台曲》，二曰《桐柏曲》，三曰《方丈曲》，四曰《方诸曲》，五曰《玉龟曲》，六曰《金丹曲》，七曰《金陵曲》，此七首完全是道教歌曲。《隋书·乐志》载："四十四，设……《胡舞》、《登连》、《上云乐》歌舞伎。"③可见《上云乐》是乐舞结合的。很明显，他既创制了道教音乐，又创制了佛教音乐。既然道教音乐是有乐有舞的清商乐，没理由他更重视的佛教音乐不是有乐有舞的清商乐，何况在此之前，齐文皇帝已经创制了法乐梵舞。既然道教音乐是一套《上云乐》，佛教音乐也应该是一套未注名的乐曲。

又倚歌有时与舞曲并用，此时，先倚歌几曲，再配几节舞曲。《古今乐录》载："《孟珠》十曲，二曲倚歌，八曲旧舞十六人，梁八人"；

---

① （唐）魏征等：《隋书》，中华书局1973年版，第305页。
② 任半塘：《唐声诗》，上海古籍出版社1982年版，第452页。
③ （唐）魏征等：《隋书》，中华书局1973年标点本，第303页。

"《翳乐》(三曲),一曲倚歌,二曲旧舞十六人,梁八人"。① 由此,笔者以为法乐童子与佛法十曲是一件事,在无遮大会上,由法乐童子倚歌梵呗,然后再配以歌舞,舞曲即上述十曲。

梁武帝不但创制清商乐的佛曲,还将佛教伎乐用于世俗集会。《隋书·乐志》载:

> 三朝（设乐），第一奏相和五引；第二众官入，奏俊雅；……二十七设须弥山、黄山、三峡等伎；……三十五设金轮幢伎；……四十一设辟邪伎；四十二设青紫鹿伎；四十三设白武（鹿）伎，作讫，将白鹿来迎下；四十四设寺子导、安息、孔雀、凤凰、文鹿、胡舞、登连、上云乐歌舞伎；……

三朝,即正月初一日,此日皇帝、太子、朝臣等聚于一处,宫中设乐,其中之辟邪伎、青紫鹿伎、白武（鹿）伎、《上云乐》均属道教伎乐,须弥山伎,金轮幢伎,均属佛教伎乐,唯不清楚这些"伎"到底是怎样的表演形式。

---

① （宋）郭茂倩:《乐府诗集》卷49《孟珠》题解引,中华书局1979年版,第714页。

第三章　隋唐的佛事音乐文学

隋唐以前的佛事音乐，囿于有限的资料，可论者是有限的。唐代的佛事音乐文献，较之以前要多得多，特别是敦煌的佛事音乐文献的发现，给我们提供了详细了解当日佛事音乐的机会。

梵呗传入汉地，逐渐将西域音乐汉化，向当日的时下新声学习，首先吸收了南朝的清商乐[①]，经过披沙拣金，一些适用的颂赞得到了长久的流传。道宣论述先唐之呗赞，称：

> 地分郑魏，声亦参差，然其大途，不爽常习。江表关中，巨细天隔，岂非吴越志扬，俗好浮绮，致使音颂所尚，惟以纤婉为工；秦壤雍冀，音词雄远，至于咏歌所被，皆用深高为胜。[②]

大途不爽常习，正是梵呗传承稳定的意思；一套梵呗流传各地，产生了种种差别，但并不在曲调上，而是在声腔上。由于传承的稳定性，出现在唐代文献中的梵呗，并不见得产生于唐代，很可能已经传承了几百年呢。

随着佛事的发展，需要不断创作新的呗赞，这时新创制的呗赞，依然向当日的新声学习，继续受到世俗音乐的影响。供养佛乐与世俗音乐更是紧密结合，因人因时而异，没有固定的传承，随着俗乐的变化而不断变化着。当日的俗乐，既有南朝的清乐，同时，随着少数民族音乐更汹涌的传入，产生了更有特色的燕乐。

---

① 北朝呗赞的资料绝无仅有，不论。
② （唐）道宣：《续高僧传》，《大正新修大藏经》第50册，第706页。

佛教音乐的俗化趋势较南朝时期更加强烈，其原因在于佛事音乐中俗家信众的积极参与。道宣在《杂科声德篇·论》的颂赞部分谓：

> 京輦会坐，有声闻法事者，多以俗人为之。通问所从，无由委者，昌然行事，谓有常宗。并盛德之昔流，未可排斥。①

法事上的音乐，本由僧侣主其事，而今多由俗人充当，且为当世所认可。古今不同，古时俗人预僧事并不少见，依梁简文帝《八关斋制序》，当日法会上有"白黑维那，更相纠察"②，白维那即俗维那，黑维那即僧维那。为了迎合信众的喜好，新制的佛教音乐自然更要世俗化。

此种世俗化，用徐湘霖先生的话说，是"偈赞的谣歌化和曲子化，梵音的歌调化"③。

第一节　呗赞俗化之一——以净土科仪为中心

前文已然提及唐代善导大师（莲宗三祖）在《转经行道愿往生净土法事赞》中使用世俗音乐《散花乐》之事，本节就此科仪的相关内容作些说明。此科仪分上下两卷，步骤如下：

（上卷）第一，召请佛法僧。由召请人唱请辞，和赞者唱和。其召请佛、法之唱词云：

> 般舟三昧乐（愿往生），三涂永绝愿无名（无量乐）。
> 三界火宅难居止（愿往生），乘佛愿力往西方（无量乐）。
> ……

每段均以般舟三昧乐开头，其曲调可称为《般舟三昧乐》。其召请僧之唱词云：

---

① （唐）道宣：《续高僧传》，《大正新修大藏经》第 50 册，第 706 页。
② （唐）道宣：《广弘明集》，《大正新修大藏经》第 52 册，第 324 页。
③ 徐湘霖：《敦煌偈赞文学的歌词特征及其流变》，《四川师范大学学报》（社会科学版）1994 年第 4 期，第 47 页。

> 众等齐心请高座（往生乐），憨怼智影说尊经（往生乐）。
> 难思议（往生乐），双树林下（往生乐），难思（往生乐）。
> ……

每段均有难思议等语，其曲调可称为《难思议》。然后再由召请人表白。

第二，唱赞。召请人每召请一次，和赞者唱赞，其后召请人亦唱赞，两者赞辞不同，但均与所召请之圣贤相对应。赞辞均以"愿往生，愿往生"开头，以"手执香华常供养"结束，赞辞大概不是一般的诵读，而应该是吟唱。如召请文殊普贤等菩萨之赞词云：

> 愿往生，愿往生，普贤文殊弘誓愿，十方佛子皆亦然。一念分身遍六道，随机化度断因缘。愿我生生得亲近，围绕听法悟真门。永拔无明生死业，誓作弥陀净土人。众等各各齐身心，手执香华常供养。①

唯独召请观世音菩萨，不吟唱此类赞文，而是使用真观的《奉请文》，曲调为《散花乐》。

第三，行道；第四，散花；第五，忏悔；第六，发愿，均是表白与唱赞轮流进行，赞辞与前面"愿往生"同一类型。其间夹杂着礼拜等事。

（下卷）第一，分段读《佛说阿弥陀经》（未知是朗读还是唱诵），每段结束仍然吟唱"愿往生"赞文，赞辞针对所读之经文内容而作。

第二，忏悔，礼拜。后再以吟唱"愿往生"赞文进行忏悔。第三，行道；第四，散花，以《般舟三昧乐》之调唱赞辞；第五，叹佛；第六，发愿；第七，取散。

此法事中，除使用了世俗音乐中的《散花乐》之外，主要有两种曲调：一种为《般舟三昧乐》，一种为《难思议》，这两种曲调属于佛教特有。《般舟三昧乐》之句式为五七七七，有三十五种不同赞辞；《难思议》之句式为七七三四二，有九种不同赞辞。

---

① （唐）善导：《转经行道愿往生净土法事赞》，《大正新修大藏经》第47册，第426页。

在《敦煌曲初探》中,《散花乐》作为佛曲四调之一,任先生已然做了详细考订,此处不论。《难思议》之体式单纯,也无须论述。此处仅简略说明《般舟三昧乐》。

《般舟三昧乐》四句,首句即"般舟三昧乐",后三句为七言。一、三句和声为"愿往生",二、四句和声为"无量乐"。善导《依观经等明般舟三昧行道往生赞》中,保存着大量的《般舟三昧乐》歌词,但其保存形式却容易令人产生误解。它是这样保存的:

> 般舟三昧乐(愿往生),三界六道苦难停(无量乐)。
> 旷劫已来常没没(愿往生),到处唯闻生死声(无量乐)。
> 释迦如来真报土(愿往生),清净庄严无胜是(无量乐)。
> 为度娑婆分化入(愿往生),八相成佛度众生(无量乐)。
> 或说人天二乘法(愿往生),或说菩萨涅槃因(无量乐)。
> ……①

这样的文字记录形式容易使人认为这是另一种《般舟三昧乐》,实则不然。它的意思是,"般舟三昧乐(愿往生),三界六道苦难停(无量乐)"是固定的前两句,以下每两句都是作为此赞的三四句,比照其后法照《净土五会念佛诵经观行仪》及《净土五会念佛略法事仪赞》中《般舟三昧乐》的赞词,我们就能够明白这一点:(此处省略和声)

净土五会念佛诵经观行仪	净土五会念佛略法事仪赞
般舟三昧乐,专心念佛见弥陀。 普劝回心生净土,回心念佛即同生。	般舟三昧乐,专心念佛见弥陀, 普劝回心生净土,回向念佛即同生。
旷劫已来流浪久,随缘六道受轮回。	般舟三昧乐,专心念佛见弥陀, 旷劫已来流浪久,随缘六道受轮回。
……	……

---

① (唐)善导:《依观经等明般舟三昧行道往生赞》,《大正新修大藏经》第47册,第448—456页。

我们虽然找不到《般舟三昧乐》、《难思议》与俗乐关系的记载，但通过它们的句式，我们也能够感觉到它们受到隋唐燕乐的影响。

其后的净土宗宗师们进一步将佛教颂赞俗化，通过对《净土五会念佛略法事仪赞》的研究，我们可以很清晰地看到这一点。

《净土五会念佛略法事仪赞》，一卷，唐法照（莲宗四祖）撰，收录在《大正新修大藏经》第47册。该书内容系五会念佛法式的略示。卷首序文叙述此书撰述之缘由，文中记述五会念佛的作法及其利益、所依等，又列举可与五会念佛唱和的三十七种赞文。① 法照另有《净土五会念佛诵经观行仪》一书，内容与此书相同，而叙述较广，故被视为该书之广本。唯广本自古以来即罕为教界所用，敦煌出土了相关文献后，才兴起了对广本的研究。

此仪法之施行，至迟在南宋时就已亡佚，依法藏 P·3216 号文献沙门法照集《念佛赞一卷》卷首仪轨云："若欲修道念佛者，先须烧香，面西而礼。次作《散华》，请佛来入道场。然（后）念阿弥陀佛，并唱诸赞。"显然，这些赞文是供教徒演唱的。又依《净土五会念佛略法事仪赞》之序言，"若道若俗，多即六七人，少即三五人，拣取好声解者，总须威仪齐整，端坐合掌，专心观佛，齐声齐和"，"众诠一人为座主，稽请、庄严、经赞法事，须知次第。一人副座，知香火、打磬，同声唱赞"，② 可知法事举办之际，由座主、副座领衔唱赞，其他人和赞。

在这三十七种赞文中，有些有和声，有些没有和声；有七言，有五言，还有杂言。其中的大部分，我们均不知道所使用的曲调，但透过一番钩考，我们仍能发现隐藏着的信息。《极乐庄严赞》末尾有云：

藏钩乐，藏钩乐，藏钩本意解人愁，得往藏钩乐，得往藏钩乐。

---

① 即：宝鸟赞、维摩赞、相好赞、五会赞、净土乐赞、离六根赞、正法乐赞、西方乐赞、般舟三昧赞、菩萨子赞文、鹿儿赞文、请观世音赞文、道场乐赞文、往生乐愿文、小般舟三昧乐赞文、相观赞文、出家乐赞文、愿往生赞文、般若赞文、小道场乐赞文、大乐赞文、叹阿弥陀佛赞文、叹观世音菩萨、叹大势至菩萨、叹大圣文殊师利菩萨、观经十六观赞、阿弥陀经赞文、新无量寿经赞、新阿弥陀经赞、叹散华供养赞、叹西方净土五会妙音赞、极乐五会赞、叹五会妙音赞、极乐庄严赞、父母恩重赞文、新华台赞文、述观经九品往生赞文。

② （唐）法照：《净土五会念佛略法事仪赞》，《大正新修大藏经》第47册，第475页。

阿难迦叶共平章，文殊菩萨对商量，声闻缘觉两行坐，如来与汝作用头。

金刚无碍取为筹，无价宝珠将作钩，持戒将为打钩杖，得见佛性即捻筹。

藏钩心意莫游戏，只恐六贼竞来偷，强者直取波罗蜜，弱者勤修重更修。

黄昏一座至三更，贪筹不定共于事，弱者都缘心未志，强家不动证无生。

世尊唤出阿难来，高举光明蜡烛台，为言佛性等闲得，临临入手被他将。

大众努力觉无上，无价宝珠心里行，念念佛身如急箭，如来平等度众生。①

藏钩为一种游戏，上编已明。周处《风土纪》云："腊日祭后，叟姁各随其侪，为藏钩之戏。分为二曹，以较胜负，得一筹者为胜，其负者起拜谢胜者。"② 梅尧臣《和腊前》云："土人熏肉经春美，宫女藏钩旧戏存。"藏钩是古时流行了很久的游戏，在腊日前后进行。据《隋书·乐志》载："炀帝……大制艳篇，辞极淫绮……令乐正白明达造新声，创《万岁乐》、《藏钩乐》、《七夕相逢乐》、《投壶乐》、《舞席同心髻》、《玉女行觞》、《神仙留客》、《掷砖续命》、《斗鸡子》、《斗百草》、《泛舟》、《还旧宫》、《长乐花》及《十二时》等曲，掩抑摧藏，哀音断绝，帝悦之无已。"③ 这些曲调多因风俗而制，如藏钩、投壶、掷砖续命、斗鸡子、斗百草等均为古时习俗，盖这些习俗进行时，是有音乐伴随的。隋炀帝令白明达改旧曲，造新声，无非要在这些活动举行时使用。郑樵《通志》将白明达之新声收录于"龟兹二十曲"之下，表明了这些新声的属性。

虽然仪法中对此没有任何说明，但显然这段文字使用了《藏钩乐》的曲调。此篇首句似乎是和声，唱词的主体为七言，换了几次韵。歌词内

---

① （唐）法照：《净土五会念佛略法事仪赞》，《大正新修大藏经》第47册，第489页。
② （梁）宗懔：《荆楚岁时记》引，岳麓书社1985年版，第56页。
③ （唐）魏征等：《隋书》，中华书局1973年版，第379页。

容从藏钩游戏入手，将佛教圣贤引入游戏中，将佛理寓于其中表现，这正是佛教运用世俗音乐的手段之一。

上编已然论及，佛教斋会上本就有藏钩之事，大约五会念佛法事中也有此事，而《藏钩乐》就在此前后演唱。

任二北先生谈及敦煌卷子中的佛曲歌词，不无感慨地称："顾卷中所载，皆有辞无声，宫调调名等皆不具……既无确切调名，则或咒，或偈，或吟，或赞，混杂不清，难于一概认为乐曲歌词。"① 所以，在《敦煌歌词总编》中，仅对其中的《出家乐》、《归去来》二曲作了说明，并指出虽然没有使用世俗中特定的曲调，但其燕乐属性，是确定无疑的，详见任书。今人面对《净土五会念佛略法事仪赞》，也有如此感觉，许多研究者不了解赞文被歌唱的事实，而又有感于其中强烈的音乐性，从而混淆了诵与和，认为"念诵赞文使用五会声音"②，这其实是一种误解。

广本卷下（P·2250号）篇首云："此下一卷赞，从第八《赞佛得益门》分出，众等尽须用第三会念佛和之。"座主、副座唱赞，众人以五会之声念佛和之，说得很明确。《藏钩乐》乃乐曲，若以五会之声出之，便不可想象了。

五会之不同，只在于念佛之不同③，与赞文并无干系。略本在说明五会之意后，称"五会念佛竟，即诵宝鸟诸杂赞"，"诵"为何意？任二北先生谓"'诵'仍是唱"④，如此论断似乎难以取得同情，略本序中称"其诸（赞）依次诵之，《散华乐》为首"。《散华乐》是俗世曲调为佛教利用者，诵《散华乐》即演唱《散华乐》之意。敦煌广本中又有"诵此赞竟，即诵琮法师礼赞，发愿即散，平诵亦得"之语，平诵者，即诵读之意，与此对应的是曲折之诵，亦是唱。

当日道场中有专门的音声人，唱赞的座主、副座本就可以以这些人充当。据日僧圆仁《入唐求法巡礼行记》卷二载：

---

① 任二北：《敦煌曲初探》，上海文艺联合出版社1954年版，第71页。
② 张先堂：《敦煌本唐代净土五会赞文与佛教文学》，《敦煌研究》1996年第4期，第69页。
③ 第一会平声缓念南无阿弥陀佛，第二会平上声缓念南无阿弥陀佛，第三会非缓非急念南无阿弥陀佛，第四会渐急念南无阿弥陀佛，第五会四字转急念阿弥陀佛。
④ 任二北：《敦煌曲初探》，上海文艺联合出版社1954年版，第80页。

（五月）七日，（五台山竹林寺）阁院有施主设七日僧斋。斋时法用，略同昨日。但行香时，道场供养音声，表叹师不唱"一切恭敬"等，但立表叹。①

以《净土五会念佛略法事仪赞》与此对照，我们才清楚，法事仪中的表叹语（不仅有"一切恭敬"，还有其他）由表叹师宣白，而其中的三十七种赞辞，均由道场供养的音声人演唱。

在整个《净土五会念佛略法事仪赞》中，除了《散花乐》、《藏钩乐》外，其他赞辞均无法从文献中找到调名。但很多赞词是吸收了世俗的音乐曲调而创制的，是毫无疑问的。如法事仪中的《相观赞文》。

《相观赞文》为十二首联章形式，均为三五五五五五句式，首尾两句分别以"希现"、"彩怜"为和声。此套联章的特色是以百岁篇的形式进行创作，内容分别是：处胎，婴孩，儿童，少年，青年，壮年，老年，耄耋，初亡，腐烂，白骨，总慨。首句均为"优昙花（希现），大众用心听（彩怜）"，以描写壮年、老年二则为例：

> 优昙花（希现），大众用心听（彩怜）。对坐看明月，独坐度清风，手把相如钏（希现），不畏死生弓（彩怜）。
> 优昙花（希现），大众用心听（彩怜）。拔剑平四海，横戈敌万夫，一朝床枕上（希现），起坐听人扶（彩怜）。②

《相观赞文》的题名，仅就词中内容而言，不能体现曲调的任何信息，并非这些赞不能唱，而是自古以来，佛教颂赞即有以内容为名、不标注调名的传统，如吾师天中天两行偈，云何得长寿两行偈，如来妙色身两行偈，处世界如虚空两行偈以及前面论述的《极乐庄严赞》等，均是如此。比较唐五代词中的《采莲子》，我们便能够感受到此篇赞文所蕴含的音乐信息。

---

① ［日］圆仁：《入唐求法巡礼行记》，上海古籍出版社1986年版，第107页。
② （唐）法照：《净土五会念佛略法事仪赞》，《大正新修大藏经》第47册，第483页。

菡萏香连十顷陂（举棹），小姑贪戏采莲迟（年少）。晚来弄水船头湿（举棹），更脱红裙里鸭儿（年少）。①

通过比较我们可以肯定地说，《相观赞文》同样是套用或者是借鉴世俗音乐而创制的。虽然贯穿了佛教的生死观，但言辞是通于世俗的，是引人视听的。敦煌《百岁篇》的内容与此类似，但属于吟唱性质，音乐性是远远不如此套作品的。

净土法事仪中所使用的世俗音乐远多于这里所谈及的几则，囿于有限的资料，只能谈这么多。

张先堂先生将有关净土五会念佛仪轨和赞文的敦煌写本作了统计整理②，从中可以看出，各地的五会念佛仪轨，使用的赞歌形式是非常丰富的。当原始的五会念佛仪轨创制之后，不同地区甚至不同寺院的净土宗僧侣，在此基础上进行一定程度的改变，是可以理解的。

法照稍后，莲宗五祖少康，于乌龙山建净土道场，筑坛三级，聚人午夜行道，赞宁称："唱赞二十四契，称扬净邦。"其二十四契偈赞，"皆附会郑卫之声，变体而作，非哀非乐，不怨不怒，得处中曲韵"③。

虽然没有此二十四契偈赞的资料流传，但少康作为善导、法照的继承人（人称后善导），必然与善导、法照赞文相似，而且更倾向于世俗化；反过来，通过对少康二十四赞的介绍，我们也能够反推，善导、法照在行仪中使用世俗曲调之实。

对于少康这种使用俗乐创制佛赞的行为，赞宁是持赞许态度的，这种赞叹对当日净宗的法事仪同样适用，其言曰：

譬犹善医，以饧蜜涂逆口之药，诱婴儿之入口耳。苟非大权入假，何能运此方便度无极者乎？④

---

① 张璋、黄畲：《全唐五代词》，上海古籍出版社1986年版，第181页。
② 张先堂：《晚唐至宋初净土五会念佛法门在敦煌的流传》，《敦煌研究》1998年第1期，第50—54页。
③ （宋）赞宁：《宋高僧传》，《大正新修大藏经》第50册，第867页。
④ 同上。

第二节　呗赞俗化之二——唐代的法曲子

一　法曲子释名

在唐代中期以后，真正能够担负得起郑卫之声这个称谓的，是新兴的曲子。少康的二十四契偈赞，皆附会郑卫之声，变体而作，很有可能指的就是使用曲子的形式。北宋天禧间僧人道诚《释氏要览》载：

> 歌　若今唱曲子之类也。律云：有五过，一使自心贪，二令他起着，三独处多起觉观，四常为贪欲覆心，五令诸年少闻常起爱欲反道故。
>
> 法曲子　《毗奈耶》云：王舍城南方有乐人名腊婆，取菩萨八相，缉为歌曲，令敬信者闻，生欢喜心。今京师僧念《梁州》、《八相》、《太常引》、《三归依》、《柳含烟》①等，号"唐赞"。又南方禅人作《渔父》、《拨棹子》，唱道之词，皆此遗风也。②

佛教戒律对于世俗歌曲是持排斥态度的，但作为一个时代的流行音乐，曲子感人至深的艺术魅力又是佛教徒由衷向往的。佛教音乐本就有向时下新声靠拢的传统，南北朝时期，已然出现了"法乐"、"正乐"概念，但主要针对世俗的供养音乐；至唐时，僧侣们也不再偷偷摸摸地吸收世俗新声，而是光明正大地将口中的呗赞命名为"法曲子"。当然，这是宋代人的称法，曲子在唐代还无法达到在宋代的艺术地位，所以，在唐代，虽有法曲子之实，不见得有法曲子之名。

宋人又称唐代的法曲子为"唐赞"，在宋代京师广为流传的唐代法曲子有《梁州》、《八相》、《太常引》、《三归依》、《柳含烟》等，与前面所论及的其他时下新声不同，这些赞呗都是按照特定的词牌而创作的。

此处的"念"是否意味着京师僧的"唐赞"是说出来的，而非唱出来的呢？如同前面对于"诵"的理解一样，念也是唱。宋沈括《梦溪笔

---

① 此处标点，众研究者意见不一，所以如此标点，详见下文。
② （宋）道诚：《释氏要览》，《大正新修大藏经》第54册，第280、305页。

谈·乐律一》云："善歌者谓之'内里声',不善歌者,声无抑扬,谓之'念曲'。"① 与当时清歌皓齿的歌妓相比,一般和尚家实在不能算是善歌者。

道诚将法曲子分为两个类别,一个是京师僧的"唐赞",一个是南方禅子的"唱道之词",将"赞"与"唱道"对立起来讲,一者为应用性的大众赞唱,一者为表现自我体悟的独吟。单从文句已经可以看出,道诚所论的法曲子,主体指的是"唐赞","又"字之后的"唱道之词",乃是补充说明法曲子的。之所以如此论断,还有两条理由,可资说明。其一,二者境界不同,《释氏要览》的创作,按道诚自己的说法,乃"恤创入法门者,皆所未知,苟或玩此典,言藏诸灵府,则终身免窃服之消矣",即面向的对象是刚入门的佛子,内容均为"出家人须知之事"②,统观全书,基本是关于佛教的基本知识及寺院日常活动的介绍,赞呗是当日所有僧人都必须会唱的也是人人习常的佛事歌曲。"唱道之词"却是僧群中的少数优秀人物创作的有思想、有文采的文学作品(现存南方释子的唱道之词几乎都是高僧所作的彻悟语),这并非是初入空门的佛子所能企及的。只是因为话题至此,顺带说明而已。其二,二者作用不同,道诚提到,两者皆是腊婆制曲的遗风,事实上,此典故用在"唐赞"上很适合,用在"唱道之词"上已显牵强。依《根本说一切有部毗奈耶》的记载,为获得两位龙王的谅解,影胜王创立了两座神堂,规定每年二时,于此地盛兴大会。至节会日,六大城所有人,皆来集会,南方乐人(高)腊婆为得财利故,取佛事迹,修入弦歌,在此时此地演唱,令信敬人,情发欢喜。③ 可见,腊婆制作歌曲的应用性很强,所作歌曲属于道场歌赞性质。"唐赞"就是应用性的道场歌赞,而"唱道之词"纯粹是个人悟道的文学表现,并非是应用性的歌曲,它们是佛教文学的主体,却是法曲子的旁支。

所谓"唱道之词",饶宗颐先生与周裕锴先生及其他研究者均有论述。特别是周裕锴先生,论述得很详细,因此,此处只就周先生的文章略

---

① (宋)沈括:《梦溪笔谈》,岳麓书社2002年版,第33页。
② (宋)道诚:《释氏要览》,《大正新修大藏经》第54册,第257页。
③ 《根本说一切有部毗奈耶》,《大正新修大藏经》第23册,第844页。

述一二。周先生在论述道诚提及的《渔父》词特指《渔家傲》时，认为南方禅师所作的"渔父"词主要倾向于"表现自己个体的'禅悦之乐'的，如乐道类的词，'放旷自若者，借以畅情乐道，而讴于水云影里，真解脱游戏耳'"；同时，还有一种《渔父》词是"向他人布道的，如喻理类中的'赞净土'的词，赞颂西方净土之美好，劝众生修行向善"，"这两种功能往往结合在一起，在表现自己的'禅悦之乐'时，也向大众宣扬了佛法……"；"颂古……说禅……可以说在'逍遥'中完成了'拯救'。正因如此，无论是乐道、喻理，还是颂古、说禅，从总体上都可称为'唱道之词'"。①

前文已论，在道诚的语境里，唱道之词与赞明显是相对的两个概念。僧人使用曲子词来表现个人的乐道，或者颂古、说禅，这一部分是僧人表现个体思想的作品。然而，赞净土一类的渔父词，既然以"赞"为主要表现内容，应该归入应用性较强的道场歌赞类。"南方禅人作《渔父》、《棹子》唱道之词"，我们应该理解为，《渔父》、《拨棹子》，可以用于唱道之词，但不完全是唱道之词。

任半塘先生在《敦煌歌词总编》中，为每一组无名作品都拟了调名，从而使很多研究佛教歌曲的人将敦煌佛曲几乎等同于佛教的曲子词。唐宋人所称的曲子，是有特定的词牌、特定的曲调、特定的格律的新声，失去了这些限制，是不能称为曲子的。敦煌作品中，那些有调名的或者标识出"曲子"字样的（如伤蛇曲子、曲子吐蕃、道泰曲子等），自然是曲子词，而没有调名的歌词，其中很多作品和前代的《子夜曲》、《懊侬歌》等属于同一性质，并不是道诚所说的法曲子，因此何谓法曲子，需要个别分析，而不能笼统划分。

二 《三归依》、《行香子》与《化生子》

敦煌写卷 S·4300、S·4508、S·4878 上载有一套佛教"三归依"的文字，现将写卷 S·4878 上的文字迻录如下：

---

① 周裕锴：《宋代禅宗渔父词研究》，《中国俗文化研究国际学术研讨会论文集》，四川大学中国俗文化研究所 2002 年版，第 428 页。

归依佛,大圣释迦化主,兴慈愿,救诸苦。能宣妙‖法甚深言,闻者如沾甘露。慈悲主,接引众生同‖到净土。到净土,五色祥云满路,双童引,频伽舞。‖一回风动向珊珊,闻者轻擂阶鼓。慈悲主,接引众‖生同到净土。归依法,须发四弘誓愿,捻经卷,‖频开转。速须结取未来因,且要频亲月面。‖闻身健,速须达取菩提彼岸。(和同前)归依僧,手把‖数珠持课,焚香火,除人我。速须出离舍‖娑婆,且要频亲法座。消灾祸,速须结取‖未来因果。(和同前)

此卷在断句处均有空格,非常方便我们辨读。S·4300有题记云:"天福十四年戊申岁四月廿日金光明寺律师保员记。"可知是卷抄于949年;S·4508前面部分有"乾兴张法律"字样,不明所指,任二北等先生认为是书手姓名,其实难下定论。

对于它的文体界定,和它的称呼一样,研究者们均是见仁见智。其中,刘铭恕先生《斯坦因劫经录》将S·4508号中此套文字分为三首,定名为《归依三宝文》,在他看来,此套文字连音乐文学都算不得,遑论曲子词了[①];任半塘先生《敦煌歌词总编》将其分为四首,评论很多,意见却很隐晦,细绎其文,他的观点是认定此段文字为歌词,却非曲子词[②];饶宗颐先生《"法曲子"论》也将其分为四首,认为此段文字为曲子词无疑,词调即《三归依》[③]。笔者试就此问题,阐述一些不成熟的意见。

对于这套文字,首先要解决的问题是,其究竟是几首作品?几乎所有研究者均以此套文字为唯一材料,各自进行章节划分。刘铭恕先生将其认定为三首,以为"归依佛"一节为一首,"归依法"一节为一首,"归依僧"一节为一首;任半塘先生将其分为四首,即从"归依佛"到"接引众生同到净土"句为一首,从"到净土"到"接引众生同到净土"为第二首,"归依法"一节为一首,"归依僧"一节为一首;饶宗颐先生认为:"佛陀为觉者,故唐赞三归依,归依佛作二叠,和声开头重作以示隆重。"

---

① 刘铭恕:《斯坦因劫经录》,《敦煌遗书总目索引新编》,中华书局2000年版,第141页。
② 任半塘:《敦煌歌词总编》,上海古籍出版社2006年版,第969页。
③ 饶宗颐:《"法曲子"论》,载郑阿财等编《中国敦煌学百年文库·文学卷(四)》,甘肃文化出版社1999年版,第247页。

重检 S·4508 号写卷，我们发现，在"归依佛"、"归依法"、"归依僧"首首之间，均有明显空一个字格的现象，而句句之间只空半个字格。在"接引众生同到净土。到净土"之间，并没有空一个字格，这就说明抄者并非要在此处转抄另一首，"土"和"到"之间的标记表明作者在此处只是要分片而已。

虽然在现存敦煌卷子中，找不到与上面这套文字体式相同的作品，但是，笔者却在后来的文献中发现了一组相同体式的"三归依"。《因师语录》第四卷"歌扬赞佛门"内收录了这样一组作品：

归依佛，补处慈氏如来，居内院，莲华台。人间愿早下生来，便作龙华三会。谣歌佩，歌舞献花五云仙队。云仙队，表应玉皇嘉瑞，瞻好相，证三昧。妙幢影里奉慈尊，耳听箫韶歌呗。出三界，兜率陀天，面礼千拜。（以下为归依法、归依僧，句式完全相同，不录）①

将这套"三归依"与写卷 S·4878 "归依法"三字之前的部分相比较，我们发现，两者的体式是完全一样的，均是"三六三三七六三四四"双叠格式，而且，上片最后三字与下片首三字同样是重叠的。饶先生依据残存的敦煌文献，认为其结构是三六三三七六句式，加上和声三四四句式，第一首归依佛作二叠，和声重作。他的这个体式说明现在证明是错误的。明了三归依的体式，可知敦煌写卷的后两首抄出了仅仅是上片文字（其原因则不得而知，众家说法均属臆测而已）。

体式明确之后，再要解决的问题便是，这三首长短句形式的作品是否是曲子词？通过考察它们的格律情况和调名可知，三首长短句所标记之处，平仄是完全相同的，充分表明这是在按谱填词，也就是说，这几首作品都是曲子词。对比前引宋代《三归依》的格律，除了几处佛教术语的格律稍有不符外，亦严格按照格律进行填词。

那么，此套作品的曲调名是什么呢？任半塘先生将其拟为三归依，但强调是仅用其内容；饶先生认定其调名即《三归依》。

饶先生所用材料正是前引北宋释道诚的《释氏要览》。此外，前引

---

① （元）如瑛：《高峰龙泉院因师集贤语录》，《卍新纂续藏经》第 65 册，第 15 页。

《因师语录》第四卷"歌扬赞佛门"内收录了很多佛教仪式上所用的曲子词，如《鹤冲天》、《临江仙》、《贺圣朝》、《满庭芳》、《望江南》、《声声慢》、《捣练子》等，而《三归依》正是与它们并列，处在本卷卷首。由此，我们可以推断，《三归依》既表明内容，同时也是曲调名。这套曲子大概应用于皈依、受戒等佛事场合。

道诚列举的唐赞中，有《梁州》、《八相》、《太常引》、《三归依》、《柳含烟》等，对此，人们的理解是不同的。有将梁州八相、八相太常引、太常引三皈依、三皈依柳含烟合读的，以为《梁州》、《太常引》、《柳含烟》为曲调名，八相、三皈依为题名。而今已经证明，《三皈依》亦为曲调名，那么，八相自然也不能仅仅是题名，应该也是曲调名（前已指出僧家有以内容定名歌赞的传统），只是是佛教专用、没有传播到世俗而已。

佛教徒用曲子词形式来赞颂佛法僧，为佛教仪式注入了更加新鲜的血液，贴近了世俗生活。为了能够吸引大量平民的参与，以便扩大信徒队伍及增加寺院收入，很多法曲子的曲调都非常的优美，甚至被世俗使用。

日僧长惠《鱼山私钞》一书中，收录了一篇《文殊赞》：

> 文殊菩萨！化出清凉，神通力以现他方。真座金毛狮子，微放珠光。众生仰，持宝盖，绝名香。我今发愿：虔诚归命，不求富贵，不恋荣华。愿当来世，生净土，法王家。愿当来世，生净土，法王家。①

按：任半塘先生定此赞为《行香子》②，可从，但以上下片韵脚不同，而定为两首，笔者则以为不妥。本词上片赞叹，下片发愿，结构完整，不容割截。后世唱此赞之时，将末句重复一遍，显然是原来的一句唱词失传，而以重复末句补齐。根据《行香子》的格律，当是"归命"之后脱一七字句，且句末之字与"华"、"家"押韵。

---

① ［日］长惠：《鱼山私钞》，《大正新修大藏经》第84册，第837页。
② ［日］波多野太郎：《任半塘教授最近的科学研究工作》，佟金铭译，《扬州大学学报》（人文社会科学版）1982年第Z1期，第149页。

行香为法会之严仪，非大会不作，作之者多系上位之人。在唐代，国忌设斋，百官行香，这样宏大的法事，必然有音乐夹杂其中。王建《题应圣观》诗有"行香天乐羽衣新"之语，此为道家行香法事，但道家行香源于佛教，也能够说明佛家行香之事。"天乐羽衣新"似乎指《霓裳羽衣》之舞，可见，当日行香之际，不但有声曲，还有舞容，是包含了多种艺术的。《行香子》，从调名看，应该是专门为佛教行香所制的赞歌。

当日的行香赞还有齐言形式，数量大概比曲子形式要多些。如敦煌S·6631号文献中的《香赞文》："昔有仙人名善思，买得七茎红莲花。定光佛所持供养，今得成佛号释迦。我今行此众名香，涂香末香及□香。受此名香炉中烧，供养恒（沙）佛□□。"其后接"敬礼常住三宝"的口号。此亦为行香之际所唱，这样的香赞，音乐性想来远不如曲子。

关于这篇赞文的作者，《决疑抄》中云："问云：普通《文殊赞》，谁人作乎？答：白居易作也云云。"[①] 不知所据为何，白居易本集中未收此篇。考白居易曾写有五言律诗《行香归》，抒发他行香之后的心境，这首《行香子》或者就是他为行香佛事而作。至于《行香子》之曲调，甚至也可能是白居易所作。白居易能制曲，曲子《花非花》"花非花，雾非雾。夜半来，天明去。来如春梦不多时，去似朝云无觅处"便是他的自度曲[②]，他的《六赞偈》（赞佛偈、赞法偈、赞僧偈、赞众生偈、忏悔偈、发愿偈），《八渐偈》（观偈、觉偈、定偈、慧偈、明偈、通偈、济偈、舍偈），一则"跪唱于佛法僧前"，一则"归而升于堂，礼于床，跪而唱，泣而去"（前引），所用之曲调也可能是他所作，那么，他为佛教法事创作乐曲是很有可能的。

这首《行香子》在当日必然非常流行，所以才能够传到日本。后来，《行香子》成为僧俗共同喜爱的调子，它的创作渐渐地失去了宗教意义，成了世俗文人喜爱的曲子。

敦煌俗讲经文中有一组歌赞，共十首，收录在P·2122、P·3210号写卷上。十首吟唱的全部都是阿弥陀佛极乐世界的殊胜，内容取自于《阿弥陀经》。如前所论，俗讲经文在其开启前后所使用的叹佛、授三归

---

① ［日］长惠：《鱼山私钞》引，《大正新修大藏经》第84册，第837页。
② 张璋、黄畬：《全唐五代词》，上海古籍出版社1986年版，第119—120页。

五戒等事本就取自正规佛事，此套歌赞是讲经文最后之仪式部分，所以，它必然为当日佛事中之歌赞。通过此套歌赞，是可以探讨当日佛事中此类歌赞的。以其中一首为例：

> 化生童子舞金钿，鼓瑟箫韶半在天。舍利鸟吟常乐韵，迦陵齐唱离攀缘。

十首均以"化生童子"开端，据此，任先生以为其曲调乃《教坊记》中所载之《化生子》，可从。《化生子》之名出于佛教，本人以为，这本是净土宗道场仪轨上的赞歌，后来为俗讲经文所吸收，再后来成为了教坊曲目，流行于唐代。

杨慎谓："变梵呗为艳歌。"[①] 由前面几套法曲子可以看出，后代流传的曲子词，有些是由佛教的歌赞演变而来的。既然如此，便产生了这样一个事实：敦煌遗书中的歌赞，有些已经具有了上述几套法曲子的属性，只是因为曲调不甚优雅，而没有得到世俗人的青睐；或者因为僧人的歌赞本为宗教仪式而作，完成便直接使用，并未为其命名，使得某些歌赞是否属于法曲子，便成了难解之谜。全盘接受固然不对，只从流传下来的调名上考察，也有失公允。

如今只能够找到这样几首唐赞，但如道诚所说，《梁州》、《八相》、《太常引》、《三归依》、《柳含烟》等，在唐代必然非常流行。随着曲子词的发展，法曲子在宋代更加的繁盛。

第三节 呗赞俗化之三——以四种敦煌佛事为例

我们要谈论的敦煌佛事，并不代表这些佛事仅在敦煌地区举行，只是因为相关的资料是在敦煌发现的，仅此而已。

世俗之人正式进入佛门，有两种类型，一种为在家佛教徒，一种为出家佛教徒。两种方式均有不同的仪式。欲成为正式的在家佛教徒，即优婆塞、优婆夷，要受三归、五戒以至菩萨戒，因人而定；欲成为正式的出家

---

① （明）杨慎：《升庵集》，《文渊阁四库全书》第1270册，第508页。

佛教徒，需要征求全寺僧侣的同意，由专人为之剃度，按照年纪受沙弥（尼）戒或比丘（尼）戒，以后也可以受菩萨戒。

受菩萨戒有特定的仪轨，藏中有数种受菩萨戒仪，可供参考。但是，敦煌本《和菩萨戒文》的出现，让我们发现，当日的受菩萨戒仪轨是那么生动活泼。

《和菩萨戒文》中体现出了两方人物，一方是"经云"代表的戒师，为仪轨中的传戒者；一方是"和云"代表的导师，为仪轨中的司仪，任半塘先生以为是"徒众"，并不准确。《和菩萨戒文》是实际使用的本子，其中作了相当多的省略，根据行文，并对照藏中受菩萨戒仪轨，笔者尝试着还愿当日仪轨的完整记录，其过程如下所示：

经云：敬心奉持。

按，受菩萨戒所据经典为《梵网经》，戒师首先读诵一段经文，其文曰："佛告诸佛子言：有十重波罗提木叉，若受菩萨戒，不诵此戒者，非菩萨非佛种子……应当学，敬心奉持。"①

和云：深心渴仰，专注法音，惟愿戒师，广垂开演。

按，此为导师之语，令信众专注听讲，请戒师演说《梵网经》。

经云：是菩萨波罗夷罪。

按，戒师读诵另一段经文，文曰："佛言：佛子，若自杀、教人杀……是菩萨波罗夷罪。"

和云：诸菩萨，莫杀生，杀生必当堕大坑。杀命来生短命报，婆婆两目伤双盲。劝请道场诸众等，共断杀业不须行。（佛子）

---

① 《梵网经》，《大正新修大藏经》第24册，第1004页。

按，从此开始进入唱词，此为导师所唱，内容是对戒师所诵经文之演绎。佛子为呼唤语，此后令受戒之人念佛或礼拜。

经云：是菩萨波罗夷罪。

按，《梵网经》有十重波罗提木叉，分别是杀戒、盗戒、淫戒、妄语戒、酤酒戒、说四众过戒、自赞毁他戒、悭惜加毁戒、嗔心不受悔戒、谤三宝戒，每一重均以此句结束，所以，此句及以下经文均省略。经文此处论盗戒。

（和云：）诸菩萨，莫偷盗，偷盗得物犹嫌少。死后即作畜生身，被毛戴角来相报。终日驱牵不停息，无有功夫食水草，犹恐迷心不觉知，是故殷勤重相报。（佛子）

按，此为针对盗戒的唱词。十套唱词均写在一起，但在实际仪轨中，均是与相应经文轮流诵唱的，其他不录。

这十套唱词的篇章形式为杂言，有衬字，有和声，首句均为三三七句式，此后所续之七言句数不等，续四句者三首，续六句者六首，续八句者一首。对此，任二北先生以为，之所以出现这种情况，乃是由于"声乐之长短颇有伸缩"[①]。如此解释尚不明确，这种情况的出现分明是演唱之时，对某几句曲调循环演唱的结果，可与下文《俗讲经文的起源》中所论《愿往生》相参。

按，这种受戒方式，在当日甚为流行，以至于俗讲经文也将其吸收，在俗讲之前也举行类似的仪式，如《佛说阿弥陀经讲经文》在开启之前为听众授三归五戒，更加艺术化。这无非是向僧俗两界表明，俗讲乃是佛事，而非娱乐。

比受戒更进一步的，是出家，出家法会上更少不得音声佛事。其一，唐宋时期，不许私度僧尼，出家要经由政府甄别甚至考试，度僧的时日也由政府规定，因此，度僧是一件极其隆重的法事；其二，佛教以为，一子

[①] 任半塘：《敦煌歌词总编》，上海古籍出版社2006年版，第1091页。

出家，九族超生，出家时俗家都会举办庆祝法事，《比丘尼传·延兴寺僧基尼传》载，僧基年二十一出家，"内外亲戚，皆来庆慰，竞施珍华，争设名供，州牧给伎，郡守亲临，道俗咨嗟，叹未曾有"[①]，不但庆祝，还有伎乐。在敦煌文献中，便有几套专门在出家法事上使用的赞歌，与受戒法事上使用的歌赞相同，也是使用了世俗的曲调。

第一套，《好住娘赞》。

此套赞文存于敦煌 S·1494 号文献，全篇七言二十七句，每句之后均有和声"好住娘"，好住，告别之际的安慰之词，好住娘即出家之际，离别母亲之语。其文曰：

好住娘，好住娘，娘娘努力守空房（好住娘）。儿欲入山修道去（好住娘），兄弟努力看好娘（好住娘）。儿欲入山坐禅去（以下略和声），回头顶礼五台山，五台山上松柏树，正见松柏共天连。上到高山望四海，眼中泪落数千行。下到高山青草里，豺狼野兽竞来亲，乳哺之恩未曾报，誓愿成佛报娘恩。阿娘忆儿肠欲断，儿忆阿娘泪千行。

舍却阿娘恩爱断，且须袈裟相对时；舍却亲兄与热弟，且须师僧同戒伴；舍却金瓶银叶盏，且须钵盂青锡杖；舍却槽头龙马群，且须虎狼狮子声；舍却治毡锦褥面，且须乱草以一束，佛道不远回心至，全身努力觅因缘。

此套赞文，内容是出家，使用的场合即为出家之法会，表演者或为寺院伎乐，或为官给伎乐，总之为特定的音声人。有学者将此套赞文分为十四首，两句一首。若如此划分，凌乱不堪，显然不确，因为一首必须要表达一个相对完整的意思。此篇赞文，文意连贯，不容随意割裂，所以，笔者以为，此套赞文为一篇，但可以分为两个音乐结构。

第一段为第一部分，歌词共押 ang、an、en 三韵。

第二段为第二部分，歌词单押 an 韵，但与一般诗歌不同，韵脚位置是非常灵活的，从中可见歌词与诗歌之不同。同时，歌词以"舍却"、

---

① （梁）宝唱：《比丘尼传》，《大正新修大藏经》第 51 册，第 936 页。

"且须"排比，与此前迥异，显示出两部分音乐必然产生了很大的变化。

第二套，《舍利佛》。

歌词中含有连续几则排比，在另外一套出家佛曲中也有类似形式出现，且全套均是如此。其词存于敦煌 S·5573 号等九个写卷中，共十首，其一云：

> 舍利佛国难为，吾本出家之时，舍却耶娘恩爱，惟有和尚阇梨。

十首体制相同，每首四句，前两句全同，第三句悉曰"舍却"，第四句悉曰"惟有"，为重句联章，歌词主干仅为每首后两句。此套歌赞，名称甚多，有《出家赞文》、《出家赞》、《辞父母出家赞文》（辞后注：《出家赞》一本）、《儿出家赞》、《辞阿娘赞文》等名目，此乃题名，说明了歌赞的用途。至于曲调，任二北先生以为失调名。

此套歌赞，文辞简单明了，唯首句令人费解，任先生以舍利为佛骨，与佛国为不相干的两词；苏联孟西科夫以为舍利佛即舍利弗[①]，但两说于整句话上均解释不通。按，敦煌 S·6631 号文献《游五台山赞文》中有如下之语：

> 须弥山上最惟高（游五台），七宝山里最惟明（香花供养佛）。
> 弥陀佛国甚快乐（游五台），舍利佛国最□人（香花供养佛）。

由此可见，舍利佛国与弥陀佛国属并列之关系。又，上编崔致远《天王院斋词》中亦有"谨白言舍利佛、大慈大悲观音菩萨"之句，如果两者不是同指观音菩萨，那么与观音菩萨连称又处其前的，多半是阿弥陀佛，笔者倾向于舍利佛即阿弥陀佛，它虽不见于佛典中，却是当时之习称，这种情况在民间信仰中时有发生，如后世宝卷中称阿弥陀佛为"天元太保"[②]。因此，首句的意思是，对娑婆世界的人而言，此佛国最难到。

在此十首歌赞中，"舍利弗"与"舍利佛"是混杂使用的，此十首歌

---

① 任半塘：《敦煌歌词总编》，上海古籍出版社 2006 年版，第 1071 页。
② 此称呼见《弥勒救苦经》宝卷，家藏油印本。

赞极有可能使用的是当日《舍利弗（佛）》之曲调。《乐府诗集》中，收录有《舍利弗》（又作《舍利佛》）一曲，作者为李白，其文曰：

> 金绳界宝地，珍木荫瑶池。云间妙音奏，天际法蠡吹。

描写的是佛国世界的殊胜，若调名为佛陀弟子之名，则内容与调名无涉；若《舍利弗》作《舍利佛》，则内容正为调名本意，刻画的是阿弥陀佛国土的殊胜，笔者以为，如此理解更符合事实。唯李白之作为五言四句，此十首为七言四句而已。

又，在 S·2143 号文献中，此套歌赞前五首被命名为《亡女偈》。前五首歌唱的是女子出家之情形，在为亡尼所举行的荐亡法事上，歌唱这样的赞呗，也是可以理解的。

僧尼圆寂，特别是师父圆寂，在佛门是一件非常重大的事情。当日的僧侣，也为此准备了歌赞，以便在法事上使用。敦煌 P·4597、P·3120、S·1947 号文献失调名之《送师赞》便是其中一曲。

> 人生三五岁，父母送师边。师临圆寂去，舍我逐清闲。送师至何处，置着宝台中。送师回来无所见，唯见师空房。举手开师房，唯见空绳床。低头礼师座，泪落数千行。低头整师履，操酷（踌躇）内心悲。与师永长别，再遇是何时？律论今无主，有疑当问谁？双灯台上照，师去照阿谁？愿师早成佛，弟子送师来。

此赞每句之下皆有和声"花林"，显然在法会上由多人唱和，佛教称弥勒佛在花林园龙华树下成佛度脱人天，此处和声当与此有关。①

文中所谓"宝台"，即佛塔之意，佛教高僧圆寂之后，有些要送入塔中，此赞大约在举行入塔佛事之后演唱。

赞辞因与生死有关，所以，显得情深意长，意义是连贯的，应该为一

---

① 李小荣依 S·4690 号文献《散花梵文一本》中和声"散花林"，以为"此处的和词'花林'当是《散花梵文一本》中'散花'之略"，见《敦煌佛曲〈散花乐〉考源》，《法音》2000 年第 10 期，第 24 页。按《散花梵文一本》中有"散花乐"与"满道场"两种和声，"散花林"出现一次，实乃"散花乐"之误。

曲。任先生将此赞割裂为四首,在末句之后又加"千千万万□,□□□□□"一句,以求四首体式一致,显然不恰当。

胡适称:"当时的佛曲是用一种极简单的流行曲调,来编佛教的俗曲。"① 称其为民间曲调可以,称其为极简单则难以服人。比如前面提及的出家与圆寂佛曲,规模较大,歌词也较复杂,并不是由普通僧人所唱,而是由专属音声人所唱。这些佛曲的音乐性是非常高的。

由僧人在做法事时演唱的,音乐性较它们当差些,前面受菩萨戒之唱词即是如此,此外,落花法事也是如此。《续高僧传》云:

世(引者按:道宣是贞观时人,所以,世指贞观之时及其前)有法事,号曰落花,通引皂素,开大施门。打刹唱举,抽撤泉贝,别请设坐,广说施缘,或建立塔寺,或缮造僧务,随物赞祝,其纷若花,士女观听,掷钱如雨,至如解发百数,数别异词,陈愿若星罗,结句皆合韵。声无暂停,语无重述。斯实利口之铦奇,一期之走捷也。②

这到底是什么样的言辞呢?在敦煌文献中,我们发现了与此相对应的文字。

首先是敦煌 P·2603 号文献中的《赞普满(塔)偈》十首。普满者,佛塔名,位于开封相国寺,"肃宗至德年中,造东塔号普满者,至代宗大历十年毕工"③,至创作偈辞时(开运二年),已历一百九十年。偈称"讲开敢望庄严就,全仗梁园百万家"。"今开讲会同严饰,施利全凭导首抄。""开讲"即是开俗讲,俗讲之设,只会男女,正为劝之输物,充造寺资,此次为修普满塔而开讲。这套偈文不是所开俗讲之内容,而是开讲前后,向众抄化(募捐)之言辞。

其前小序谓:"谨课偈词十首,便当疏头。"疏头即募捐册前说明募捐缘由的短文,此套偈辞并非正规募捐疏文,只是将其当作疏头使用而

---

① 胡适:《敦煌石室写经题记与敦煌杂录序》,《胡适古典文学研究论集》,上海古籍出版社 1988 年版,第 1292 页。

② (唐)道宣:《续高僧传》,《大正新修大藏经》第 50 册,第 706 页。

③ (宋)赞宁:《宋高僧传》,《大正新修大藏经》第 50 册,第 875 页。

已。然则，此套偈辞要如何使用呢？有学者以为此套偈辞就是写在募捐册上的十首七言律诗；任二北先生以为是歌词，但通过"词"、"辞"之区别说明此套偈文的歌唱属性①，稍显牵强。笔者倾向于任先生的意见，欲知偈辞的使用，可以从以下几个角度考虑。

其一，文前小序言，"奉为国及六军万姓，再修普满塔开赞"，开赞并非开讲，而是开讲前后的赞唱咒愿，其言辞正是本套偈辞；序言接着说："请一人为首，转化多人"，文中亦称"今开讲会同严饰，施利全凭导首抄"，可见法事上是有导首实时抄化，演唱者与导首并非一人，当是演唱者在上演唱，导首拿着募捐册在下请人注疏，两者同时进行。唱词便是这样代替疏头的。

其二，最后一偈称"微僧敢劝门徒听，直待庄严就即休"，一个"听"字，正是歌唱者的口吻，已经暗示此为唱词，若仅为纸上文字，为何用听字？

其三，当日僧家在大法会上募缘，广说施缘，随物赞祝，并非擎着募缘疏等候施主自己阅读。本套偈辞分别从不同角度描画普满塔，它的历史，它的壮丽，它的殊胜，它的历经风雨，它的人文气息（世俗人塔上塔下的玩赏），言辞令人眼花缭乱，作者仍称"十首词章赞不周，其如端正更难酬"，正是"广说施缘"，"其纷若花"。由落花法事的角度，我们能够明白它们是落花师（俗讲师，见下文）口中的言辞，并非冷冰冰的文字。

如何演唱，没有确切说明。任先生以为："此词乃和乐歌唱之曲词，必然有调名，不仅一般变文中所有声乐性较低之吟诵而已。"②但笔者并不如此认为。据道宣对落花法事的描述，募化时之言辞，"声无暂停，语无重述"，这实在不是歌唱曲词，仅是吟唱而已。

《赞普满偈》之作者为五代僧释圆鉴（云辨），为当日著名俗讲僧人，《洛阳缙绅旧闻记》曾言及云辨之事："时僧云辨能俗讲，有文章，敏于应对。若祀祝之辞，随其名位高下，对之立成，千字皆如宿构，少师尤重之。"③

---

① 任半塘：《敦煌歌词总编》，上海古籍出版社2006年版，第973页。
② 同上书，第974页。
③ （宋）张齐贤：《洛阳缙绅旧闻记》，《丛书集成初编》，第5页。

此外，云辨还有十首为修建佛殿而创作的《修建寺殿募捐疏头》，显然也是吟唱的。只是与此套偈辞相比，文辞较粗，远不及此套的典雅。

作为一种募化形式，落花佛事不但应用于法会上，还可以由一队僧徒应用于街头或俗宅。法会上募化的，乃是寺塔等重要物事，而街头巷尾募化的，只能是衣物，这在佛教，是有规定的。佛教规定，安居竟之明日，三十日间，为比丘受衣之时，此衣依安居之功，有五种之德，故名功德衣。《大宋僧史略》云："此土夏安居毕，僧众持花执扇，吹贝鸣铙，引而双行，谓之出队迦提也。"① 此种行化衣物之言辞，是僧家在吹贝鸣铙之际，以某种曲调所唱之歌词。

敦煌文献中，《三冬雪》、《千门化》、《秋吟》等就是这样的言辞。《三冬雪》称"讽宝偈于长街，□深怀于碧㵎（涧），希添忍服，望济寒衣"，《千门化》称"佛留明教许加提，受利千门正是时。两两共吟金口偈，三三同演梵音诗"②，《秋吟》也称"谨课芭词，略申赞叹"，"特将丹恳化寒装"③。

此类文字，有的完全为唱词，如《三冬雪》、《千门化》，其言辞比起《赞普满偈》，是等而下之了；有的是说唱结合，几句骈体散文，便接一段吟词，反复不已，如《秋吟》，内容大致与历代文人志士事典、咏秋及吟诵佛经有关，最后归之于募化之事。

这种言辞一直流传到后世，明袾宏《竹窗三笔》记载：

  有道者告予曰：我辈冠簪，公等剃削，夫剃削者，应离世绝俗，奈何接踵于长途，广行募化者，罕遇道流，而恒见缁辈也！有手持缘簿如土地神前之判官者，有鱼击相应高歌唱和而谈说因缘如瞽师者，有扛抬菩萨像神像而鼓乐喧阗、赞劝舍施如歌郎者……④

袾宏所载僧侣之行事，正是对吟唱《三冬雪》等的继承。周叔迦先生曾谓落花法事为莲花落之源头，但落花乃是法事名称，并非曲艺名称，

---

① （宋）赞宁：《大宋僧史略》，《大正新修大藏经》第54册，第237页。
② 任半塘：《敦煌歌词总编》，上海古籍出版社2006年版，第1049、1057页。
③ 潘重规：《敦煌变文集新书》，文津出版社1994年版，第815页。
④ （明）袾宏：《竹窗三笔》，《嘉兴大藏经》（新文丰版）第33册，第67页。

两者无法形成继承、发展的关系。确切的说法应该是，落花法事上使用的曲艺，是莲花落的源头，而这种曲艺在当日也是有特定称谓的，《秋吟》最末曰：

> 更拟说，恐周遮，未蒙惠施懒归家，□□□□谈唱后，维那再举白莲花。

其意似谓，先唱到此处，但没得到布施我是不会归去的，等下一阶段法事之后，我再来唱一段。自称所唱为"白莲花"，与后世莲花落存在着清晰的渊源关系。若说当日以"白莲花"为统称的，包括《三冬雪》、《千门化》、《秋吟》等内容的一类曲艺是后世莲花落的源头，才是比较恰当的。

第四节　唐代落花、科仪与俗讲的起源

一　俗讲与落花

上编已然说明，唱导与俗讲并不是前后继承的概念，即不能说俗讲源于唱导。那么，俗讲到底因何而起呢？如果不能够找到俗讲的起源，对于唱导的研究便不算是明确的。为了说明此问题，我们先对几则研究者烂熟的材料重新进行比较分析。

《资治通鉴·唐纪·敬宗记》胡三省注曰："释氏讲说，类谈空有，而俗讲者又不能演空有之义，徒以悦俗邀布施而已。"[①] 不演空有，悦俗邀布施，是俗讲的两个标准，其中，邀布施是俗讲的本质属性。长期以来，绝大多数学者都认为，古代有一种专门的将佛经讲解通俗化，以便让更多的人了解佛教、信仰佛教的讲经。这种观点是错误的，侯冲先生通过严密的论证指出，佛教根本没有专门的通俗讲经[②]，俗讲只是邀布施的手段而已。

---

① （宋）司马光：《资治通鉴》，中华书局1956年版，第7850页。
② 侯冲：《佛教无专门的"通俗讲经"说——以斋讲为中心》，《宗教学研究》2011年第3期，第65页。

与此相对应，《续高僧传·杂科声德篇·释宝岩传》记载，每当举办法会或塔寺肇兴，"费用所资，莫匪泉贝"，只要宝岩登座，就能使听众"掷物云崩，须臾坐没"，"莫不解发撤衣，书名记数，克济成造"，此乃邀布施之事；而宝岩所说，"不闻阴界之空，但言本生本事"①，此则为不演空有，与胡三省提及的标准一般无二，显然宝岩就是俗讲师。

宝岩于贞观初年卒，足见俗讲之事（并不是"俗讲"之名）在唐初已然产生。宝岩俗讲，都说些什么呢？传称，"谈叙福门，先张善道可欣，中述幽途可厌，后以无常逼夺，终归长逝"，这是具体内容之前的施舍得福、切莫蹉跎之言；其后，具体内容随事而异，即"岩之制用，随状立仪"。

传中又称，宝岩言辞，"所有控引，多取《杂藏》、《百譬》、《异相》、《联璧》，观公导文，王孺忏法，梁高、沈约、徐、庾，晋宋等数十家"。按，此处分为两部分，宝岩所引导文、忏法，缺乏情节性，宝岩所利用的，乃是其中的仪式性言辞，"谈叙福门"的言辞与此有关。而所引书籍，均属佛教因缘故事集，宝岩所利用的，乃其中之故事性内容；对于这些内容，宝岩"触兴抽拔"，例如造塔之际，讲些与塔相关的因缘故事，《出三藏记集》中有：释迦发爪塔缘记第二十一（出《十诵律》）；释迦天上四塔记第二十二（出《集经抄》）；释迦天上舍利宝塔记第二十九（出《菩萨处胎经》）；释迦龙宫佛髭塔记第三十（出《阿育王经》）；阿育王造八万四千塔记第三十一（出《杂阿含经》）；释迦获八万四千塔宿缘记第三十二（出《贤愚经》）。宝岩所讲，大概与此相类，又或者与敦煌文献中《频婆娑罗王后宫彩女功德意供养塔生天因缘变》相似。

《杂科声德篇》中，只有宝岩传中才提到了邀布施的法事，而在篇末之论中，论及了专门邀布施的法事名称——落花。上节已然对落花有所说明，比照落花法事与宝岩所为，两者之兴起皆与建立塔寺、缮造僧务等事有关；所说者，都包含施舍得福之意，"谈叙福门"如此，"广说施缘"亦然；所求者，布施而已（泉贝即当日之货币；解发即女性拿下头饰或男性拿下头巾；撤衣即解下腰带之类，如后世苏轼解玉带事；书名记数与

---

① （唐）道宣：《续高僧传》，《大正新修大藏经》第50册，第705页。

打刹①唱举同,即在募缘疏上写上名字与钱数);结果也相同,"掷物云崩"同"掷钱如雨","莫不解发"同"解发百数"。唐大觉《四分律钞批》称,"落花师,为他说法,则取财物"②,可见,宝岩正是落花师。

道宣所提及之落花与宝岩所为,角度尚有所不同,宝岩当日所为,多谈本生本事,倾向于说因缘;道宣所论落花,倾向于歌赞,乃求布施的唱辞。但两者之表演性均显而易见。可见,落花虽是劝人布施的法事,劝人布施之方式却并不单一。

至此,我们可以这样说:宝岩所行乃俗讲之事,亦称落花法事,而落花正是俗讲的前身。

俗讲究竟产生于何时,是难以确定的,但劝人布施的法事名称的变化,似乎表明了俗讲在说因缘、唱歌赞之后。道宣时代,并没有法事称为俗讲,《续高僧传·释善伏传》载:

> (释善伏)五岁于安国寺兄才法师边出家,布衣蔬食,日诵经卷,目睹七行,一闻不忘。贞观三年,窦刺史闻其聪敏,追充州学。因尔日听俗讲,夕思佛义。③

这是说善伏白天在州学听世俗博士讲学,晚上探究佛义,当日的俗讲还仅仅指世俗的讲学。

劝人布施的法事称落花,行此事之人称为落花师,这种称呼至少在公元712年之前还是如此(引者按:《四分律钞批》成书于唐太极元年)。可是不久以后,俗讲就成了劝人布施的法事的代称,代替了落花。日僧圆珍《佛说观普贤菩萨行法经记》云:

---

① 张彦远《历代名画记·顾长康传》云:"兴宁中,瓦棺寺初置,僧众设刹会请朝贤,名刹注其疏。时士大夫莫有过十万者,长康素贫,打刹独注百万,众以为大言。后请勾疏,长康曰:'宜备一壁。'遂闭户往来一月余日,画维摩诘一躯,工毕将点眸子,乃谓僧曰:'第一日观者,请施十万,第二日,可五万,第三日任例责施。'及开户,光照一寺,施者填咽,俄而得钱百万。"上海人民美术出版社1964年版,第99页。
② (唐)大觉:《四分律行事钞批》,《卍新纂续藏经》第42册,第833页。
③ (唐)道宣:《续高僧传》,《大正新修大藏经》第50册,第602页。

第三章 隋唐的佛事音乐文学

言讲者，唐土两讲：一俗讲。即年三月①就缘修之，只会男女，劝之输物，充造寺资，故言俗讲，僧不集也云云。二僧讲。安居月传法讲是，不集俗人类，若集之，僧被官责。②

最早将此两讲并列称呼的是唐僧宗密，其数种著述中均如此。更在《圆觉经大疏释义钞》称："况此方人，百年已来，俗讲之流，多是别诵后人撰造，顺合俗心之文，作声闻讽咏。"③ 按照宗密的记载，俗讲法事当在公元720年左右正式确立的④，大概正是在此之后，"落花"之名渐渐被"俗讲"之名取代。这意味着劝人布施的佛事中，俗讲经文成了越来越重要的、具有代表意义的工具。

二 俗讲与科仪

依据敦煌P·3849号文献的记载，俗讲的程序为：开篇多有一段"说押座"，接着唱出所讲佛经的题目，并对经名逐字逐句加以诠释。然后都讲诵出一段经文，法师对其阐释解说，如此递相往复，将经文一段一段讲完。俗讲结束时，一般又有一段"解座文"，以敦劝和吸引听众下次继续前来听讲。

俗讲经文在公元720年左右确立，大约是借鉴了忏仪的方式，这从两者程序以及形式的比较中可以很清楚地看出。

忏仪从晋代即开始创制，发展到唐代，规模非常宏大，内容非常丰富。冉云华先生比较俗讲经文与中唐时期宗密之《圆觉经道场修证仪》，指出了两者密切的联系。笔者在冉先生的启发下，分别对初唐时期善导的《安乐行道转经愿生净土法事赞》以及《圆觉经修证仪》进行了深入的阅读，发现这两套忏仪中，均包含着与俗讲经文极其相似的内容。

---

① 此处有缺文，应作"年三月六"，因佛教对年三长斋月惯称"三长斋"，并无"年三月"之说。由此缺文导致了部分学者对于俗讲举行时间的探究及讨论，如荒见泰史与侯冲等。明了此处有缺文，此问题可迎刃而解：俗讲并非只在三长月举行，甚至不限于每月六斋日，而是每月十斋日，荒见泰史所言为是，唯尚未指出此处缺文。
② ［日］圆珍：《佛说观普贤菩萨行法经记》，《大正新修大藏经》第56册，第227页。
③ （唐）宗密：《圆觉经大疏释义钞》，《卍新纂续藏经》第9册，第502页。
④ 冉云华：《"俗讲"开始时代的再探索》，《普门学报》2010年1月第55期，第328页。

《净土法事赞》分上下两卷，上卷包含了召请佛菩萨入道场、行道、散花、忏悔、发愿等内容，下卷包含了对《佛说阿弥陀经》的赞唱，之后为忏悔、行道、散花、叹佛、发愿。其中对《佛说阿弥陀经》的赞唱，与俗讲经文结构类似，也是由一人读一段经文，由另一人配一段唱辞。如其中一节云：

[高座入文] 尔时，佛告长老舍利弗：从是西方过十万亿佛土，有世界名曰极乐，其土有佛号阿弥陀，今现在说法。舍利弗，彼土何故名为极乐？其国众生无有众苦，但受诸乐，故名极乐。

[下接高赞云] 愿往生愿往生，人天大众皆围绕，倾心合掌愿闻经。佛知凡圣机时悟，即告舍利用心听。一切佛土皆严净，凡夫乱想恐难生。如来别指西方国，从是超过十万亿，七宝庄严最为胜。圣众人天寿命长，佛号弥陀常说法，极乐众生障自亡。众等回心愿生彼，手执香华常供养。①

赞词首句皆为"愿往生，愿往生"，又皆以"手执香华常供养"为结，全经共有三十段这样的赞辞。首末之间为篇幅不等的七言句，虽然不像后世曲子一般，有固定的格律，但其依然是演唱的，因为演唱之时对某几句曲调作循环演唱的处理，这在古今音乐中，特别是民间小调中，是经常遇到的。所以，我们可以为之拟调，称为《愿往生》。

与《净土法事赞》不同，《圆觉经修证仪》规模宏大，共十八卷，不是一天两天能够修完。前两卷介绍道场开启前的准备工作；从第三卷开始至第十六卷，均是针对《圆觉经》或赞叹、或论述之言辞，与敦煌出土的俗讲经文非常相似；后两卷为从《圆觉经》生发的坐禅法。第三卷属总赞《圆觉经》部分，从第四卷开始，正式进入《圆觉经》的讲唱。

在第四卷中，包含两个部分。第一部分赞述悬谈，首先讲唱《圆觉经》之缘起及其分章。其词云："欲识此经圆顿处，先听教起本因缘……"；其次讲唱《圆觉经》属于何藏何乘："教起因缘说已竟，藏乘部分配如何……"；以下分别就本经"权实对辨"、"分齐幽深"、"教所

---

① （唐）善导：《转经行道愿往生净土法事赞》，《大正新修大藏经》第47册，第431页。

被机"、"教体浅深"、"宗趣通别"、"修证阶差"等内容作出解释说明；最后讲述此经翻译之历史，其唱词云："经是西天觉救翻，罽宾三藏大沙门，开元目录初编载，译经图记亦明言，长寿二年白马寺，则天皇后缘中原，只为经来年月近，先贤古德未深论。"以上内容完全是七言吟唱。第二部分随文解释。初解题目，在唱诵了"大方广圆觉修多罗了义经"经题之后，继续以七言吟唱，先解释"大方广圆觉"五字，唱词云"悬谈已竟次经题，解者能超累劫迷……"；再解释"修多罗了义经"六字，唱词云"修多罗者通诸教，于中了义是全经……"；次科判本经，唱词云"经开三分是常规，序分流通佛化仪……"①；然后入经，均是先读一段经文，后以韵文宣解，有时在韵文之前还加上散语解说，这与讲唱经文的模式完全相同！

《圆觉经》经文是纯理论性的文字，高深枯燥，但此修证仪并非单纯的解释经文，而是广征博引，趣味无穷。那些吟唱之词，少者数行，多者几十句甚至上百句。如论淫欲部分，共五十六句，其中引古今典故，有"当知色欲多殃福，俱损居家及出家。直到亡身亡国邑，岂唯失利失荣华。昔时妲己诚堪叹，近代扬妃亦可嗟。有德周文因妾蘖，无良安禄便乘瑕"② 之句。

又述杀生罪业，唱词云：

> 境顺多招淫盗罪，境违毁骂及相争。杀害俱从二处起，故今都作一科明。诸佛慈悲为本体，众生毒害是常情。或贪美味或嗔怒，即便杀人及畜生。实犯刑章甘受死，无辜被杀有究灵。彭生杜伯公孙胜，宋后苏娥及窦婴。③

紧接其下谓："此六人皆书史所载，被人枉杀，后冤魂自诉于上帝，而报仇也。"其后便讲了彭生、杜伯、公孙胜、宋后、苏娥、窦婴等六段故事。

---

① （唐）宗密：《圆觉经道场修证仪》，《卍新纂续藏经》第74册，第394—395页。
② 同上，第435页。
③ 同上，第437页。

此修证仪需要修习一百二十日，或百日，或八十日，其程序大概是先讲说一卷，接下来用几天的时间修证（坐禅），反复如此。所以，十四卷的讲说不是一天完成，每卷卷首都有叹佛偈，卷末都有忏悔、发愿等，讲唱结合，以作为开启或结束的标志。

此类忏仪与俗讲经文之间是存在着紧密联系的，佛教僧人将这些形式直接搬到了劝俗布施的法事上，唯将修证仪开启时的请佛，结束时的叹佛、忏悔、发愿等内容改成了更具表演性的押座文、解座文而已，详见下文。

研究者在研究俗讲之时，普遍有一种疑惑，正如陈引驰先生所说："现存的所谓唱导文如《广弘明集》卷十五所载的梁简文帝《唱导文》，基本是四字为句，固然在文字上述及地狱之惨状等与《高僧传》记述合，但既看不出经师参与的痕迹，而且就形式而言，也与后来的讲经文、变文完全不同，即使与慧皎所谓'杂序因缘'、'旁引譬喻'也有不小的距离；而敦煌所见如 P·3330 以及 S·4555 的唱导文写本也只是赞佛发愿的样式，这些似乎都不像是唱导师应俗口说时所用的文本。"① 当我们了解到，唱导与俗讲并不是一对源与流的概念以后，我们的此种疑惑自然冰释。

需要明了的是，俗讲与唱导虽然不是一脉相承，但两者的联系是非常紧密的。唱导僧是寺院之僧职，俗讲僧却不是，到了举办俗讲之际，俗讲的表演者（大都指都讲，亦当有少许法师），一般就是由唱导僧兼任，因为两者的职业需求有着极其相似的标准。这样，在俗讲法事上，唱导僧便成了俗讲僧了。

三　押座文、解座文的属性

依据敦煌 P·3849 号文献的记载，俗讲的程序为：开篇多有一段"说押座"，今人的解释一般为，"押"可通"压"，是一种开场前安定听众，使其专心听讲的方式，此段文字称为押座文。俗讲结束时，一般又有一段"解座文"，以敦劝和吸引听众下次继续前来听讲。

前引《高僧传·唱导·论》云："爰及中宵后夜，钟漏将罢，则言'星河易转，胜集难留'，又使人迫怀抱，载盈恋慕。当尔之时，导师之

---

① 陈引驰：《隋唐佛学与中国文学》，百花洲文艺出版社 2010 年版，第 331 页。

为用也。"记载的正是佛事圆满时的结束语。敦煌P·3128号文献载有一篇《法华经解座文》（潘重规先生误作押座文）结尾云："适来和尚说其真，修行弟子莫因巡。各自念佛归舍去，来迟莫遭阿婆嗔。"S·2440号《三身押座文》结尾补有一行与之几乎相同的字句，想来是俗讲佛陀三身结束之际的解座文。这与《高僧传》所载之结束语作用相同，惟一则庄重，一则俏皮。

P·2187号《破魔变文》文前有一篇押座文，因文件太长，此不录。此篇押座文的前半部分论述佛理，后半部分赞叹众人功德，并为其咒愿，其中又有"时当青阳令节，仲景方春，是佛厌王宫之晨，合宅集休祥之日"之语，显然，此篇押座文包括了号头、叹德、庄严、时气等内容，分明是佛事开启前唱导僧所宣白的斋愿文！与前文论述的敦煌应斋愿文不同，此段文字形式为韵散相间，与忏仪中相应部分完全一致。

在S·2440号《八相押座文》中，先是略述佛陀一生之化仪（八相），紧接着有"今晨拟说此甚深经，唯愿慈悲来至此，听众闻经，愿罪消灭"之语，此乃请佛、发愿之语，与忏仪开启之际的形式相同；其后，以七言韵文的方式唱道：

赋就中地足悲哀（或为"就中此地足悲哀"），暂到城南便不回，侵晨行早寻沙径，博（薄）暮休程傍水偎。忆儿母子应长（肠）断，应须会里见如来，今日讲经功德分，愿因逢便早归来。

就中此地足别离，每夜唯闻处处悲，借问因何怀怅惘，昨朝强贼捉余儿。孤贫临老遭如此，启告黄（皇）天愿照之，党（傥）令母子重相见，由如枯树再生枝。弟子布施一索，分难之时，愿平善孩儿早出来。[①]

显然，这属于斋意与庄严，仍然是斋愿文的内容。此次讲经亦有檀越施助，不知布施的是何物件，但一索乃量词，即是十丈，想来应为布帛之类。

S·2440号另外几篇，如《维摩经押座文》中有"顶礼上方香积世，

[①] 《英藏敦煌文献》（汉文佛经以外部分）第4卷，四川人民出版社1991年版，第74页。

妙喜如来化相身……今晨拟说甚深文,惟愿慈悲来至此,听众闻经罪消灭,总证菩提法宝身"之语;《温室经讲唱押座文》中也有"顶礼上方大觉尊,归命难思清净众,四智三身随众愿,慈悲丈六释迦文……今晨拟说甚深文,唯愿慈悲来至此,听众闻经罪消灭,总证菩提法宝身"之语,中间为概述《维摩经》与《温室经》的事迹,借此以作赞叹之用,而整体上看,均为请佛、发愿之词。

俄藏 Ф109 号敦煌卷子中载有一篇很特别的押座文,通篇是请佛菩萨、天龙鬼神众来道场证明、护佑,目的是为亡故的亲眷授八关斋戒,"先亡父母及公婆,亡过父母及姊(姊)妹,愿降道场亲受戒,不堕三涂地狱中"。后面是对现实听众的祝愿和期待,祝愿他们"阖家无障难",希望他们"清净身心戒品圆",接着便是授八关斋戒。

由此可知,押座文、解座文的演唱与佛事开启、结束之际的表白是同一类事件,只是将读诵改作歌唱,更具有表演性,而礼忏仪开启、结束之时的言辞正是连接两者的桥梁。

第五节 隋唐的伎乐供养

佛教的音乐供养,从来都是紧密结合着时下新声的。欲了解隋唐时期的伎乐供养,必须要了解音声人在唐代佛事中的情况。姜伯勤先生《敦煌音声人略论》一文对此有详细考证,本书仅略述及,增补一二。

第一,寺属音声事业发达。《续高僧传·释慧胄传》谓:

> 寺足净人,无可役者,乃选取二十头,令学鼓舞。每至节日,设乐像前,四远闻观,以为欣庆。故家人子弟(女),接踵传风,声伎之最,高于俗里。[①]

按,净人者,在寺院担负勤杂劳务的非出家人员,又称家人、贱人。隋唐时代,寺院经济急速膨胀,净人规模巨大,如陈末隋初,荆州河东寺

---

① (唐)道宣:《续高僧传》,《大正新修大藏经》第 50 册,第 697 页。

有"净人数千"①,唐代长安西明寺,高宗一次就赏赐"净人百房"②。

此二十人乃寺院净人,专学鼓、舞,为寺院专属音声人。每至节日,于寺内表演,作为供养并供人欣赏,水平之高,超越世俗。他们所熟知的音乐是世俗的音乐,他们表演的佛教音乐自然受此影响。

第二,使用非寺属音声。宋璟《请停仗内音乐奏》云:

> 十月十四、十五,承前诸寺观,多动音声。今传有仗内音声,拟相夸斫。官人百姓,或有缚绷,此事傥行,异常喧杂。③

仗内音乐即宫中音乐,寺、观明里暗里相较,以音声诱引俗人,甚至有能力雇请宫中音乐。又,孟郊《教坊歌儿》云:

> 去年西京寺,众伶集讲筵,能嘶《竹枝》词,供养绳床禅。

法会之际,寺中请教坊歌儿作音声供养,歌儿所唱,乃是当日流行歌曲《竹枝曲》。

无论是仗内音声,还是教坊歌儿,他们的音乐都会与寺属音声人的音乐有一定区别,而这种区别更多地应该体现在唱词中,而不是曲调上。

伎乐供养,有歌有舞。《续高僧传·释昙延传》载:"(隋文帝)勅大乐令齐树提造《中朝山佛曲》,见传供养。"④ 这仍然是世俗君臣创作的供养音乐,此佛曲是否配舞,不得而知,只知道其见传一代,成为众人喜爱的供养音乐。

敦煌文献为我们提供了许多唐代寺院的歌舞资料。藏经洞中藏有很多乐器谱和舞谱,这些乐谱很有可能为寺院的乐人子弟所有,供伎乐供养之际使用。S·5613 号文献中有四行《南歌子》残舞谱,末行有"开平己巳岁七月七日间题,德凛记之"的说明,德凛与寺院音声之关系虽不得而知,但其在七月十五盂兰盆会之前记谱,很可能与法会上表演《南歌子》

---

① (唐)道世:《法苑珠林》,《大正新修大藏经》第 53 册,第 598 页。
② (唐)苏颋:《唐长安西明寺塔碑》,《全唐文》,中华书局 1983 年版,第 2597 页。
③ (清)董浩等:《全唐文》,中华书局 1983 年版,第 2092 页。
④ (唐)道宣:《续高僧传》,《大正新修大藏经》第 50 册,第 489 页。

歌舞有关。P·3501号文献中有八套舞谱，分别为《遐方远（怨）》（一）、《南歌子》、《南乡子》、《遐方远（怨）》（二）、《双燕子》、《遐方远（怨）》（三）、《浣溪沙》、《凤归云》等，这些内容真实地表现了当日伎乐供养的生动、世俗。我们已经无法知晓配舞之歌词的面貌，想来歌词应该是佛教内容的。以下仅讨论两则歌词明确的伎乐供养大曲。

敦煌作品中有《咏月婆罗门曲子》四首，收录在S·4578、S·1589等写卷上，五五七七五五句式。

> 望月婆罗门，青霄现金身。面带黑色齿如银，处处分身千万亿，锡杖拨天门，双林礼世尊。
> ……
> 望月在边州，江东海北头。自从亲向月中游，随佛逍遥登上界，端坐宝花楼，千秋以万秋。

任二北先生依《教坊记》，定名为《望月婆罗门》，并将其收录于杂曲普通联章中，以为是《婆罗门》大曲之摘遍。笔者以为，此四曲就是大曲全辞，而非摘遍，不能仅以是否有第一第二字样作为是否大曲的标准。陈旸《乐书》"婆罗门"条下云："《婆罗门》舞，衣绯紫色衣，执锡环杖。"① 舞蹈中是有锡杖作为舞具的，四首曲子中，竟两次出现锡杖，与此正相配合；而"面带黑色齿如银"显然是指戴着黑色面具之意，同样指出了舞蹈之际的道具。

四段歌词，歌唱的是玄宗游月宫的故事，四首歌词是一个连续的整体，先写世尊化现，婆罗门礼佛；再写游月宫时月宫内的景象；三写游月宫时月宫外的景象，词中称"锡杖夺天门"，显见得陪同玄宗游月宫的，非道家方士，而是佛教僧侣；最后点出玄宗游月宫，以祝愿作结，宝花楼出自《华严经》，经言华藏世界有恒河沙数无边色相宝华楼阁，这是说玄宗进入了华藏世界，即释迦如来真身毗卢舍那佛净土。吕澂先生以为："曲文谓游月宫以后，随佛逍遥上届，'千秋以万秋'云云，似指玄宗之

---

① （宋）陈旸：《乐书》，《文渊阁四库全书》第211册，第829页。

死而言"①，其言可信。

历来传说，都是道家方士引导玄宗游月宫，为何此处却是佛教僧侣？这是否说明，玄宗游月宫的传说在产生之际，引导者的身份还不曾定型呢？这是很有可能的，试想，佛教徒若在叶静能陪玄宗游月宫的传说被世人普遍接受之后再创作这样一套乐舞，必然会被视为剽窃而遭到耻笑，创作者怎会如此拾人牙慧？最大的可能就是这套乐舞创作于传说产生不久，未定型之际。

唐李公佐《南柯太守传》云："昨上巳日，吾从灵芝夫人过禅智寺，于天竺院观右延舞《婆罗门》。"② 既然寺院在世俗节日中可以搬演《婆罗门》乐舞（可能就是本套曲子），在玄宗死后的忌日（国忌），寺院也可能表演《婆罗门》乐舞，既充供养，又作欣赏。宋璟《请停仗内音乐奏》所称"四齐虽许作乐，三载犹在遏音"，正是此类情况。严肃的国忌行为，对老百姓而言，却具有更加浓郁的娱乐意味。

四首作品，文采飞扬，描绘了一个神圣的境界，赞颂了一个奇幻的故事，由寺院的音声人歌唱舞蹈。

敦煌的佛曲供养中，最著名的、最宏大的，也是最具有文学发展意义的作品，当是"大唐五台曲子寄在《苏莫遮》"六首，它们被保存在P·3360、S·467、S·2080、S·2985、S·4012等写卷中，是对于诸佛菩萨以及佛教圣地五台山的赞美。这是一组大曲赞歌，与前面的《婆罗门》大曲一样，题名中都称作"曲子"，任二北先生以为应该改称"大曲"或"法曲"，实际上大可不必，我们不能用规范的音乐术语去规定民间的习常称谓，很明显，在当日，大曲是可以如此称呼的。

第一首总括五台山的宗教形象，以下五首分别歌赞中、东、北、西、南五台圣境，其歌词如下：

> 大唐五台曲子寄在《苏莫遮》
> 大圣堂，非凡地。左右龙盘，为有台相倚。岭岫嵯峨朝圣地。花

---

① 《敦煌歌词总编》引，上海古籍出版社1987年版，第826页。任二北先生则以为当创作于玄宗之时，并有专门考述的文章，见《敦煌曲初探》。

② （宋）李昉：《太平广记》，中华书局1961年版，第3910页。

木芬芳,菩萨多灵异。面慈悲,心欢喜。西国真僧,远远来瞻礼。瑞彩时时帘下起。福祚当今,万古千秋岁。

第一……第二……第三……第四……第五……①

对于这套曲子,杜斗城先生举"大圣堂,非凡地。左右龙盘,为有台相倚。岭岫嵯峨朝圣地。花木芬芳,菩萨多灵异"句以为,"文笔气势夺人,应出大家之手"②。若从此句得出这样的结论,笔者实难赞同。此套曲子的文笔确实非常高妙,但其妙处并不在此句。

其妙处在于能够很好地把握每台的特点,加以表现。如中台的严寒:"玉华池,金沙畔。冰窟千年,到者身心战";东台的高峻与云雾的变化:"上东台,过北斗。望见扶桑,海畔龙神斗。雨雹相和惊林薮。雾卷云收,现化千般有";西台之殊胜:"阿耨池边,好似金桥影。两道圆光明似镜";南台之幽静:"上南台,林岭别。净境孤高,岩下观星月"等,各有特色,不仅气势夺人,而气势夺人之特色,又令此套曲子远远超越了世俗曲子的香艳。

这套大曲应用于五台山地区盛大的佛教仪式上,体制非常成熟,文学色彩非常浓郁。大曲有歌有舞,这组歌舞就是在节日法会上,在佛像前由官府配给或者寺院自备的音声人表演的。

对于这组大曲的创作时代,研究者之间是存有争议的,饶宗颐先生以为创作于后唐时期,任半塘先生以为可能作于武后朝至玄宗之间,杜斗城先生综合多种文献,考辨出其创作年代应该是"中晚唐之后"③,是比较接近于事实的。

在敦煌的大曲中,还有一套,因为《敦煌歌词总编》校录的关系,令部分研究者误以为其为佛事供养而作,它就是《斗百草词》。

斗百草是一种古代游戏,竞采花草,比赛多寡优劣,常于端午行之,比赛之际有歌曲吟唱。《隋书·音乐志》载,隋炀帝命乐正白明达所造之新声中,有《斗百草》一曲,大概是吸收民间吟唱而创制;又,《唐会

---

① 任半塘:《敦煌歌词总篇》,上海古籍出版社1987年版,第1703—1749页。
② 杜斗城:《关于敦煌本〈五台山赞〉与〈五台山曲子〉的创作年代问题》,《敦煌学辑刊》1987年第1期,第52页。
③ 同上书,第55页。

要》载，太常梨园别教院法曲乐章中亦有此曲，法曲的特点是其音清而近，《斗百草》既为法曲，当亦有此特点。

敦煌此曲共四首，任二北先生以为，按其词意，"事应出于宫中"，歌舞"应亦出于宫中"①，本与佛事供养无涉，唯第一首首句，任先生以方音为切入点，校为"建寺祈长生"，给此套大曲以佛事供养的假象。

此种校录是错误的，第一，S·6537、P·3271两套写卷此处均作"建士祈长生"，毋庸置疑；第二，祈长生非佛家言语，乃世俗或道教言辞。所以，《斗百草词》是与佛事供养无涉的（当然，有没有可能完全以世俗音乐和言辞作伎乐供养，后世不得而知，即便有，亦不属于本书的研究范围）。

当日的伎乐供养，从以清商乐为主到以燕乐为主，大概发生在玄宗朝以后。高宗时代译《佛说陀罗尼集经》载：

> 于四门外各安一部好细音声，如不能办，一部亦得。
> 清乐音声两部。②

这是译经中所记当日道场供养音声的言辞，可以发现，当日的伎乐供养，依然以清乐为主。但到了玄宗之后，唐代燕乐曲子（大曲）便成了佛教伎乐供养的主体形式了。

---

① 任半塘：《敦煌歌词总编》，上海古籍出版社2006年版，第1680页。
② 《佛说陀罗尼集经》，《大正新修大藏经》第18册，第819、893页。

第四章　宋代的佛事音乐文学

宋元时期，佛事上所使用的音乐继续向时下新声靠拢——宋人称之为法曲子。此时的新声，属于燕乐系统，曲子虽然产生于唐代，但到了宋代，它已然取得了一代之文学的地位。此时的佛事音乐，正是在这样的文学背景下，广泛地使用着法曲子。

《大宋僧史略》云："近闻周郑之地邑社多结守庚申会。初集鸣铙钹，唱佛歌赞，众人念佛行道，或动丝竹。"[①] 唱赞而配以丝竹，显见得音乐性之强。《宋高僧传》称："今之歌赞，附丽淫哇之曲，惉懘之音，加酿瑰辞，包藏密咒，敷为梵奏，此实新声也。"[②] 此新声正是宋代曲子。赵文《听请道人念佛》诗云："平生不喜佛，喜听念佛声。……乃知象教意，妙觉在声闻。俗人不解此，梵教杂歌行。敲铿鼓笛奏，真与郑卫并。能令妇女悦，未必佛者听。"[③] 既是俗人欢喜在梵呗中夹入郑卫之声，僧侣自然以此为务，所以，宋元时期的法曲子，无论是作者还是数量，均有所增加。

第一节　法曲子之一——以《因师语录》为中心

道诚称为"唐赞"的法曲子，在敦煌文献中被直接确认的绝少，敦煌歌词中可能包含一些不被俗世所用、不见于世俗记载的词（曲）牌作品（教中有不少专用的法曲子，详见下文），这需要研究者的进一步挖掘。但此类佛教仪式上的赞颂曲子，在《因师语录》中被大量地保存了下来。

---

① （宋）赞宁：《大宋僧史略》，《大正新修大藏经》第54册，第250页。
② （宋）赞宁：《宋高僧传》，《大正新修大藏经》第50册，第872页。
③ 赵文：《听请道人念佛》，《全宋诗》第68册，第43243页。

第四章　宋代的佛事音乐文学

《因师语录》为元初释如瑛所编，其最初整理者为释德因，据上编考证，因师出生于南宋初期。

书中按佛事内容分类编排，其中"歌扬赞佛门"，收录了因师搜集的各种佛事上的赞佛歌曲。这些"法曲子"，道诚与吴曾所提到的仅有《三归依》、《柳含烟》、《千秋岁》三调。在那些未被提及的曲调中，有世俗常见的曲子，如《古阳关》、《鹤冲天》、《临江仙》、《贺圣朝》、《满庭芳》、《望江南》、《声声慢》、《捣练子》、《五福降中天》等，佛教徒以寄调的方式赞扬三宝，甚至超拔亡灵，为佛教法会增添了很多新鲜血液；还有一些明显为佛教法事专用曲，《三归依》已见前论，还有《降魔赞》，从句式变化的繁复程度、格律的严密程度，可以推测其曲调绝非平静之诵唱；此外，《乔鼓社》、《巧筝笆》二首，虽然并无俗世词流传，甚至没有调名流传，但从调名可以看出，这些当为世俗所用的曲调；《五雷子》一调，从调名来看，似乎是道教曲调。

以下针对几首不为世俗常见以及与世俗曲子有出入的法曲子作些说明。

《古阳关》：此调宋代多有唱者，《老学庵笔记》载东坡尝自歌《古阳关》，宋陆敦礼侍儿美奴《卜算子》云"一曲《古阳关》，莫惜金樽倒"[1]，晁补之亦有《古阳关》存词。佛事上的《古阳关》，内容虽是赞扬三宝，但文学色彩浓郁，赞佛之曲刻画佛陀成佛前后的事迹；赞法之曲刻画佛法的殊胜，稍显枯燥；赞僧之曲最有韵味，其词曰：

> 稽首归依僧，住世在方广与天台。南岳祝融，峰顶迥绝尘埃。亲蒙佛嘱，应此土他方天上回。或伏虎，居岩畔，或振锡浮杯，闲卧白云堆，被灵禽叫声惊起来。阑散岩前入定，觉树花开，珊瑚树下，更把青松月里栽。真潇洒，无余事，有请降临来。[2]

歌赞中，罗汉僧的住处，神通，充满禅意的隐居生活，均被很好地刻画出来。应用文学与写意文学密切地融合在一起。

---

[1] 唐圭璋：《全宋词》，中华书局1965年版，第788页。
[2] （元）如瑛：《高峰龙泉院因师集贤语录》，《卍新纂续藏经》第65册，第15页。

《乔鼓社》：此调仅见于此，四篇格律整齐划一，为标准的法曲子。考其调名，鼓社即斗鼓社，《西湖老人繁盛录》载宋代有此种社会。乔者，模仿也，盖斗鼓社中流传有比较特别的曲调，此调乃模仿彼调而创。又，此调名或者是《乔社鼓》之误。社鼓乃社日祭神所鸣奏的鼓乐，宋陆游《秋社》诗："雨余残日照庭槐，社鼓鼕鼕赛庙回。"元刘因《鹊桥仙·喜雨》词："不妨分我一豚蹄，更试听清秋社鼓"，此调乃模仿社鼓之乐而创。然此两种均属猜测之辞而已。

此调亦为赞扬三宝，但于三宝赞之后，还有一篇，其词曰：

> 三归依了，赞祝愿当今帝，万岁千秋常如此，愿福寿山河齐，太子重臣巍巍，民安国泰歌欢喜，诸邦小国无争战，八方尽来朝帝。①

词中既祝愿皇帝万岁千秋常如此，福寿山河齐，显然只能在圣节道场上使用。但前三首丝毫没有圣节道场的暗示，所以，前三首也可能在平常使用。

《柳含烟》：《释氏要览》中"法曲子"条所列"唐赞"，即含此调。此处记载的三篇，就笔者掌握的资料，其中佛赞一直流传后世，其谱见田青《中国佛教音乐选粹·天宁寺唱诵》之《佛宝大赞》。法、僧两赞不知流传后世否，若无传，依照《因师语录》的记载，可以将此三宝赞补全。

《五雷子》：调名仅见于此，三段格律整齐划一，为标准的法曲子。由调名看，似乎是道教所创之曲。北宋末年，在道教界突然出现了一个法术流派，号称"五雷正法"，以后迅速被其他道派所采用，成为当时最有影响的法术体系，一般祈祷、驱邪等多袭用五雷正法。在这种道教法事中必然有自己的宗教音乐，产生《五雷子》曲子不足为奇。此论若符合事实，则《五雷子》一调或即产生于两宋之交的道教，并很快被佛教袭用。

《巧筝笆》：调名（目录中作《巧笋笆》）首见于此，两段格律整齐划一，为标准的法曲子。元曲中有《搅筝笆》，体式不同，应该是由此发展而来。

《水调歌》：相传隋炀帝开汴河时曾制《水调歌》，唐人演为大曲。大

---

① （元）如瑛：《高峰龙泉院因师集贤语录》，《卍新纂续藏经》第65册，第16页。

曲在唐代还是纯粹的歌舞乐曲，发展到宋代，逐渐与故事情节相结合，在宋代的杂剧中，就有一部分以大曲演唱的节目，在本套《水调歌》中，这一特点更加突出。又，宋大曲的歌词为长短句，本套之歌词亦是长短句。

《降魔赞》：经藏中有唐不空译梵音《释迦牟尼佛成道在菩提树下降魔赞》，为密教仪轨中的唱诵文，这些内容，"形其言则陀罗尼母也，究其音则声明也"[①]，是一种宗教音乐，其中还有唱法说明，有平音、引、二合、三合、引三、引五、平一引、转舌、入、引转声、入引、入引声、短声、引上、入呼等众多音乐标记。规模与此处相当，此或为遵循其唱法，而改为华文。

此外，卷三"音声佛事门"中收录《望江南》十四首，为法事中供奉香、灯、茶、果、斋、水、宝、米、衣、药等供品时所唱；卷七"诸般佛事门"中收录了《柳含烟》三首，《捣练子》三首，均为俗世作超拔道场时所唱的祝愿亡者早归极乐净土的曲子。

这些曲子是在佛事上被应用的，词中总透露出应用文学的意味。但僧人尽力避免枯燥的赞叹，千方百计将其表现得生动些，以期更有感染力，因此，其词的可读性要比佛经中的偈赞强多了。

文中收录的许多赞佛歌曲，并不是空洞地赞美佛祖的神圣，很多是唱诵佛陀一生的化迹，或者某一阶段的事件，以此来表现佛陀的伟大，达到赞美佛陀的目的，文学性、故事性较强。另外，部分歌词着重刻画情境，如法会结束时的送佛曲子《声声慢》："看看更残月暗，渐金乌、隐隐东生。陈赞礼，望我佛慈悲，愿鉴丹诚。三藏加持秘咒，奏乐音、渐送幽深。"[②] 极力刻画凌晨时分法会肃穆、神秘的气氛，情境幽深。而在荐亡的佛事上，僧人创作的曲子词也能够激起当事人的情感波澜，卷七的《开明文》中有这样一段：

……切以冥魂杳杳，初无再见之期；泉路茫茫，宁有重归之日！重念此生之泉别，用凭薄莫以哀辞。仰冀一灵，俯歆三醉。伏请孝眷虔诚，开壶酌酒（举柳含烟调）：

一奠酒初斟，哀哉苦痛人心，从今一别想难寻，不觉泪流襟。

---

① （宋）赞宁：《大宋僧史略》，《大正新修大藏经》第54册，第240页。
② （元）如瑛：《高峰龙泉院因师集贤语录》，《卍新纂续藏经》第65册，第18页。

二奠酒加分,亡魂执盏当巡,六亲眷属泪纷纷,从此别千春。

三奠满金杯,亲姻哽咽悲哀,凭僧略为荐泉台,愿早往生来。①

经过祭悼仪式上表白的渲染,至此当事人已经是感情汹涌,一触即发的状态了,在亡者亲属开壶酌酒之际,伴随着他们的行为,僧人使用《柳含烟》调的唱词,将他们的心情悲悲戚戚地表现出来,其效果可想而知。

第二节　法曲子之二——宋代其他的法曲子

宋代法曲子的创作,远不止前面所提及的数种,在宋代的科仪中,保存着多达百首的法曲子,这些科仪,大多被保存在大藏经中,还有部分被《藏外佛教文献》收录。它们镶嵌在科仪之中,有顺序地演唱,令佛事科仪成为规模不等的合唱团。

收录在《因师语录》及科仪中的法曲子,我们可以清楚地知道它的使用情况,但还有一些被其他文献记载的、没有记载具体使用情况的作品,也需要研究它们的使用情况,将那些法曲子纳入研究的范畴。

宋僧宗晓编《乐邦文类》中收录了一些法曲子,分别是僧法端赞西方《渔家傲》,僧净圆娑婆苦《望江南》(六首)及西方好《望江南》(六首),这些作品,是周裕锴先生所说的"'赞净土'的词,赞颂西方净土之美好,劝众生修行向善"(前引),周先生将它们归入唱道之词一类。然而,这些作品根本是仪式歌曲,它们被创作出来的目的就是被应用。

以净圆法师《望江南》中的两首曲子词为例②:

西方好,随念即超群。一点灵光随落日,万端尘事付浮云,人世自纷纷。凝望处,决定去栖神。金地经行光里步,玉楼宴坐定中身,方好任天真。西方好,琼树耸高空。弥覆七重珠宝网,庄严百亿妙华宫,宫里众天童。金地上,栏楯绕重重。华雨飘摇香散漫,乐音寥亮鼓清风,闻者乐无穷。

---

① (元)如瑛:《高峰龙泉院因师集贤语录》,《卍新纂续藏经》第65册,第28页。
② (宋)宗晓:《乐邦文类》,《大正新修大藏经》第47册,第228页。

第四章　宋代的佛事音乐文学

此两首作品抒发了对西方极乐世界的向往，从其创作之初就是作为仪式赞颂而被广泛应用的，而且是传唱到今的。1956年夏天，中国音乐研究所和湖南省文化局曾对湖南省的音乐作了一次普查，其中，搜集整理了大量的佛教法事音乐，前举西方好《望江南》即是其中之一，只是不知从什么时候开始，僧人们将两首作品合并为一首，并称之为《赞西方》。传唱了近千年的佛赞，有这样的改动，这是可以理解的。

赞西方

湖南唱法

隐　莲　唱
杨荫浏　记

（乐谱略）

资料来源：中国音乐研究所编《湖南音乐普查报告》，湖南人民出版社2011年版。

在《乐邦文类》中，并没有说明净圆法师创制娑婆苦《望江南》（六首）及西方好《望江南》（六首）的来龙去脉，面对这些作品，很容易令人认为它们是纯粹的文学创作。通过前面的分析，我们发现，佛事科仪中每每存在这种定格联章的成套作品，所以，净圆法师的十二首《望江南》，很可能也是科仪中的一部分。

据《乐邦遗稿》载："天台白云山有净圆法师，传天台教观，尝作《西方礼文》。"① 何为《西方礼文》？前文曾提及净土宗第五祖少康建净土道场，聚人行道，唱赞二十四契，称扬净邦，其二十四契偈赞，皆附会郑卫之声。据《佛祖统纪》载，少康所行之科仪，实是受到了善导和上《西方礼文》的启发②，显然善导《西方礼文》乃少康之前的另一部科仪。净圆法师的《西方礼文》自然也是一部科仪，而十二首《望江南》，很可能便出自此部科仪。

此外，《乐邦文类》中还收录了北山法师可旻的一套赞净土《渔家傲》（并序），这首作品被众多研究者认为是纯文学作品，应该归入唱道

---

① （宋）宗晓：《乐邦遗稿》，《大正新修大藏经》第47册，第241页。
② （宋）志磐：《佛祖统纪》，《大正新修大藏经》第49册，第380页。

之词。其原因在于这首作品之前的序，若是应用性作品，不该有这样一段艺术性很强的序言在前，其序曰：

我家渔父，不比泛常，一丈六之身材，三十二之相好。说聪明也，孔仲尼安可齐肩；论道德也，李伯阳故应缩首。绝偏武略，独战退八万四千魔兵；盖世良才，复论贩九十六种外道。拱身誓水，坐断爱河，披忍辱之蓑衣，遮无明之烟雨。慈悲帆挂，方便风吹，撑般若之扁舟，游死生之苦海。誓山月白，觉海风清，钓汩没之众生，归涅槃之篮笼。如斯旨趣，即是平生，暂歇钓竿，乃留诗曰：①

按：此序并不是文学意义上的写在作品前后的序言，佛教本有一种言教形式，也称为序的，它是在众人前唱出来的。唐善导的《转经行道愿往生净土法事赞》是一套复合结构的唱赞，其结构大约有"赞序"、"召请文"、"白文"、"唱赞"等部分，其中赞序部分就是一段赞佛赞法的话，而它是唱出来的，不是作为著作的序言书写的。又，《续高僧传·杂科声德篇》云："梵、导、赞、叙（序），各重家风"②，四类均属声德，梵为以梵声转读，赞为赞呗歌咏，导为唱导，而序是在佛事开始前以"梵白"的形式唱的开场文章。各重家风说明了所唱的"序"是非常受僧人重视的，而且不同寺院的僧人所唱的序是有不同风格的。见上编第二章第一节《对转读、梵呗的整理》所引附录。

了解到此，我们也可以说，可旻的赞净土《渔家傲》（并序）是他创作的应用在法会上的法曲子，绝不单纯是作为文学作品创作的。

此外，还有一些无法肯定其使用情况的曲子词，附录于此，以备后查。

净端《苏幕遮》：

遇荒年，每常见。就中今年，洪水皆淹遍。父母分离无可恋。幸望豪民，救取庄家汉。最堪伤，何忍见。古寺禅林，翻作悲田院。日

---

① （宋）宗晓：《乐邦文类》，《大正新修大藏经》第47册，第226页。
② （唐）道宣：《续高僧传》，《大正新修大藏经》第50册，第704页。

夜烧香频□□，祷告皇天，救护开方便。①

此词以祝祷为内容，或者是专为消灾法事所准备的。

了元（佛印）《满庭芳》：

> 鳞甲何多，羽毛无数，悟来佛性皆同。世人何事，刚爱口头浓。痛把群生割剖，刀头转、鲜血飞红。□□□，零炮碎炙，不忍见渠侬。喉咙。才咽罢，龙肝凤髓，毕竟无踪。谩赢得、生前夭寿多凶。奉劝世人省悟，休恣意、激原作击，改从饮食绅言恼阎翁。轮回转，本来面目，改换片时中。②

此词以戒杀为内容，或者专为放生佛事科仪所作。

除了僧人外，世俗依然有人创作法曲子。王安石的《望江南》皈依三宝赞四首就是这样的一套：

> 归依众，梵行四威仪。愿我遍游诸佛土，十方贤圣不相离。永灭世间痴。归依法，法法不思议。愿我六根常寂静，心如宝月映琉璃。了法更无疑。归依佛，弹指越三祇。愿我速登无上觉，还如佛坐道场时。能智又能悲。三界里，有取总灾危。普愿众生同我愿，能于空有善思惟。三宝共住持。③

与白居易一样，这应是王安石在参加法事之时，为僧人创作的一首皈依赞。只是他将传统佛法僧的顺序颠倒，似乎是为了表现层层递进之意，最后，从个人的愿望到普愿众生，达到发愿的最高层次。第一首改"僧"为"众"，引起了东方乔甚至龙晦先生的误解，如龙先生称："由于王安石是在家居士，他把'归依僧'改成了'归依众'。"④ 僧，为僧伽之略称，意译为众，即多数比丘和合为一团体。僧更为习见，但《望江南》

---

① （宋）师皎：《吴山净端禅师语录》，《卍新纂续藏经》第73册，第77页。
② 唐圭璋：《全宋词》，中华书局1965年版，第369页。
③ 唐圭璋：《全宋词》，中华书局1965年版，第658页。
④ 龙晦：《灵尘化境——佛教文学》，四川人民出版社1995年版，第131页。

的首句格律为平仄仄（平平仄），此处改用众字是为了合乎格律而已。

第三节　科仪中的音乐文学——以云南阿咤力教科仪为中心

阿咤力教，据蓝吉富编《云南大理佛教论文集》，乃云南大理白族的佛教信仰，系与杂密颇为近似的佛教支系。"阿咤力"即"阿阇梨"一词之另译，意指"轨范"、"导师"，故又称"师僧"或"轨范师"，白族语则称之为"师主簿"。阿咤力教的主要修行方式有诵咒、结印、祈祷，对宗教仪式非常看重。在白族之宗教信仰中，阿咤力是可娶妻生子的祭师，采子孙相袭制。

本书所研究的乃汉地之佛事文学，本与阿咤力教无涉，但现存之阿咤力教科仪，无一例外是由汉地僧侣创制的，这意味着什么呢？是汉地僧侣刻意为云南的阿咤力创制的？显然不是，这只能说明阿咤力教借用了汉地佛教的科仪，这些科仪本身是供汉地僧侣在佛事上使用的，对于这一问题的详细考证，详见侯冲先生《云南阿咤力教经典及其在中国佛教研究中的价值》一文。

在侯冲先生整理的阿咤力教科仪中，我们选择四部宋代的汉地科仪为例，它们分别是：一、《楞严解冤释结道场仪》，八卷，北宋眉阳慧觉寺长讲沙门祖照集。二、《地藏慈悲救苦荐福利生道场仪》，四卷，宋余杭沙门释元照集，以下称《地藏道场仪》。三、《销释金刚经科仪》[①]，一卷，南宋隆兴府百福院释宗镜述，以下称《金刚科仪》。四、《如来广孝十种报恩道场仪》，本名《孝顺设供拔苦报恩道场仪》，又名《如来广孝十种报恩道场教诫仪文》，八卷，南宋四川绵竹大中祥符寺僧人思觉集。其中，眉阳即四川眉山，三苏都称自己为眉阳人；余杭即浙江余杭；隆兴即南昌；绵竹即四川绵竹。四部科仪分别创作于宋代中国的东、中、西部，可见宋代的科仪创作是时代性的，与地域无关。以下对这四种科仪中所蕴含的音乐文学信息分别进行爬梳。

---

① 本科仪《续藏经》中收录，但未经校勘。

一 《楞严解冤释结道场仪》与敦煌佛曲《五更转》

《楞严解冤释结道场仪》，主要依据《大佛顶首楞严经》编集而成，必须与经配合才能举行法会，目的是"在在处处，解冤释结"①。

此道场科仪中，有很多音乐成分。在《道场次序》中，有如下说明：

> 凡设道场……须……选音声和畅，喉舌巧妙者一人，充赞韵。凡一切歌赞唱偈，系磬一一从之，勿令搀前脱后，互相紊乱，不成佛事。所以随高随下，和佛诵经，责令整肃。②

整场科仪的唱赞，均由此人完成，乐器大约只有磬一种。大分起来，有三种音乐形式。

其一，唱佛名号。段安节《乐府杂录》"文溆子"载，乐工黄米饭依文溆念四声观世音菩萨，撰《文溆子》，这部科仪中，循环举"解冤结菩萨"（四声），"归依法报化身佛"（四声）等佛菩萨名号，显然也是以曲调吟唱。

其二，吟偈，科仪叙述斋意部分称："向下举起五（四）声解冤结菩萨圣号，辄吟四韵偈章。偈声甫毕，叹佛宣疏。"③ 吟偈之吟，乃歌唱之意，如李白诗云"客有桂阳至，能吟《山鹧鸪》"，王昌龄诗云"常吟《塞下曲》"，二者皆曲子名，所以，吟偈就是演唱偈赞。其偈各有不同，如其中有："贪爱冤心识是谁？瞿昙直截为拈提。昏昏自蔽无休日，往往难逃不尽时。衣裹灵珠贫自苦，宅埋宝藏转成痴。悲心特与挥标指，月在长天水在池。"虽非高明之诗句，却也注意典故的运用及形象的刻画。

其三，歌赞，完全以"法曲子"出之，如其中咒水所用之赞："一钵寒泉，蠲除热恼，功勋莫可量。注想曹溪水，别来几度春光？凝然湛寂，灌清净醍醐，甘露琼浆。霏法雨，杨枝洒处，遍满坛场。普愿霑濡，使含识俱蒙出苦乡。饿殍焦面，了悟自性真常。我今法会，仗密语伽陀咒赞

---

① （宋）祖照：《楞严解冤释结道场仪》，《藏外佛教文献》第6辑，宗教文化出版社1998年版，第41页。

② 同上书，第38页。

③ 同上书，第51页。

扬。周沙界，无人无我，尽获清凉。"① 此曲未说明曲牌，但为世俗曲子则毫无疑问。吟偈既与歌赞并列，表明两者是有区别的。其区别大概在于歌唱的曲调上，吟偈曲调的音乐性应该较歌赞为弱。

在此科仪中，还有一套以《五更转》形式表现的歌赞，其文曰②：

初更鼓打，鼓打钟撞的，（念释迦牟尼佛）（称念奉持）谨把持着，持着官门闭，恐怕太子，太子去修持，念云云。忉天彩女，彩女乘着□，嫔妃细乐，细乐喧天地，念云云。太子听得，听得转如迷，念云云。我佛太子，听得转如迷。念云云。

二更鼓打，鼓打月明时，（念释迦牟尼佛）（称念奉持）歌舞□□，□□便喧戏，太子不乐，不乐疾如痴，念云云。太子祷告，祷告天和地，不思皇宫，皇宫富贵时，念云云。一念发愿，[发愿] 去修持。念云云。

三更鼓打，鼓打人憔悴，（念释迦牟尼佛）（称念奉持）太子临行，临行嘱付妻，耶输两泪，两泪双□垂，念云云。信香一炷，一炷君收什，有灾焚起，焚起告父（夫）知，念云云。听得更鼓，更鼓渐渐催。念云云。

四更鼓打，鼓打月影移，（念释迦牟尼佛）（称念奉持）太子便把，便把诸迹逾，四王捧在，捧在空门内，念云云。惟存车辇，车辇左右随，方知太子，太子离宫去，念云云。南门墙下，[墙下] 马踪迹，念云云。

五更鼓打，鼓打响如雷，（念释迦牟尼佛）（称念奉持）父王便把，便把群臣集，太子昨夜，昨夜修行去，念云云。苦痛太子，太子兹特去，龙颜大怒，大怒惊天地，念云云。山河社稷，[社稷] 靠着谁，念云云。

《五更转》，民间小调。又称"五更曲"、"叹五更"、"五更鼓"，歌

---

① （宋）祖照：《楞严解冤释结道场仪》，《藏外佛教文献》第 6 辑，宗教文化出版社 1998 年版，第 51 页。

② 侯冲先生录文稍显混乱，此处略作整理。

词共五叠，自一更至五更递转咏歌。此调起源较早，南北朝时乐工采自民间，被列为相和歌词清调曲之一，《乐府诗集》存南朝陈伏知道《从军五更转》；敦煌文献中保存着内容、结构各异的《五更转》，任二北先生把这类曲子称为"定格联章"体曲子；到了宋代，"教坊以五更演为五曲，为街市唱"①。可见，五更转是不断变化的，有着鲜明的时代特色。

敦煌文献中的《五更转》，其用途也不完全相同。如《五更转》"七夕相望"用于七月初七夜求天女时演唱，据《开元天宝遗事》载，当夜，宫廷与民间皆"动清商之曲"②，《五更转》正是商调曲，又祖咏《七夕乞巧》诗云："闺女求天女，更阑意未阑"，演唱者大概是歌妓或闺女。《五更转》"缘名利"、《五更转》"识字"等，乃当日之日常小调，演唱者大概是民间艺人。而对于许多佛门《五更转》，包括《顿见境》、《太子五更转》、《太子入山修道赞》、《南宗赞》、《南宗定正邪》、《无相》、《太子成佛》等，后世研究者多笼统地称之为佛教徒进行通俗的宗教宣传，却没有说明这是在什么场合下进行的宗教宣传。

在《楞严解冤释结道场仪》中，《五更转》是在入坛参佛时应用的，负责唱赞之人在吟唱"皈命敬礼牟尼佛，释迦牟尼尊佛，牟尼佛"之后，便演唱此套《五更转》。演唱之后，举楞严海会佛菩萨，吟唱《叹佛偈》，再依仪参礼。

它给了我们这样一个提示，在敦煌的《五更转》中，是否有一部分也应该与此相似，是用在道场科仪中的呢？

法藏敦煌文献 P·3065 号中有《太子入山修道赞》一本，书写规整，无错字别字，显然是郑重其事的。前半部分是以《五更转》的形式演唱太子入山修道的事迹，句式为五五七三（有几首有衬字，三字句变成五字句）；后半部分演唱佛陀成道、涅槃及末法众生之修行，句式与《五更转》五五七五相同，没有使用五更字样；最末题"太子入山修道赞一本"。P·3061 号与此全同，唯后半部分仅抄一行。显然，抄写之人并没有将前后部分当作两篇文献。然而，任半塘先生将《太子入山修道赞》

---

① （宋）王楙：《野客丛书》，《丛书集成初编》，第182页。
② （五代）王仁裕：《开元天宝遗事》，《开元天宝遗事十种》，上海古籍出版社1985年版，第98页。

一分为二，前半部分名为《五更转》"太子入山修道赞"，后半部分名为《证无为》"归常乐"，两者各不相干，这为现代多数研究者所认可。

《楞严解冤释结道场仪》中，《五更转》之后立刻吟唱《叹佛偈》，《太子入山修道赞》的下半部分，第一首即是《叹佛偈》，其文曰："金色三十二，八十相好圆，誓于苦海作舟船，运载得升天。"与《楞严解冤释结道场仪》的结构一般无二。

至此，我们可以说，在敦煌文献中，《五更转》的应用场合各式各样，但至少《太子入山修道赞》是用在道场科仪之中的。

二　《报恩道场仪》与敦煌佛曲《十恩德》、《孝顺乐》

《报恩道场仪》，全名《如来广孝十种报恩道场仪》，本名《孝顺设供拔苦报恩道场仪》，在建斋做道场时与《大方便佛报恩经》配合使用，设供拔苦，既是追荐之意。

此道场仪之结构、所本、目的，在《道场所祖仪当演》之下有简略的说明：

> 唐圭峰禅师……获遇《盆经》，遂造疏文……又本朝慈觉禅师……秉笔迹书《孝行录》一百二十篇……又明教大师……力著《孝论》一十二章……夫三大士所述虽殊，是皆明其孝也。故感王臣外护，天地征祥。今述仪文，皆本于此。
>
> 并检阅藏教摘取因缘，非敢以胸臆之谈徒欺诳也。
>
> 又拟诸家仪范，皆本藏乘，如药师、寿尊、观音、弥勒之道场，皆我本师所赞之文；华严、涅槃、法华、圆觉之道场，皆我本师所赞之法……
>
> 又见世间凡设道场，多为父母，为无仪范，故假旁求。今既有文，是为正辙。奉劝孝子，可力行之。①

科仪中有宣白，有吟唱，有歌赞，有转读经文，有因缘故事，较唐代

---

① （宋）思觉：《如来广孝十种报恩道场仪》，《藏外佛教文献》第8辑，宗教文化出版社2003年版，第58页。

宗密《圆觉经道场修证仪》更进一步，与唐代俗讲极其相似。这也从反面证明了唐代俗讲确实是借鉴佛教道场科仪而更加俗化的结果。

其中歌赞共十八套，均为曲牌相同的法曲子。皆是前诵真言，后唱歌赞，充满了劝孝言辞。如其中一则云：

> 能养其亲，居而致敬，要当色养承颜。音容喜愠，亲侍更防闲。当念寒温定省，趋庭问、《诗》《礼》忘还。争知道，父王返拜，身踊七多间。继而能奉养，克全至乐，戏老莱斑。昇舆负米，喜跃忍多艰。粗可百年相守，眼光落、泪雨空淯。何日早？扶持恃怙，笑傲涅槃山。

此词上下片，均首先论世间之孝。继而说明佛教之孝。上片在称说世间之孝后，紧接着说，世人哪里知道，虽然净饭王反拜佛陀，却得最终证道归真［身踊七多（罗树）间，是证道之后的神通］；下片在说明了世间之孝后，紧接着说，这样的孝在父母逝后就无法持续了，而佛教的孝，能够令父母直达涅槃，是最究竟的孝。十八套曲子，内容皆与此相类。

此外，科仪中又有以当日俗曲曲调演唱的歌赞，这些俗曲，曲调是固定的，但本身不见得有固定的曲牌名。这并不奇怪，历来民间小调多有此种情况，所以，无须如任二北先生一般，将所有的无调名歌词都拟个调名。

科仪中的这些俗曲，是如何被镶嵌在科仪之中的呢？在本科仪中，有一段《赞十种恩仪》，其文曰：

> 如来十种报深恩，普劝诸人孝二亲。为人若不行孝道，恐后难逢父母身。
>
> 法师指示，朗宣洪文。（后法师当诵《大方便佛报恩经》经文）
>
> 《涅槃经》云："奇哉父母，生育我等……"道经云："天下人民皆因父母寄胎诞育而生此身……"诗云："父兮生我，母兮鞠我……"三教本无异说，二亲俱有重恩。父有生成之功，则固比于天；母有养育之劳，则固比于地。原其大要，略举十焉。佛告阿难："父母恩德有其十种。何者为十？所谓怀耽守护恩、临产受苦恩、生

第四章　宋代的佛事音乐文学

子忘忧恩、咽苦吐甘恩、回干就湿恩、乳哺养育恩、洗濯不净恩、为造恶业恩、远行忆念恩、究竟怜悯恩。"我今为报过、现父母十种恩德，各望志诚，同为缘助。

皈依大孝释迦佛（四声　胡跪赞礼）

大孝释迦，出广长舌相，演说真经，普劝人归向。父母劬劳，广说无边量。十种深恩，次第依经唱。①

此处为本仪之开端，概述十恩德之内容。以下，分别就十恩德进行赞叹。"十种深恩，次第依经唱"，显然，以下论说十种恩德之言乃歌词。以第一恩为例：

志心皈命礼娑婆教主、我等本师、大孝释迦牟尼佛！

兜率宫中降母胎，胎中廓尔总兼该。能容法界如来孕，不碍尘沙佛子来。伤叹子萦三障业，缠绵母受一年灾。愿亲无复怀耽苦，永托莲台上品开。

我今称赞，愿赐加威，摄受报恩人，同行出世孝。

诵报恩德真言曰：唵（引）。阿陀那僧。娑婆诃。

一岁孩儿，抱在娘怀里。将乳共儿，吃了昏昏睡。抱在房中，寻些生活计。愿儿成人，报答娘恩意。

（举）怀耽守护恩难报：

怀耽守护，父母恩难报。身重如山，困闷多忧恼。饮食无味，唇口常干燥。起卧昏沈，夜梦多颠倒。

一谢怀耽守护恩　大孝释迦牟尼佛②

以下仪文结构与此完全相同，接唱"二岁孩儿"直到"十岁孩儿"，每岁之下分别接其他八种恩德，"×岁孩儿"与《十种报恩赞》，体式虽然均为"四五四五四五四五"格，并不见得曲调相同，但各自包含的十

---

① 本段歌赞本与《十种报恩赞》作为附录，抄在科仪最后，但显然与十种赞一样，分别插入各自的提示语之下。

② （宋）思觉：《如来广孝十种报恩道场仪》，《藏外佛教文献》第8辑，宗教文化出版社2003年版，第129—130页。

首,显然是同调联章的。

与敦煌歌词相比,"×岁孩儿"与《百岁篇》形式相似,而《十种报恩赞》与《十恩德》形式则完全相同。敦煌《十恩德》也是十首联章,其第十首曰:

> 第十究竟怜愍恩
> 流泪百千行,爱别离苦断心肠,忆念是寻常。十恩德,说一场,人闻争不悲伤,善男女审思量,莫教辜负阿耶娘。

任二北先生认为,敦煌的《十恩德》,"末曰'说一场',足见是讲唱文,有说有唱者,惜说白不传"[①]。"十恩德,说一场"与"十种深恩,次第依经唱"并无二致,其前其后也是有说有唱,任先生的说法是正确的,但并不是在歌场中演唱,而是在科仪中演唱。

敦煌的另外两套"十恩德",也证明了这一点。

第一套十恩德共十三首,被任先生拟调名为《十种缘》。第十一首有"忧愁烦恼道场边"之语,足见其应用于道场科仪;最后一首则曰:"烧香礼拜归佛道,愿值弥勒下生年,各自虔心礼贤圣,此是行孝本根源。(菩萨子)",正是在歌赞结束之际引出道场的礼拜行为。第二套十恩德共十二首,被任先生拟调名为《孝顺乐》。第一首称"道场今日苦相劝",末一首称"并劝面前诸弟子",每首之后均有和声词"孝顺乐,孝顺乐,孝顺阿耶娘,孝顺乐",也证明此套十恩德是用于民间法事道场中演唱的赞文。

三 《地藏道场仪》与《金刚科仪》的表演性

《地藏慈悲救苦荐福利生道场仪》,以《地藏菩萨本愿经》为依据而编集。包括仪文两卷,提纲、密教各一卷。提纲卷清晰地表明了本科仪的程序,大致包括:举梵,坛前教诫(道场法则仪,表扬咒水仪),登坛告白[赞叹三宝(宣疏,警策);礼请圣贤;道场功德仪],初时入坛(叙礼请仪,警策),第一时升座(歌赞,道场仪序,入经,回向),第二时

[①] 任半塘:《敦煌歌词总编》,上海古籍出版社2006年版,第752页。

入坛（叙礼请仪，警策），第二时升座（歌赞，本末因缘仪，入经，回向），第三时入坛（叙礼请仪，警策），第三时升座（歌赞，道场次序仪，入经，回向），忏悔、劝请、随喜、发愿，事法供养仪，礼别贤圣等内容，每告一段落便奏乐，以器乐取散，结构谨严、完整，称得上是极高明的表现艺术。

《坛前教诫仪文》谓：

> 显案宣扬，先究其义而读其文；密教加持，必专其心而致其意。提纲者，撮其机要；唱咏者，和以梵音。咒水者，倍倍诵于总持；排坛者，事事成其利益。法乐接奏，歌咏赞扬，务在精专，毋令放逸。燃灯点烛，烧香献花，以至操持斋馔，须要精专。供养圣凡，所当严洁。①

举办此一场科仪，需要有显案、密教、提纲、唱咏、咒水、排坛以及奏乐之人，规模不可谓小。

举办法会时要宣白仪文，还要逐品唱诵《地藏菩萨本愿经》，讲唱之际，经文、偈颂、真言、歌赞交替使用，其结构为：

> 道场仪序当宣演（唱 [《地藏菩萨本愿经》]② 题）
> 诸佛众生一性也，地狱天堂一心也。达一性，则诸佛众生净染之法本空；明一心，则地狱天堂苦乐之趣何有？……
> 《地藏菩萨本愿经》者，往昔世尊在于忉利，为母说法，云音灵瑞之焕章，天神龙鬼之嘉会。文殊致疑，乃愍勤之启问；地藏法行，遂备悉而敷陈。其文似浅也，欲初学之易入；其义实深也，匪大智而莫探。于是虚空藏闻说赞扬于当日，阿难陀结集垂裕于后人。身毒界中，翻译来此；真丹国内，流通至今。故此发心书写，注意刊行，用广宣传，期多读诵。于亲于冤，三世同霑利乐；若存若殁，一时举悟

---

① （宋）元照：《地藏慈悲救苦荐福利生道场仪》，《藏外佛教文献》第 6 册，宗教文化出版社 1998 年版，第 228 页。

② 按，侯冲整理本无，据文意加。

真常。辄伸序文，庶几劝发云耳。

（举）大圣地藏王菩萨

三觉圆明大导师，历经沙劫指迷津。众生度尽方成佛，地狱空时现化身。一颗明珠为海藏，六环金锡振天轮。愿垂金手提含识，普使同为解脱人。

（加持结跏趺坐真言）[①]

按：佛家讲经，首先要讲解经题，一般称"发××经题"。《广弘明集》载梁武帝讲《金字般若经》，共二十一日，第一日发般若经题，由都讲枳园寺法彪唱《摩诃般若波罗蜜经》经目，然后，武帝围绕此经名开讲，达2300余言。讲经以解悟为目的，重在经题所含之佛理；科仪以赞叹为修行，因此，略作概说，便称述功德。唱过大圣地藏王菩萨名号后，即出之以七言律赞叹，依然是吟偈性质。如其中一品：

《忉利天宫神通品》经宣演（唱题　讽经）
吟偈
菩萨弘誓妙难穷，十地增修道转浓。长者子身求佛像，婆罗门女获神通。觉华示相因思孝，慈母生天赖善功。总是菩萨名地藏，化身南北与西东。

按：唱题之后即为读经，《忉利天宫神通品》是世尊讲述地藏菩萨前世作大长者子时求佛像好以及作婆罗门女时救度亡母由无间地狱而生天的故事。每读一品，便吟唱一首相应偈颂，偈颂的言辞概括每品之内容，吟偈之曲调大概是相同的。

歌赞
誓愿弘深，狮子奋迅，具足万行庄严。众生度尽，方成正果，说法度人天。觉华自在王佛，婆罗圣女救亲，孝行因缘。大慈仁者，悲

---

① （宋）元照：《地藏慈悲救苦荐福利生道场仪》，《藏外佛教文献》第6辑，宗教文化出版社1998年版，第242页。

怜苦海，分身化现三千。

按，偈赞之曲调，音乐性稍弱，此处再出之以法曲子，歌词是对前两品经文的概述。吟偈已经有了较强的表演性，歌赞更进一步地增加了此科仪的表演性。这些歌赞使用的为同一不知名曲牌。

其他讲唱经文部分与此结构基本相同。整个佛事，表白、偈颂、歌赞等充斥其间，全部具有强烈的音乐性、表演性。除了本科仪外，《销释金刚经科仪》同样具有浓郁的表演性。

《销释金刚经科仪》，以姚秦鸠摩罗什译《金刚般若波罗蜜经》为依据编集而成。此科仪"或博采经论，直注本经；或广引他宗，申明旨趣。扫除知解，剪断葛藤，为人天之正辙，作苦海之舟航者也。自宋迄今（明），四海盛行"[1]，在佛教界流传极广。

科仪题目之意义，明僧觉连《销释金刚科仪会要注解》云："销释金刚者，以喻释喻名题也。金刚乃经题之喻，销释乃科题之喻。金刚，喻般若之坚利，能破烦恼；销释，喻科文之解判，能分事理。销者煎销也，释者解释也，如金在矿，须假红炉，钳锤锻炼，矿去金存，方为真宝，使用自在。"[2] 此意乃《金刚经》中有杂质，此科仪却能披沙拣金，此种解释，其实大误，宗镜禅师绝不会作如此想。按，销释者，消融也。唐韩愈《苦寒》诗："雪霜顿销释，土脉膏且黏。"意谓《金刚经》太深奥，信众不好理解，此科仪能如春风化雨一般，将经中精髓渗透给参与者。

与《地藏道场仪》相比，《金刚科仪》有几点不同。

其一，在《金刚科仪》中，佛事简单，讲唱集中。《地藏道场仪》中，包含宣疏、咒语、散花、烧香等事情，这些事情与讲唱经文交替出现；在《金刚科仪》中，讲唱经文期间，并无任何其他佛事行为，讲唱之辞非常集中。

其二，就讲唱言辞而言，此科仪规模宏大，结构严谨。《地藏菩萨本愿经》共十三品，《地藏道场仪》对《地藏经》逐品赞叹，规模已然不小，《金刚经》却多达三十二品，《金刚科仪》同样是逐品赞叹。另外，

---

[1]（明）觉连：《销释金刚经科仪会要注解》，《卍新纂续藏经》第24册，第650页。
[2] 同上书，第651页。

《地藏道场仪》中对经文的赞叹均为一品一赞，每赞均为七言八句偈，一般两品之后加一段歌赞；《金刚科仪》的讲经文结构较其繁复得多，按《销释金刚科仪会要注解》的说法，包括七种规模，一提纲（俗曲，句式为四四五四四四四四五）；二要旨（五言四句偈）；三长行（骈文）；四结韵①（七言二句诗句，有时前面有散句、问句或叹词）；五颂经文（七言四句偈）；六警世（七言四句偈）；七结归净土（七言四句偈，每偈最后三字均为"归去来"）。

其三，《金刚科仪》讲唱之文，充满禅机，结归净土。《地藏道场仪》中的颂赞，紧合经文，几乎没有个人发挥之处；本科仪却能够信手创制或拈来禅宗言辞，以表现自己对《金刚经》的体悟，这并非一般人可以做到，宗镜禅师乃佛门一代高僧，或被称为"应真之一数"，或被称为"圣位不测之人"②，只有如此修养的人才能够发出这样的言语。而宋代佛教禅净合流的趋势也促使本科仪的讲唱以净土为旨归。

举其中一段为例：

　　一体同观，万法无差，凡圣共一家。如来五眼，照耀尘沙。三心洞彻，本性无涯。春来日暖，无树不放花。[一]

　　如来具六通，三心不可穷。算沙无亿数，到此体皆同。[二]

　　一体同观分第十八（入经）

　　五眼悉圆明，如揭日耀恒沙之世界；三心不可得，似拨火觅沧海之浮沤。纵使穷诸玄辩，竭世枢机，到此总须茫然。[三]

　　且道：是何标格？直饶讲得千经论，也落禅家第二筹。[四]

　　心眼俱通法界周，恒沙妙用没踪由。云收江湛天空阔，明月芦花一样秋。[五]

　　荒郊日落草风悲，试问骷髅你是谁？或是英雄豪杰汉，回头能有几人知？[六]

　　末法娑婆入苦灾，互相食啖恶如豺。刀兵疫病遭饥馑，厌离阎浮

---

① 原文作"类"，误。
② （明）觉连：《销释金刚经科仪会要注解》，《卍新纂续藏经》第24册，第650页。

归去来。[七]①

　　此是对一体同观分的讲唱，它的言语，通俗而形象，其中，一二五六七部分为吟唱，三四为说白，表演性强烈，能够令人津津有味地听下去。

　　《地藏道场仪》以吟偈与歌赞增加讲唱的表演性，但讲唱过程中穿插了众多其他佛事，表演并没有得到刻意地贯彻，仍属于传统的、正统的佛事科仪，侯冲先生以为其"在现存科仪中较有代表性"②，指的就是它的传统性、正统性；《金刚科仪》说唱兼备，且在讲唱过程中很少穿插其他佛事，其出发点虽是科仪，但事实上的表演性已经压过了佛法的修证。

　　前文已然说明，俗讲是科仪的通俗化、表演化，在此，我们也可以说，《地藏道场仪》是正统的科仪，而《金刚科仪》是俗化的科仪。

　　从此以后，正统的科仪逐渐式微，而俗化的科仪逐渐兴盛，最终发展成为宝卷等民间艺术。关于宝卷的起源，日人泽田瑞穗称："探讨宝卷的直接来源，就不能到远在五百年前的变文去找，也不能到宋代的谈经去找，而是从常见的唐宋元明时代僧侣创作的科仪书、坛仪书、忏法书去找，就可以找到宝卷的直接来源。"③车锡伦先生更明确指出："可以说宝卷最初是按照佛教忏法演唱过程仪式化的特点，继承佛教俗讲'讲经'、'说法'的传统而形成的一种新的说唱形式，是佛教徒在宗教活动中按照严格的仪轨进行的说唱行动的记录文本。"④中外学者对此已然有了深刻的认识，本书已无再论之必要。

---

①　（宋）宗镜：《销释金刚经科仪》，《藏外佛教文献》第6辑，宗教文化出版社1998年版，第340页。
②　（宋）元照：《地藏慈悲救苦荐福利生道场仪》，《藏外佛教文献》第6辑，宗教文化出版社1998年版，第227页。
③　转引自车锡伦《中国宝卷研究论集》附录《宝卷的系统和变迁》，学海出版社1957年版，第263—274页。
④　车锡伦：《形成期之宝卷与佛教之忏法、俗讲和"变文"》，《民族文学研究》2011年第1期，第14页。

结　语

　　对于佛事文学的研究，笔者以为有两个层面的意义。

　　首先，我们对古代的佛事活动中所包含的文学的表现艺术（分说与唱两方面）有了更感性的认识。以表白文而论，它们不但有不断细化的模式，而且有雕琢华美的辞藻，更有思想、意境、情感的文学表达，其中既有与世俗相同的体裁，也有迥异于世俗的体裁。就佛事音乐而言，我们了解到，在佛教的兴盛期，它曾经向民间吸收了大量的具有时代特色的音乐养料，又向民间传播了大量的佛教特有的音乐文化。通过前揭之内容与后世甚至当前佛教音乐遗产的比较，我们还知道，在佛教比较衰落的时期，佛教又遗弃了很多过去已有的东西。

　　其次，对于佛事文学的研究，还能够开拓我们研究问题的视野，对一些悬而未决的热点问题有了新的认识角度。举数例而言：

　　对于俗讲的起源，历来研究者的观点，大都遵循向达先生"俗讲之与唱导，论其本旨，实殊途而同归，异名而共实者尔"[①]之论，直到冉云华先生《"俗讲"开始时代的再探索》一文发表以后，俗讲起源的问题才有了异声，但唱导之论仍然为几乎所有研究者认可，尽管此观点尚有难以解释的疑惑。

　　本书首先对唱导重新作了辨析，指出唱导仅仅是佛事表白，是纯粹的说而毫无唱的成分，不可能发展成为后世说唱结合的俗讲。追寻俗讲的起源，必须从唱入手，所以，在比较了俗讲与落花的属性之后，揭示了俗讲即落花这一事实并探讨了两者名称的变化；在遵循冉先生之论的基础上，进一步挖掘忏仪的说唱特点，说明俗讲的体制本出于礼忏仪式而更具有表

---

① 向达：《唐代俗讲考》，《唐代长安与西域文明》，河北教育出版社2001年版，第293页。

演性。

不仅如此，除俗讲以外，宝卷亦源于佛教忏仪，此乃学界之定论。因此，就中国的说唱文学而言，佛教忏仪具有无可比拟的意义！

在探讨唱导属性之际，涉及了汉语的四声问题，对此问题，陈寅恪先生在其《四声三问》一文中，早已提出了影响深远的汉语平上去三声"摹拟中国当日转读佛经之三声"[①]的理论，后来，此理论的一些关键论据也受到了饶宗颐、俞敏等先生的反驳与更正。本书重新探讨了佛经转读的实际情况，认为同俗讲与唱导一样，转读与四声也是一者为唱，一者为说，言说的理论由歌唱的实践中获得，这是说不通的，所以，本书以为，四声与转读无关，并以当日唱导僧对唱导的研究、实践为根据，提出汉语的四声理论是受佛事唱导的启发与推动而产生的观点。

俗讲经文与变文虽同为说唱，但二者在表演体制上具有截然不同的特点，说明两者本不相同，变文更与唱导无关。对于变文起源，从音乐体制进行探寻的，除了向达《唐代俗讲考》及任二北先生在《敦煌曲初探·序》中的意见外，重要的似乎只有罗宗涛《变歌、变相与变文》，其意见也少有依从之人，梅维恒批评此意见云：这一说法"未能指出，在'变歌'和'变文'之间，除了它们都有'变'的字样外，还有什么可以令人信服的联系"[②]。本书观点虽不同于向、任、罗等先生，但亦是从音乐角度进行探讨，指出在变文兴起之前曾有一段"变赞"时期，变赞最初是以对佛寺壁画进行音声供养的面貌出现的，变文是变赞供养意义消退、表演意义增加的产物，这不但回答了梅维恒的疑问，同时也说明了变文的流变进展情况。

本书还涉及了一些其他问题，如上编中，关于敦煌佛事文章的结构及命名问题，关于僧人佛事文章中"以诗入文"和"四七句式"的特色，关于对佛教小佛事文特别是下火文的举扬；下编中，关于曹植的音乐史料的正读问题，关于支谦"连句梵呗"的得名与呗辞，关于"法曲子"的

[①] 《四声三问》，《金明馆丛稿初编》，生活·读书·新知三联书店2001年版，第367页。

[②] [美]梅维恒：《唐代变文》，杨继东、陈引驰译，中国佛教文化出版有限公司1999年版，第98页。

创作和使用等，其中有些属于相关领域的热点，有些属于少有问津的领域，本书均在佛事文学的视阈下，作了重新论述，以期得到研究者的同情与关注。

参考文献

一 内典

（后汉）竺大力、康孟详译：《修行本起经》，《大正新修大藏经》第3册，新文丰出版公司1995年版。

（西晋）竺法护译：《佛说分别经》，《大正新修大藏经》第17册。

（西晋）法立、法炬译：《佛说诸德福田经》，《大正新修大藏经》第16册。

（西晋）聂承远译：《佛说超日明三昧经》，《大正新修大藏经》第15册。

（东晋）帛尸梨蜜多罗译：《佛说灌顶经》，《大正新修大藏经》第21册。

（东晋）佛陀跋陀罗、法显译：《摩诃僧祇律》，《大正新修大藏经》第22册。

（姚秦）鸠摩罗什译：《维摩诘所说经》，《大正新修大藏经》第14册。

（姚秦）鸠摩罗什译：《妙法莲华经》，《大正新修大藏经》第9册。

（姚秦）鸠摩罗什译：《梵网经》，《大正新修大藏经》第24册。

（姚秦）弗若多罗、鸠摩罗什译：《十诵律》，《大正新修大藏经》第23册。

（姚秦）佛陀耶舍、竺佛念等译：《长阿含经》，《大正新修大藏经》第1册。

（姚秦）佛陀耶舍、竺佛念等译：《四分律》，《大正新修大藏经》第22册。

（刘宋）沮渠京声译：《佛说净饭王般涅槃经》，《大正新修大藏经》

第 14 册。

（梁）僧伽婆罗译：《阿育王经》，《大正新修大藏经》第 50 册。

（北魏）吉迦夜、昙曜译：《杂宝藏经》，《大正新修大藏经》第 4 册。

失译：《毗尼母经》，《大正新修大藏经》第 24 册。

（唐）义净译：《譬喻经》，《大正新修大藏经》第 4 册。

（唐）义净译：《根本说一切有部毗奈耶杂事》，《大正新修大藏经》第 24 册。

（唐）实叉难陀译：《地藏菩萨本愿经》，《大正新修大藏经》第 13 册。

《菩萨五法忏悔文》，《大正新修大藏经》第 24 册。

（梁）僧佑：《出三藏记集》，《大正新修大藏经》第 55 册。

（梁）僧佑：《弘明集》，《大正新修大藏经》第 52 册。

（梁）宝亮：《名僧传抄》，《卍新纂续藏经》第 134 册，新文丰出版公司 1993 年版。

（梁）宝唱：《比丘尼传》，《大正新修大藏经》第 50 册。

（梁）慧皎：《高僧传》，《大正新修大藏经》第 50 册。

（梁）诸大法师集撰：《慈悲道场忏法》，《大正新修大藏经》第 45 册。

（北魏）慧思：《南岳思大禅师立誓愿文》，《大正新修大藏经》第 46 册。

（唐）善导：《转经行道愿往生净土法事赞》，《大正新修大藏经》第 47 册。

（唐）善导：《往生礼赞偈》，《大正新修大藏经》第 47 册。

（唐）善导：《般舟三昧行道往生赞》，《大正新修大藏经》第 47 册。

（唐）善导：《依观经等明般舟三昧行道往生赞》，《大正新修大藏经》第 47 册。

（唐）道宣：《续高僧传》，《大正新修大藏经》第 50 册。

（唐）道宣：《广弘明集》，《大正新修大藏经》第 52 册。

（唐）道宣：《四分律删繁补阙行事钞》，《大正新修大藏经》第 40 册。

（唐）大觉：《四分律行事钞批》，《卍新纂续藏经》第 42 册。

（唐）道宣：《集古今佛道论衡》，《大正新修大藏经》第 52 册。

（唐）道世：《法苑珠林》，《大正新修大藏经》第 53 册。

（唐）善无畏译：《慈氏菩萨略修瑜伽念诵法》，《大正新修大藏经》第 20 册。

（唐）金刚智译：《佛说七俱胝佛母准提大明陀罗尼经》，《大正新修大藏经》第 20 册。

（唐）阿地瞿多译：《佛说陀罗尼集经》，《大正新修大藏经》第 18 册。

（唐）法照：《净土五会念佛略法事仪赞》，《大正新修大藏经》第 47 册。

（唐）法照：《净土五会念佛诵经观行仪》，《大正新修大藏经》第 85 册。

（唐）宗密：《圆觉经道场修证仪》，《卍新纂续藏经》第 128 册。

（唐）宗密：《圆觉经大疏释义钞》，《卍新纂续藏经》第 9 册。

（唐）义净：《南海寄归内法传》，《大正新修大藏经》第 54 册。

（唐）慧琳：《一切经音义》，《大正新修大藏经》第 54 册。

《历代法宝记》，《大正新修大藏经》第 51 册。

（宋）赞宁：《宋高僧传》，《大正新修大藏经》第 50 册。

（宋）延一：《广清凉传》，《大正新修大藏经》第 51 册。

（宋）赞宁：《大宋僧史略》，《大正新修大藏经》第 54 册。

（宋）道诚：《释氏要览》，《大正新修大藏经》第 54 册。

（宋）元照：《四分律行事钞资持记》，《大正新修大藏经》第 40 册。

（宋）元照：《芝园遗编》，《卍新纂续藏经》第 59 册。

（宋）净源：《圆觉经道场略本修证仪》，《卍新纂续藏经》第 74 册。

（宋）志磐：《法界圣凡水陆胜会修斋仪轨》，《卍新纂续藏经》第 74 册。

（宋）宗晓：《乐邦文类》，《大正新修大藏经》第 47 册。

（宋）宗晓：《乐邦遗稿》，《大正新修大藏经》第 47 册。

（宋）志磐：《佛祖统记》，《大正新修大藏经》第 49 册。

（宋）惟勉：《丛林校订清规总要》，《卍新纂续藏经》第 128 册。

（宋）睦庵：《祖庭事苑》，《大正新修大藏经》第 64 册。

（宋）宗赜：《禅苑清规》，《卍新纂续藏经》第63册。

（宋）晓莹：《云卧纪谈》，《卍新纂续藏经》第86册。

（宋）圆悟：《枯崖漫录》，《卍新纂续藏经》第87册。

（宋）绍隆：《圆悟佛果禅师语录》，《大正新修大藏经》第47册。

（宋）法澄等：《希叟绍昙禅师广录》，《卍新纂续藏经》第70册。

（宋）大观：《北礀居简禅师语录》，《卍新纂续藏经》第69册。

（宋）沈梦桦：《济颠道济禅师语录》，《卍新纂续藏经》第69册。

（宋）普济：《五灯会元》，《卍新纂续藏经》第80册。

（宋）妙源：《虚堂和尚语录》，《大正新修大藏经》第47册。

（宋）文宝：《断桥妙伦禅师语录》，《卍新纂续藏经》第70册。

（宋）清萃、法恭：《宏智禅师广录》，《大正新修大藏经》第48册。

（宋）宗敬：《云谷和尚语录》，《卍新纂续藏经》第73册。

（宋）蕴闻：《大慧普觉禅师语录》，《大正新修大藏经》第47册。

（宋）重显颂古，克勤评唱：《碧岩录》，《大正新修大藏经》第48册。

（宋）师明：《续古尊宿语要》，《卍新纂续藏经》第68册。

（宋）文素：《如净和尚语录》，《大正新修大藏经》第48册。

（宋）净韵等：《兀庵普宁禅师语录》，《卍新纂续藏经》第71册。

（宋）崇岳等：《密庵和尚语录》，《大正新修大藏经》第47册。

（宋）师皎：《吴山净端禅师语录》，《卍新纂续藏经》第73册。

（宋）祖照：《楞严解冤释结道场仪》，《藏外佛教文献》第6辑，宗教文化出版社1998年版。

（宋）元照：《地藏慈悲救苦荐福利生道场仪》，《藏外佛教文献》第6册，宗教文化出版社1998年版。

（宋）宗镜：《销释金刚经科仪》，《藏外佛教文献》第6辑，宗教文化出版社1998年版。

（宋）思觉：《如来广孝十种报恩道场仪》，《藏外佛教文献》第8辑，宗教文化出版社2003年版。

（元）昙噩：《新修科分六学僧传》，《卍新纂续藏经》第77册。

（元）念常：《佛祖历代通载》，《大正新修大藏经》第49册。

（元）如瑛：《高峰龙泉院因师集贤语录》，《卍新纂续藏经》第63册。

（元）自庆：《增修教苑清规》，《卍新纂续藏经》第 57 册。

（元）德辉：《敕修百丈清规》，《卍新纂续藏经》第 48 册。

（明）元贤：《禅林疏语考证》，《卍新纂续藏经》第 63 册。

（明）袾宏：《云栖法汇》，《嘉兴大藏经》第 33 册，新文丰出版公司 1987 年版。

（明）袾宏：《竹窗三笔》，《嘉兴大藏经》第 33 册。

（明）冰雪、如德汇辑：《释门疏式》，新文丰出版公司 1987 年版。

（明）觉连：《销释金刚经科仪会要注解》，《卍新纂续藏经》第 24 册。

（清）行悦：《列祖提纲录》，《卍新纂续藏经》第 64 册。

［日］圆仁：《入唐求法巡礼行记》，顾承甫、何泉达点校，上海古籍出版社 1986 年版。

［日］圆仁：《入唐新求圣教目录》，《大正新修大藏经》第 55 册。

［日］圆珍：《佛说观普贤菩萨行法经记》，《大正新修大藏经》第 56 册。

［日］永超：《东域传灯目录》，《大正新修大藏经》第 55 册。

［日］最澄：《传教大师将来越州录》，《大正新修大藏经》第 55 册。

［日］无着道忠：《禅林象器笺》，中文出版社 1990 年版。

［日］虎关师炼：《元亨释书》，《国史大系》第 14 册，经济杂志社 1901 年版。

［日］及藏主：《即休契了禅师拾遗集》，《卍新纂续藏经》第 71 册。

［日］长惠：《鱼山私钞》，《大正新修大藏经》第 84 册。

［高丽］义天：《圆宗文类》，《卍新纂续藏经》第 58 册。

丁福保：《佛学大辞典》，文物出版社 1984 年版。

慈怡等：《佛光大辞典》，书目文献出版社 1990 年版。

二 外典

（一）古籍

（晋）杜预：《春秋左传正义》，《十三经注疏》，中华书局 1980 年版。

（晋）陈寿：《三国志》，中华书局 2006 年版。

（刘宋）范晔：《后汉书》，中华书局 1965 年版。

（刘宋）刘敬叔：《异苑》（与《谈薮》合集），中华书局1998年版。

（梁）沈约，《宋书》，中华书局1974年版。

（梁）萧子显：《南齐书》，中华书局1972年版。

（梁）刘勰著，范文澜注：《文心雕龙注》，人民文学出版社1958年版。

（梁）刘勰著，詹锳义证：《文心雕龙义证》，上海古籍出版社1989年版。

（梁）钟嵘：《诗品·总论》（与《文心雕龙》合集），中国书店1988年版。

（梁）宗懔：《荆楚岁时记》，《古今图书集成·岁功典》引，鼎文书局1977年版。

（梁）宗懔：《荆楚岁时记》，岳麓书社1985年版。

（梁）梁元帝：《金楼子》（与《仲长统论》、《物理论》、《桓子新论》合集），中华书局1985年版。

（北魏）杨衒之著，范祥雍校注：《洛阳伽蓝记校注》，上海古籍出版社1958年版。

（北齐）魏收：《魏书》，中华书局2000年版。

（唐）唐太宗著，吴云、冀宇校注，《唐太宗全集校注》，天津古籍出版社2004年版。

（唐）李延寿：《南史》，中华书局1975年版。

（唐）李延寿：《北史》，中华书局1974年版。

（唐）姚思廉：《陈书》，中华书局1972年版。

（唐）魏征：《隋书》，中华书局2000年版。

（唐）欧阳询：《艺文类聚》，上海古籍出版社1965年版。

（唐）徐坚：《初学记》，中华书局1962年版。

（唐）王维著，陈铁民校注：《王维集校注》，中华书局1997年版。

（唐）韩愈：《韩昌黎全集》，世界书局1935年版。

（唐）白居易：《白居易集》，中华书局1979年版。

（唐）司空图著，祖保泉、陶礼天笺校：《司空表圣诗文集笺校》，安徽大学出版社2002年版。

（唐）崔令钦著，任半塘笺订：《教坊记》，中华书局1962年版。

（唐）刘知几著，赵吕甫校注：《史通新校注》，重庆出版社 1990 年版。

（唐）段成式：《寺塔记》，人民美术出版社 1964 年版。

（唐）张彦远：《历代名画记》，上海人民美术出版社 1964 年版。

（五代）王仁裕：《开元天宝遗事》，《开元天宝遗事十种》，上海古籍出版社 1985 年版。

（宋）司马光：《资治通鉴》，中华书局 1956 年版。

（宋）马令：《南唐书》，《丛书集成初编》，中华书局 1985 年版。

（宋）李昉等：《太平御览》，《四部丛刊三编》第 14 册。

（宋）李昉：《太平广记》，中华书局 1961 年版。

（宋）郭茂倩：《乐府诗集》，中华书局 1979 年版。

（宋）苏轼：《苏轼全集》，上海古籍出版社 2000 年版。

（宋）吕祖谦：《吕祖谦全集》（第一册），浙江古籍出版社 2007 年版。

（宋）钱易：《南部新书》，中华书局 1968 年版。

（宋）沈括：《梦溪笔谈》，岳麓书社 2002 年版。

（宋）邵博：《闻见后录》，中华书局 1983 年版。

（宋）王明清：《玉照新志》，《丛书集成初编》，中华书局 1985 年版。

（宋）王君玉：《国老谈苑》，《丛书集成初编》。

（宋）王楙：《野客丛书》，《丛书集成初编》。

（宋）吴坰：《五总志》，《丛书集成初编》。

（宋）张齐贤：《洛阳缙绅旧闻记》，《丛书集成初编》。

（宋）朱弁：《曲洧旧闻》，《丛书集成初编》。

（宋）龚明之：《中吴纪闻》，上海古籍出版社 1986 年版。

（宋）岳珂：《桯史》，中华书局 1981 年版。

（宋）谢伋：《四六谈麈》，《历代文话》，复旦大学出版社 2007 年版。

（宋）罗烨：《醉翁谈录》，古典文学出版社 1957 年版。

（宋）金盈之：《新编醉翁谈录》，广陵古籍刻印社 1981 年版。

（宋）陈旸：《乐书》，《文渊阁四库全书》第 211 册。

（元）陈旅：《安雅堂集》，《文渊阁四库全书》第 1413 册。

（元）马端临：《文献通考·经籍考》，中华书局 1986 年版。

（元）陶宗仪：《南村辍耕录》，中华书局1958年版。

（明）徐师曾：《文体明辨》，《四库全书存目丛书》，齐鲁书社1997年版。

（明）徐师曾：《文体明辨序说》（与《文章辨体序说》为合集），人民文学出版社1962年版。

（明）杨慎：《升庵集》，《文渊阁四库全书》第1270册。

（明）钟惺：《隐秀轩集》，上海古籍出版社1992年版。

（明）陆云龙：《翠娱阁评选钟伯敬先生合集》，《续修四库全书》第1371册。

（明）王志坚：《四六法海》，《文渊阁四库全书》第1394册。

（明）蒋一葵：《尧山堂偶隽》，《丛书集成续编》第200册，新文丰出版公司1988年版。

（明）洪楩：《清平山堂话本》，上海古籍出版社1957年版。

（明）王思任：《游庐山记》，《古今图书集成·山川典》，鼎文书局1977年版。

（明）施耐庵、罗贯中：《水浒传》，人民文学出版社1975年版。

（明）蒋一葵：《尧山堂偶隽》，《丛书集成续编》第200册，新文丰出版公司1988年版。

（清）董浩等：《全唐文》，中华书局1983年版。

（清）永瑢：《四库全书总目》第4册，商务印书馆1986年版。

（清）吴任臣：《十国春秋》，《文渊阁四库全书》第466册。

（清）潘永因：《宋稗类钞》，书目文献出版社1985年。

（清）张谦宜：《絸斋论文》，《历代文话》，复旦大学出版社2007年版。

（清）孙德谦：《六朝丽指》，《历代文话》，复旦大学出版社2007年版。

《弥勒救苦经》宝卷，家藏油印本。

［高丽］崔致远：《桂苑笔耕集》，《丛书集成初编》，中华书局1985年版。

［日］《圣武天皇宸翰杂集》，日本国立国会图书馆藏写本。

(二) 近现代著作

胡适:《白话文学史》,《民国丛书》, 上海书店 1989 年版。

鲁迅:《唐宋传奇集》, 人民文学出版社 1973 年版。

郑振铎:《中国俗文学史》, 上海人民出版社 2006 年版。

刘大杰:《中国文学发展史》, 上海古籍出版社 1982 年版。

任半塘:《敦煌歌词总编》, 上海古籍出版社 1987 年版。

任二北:《敦煌曲初探》, 上海文艺联合出版社 1954 年版。

任半塘:《唐声诗》, 上海古籍出版社 1982 年版。

杨公骥:《唐代民歌考释及变文考论》, 吉林人民出版社 1962 年版。

逯钦立:《先秦汉魏晋南北朝诗》, 中华书局 1984 年版。

张璋、黄畬:《全唐五代词》, 上海古籍出版社 1986 年版。

唐圭璋:《全宋词》, 中华书局 1999 年版。

陈尚君:《全唐文补编》, 中华书局 2005 年版。

向达:《唐代长安与西域文明》, 河北教育出版社 2001 年版。

潘重规:《敦煌变文集新书》, 文津出版社 1994 年版。

周叔迦:《佛教基本知识》, 中华书局 1991 年版。

朱自清:《朱自清全集》第 9 卷, 江苏教育出版社 1998 年版。

颜娟英:《北朝佛教石刻拓片百品》第 1 册,"中央研究院"历史语言研究所 2008 年版。

范文澜:《中国通史》第 4 册, 人民出版社 1994 年版。

吕澂:《中国佛学源流略讲》, 中华书局 1979 年版。

汤用彤:《汉魏两晋南北朝佛教史》, 上海书店 1991 年版。

任继愈:《中国佛教史》(第一卷), 中国社会科学出版社 1981 年版。

瞿胜东:《佛教日用文件大全》, 三学圆明讲堂印行 1983 年版。

高国藩:《敦煌古俗与民俗流变——中国民俗探微》, 河海大学出版社 1990 年版。

周一良:《佛教史与敦煌学》,《周一良集》, 辽宁教育出版社 1998 年版。

项楚:《敦煌文学论集》, 四川人民出版社 1997 年版。

项楚:《敦煌变文选注》, 巴蜀书社 2006 年版。

周绍良、白化文编:《敦煌变文论文录》, 上海古籍出版社 1982 年版。

黄征、吴伟：《敦煌愿文集》，岳麓书社1995年版。

黄征：《敦煌语言文字学研究》，甘肃教育出版社2002年版。

王书庆：《敦煌佛学·佛事篇》，甘肃民族出版社1995年版。

谢重光：《中古佛教僧官制度和社会生活》，商务印书馆2009年版。

杨荫浏：《中国古代音乐史稿》，人民音乐出版社1981年版。

胡耀：《佛教与音乐艺术》，天津人民出版社1992年版。

袁静芳：《中国汉传佛教音乐文化》，中央民族大学出版社2003年版。

王志远：《中国佛教表现艺术》，中国社会科学出版社2006年版。

李小荣：《变文讲唱与华梵宗教艺术》，上海三联书店2002年版。

张弓：《汉唐佛寺文化史》，中国社会科学出版社1997年版。

钟敬文：《中国民俗史》，人民出版社2008年版。

普慧：《南朝佛教与文学》，中华书局2002年版。

姜伯勤：《敦煌艺术宗教与礼乐文明》，中国社会科学出版社1996年版。

张鸿勋：《敦煌俗文学研究》，甘肃教育出版社2002年版。

童庆炳：《文学理论教程》，高等教育出版社1992年版。

田青：《中国宗教音乐》，宗教文化出版社1997年版。

印顺：《华雨集》第四册，正闻出版社1993年版。

印顺：《初期大乘佛教之起源与开展》，正闻出版社1993年版。

圣凯：《中国汉传佛教礼仪》，宗教文化出版社2001年版。

圣凯：《中国佛教忏法研究》，宗教文化出版社2004年版。

闵智亭：《道教仪范》，宗教文化出版社2004年版。

车锡伦：《中国宝卷研究论集》，学海出版社1957年版。

杜继文：《佛教史》，江苏人民出版社2006年版。

陈引驰：《隋唐佛学与中国文学》，百花洲文艺出版社2010年版。

《汉语大词典》第1卷，上海辞书出版社1986年版。

季羡林：《敦煌学大辞典》，上海辞书出版社1998年版。

[日] 内藤虎次郎：《内藤湖南全集》第七卷，筑摩书房1970年版。

[日] 平野显照：《唐代的文学与佛教》，业强出版社1987年版。

[日] 加地哲定：《中国佛教文学》，刘卫星译，佛光出版社1993

年版。

[美] 梅维恒：《唐代变文》，杨继东、陈引驰译，中国佛教文化出版有限公司 1999 年版。

[美] 梅维恒：《绘画与表演》，王邦维、荣新江、钱文忠译，燕山出版社 2000 年版。

三 学术论文

陈寅恪：《四声三问》，《金明馆丛稿初编》，生活·读书·新知三联书店 2001 年版。

胡适：《敦煌石室写经题记与敦煌杂录序》，《胡适古典文学研究论集》，上海古籍出版社 1988 年版。

饶宗颐：《"法曲子"论》，《中国敦煌学百年文库》文学卷（一），甘肃文化出版社 1999 年版。

饶宗颐：《印度波你尼仙之围陀三声论略——四声外来说平议》，《梵学集》，上海古籍出版社 1993 年版。

饶宗颐：《文心雕龙声律篇与鸠摩罗什通韵》，《梵学集》，上海古籍出版社 1993 年版。

俞敏：《后汉三国梵汉对音谱》，《俞敏语言学论文集》，商务印书馆 1999 年版。

陈允吉：《〈目连变〉故事基型的素材结构与生成时代之推考》，《唐研究》第二卷，北京大学出版社 1996 年版。

杜斗城：《关于敦煌本〈五台山赞〉与〈五台山曲子〉的创作年代问题》，《敦煌学辑刊》1987 年第 1 期。

雷闻：《祈雨与唐代社会研究》，《国学研究》第八卷，北京大学出版社 2001 年版。

周裕锴：《宋代禅宗渔父词研究》，《中国俗文化研究国际学术研讨会论文集》，2002 年。

柴剑虹：《敦煌写本中的愤世嫉俗之文》，《敦煌学与敦煌文化》，上海古籍出版社 2007 年版。

徐湘霖：《敦煌偈赞文学的歌词特征及其流变》，《四川师范大学学报》（社会科学版）1994 年第 4 期。

李永宁、蔡伟堂：《〈降魔变文〉与敦煌壁画中的"牢度叉斗圣变"》，《1983年全国敦煌学术讨论会文集·石窟艺术编·上》，甘肃人民出版社1985年版。

张先堂：《敦煌本唐代净土五会赞文与佛教文学》，《敦煌研究》1996年第4期。

张先堂：《晚唐至宋初净土五会念佛法门在敦煌的流传》，《敦煌研究》1998年第1期。

伏俊琏：《关于变文体裁的一点探索》，《敦煌文学文献丛稿》，中华书局2011年版。

伏俊琏：《上古时期的看图讲诵与变文的起源》，《敦煌文学文献丛稿》，中华书局2011年版。

车锡伦：《形成期之宝卷与佛教之忏法、俗讲和"变文"》，《民族文学研究》2011年第1期。

冉云华：《"俗讲"开始时代的再探索》，《普门学报》2010年1月第55期。

林仁昱：《敦煌佛教歌曲之研究》，中正大学2001年博士学位论文。

侯冲：《中国佛教仪式研究：以斋供仪式为中心》，上海师范大学2009年博士学位论文。

汤君：《敦煌燕乐歌舞考略》，《文艺研究》2002年第3期。

郝春文：《敦煌写本斋文的几个问题》，《首都师范大学学报》1996年第2期。

王书庆：《敦煌文献中的〈斋琬文〉》，《敦煌研究》1997年第1期。

龚泽军：《敦煌写本祭悼文研究》，四川大学2005年博士学位论文。

劲草：《〈敦煌文学概论〉证误纠谬》，《敦煌学辑刊》1994年第1期。

莫道才：《以诗为文：骈文文体诗化特征论》，《广西师范大学学报》1997年第2期。

陈鹏：《论六朝时期诗歌对骈文的影响》，《孝感学院学报》2009年第1期。

张兵：《对"佛教文学"研究范围的一点看法》，《郑州大学学报》2007年第4期。

普慧:《佛教文学刍议》,《郑州大学学报》2007年第4期。

高华平:《中国佛教文学的概念、研究现状及其走向》,《郑州大学学报》2007年第4期。

王晓平:《晋唐愿文与日本奈良时代的佛教文学》,《东北亚论坛》2003年第2期。

吴肃森:《论敦煌佛曲与词的起源》,《敦煌学辑刊》1989年第2辑。

刘清玄、刘再聪:《敦煌咒愿文刍议》,《社科纵横》2008年第4期。

黄征:《敦煌愿文研究述要》,《艺术百家》2009年第2期。

罗争鸣:《杜光庭著述考辩》,《宗教学研究》2004年第4期。

田青、凌海成:《佛教音乐对话》,《佛教文化》1999年第3期。

田青:《佛教音乐的华化》,《净土天音:田青音乐学研究文集》,山东文艺出版社2002年版。

徐文明:《鱼山梵呗与早期梵呗传承的几个问题》,《中国鱼山梵呗文化节论文集》,宗教文化出版社2007年版。

王小盾:《经呗新声与永明时期的诗歌变革》,《中国鱼山梵呗文化节论文集》,宗教文化出版社2007年版。

张广达:《"叹佛"与"叹斋"》,《庆祝邓广铭教授九十华诞论文集》,河北教育出版社1997年版。

项裕容:《话本小说与禅宗下火文》,《浙江学刊》2008年第4期。

吴相洲:《永明体的产生与佛经转读关系再探讨》,《文艺研究》2005年第3期。

李小荣:《敦煌佛曲〈散花乐〉考源》,《法音》2000年第10期。

[日]波多野太郎:《任半塘教授最近的科学研究工作》,佟金铭译,《扬州大学学报》(人文社会科学版)1982年第Z1期。

[日]砂冈和子:《敦煌散花和声曲辑考》,《社科纵横增刊》1996年。

[日]安腾信广:《圣武天皇"杂集"所收〈周赵王集〉释注》,《日本文学》2000年3月第93期。

[日]荒见泰史:《敦煌的唱导资料及其分类方法》,《百年敦煌文献整理研究国际学术讨论会论文集》(上册),2010年。

[美]太史文:《试论斋文的表演性》,《敦煌吐鲁番研究》(第十卷),上海古籍出版社2007年版。